Caresse indienne

Du même auteur
aux Éditions J'ai lu

La chanson d'Annie, *J'ai lu* 4488
L'amour pour châtiment, *J'ai lu* 4917
Sous la menace, *J'ai lu* 5488
Celle qui avait peur d'aimer, *J'ai lu* 6213
Libre d'aimer, *J'ai lu* 6214

Catherine Anderson

Caresse indienne

Traduit de l'américain
par Véronique Minder

J'AI LU

Titre original :

ONLY BY YOUR TOUCH
Signet, an imprint of New American Library,
a division of Penguin Putnam Inc., N.Y.

Ce livre est dédié à mes ancêtres shoshones qui autrefois vivaient dans les plaines et les hauts déserts du centre de l'Oregon. Maintenant c'est fini, « suvate » *en langue shoshone, sauf pour ceux qui ne les oublient pas… Le peuple shoshone nous laisse son histoire en héritage, et ses terres sont un patrimoine à jamais protégé.*

Remerciements

Je souhaite remercier le vétérinaire de notre région, le Dr Gordon Pickering, pour m'avoir informée sur le traitement et la prévention de la parvovirose. Selon le Dr Pickering, la plupart des gens n'ont pas conscience que leurs chiots ne sont pas systématiquement immunisés contre cette grave maladie, même après leurs premiers vaccins.

Si vous possédez un chiot, n'oubliez pas de le faire vacciner contre toutes les maladies qui le menacent, et consultez votre vétérinaire avant de commencer son dressage.

1

Depuis trois semaines que Chloe Evans avait déménagé à Jack Pine, pittoresque petite ville de montagne de l'Oregon, pas un jour ne s'était écoulé sans qu'elle passe devant la jardinerie-animalerie du centre, pour la plus grande joie de son fils, qui ne se lassait pas d'admirer l'animation de la vitrine : un épouvantail et un vieux paysan qui trayait sa vache. Encadré par d'immenses pins ponderosa, le magasin ressemblait à une grange dont il avait le charme rustique. Les bardeaux et le toit en cèdre patiné étaient par endroits couverts de lichen.

Jeremy souriait aux anges quand Chloe se gara devant l'animalerie.

— On y va *vraiment,* maman ?

— Bien sûr ! répondit Chloe.

Elle recoiffa les mèches auburn qui s'échappaient de sa natte.

— Sue dit que c'est la meilleure animalerie de Jack Pine ! ajouta-t-elle.

Puis elle adressa un sourire entendu à son petit garçon.

— J'espère que tu n'as pas oublié ta liste de courses, au moins ?

Jeremy agita une feuille de papier en ouvrant la portière.

— Non ! Vite, maman ! Rowdy nous attend à la maison. Il a déjà été abandonné une fois. J'ai peur qu'il se sente malheureux, tout seul sans moi !

Les éclairs de joie de Jeremy avaient été si rares, ces derniers temps, que Chloe sourit de plaisir.

— Tu n'iras nulle part tant que tu seras ficelé là-dedans, mon bonhomme ! répliqua-t-elle en défaisant sa ceinture de sécurité. Dernière recommandation : n'oublie pas de me tenir la main quand nous traverserons le parking !

— Je ne suis plus un bébé ! Je ne me ferai pas renverser !

Chloe prit son sac à main et sortit de la voiture.

— Et si c'était moi qui avais besoin que tu me tiennes la main ? Je suis maintenant une très vieille femme, Jeremy !

— Oh non, tu n'es pas vieille, maman !

Chloe se sentait pourtant plus vieille que si elle avait cent ans. Si on lui avait prédit qu'à trente ans, elle serait divorcée et devrait repartir de zéro, elle ne l'aurait jamais cru.

La main de Jeremy dans la sienne, la jeune femme se dirigea d'un pas vaillant vers le magasin. Courage, se dit-elle, ce chapitre de ta vie est maintenant terminé. Va de l'avant ! Écarte ces tristes pensées de ton esprit. Souris au bel avenir qui t'attend dans cette jolie petite ville.

Grâce aux riches touristes en villégiature dans la région tout au long de l'année, on pouvait se faire beaucoup d'argent à Jack Pine. Si les projets de ses parents se concrétisaient, Chloe finirait peut-être par bien gagner sa vie. D'ici à trois ans, son père serait en retraite. Il envisageait déjà de vendre la maison familiale de Seattle pour s'installer à Jack Pine, où il projetait d'investir ses économies dans un petit commerce. Il prétendait qu'il voulait avoir une vie toujours active, même en retraite, mais Chloe attendait de voir. Une fois propriétaire de son commerce, il se dirait sans doute incapable de le gérer et la supplierait de le sauver de la faillite en le reprenant !

Penser à son père fit sourire Chloe. Mike Pritchard avait été à ses côtés pendant ces mois où elle avait traversé des moments si terribles à cause de son mari. Grâce à son soutien indéfectible, Chloe, qui doutait alors de tout, avait eu la preuve qu'il existait encore des hommes fiables et dignes de ce nom sur cette terre.

Respirant à pleins poumons le bon air de la montagne, la jeune femme essaya de se distraire de son triste passé en pensant à son avenir à Jack Pine. Cette charmante bourgade aurait pu être le modèle d'un chromo, avec son atmosphère de contes de Noël : un traîneau rouge et une pancarte poussiéreuse annonçant *Quinze dollars la promenade,* était garé non loin. La ville sous la neige devait être féerique, songea Chloe, qui imaginait ces maisons rustiques hérissées de glaçons étincelant au soleil.

Sur le trottoir d'en face s'élevait Christmas Village. C'était un magasin spécialisé dans les accessoires, les cadeaux et la décoration de Noël, logé dans un chalet en rondins avec une toiture en tuiles de cèdre et des moulures en dentelles de bois. Ses baies vitrées jumelles étaient décorées de petites lumières, de guirlandes, de boules et d'étoiles. Chloe, qui avait toujours adoré les fêtes de fin d'année, brûlait de faire un tour dans cette boutique.

Mais pas aujourd'hui. Aujourd'hui, c'était la journée de Jeremy. Cette expédition dans la jardinerie-animalerie avait un sens tout particulier pour son petit garçon, auquel elle avait acheté un chiot pas plus tard qu'hier.

— Merci, maman, merci, répéta Jeremy pour la centième fois depuis la veille. Je sais qu'un petit chien, c'est cher, et que tu n'as pas beaucoup de sous en ce moment...

— Aurais-tu oublié toutes ces bouteilles et canettes que nous avons ramassées sur le bord de la route ? Demain soir, quand j'irai travailler, tu les mettras dans un sac en plastique et on ira se les faire rembourser vendredi !

— On aura beaucoup d'argent ?

Moins que tu ne le penses, songea Chloe, qui préféra garder ses réflexions pour elle.

— Assez en tout cas pour acheter de la nourriture et des jouets en caoutchouc à notre petit chien !

Chloe planta un baiser sur le front de Jeremy.

— Alors tu n'as pas de raison de t'inquiéter, d'ac ?

— D'ac.

Jeremy s'arrêta net, le regard fixé sur sa droite.

— C'est quoi ? demanda-t-il d'une voix que la peur faisait trembler.

Chloe suivit son regard et se figea aussi. Un loup au pelage argent et noir était allongé sur le capot d'un pick-up vert poussiéreux. Il les suivait des yeux. Au fond de son regard doré brillait une lueur sauvage. D'instinct, Chloe se plaça devant son fils pour le protéger, puis recula prudemment. Ce doit être un chien, se dit-elle pour se rassurer. Les malamutes d'Alaska et les huskys de Sibérie ressemblent à s'y méprendre aux loups.

— Charmant toutou… murmura-t-elle.

Elle aimait bien les chiens, mais c'était la première fois qu'elle se trouvait face à un animal à l'air vorace et menaçant, prêt à bondir.

— Bon chien-chien, dit-elle à la bête sans cesser de reculer, Jeremy derrière elle.

L'animal poussa un grognement sourd. Chloe cramponna son sac, sa seule arme en cas d'attaque. Elle continua de reculer tout en douceur, Jeremy agrippé à son pantalon comme à une bouée de sauvetage.

— C'est juste un chien, chéri, n'aie pas peur.

— Mais il est énorme, maman ! Et il a l'air drôlement méchant !

Quand Chloe se sentit en sécurité, elle se dirigea d'un pas plus assuré vers l'animalerie. La clochette du magasin tintinnabula gaiement à leur entrée. Une fois en sécurité à l'intérieur, Jeremy, toujours cramponné à son pantalon, se hissa sur la pointe des pieds et risqua un regard dans le parking. Le chien-loup les observait toujours de ses prunelles ambrées aux reflets irréels.

— Sacrée bestiole... murmura Chloe.

Elle aurait aimé dire sa façon de penser au propriétaire du chien. Il fallait être inconscient pour laisser un animal si dangereux en liberté en plein centre-ville !

— Moi, je le trouve terrible... avoua Jeremy, qui lâcha enfin le pantalon de Chloe.

Un sourire aux lèvres, elle lissa son pantalon que les petits poings serrés de son fils avaient froissé.

— Je ne crois pas qu'il morde. En général, on ne laisse pas les chiens méchants en liberté.

— J'ai perdu ma liste de courses dans le parking ! s'exclama soudain Jeremy, désolé.

Chloe ébouriffa ses cheveux.

— Ne t'inquiète pas, je me souviens de tout ce qu'il nous faut.

— Nous devons acheter des croquettes pour chiots, commença-t-il.

— Exactement.

— Et puis une gamelle.

— Ainsi que des biscuits pour chiots.

— Plus un joujou en caoutchouc pour que Rowdy ne mange pas nos chaussures !

Chloe prit son fils par la main et se dirigea vers le rayon aliments et accessoires. Des tonneaux grands ouverts étaient alignés contre les murs. En véritable citadine, Chloe fronça le nez, intriguée par les odeurs étranges et peu familières qui s'en dégageaient. De petites étiquettes au-dessus des tonneaux lui apprirent qu'ils contenaient de l'orge, de l'avoine et des graines d'alfalfa.

Une femme entre deux âges aux cheveux châtains s'affairait derrière un comptoir.

— Que puis-je pour vous ? demanda-t-elle en s'essuyant les mains sur son tablier vert à bavette.

— Nous cherchons de la nourriture pour chiots, annonça Chloe.

— On dirait que votre petit bonhomme vient d'avoir un chiot...

— Oui ! s'exclama Jeremy. Et même que c'est un golden retriever !

— Une race très répandue.

— Vous avez des jouets en caoutchouc pour les jeunes chiens ?

— Allée n° 5. Vous y trouverez aussi la nourriture pour animaux. Des chariots sont à votre disposition.

— Merci.

Tenant toujours Jeremy par la main, Chloe se dirigea vers les rayons qu'elle lui avait indiqués, les yeux levés sur les pancartes en haut de chaque allée pour ne pas se tromper. Elle tournait quand elle rentra dans ce qu'elle pensa être un mur en béton armé. Sous la violence du choc, elle lâcha la main de son fils et son sac à main. Rouge à lèvres, stylo, trousseau de clés et petite monnaie s'en échappèrent et s'éparpillèrent sur le sol, alors qu'elle vacillait et essayait de reprendre son équilibre. Au même instant, de grandes mains fortes comme des serres de faucon agrippèrent ses épaules, l'empêchant de tomber.

— Tout va bien ?

— Oui... ça va...

Elle était encore tellement secouée par le choc qu'elle resta un instant abasourdie.

— Je suis désolée, balbutia-t-elle.

Se rendant compte qu'elle adressait ses excuses à une rangée de boutons de chemise, elle leva les yeux sur des épaules puis, plus haut encore, sur un visage.

— J'aurais dû faire attention...

— Moi aussi. Je regrette.

La voix de l'homme avait des inflexions chaudes et profondes. Malgré le Stetson marron qui dissimulait à moitié son visage, Chloe remarqua ses traits impressionnants. Des pommettes hautes soulignaient un regard d'un bleu très pur qui formait un contraste étonnant avec son visage tanné et ses sourcils noirs. Des rides d'expression marquaient ses joues un peu creuses et cernaient une bouche au tracé parfait, qui aurait été dure si elle n'avait été adoucie par la sensualité de lèvres généreuses. Sa mâchoire était anguleuse et carrée. Un muscle de sa joue tressaillait. Chloe eut l'intuition que cet homme d'apparence impassible vibrait de profondes et intenses émotions.

— Vous êtes certaine que vous ne vous êtes pas fait mal ? insista-t-il.

— Ça va.

Le col de sa chemise bleue, grand ouvert, révélait un collier en perles de cobalt avec un médaillon formé d'une pierre brute sur laquelle était gravée une étoile. Chloe n'avait jamais vu un tel bijou. Elle se libéra enfin de sa poigne et se baissa pour ramasser le contenu épars de son sac.

L'homme se pencha pour l'aider.

— Non, c'est inutile ! protesta-t-elle. J'y arriverai bien seule.

Mais, sans l'écouter, il ramassa avec elle les divers objets éparpillés. Chloe n'avait d'yeux que pour ses mains bronzées, des mains calleuses de travailleur manuel. Les manches de sa chemise, retournées, révélaient des avant-bras musclés.

La jeune femme sentit un curieux pincement au bas-ventre, une sensation qu'elle n'avait pas ressentie depuis si longtemps qu'elle mit du temps avant de comprendre que cet homme l'attirait. Surprise et choquée par son trouble, elle s'efforça de se concentrer sur sa tâche.

En maman efficace et prévoyante, Chloe avait l'habitude de fourrer tout et n'importe quoi dans son sac – dont les petits trésors de Jeremy, cailloux, violette fanée, anneau tressé avec des aiguilles de pin... L'ensemble formait un charmant bric-à-brac incompréhensible pour un étranger.

Quand l'homme ramassa un bonbon à la menthe recouvert de poussière, elle rougit, mais il sourit imperceptiblement alors qu'il remettait la friandise dans son sac à main avec un tampon dont l'emballage s'était à moitié défait.

— Merci, murmura-t-elle.

— Je vous en prie.

L'homme repoussa son Stetson et la dévisagea, le regard intense et sérieux.

— J'espère vraiment que je ne vous ai pas trop secouée ?

Chloe agita la main en signe de dénégation et se releva.

— Ne vous inquiétez pas, ça m'apprendra à regarder où je mets les pieds !

Puis elle sourit à Jeremy qui, resté en retrait, observait la scène.

— Mon fils vient juste d'avoir un chiot, ajouta-t-elle. Nous cherchons le rayon des aliments pour jeunes chiens.

L'homme adressa un regard oblique au petit garçon, puis il toucha son chapeau du pouce et de l'index pour saluer Chloe.

— Ah. Bien. Je vous laisse.

Il s'éloigna. Chloe le suivit des yeux. Si l'homme portait une chemise en batiste et un jean bien ajusté – l'uniforme des hommes de sept à soixante-dix-sept ans à Jack Pine –, tout le reste de sa personne était insolite. Ses longs cheveux noirs, très raides et brillants, retombaient sur ses épaules. Il avait une ceinture de tissu brodée de motifs compliqués au lieu d'une ceinture en cuir. La bande de son Stetson était faite du même tissu et du même motif, tout comme les décorations de ses mocassins de toile qui lui arrivaient au genou.

— Tu as vu, maman, il porte un collier ! s'exclama Jeremy.

— Chut !

Chloe l'entraîna vers l'allée que leur avait indiquée la vendeuse.

— Mais tu n'as pas vu, il...

— Si, si, j'ai vu. Beaucoup d'hommes portent des bijoux.

— Mais pas des bijoux aussi bizarres !

— Je crois que c'est un Amérindien, chéri.

— C'est quoi un mérindien, maman ?

Chloe aurait aimé que son fils parle moins fort.

— Un Amérindien, chéri, pas un méridien. Un Amérindien, c'est un Indien d'Amérique.

— Alors il scalpe les gens ? fit Jeremy en regardant furtivement derrière lui.

— Non, bien sûr. Les Indiens d'Amérique ne scalpent plus personne ! Cela se passait il y a plus d'un siècle, quand ils se battaient pour garder leurs terres.

— Quelles terres ?

— Les terres de ce pays, Jeremy. On les appelle Amérindiens parce qu'ils vivaient sur le continent américain bien avant nous. Quand les Européens, autrement dit nos ancêtres, ont découvert puis conquis le Nouveau Monde, ils leur ont pris leurs terres...

Jeremy se serra contre elle, soudain effrayé.

— Tu crois que ce monsieur mérindien est toujours en colère parce que nous lui avons volé sa terre ?

— Je ne crois pas.

— Mais il semblait très en colère contre moi.

Chloe retint un sourire. Si l'étranger entendait leur conversation, elle espérait qu'il avait le sens de l'humour.

— Je suis certaine qu'il n'est pas en colère, chéri.

— Mais il ne souriait pas.

— Ce n'est pas parce que les gens ne sourient pas qu'ils sont en colère.

— Alors pourquoi il ne souriait pas ?

Jeremy avait vraiment le chic pour poser des questions impossibles aux moments inopportuns.

— Je ne sais pas. Sans doute n'avait-il pas envie de sourire. Cela t'arrive parfois, non ?

Ils arrivaient à l'étalage de la nourriture pour chiots. Chloe posa la main sur un sac de croquettes.

— Revenons aux choses sérieuses, Jeremy : je te rappelle que tu as un chiot affamé qui t'attend à la maison !

Elle souleva un énorme sac pour lire en détail la liste des ingrédients. Jeremy s'intéressa quant à lui à un sac avec une photo de golden retriever.

— C'est pour nous !

— Mais il coûte six dollars de plus que les autres, Jeremy ! Que dis-tu de celui-là ? demanda-t-elle en tirant un sac avec la photo d'un labrador.

— Mais, maman, Rowdy est un golden retriever, il lui faut de la nourriture pour golden retriever !

— Écoute, Jeremy, ces photos ne signifient rien.

La lèvre inférieure du petit garçon se recourba et se mit à trembler. Un an plus tôt, Chloe serait restée inflexible face à ce qu'elle considérait comme un caprice, mais depuis que Jeremy faisait des crises d'asthme, elle lui cédait en tout. Son asthme était causé selon les médecins par le stress émotionnel, et la jeune femme redoutait tellement la venue d'une crise qu'elle capitulait dès qu'elle sentait Jeremy trop nerveux ou contrarié.

— *S'il te plaît,* maman…

Ses yeux débordaient de larmes.

Chloe allait renoncer à discuter, quand une voix profonde et bien timbrée s'éleva derrière elle.

— Excusez-moi… ?

Elle sursauta et se retourna. Si elle ne fut pas surprise de découvrir l'Amérindien, elle le fut de sentir son cœur battre plus vite.

— Euh, oui… ? bredouilla-t-elle en s'intimant au calme.

L'homme souriait plus franchement, cette fois. Il lui tendait un stylo à bille.

— Nous avons oublié de le ramasser tout à l'heure. Je l'ai repéré sous une étagère.

— Merci, dit Chloe, qui prit le stylo et le mit dans son sac.

L'inconnu tourna les yeux sur les sacs de croquettes.

— Je n'ai pas pu m'empêcher d'écouter votre discussion concernant la nourriture pour votre chiot. Je suis un spécialiste de la question, alors si vous désirez mon opinion…

— Vous êtes spécialiste ?

Le large sourire de l'homme adoucit son expression austère.

— Si on veut, oui.

Puis il s'adressa à Jeremy.

— Ta maman a raison en ce qui concerne les images sur les sacs, petit. Elles ne signifient rien.

Il tira un sac de la pile avec facilité et lui montra la liste des ingrédients que contenaient les croquettes.

— Ce qu'il faut surtout regarder, ce sont les dosages. Il faut des quantités précises de protéines, de matières grasses, de minéraux et de vitamines. L'alimentation de ton chien doit être très digeste, afin que son corps puisse assimiler tous les éléments nutritifs.

Jeremy se cacha derrière Chloe et regarda l'étranger avec méfiance. Son fils était timide, surtout avec les hommes, mais après ses révélations sur les Amérindiens, il l'était encore plus.

Face à sa peur ostensible, le sourire de l'homme s'évanouit. Après avoir scruté le petit garçon, il dirigea un regard ardent sur Chloe. Toute chaleur avait disparu de sa voix quand il reprit la parole.

— Faites ce que vous voulez de mon avis. Après tout, ce ne sont pas mes affaires.

Chloe le regarda s'éloigner, perplexe. Elle n'aurait su dire ce qui avait contrarié l'inconnu, mais son ton froid avait effrayé Jeremy qui tremblait maintenant de tous ses membres.

Elle posa une main rassurante sur sa tête.

— Ce n'est rien, chéri.

Mais le petit garçon restait accroché à son pantalon.

— Tu as vu ? Il ne nous aime pas !

Chloe ne trouvait pas meilleure explication.

— Peut-être que tu as raison.

Une vingtaine de minutes plus tard, lorsque Chloe poussa son chariot rempli à ras bord vers la caisse, le taciturne étranger avait quitté les lieux. Elle en fut ravie.

La caissière leur sourit avec chaleur. Cette femme encore jeune, mince, dynamique et à l'air direct, avait le profil idéal pour travailler dans une jardinerie-animalerie. Elle s'accouda sur son comptoir et jeta un regard pétillant au chariot.

— Eh bien, on dirait que vous avez trouvé votre vie dans le magasin !

— J'ai peur que nous ne soyons trop chargés !

— Dites, vous ne seriez pas la nouvelle employée du bureau du shérif ?

Chloe se figea, surprise.

— Comment le savez-vous ?

— J'ai remarqué votre voiture sur le parking. Au début, j'ai pensé que vous étiez une touriste, mais quand vous avez parlé de votre chiot, je me suis dit que vous deviez être la nouvelle employée du shérif Lang. Oh, vous allez bientôt être habituée à notre petite ville ! Elle n'est pas très grande et les ragots s'y répandent vite ! Et une nouvelle employée dans le bureau du shérif, c'est bougrement intéressant.

Elle lui tendit la main. Chloe la serra.

— Lucy Gant.

— Chloe Evans. Et voici mon fils Jeremy.

— Salut, Jeremy !

Lucy prit une boîte remplie de sucreries d'une étagère et en ôta le couvercle.

— Sers-toi, bonhomme !

Jeremy plongea la main dans la boîte et en retira une seule friandise.

— Ne sois pas timide, voyons !

Il se resservit.

— Merci, madame.

— Je t'en prie ! J'ai un faible pour les petits gars. J'en ai eu deux.

Elle regarda Jeremy qui s'éloignait pour admirer les animations de la vitrine.

— Vous avez un beau garçon.

— Merci. J'en suis fière.

— Vous vous appelez Chloe Owens ?

— Non, Evans. C'est incroyable, mon nom a été déformé par les ragots !

— Si vous voulez savoir tout ce qui se passe à Jack Pine, adressez-vous à moi, mon petit ! Vous aimez votre nouveau boulot ?

— Beaucoup ! Mes collègues de travail sont adorables, le salaire est décent et l'assurance sociale est aussi très intéressante.

— Vu le prix des assurances, de nos jours, c'est un plus ! Vous travaillez aussi le week-end ?

— Hélas, oui... Je suis au bureau de quinze à vingt-trois heures tous les jours sauf le mercredi et le vendredi. Mais j'ai eu de la chance, car j'ai trouvé une bonne baby-sitter pour mon fils. C'est la fille du policier Bower, Tracy. Jeremy en est fou.

— La petite Tracy est une gentille gamine. C'est tout le portrait de sa maman.

Lucy passa son lecteur de code-barres sur le gros paquet de croquettes dans le chariot.

— Le shérif Lang est un type bien. Un peu trop laxiste pour faire un bon policier, mais brave quand même. On a eu le bac la même année, lui et moi. Après, il est allé à l'université...

Elle se tapa la poitrine.

— Et moi, je me suis mariée avec un bon à rien ! Je lui ai donné deux enfants qu'il m'a laissés élever toute seule !

Mère célibataire, Chloe savait combien c'était difficile. Elle posa un collier pour chien sur le comptoir.

— Je suis désolée...

— Je me suis débrouillée. Tout compte fait, je suis bien mieux sans lui ! C'était un homme violent et un peu trop chatouilleux, vous voyez ce que je veux dire ? Sa main partait vite.

La gorge de Chloe se noua. Elle avait beaucoup en commun avec Lucy Gant.

Lucy rangea les achats déjà passés à la caisse dans un grand sac.

— Que pensez-vous de Crazy Ben ?

— De qui parlez-vous ?

— De Ben Longtree, le gars qui vous est rentré dedans tout à l'heure.

— Ah, lui ! Je n'en sais rien... Nous avons échangé à peine quelques mots.

Lucy pinça les lèvres.

— Écoutez, je ne suis pas votre mère, mais je vais quand même vous donner un conseil : méfiez-vous de ce type.

Chloe sortit un os en caoutchouc du chariot.

— Ne vous inquiétez pas, je ne le reverrai sans doute jamais !

— Oh si, vous le reverrez, mon petit, parole de Lucy Gant ! Quand un homme regarde une femme avec ces yeux-là, il revient toujours !

Un frisson parcourut Chloe.

— Je ne...

— Vous payez en liquide ou par carte bancaire ? coupa Lucy.

Chloe n'avait guère le choix, car elle ne pouvait plus utiliser ses cartes de crédit, suite à de graves problèmes avec son mari.

— Liquide. Ou plutôt par chèque, si vous les prenez ?

— Je les prends, mon petit. Mais je vous jure que si c'est un chèque en bois, je vous retrouverai ! Quarante-deux dollars et quatre-vingt-dix-neuf *cents*. Quant à mon conseil, il est gratuit, bien entendu.

Pendant que Chloe fouillait dans son sac à main à la recherche de son carnet de chèques, Lucy se remit à parler de Ben Longtree.

— J'ai toujours dit qu'il était bizarre. Je n'ai pas été étonnée quand j'ai appris qu'il avait tué un homme, il y a quelques années.

Chloe leva sur elle un regard médusé.

— Ah ah ! Je me disais bien que je finirais par éveiller votre attention ! Un coup de poing de Ben et terminus, tout le monde descend au cimetière ! Ça s'est passé près de Riverview. Il paraît que le Ben était saoul. Il est un quart shoshone, vous voyez ce que je veux dire ? L'alcool, ça ravage un Peau-Rouge, après c'est comme de la dynamite !

Chloe jeta un regard par-dessus son épaule, de peur que son fils trop impressionnable n'entende la conversation.

— Il a vraiment tué quelqu'un ?

— L'homme est mort et enterré. Ben Longtree a été défendu par un avocat bavard et prétentieux. Légitime défense sans préméditation, voilà le verdict ! Ben s'est acheté son innocence à coups de dollars. Maintenant, un assassin de sang-froid se balade en liberté dans nos rues, parce qu'il a été assez riche pour s'acheter son innocence !

Se souvenant du regard ardent que Ben Longtree lui avait jeté tout à l'heure, Chloe ne douta pas une seconde de son bouillant tempérament.

— Ce que vous dites est terrible.

— Crazy Ben est dangereux, alors faites attention ! Son père battait sa mère tous les jours que Dieu fait, et un chien ne fait pas des chats ! Je pourrais vous raconter des histoires à faire se dresser les cheveux sur la tête !

— Je ne préfère pas. Mon fils est très émotif…

Mais Lucy continua sans l'écouter.

— Il s'en passe de drôles, là-bas…

— Où ça, là-bas ?

— À Cinnamon Ridge, pardi ! C'est là que Ben Longtree habite. Il faut vous mettre au parfum, mon petit ! Je parie que vous n'êtes encore jamais allée de ce côté ? Joli coin. Belle propriété. Des pins ponderosa et la forêt à perte de vue. De la maison, on a un de ces panoramas… ! Mais je n'en connais pas beaucoup qui se hasardent sur les terres de Ben ! Et ceux qui se sont approchés de trop près vous en racontent des vertes et des pas mûres ! Il y a des animaux sauvages partout. On dit même que Ben habite avec un couguar !

— Un... ?

— Un couguar. Un puma ou un lion des montagnes, si vous voulez. Il y en a quelques-uns dans la région. Certains en font leurs animaux de compagnie.

— Oh, vraiment ?

— Il se passe des choses *très* bizarres par là-bas, croyez-moi... !

Lucy se frotta les bras, frissonnante.

— Tenez, ce loup, par exemple ! Il faut être cinglé pour avoir un loup comme animal domestique ! Ben prétend que c'est un croisement, mais pensez-vous ! On dirait un vrai loup, vous n'êtes pas de mon avis ?

Chloe revit la créature qui leur avait causé une peur bleue, tout à l'heure. Elle n'était pas étonnée que le dénommé Ben Longtree en soit le propriétaire.

— Et si ce loup attaquait quelqu'un ? hasarda-t-elle.

Toujours concentrée sur ses ragots, Lucy ignora le chèque que Chloe déposait sur le comptoir.

— Mandy Prince pense que Ben est un sorcier ! Elle a étudié ces trucs et ces machins à l'université. Elle dit que le couguar serait son génie, son démon familier, quoi !

Cette fois, Chloe retint un sourire. Ben Longtree était peut-être étrange et ombrageux, mais de là à l'accuser de sorcellerie !

— C'est un sacré grand gaillard, continua Lucy. Et un chat, c'est trop petit pour son gabarit, alors il s'est choisi un couguar !

Chloe glissa son chèque vers Lucy.

— Il attire les animaux chez lui, poursuivit la caissière. Peut-être leur lance-t-il des sorts ? Même quand il était gosse, il était bizarre...

Elle haussa les sourcils.

— Vous avez entendu parler de ces deux gars de la région qui ont disparu ?

— Non.

— Ils étaient partis chasser à l'arc, l'été dernier. Ils ne sont jamais revenus ! Il y a des gens qui pensent que Ben les aurait tués et qu'il aurait donné leurs restes à ses… ses bêtes sauvages !

L'estomac de Chloe se noua. Elle jeta un regard appuyé à Lucy en lui montrant Jeremy, mais la caissière n'en continua pas moins.

— Ben devient fou si on touche à un poil des bêtes sauvages ! Ces chasseurs sont peut-être entrés dans sa propriété et ils ont peut-être tué un de ses daims sans le faire exprès ?

— C'est possible.

— Très probable ! Sinon, comment expliquer qu'ils aient disparu dans la nature ? Croyez-moi, il y a du Ben Longtree là-dessous !

— Je suis certaine que le shérif Lang l'aurait arrêté, s'il avait eu des doutes.

— Ce n'est pas sûr ! répliqua Lucy. Il faut des preuves pour arrêter les gens !

Exactement, songea Chloe. Depuis le début, Lucy ne faisait que des suppositions.

— Vous savez ce que je pense ? murmura cette dernière. Je crois qu'il se passe des choses encore plus graves à Cinnamon Ridge. Quand Ben est revenu dans la région, après cette histoire de meurtre, il était fauché. Maintenant, il roule sur l'or. Lisez plutôt !

Elle montra une affichette sur le mur. Chloe lut : *10 000 dollars de récompense pour toute information qui favoriserait l'arrestation de la ou des personnes qui tirent sur les animaux de Cinnamon Ridge*. Il était précisé que l'arme utilisée était un fusil de calibre 22 et que le tireur n'avait nullement l'intention de tuer, seulement de blesser.

— Vous croyez qu'un type sans le sou et sans boulot pourrait offrir une récompense si élevée ?

— Qui peut s'amuser à blesser des animaux ? demanda Chloe.

— Moi, ce qui me gêne, ce sont ces dix mille dollars. Où est-ce qu'il les prend, à votre avis ?

Chloe n'en avait pas la moindre idée et cela lui était égal. Elle avait envie de partir. Elle jeta un coup d'œil à sa montre.

— Oh, il est presque seize heures, il faut que j'y aille !

Mais Lucy reprenait son souffle et enchaînait :

— Moins d'un an après être revenu vivre à Jack Pine, Ben a fait construire une grosse maison, une annexe à la vieille baraque de ses parents dont il ne reste plus grand-chose. Je doute qu'il l'ait payée avec la retraite de sa vieille mère !

— C'est sans doute une question très intéressante, Lucy, mais il faut vraiment que j'y aille. Nous avons un chiot affamé qui nous attend !

Lucy leva l'index.

— Un jour, vous me remercierez du service que je vous rends, mon petit ! Si par hasard Ben s'avise de tourner autour de vos jupes, vous saurez qu'il faut prendre vos jambes à votre cou !

Mais Chloe n'avait pas l'intention de laisser Ben, ou tout autre homme, tourner autour d'elle.

— Je parie ma retraite qu'il trafique ! Nan, sa mère, doit toucher la retraite de Hap. C'est le père de Ben, Dieu ait son âme. Hap buvait et courait les filles. Il ne gardait jamais un boulot bien longtemps. Nan, la pauvrette, ne doit pas toucher grand-chose…

— Peut-être que M. Longtree a fait un héritage ? hasarda Chloe.

— C'est impossible ! Son père a tout dépensé en alcool. Quand son camion est rentré dans un pin, il y a quelques années, il est mort bourré et à sec !

Cette fois, Chloe en avait assez entendu.

— Je dois...

— Moi, je pense que Ben a un laboratoire secret où il fabrique de la drogue ! On peut se faire beaucoup d'argent avec ces saletés ! De plus, comme il est vétérinaire, il s'y connaît en chimie ! Voilà qui expliquerait pourquoi il chasse les gens de sa propriété, un fusil à la main ! Un homme ne se comporte pas de cette façon s'il n'a pas quelque chose à se reprocher !

Jeremy s'approchait. Chloe lança un regard d'avertissement à Lucy. Cette dernière se tut enfin et se pencha par-dessus le comptoir pour poser la main sur l'épaule du garçon.

— Tu vois, bonhomme, tu as les meilleures croquettes pour chiots de tout le magasin !

— C'est vrai !? Alors tant mieux ! On les a achetées parce que c'était les moins chères !

Lucy se mit à rire.

— Chères ou pas, ce sont les meilleures ! Les gens peuvent raconter ce qu'ils veulent sur Ben Longtree, mais il connaît les bêtes. C'est un bon vétérinaire. C'est dommage qu'il ait perdu sa clientèle, après cette histoire avec la justice... Soigner les animaux, c'est la seule chose de bien qu'il sache faire !

Bien que ce soit son jour de congé, Chloe avait l'impression d'avoir travaillé toute la journée quand elle rentra chez elle. Impatient de revoir son chiot, Jeremy bondit de la voiture. Chloe se retint de lui rappeler de ne pas courir trop vite. Le médecin lui avait dit que Jeremy allait très bien, et un sprint n'allait pas lui faire de mal. Elle ne devait pas le surprotéger.

Le petit garçon courut sans faiblir jusqu'à la porte d'entrée. Chloe le suivit des yeux, songeuse, puis étudia sa maison de location en piteux état et fit l'inventaire des réparations nécessaires – des dépenses à sa charge, puisque son propriétaire refusait de les assumer.

Les sept cents dollars de loyer mensuel lui donnaient pourtant le droit d'avoir un robinet de cuisine qui ne gouttait pas, une porte qui ne se bloquait pas chaque fois qu'elle introduisait la clé dans la serrure, et un lino qui ne s'affaissait pas à chaque pas !

Courage, un peu de peinture et de l'huile de coude feront des miracles... se dit-elle, décidée à être optimiste.

La porte écran s'ouvrit tout à coup et Jeremy ressortit de la maison aussi vite qu'il y était entré. Remarquant le visage bouleversé de son fils, Chloe sortit de la voiture.

— Que se passe-t-il, chéri ?

Livide, Jeremy ouvrit la bouche, mais aucun son n'en sortit. Chloe, paniquée, courut vers lui. À peine avait-elle atteint les premières marches de la véranda que l'enfant rentra de nouveau.

— Rowdy est très, très malade, maman !

Chloe se précipita après lui. Une odeur nauséabonde la saisit à la gorge. Elle courut à la salle de bains où ils avaient laissé Rowdy, le temps de faire leurs courses, et s'immobilisa sur le pas de la porte. Jamais elle n'avait senti une telle puanteur. Certes, les chiots souillaient leur territoire pour le marquer, mais Rowdy avait vomi. Son urine et sa diarrhée hémorragique salissaient le carrelage de la salle de bains.

À ce spectacle, Chloe sentit son cœur se décrocher. Le chiot semblait certes faible, en début d'après-midi, mais elle avait attribué son état à la faim. Rowdy et les autres petits de la portée avaient été abandonnés dans une vieille ferme aux confins de la ville. Il était à demi mort quand il avait été retrouvé, mais elle espérait que des soins et une nourriture saine le rétabliraient vite.

Elle entra dans la salle de bains et chercha le chien. Elle l'aperçut enfin contre le pied de la baignoire, les pattes de devant écartées, le museau sur le carrelage.

— Ô mon Dieu ! dit-elle en s'accroupissant. Pauvre bébé...

Il était encore vivant, mais pour combien de temps... ? Son état semblait grave.

— Il est *tellement* malade, répétait Jeremy en claquant des dents. Nous devons aller chez le docteur, maman.

Mais Chloe ne pouvait s'offrir le luxe d'un vétérinaire. Il ne lui restait que cent dollars jusqu'à son prochain salaire. La situation était très triste, mais elle avait d'autres urgences : se nourrir et nourrir son fils. Comment l'expliquer à Jeremy ? Il avait traversé tant d'épreuves, et ce chiot était le premier rayon de soleil dans sa vie depuis longtemps.

Et si les vétérinaires acceptaient d'être payés en plusieurs fois ? se demanda-t-elle avec espoir. Peut-être obtiendrait-elle un traitement pour Rowdy maintenant, avec la possibilité de payer plus tard ? Voilà qui méritait réflexion, non ? Encore fallait-il que l'état du chiot ne soit pas complètement désespéré...

Chloe se décida très vite. Elle ouvrit le placard sous l'évier et en sortit une serviette.

— Enveloppons Rowdy là-dedans. On file chez le vétérinaire !

Quand elle souleva le chiot, la petite tête du golden retriever retomba pesamment sur son bras. Son corps malingre brûlait de fièvre sous la serviette.

Jeremy poussa un gémissement qui serra le cœur de Chloe. Il s'était enveloppé de ses bras et se dandinait d'un pied sur l'autre.

— Il va mourir, maman ?

— Je n'en sais rien, Jeremy…

Le chiot toujours serré contre elle, Chloe consulta sa montre. Seize heures quarante. Il ne lui restait que vingt minutes pour trouver un vétérinaire.

Une demi-heure plus tard, debout à côté de la table d'examen, Chloe regardait le vétérinaire, incrédule. Le chiot inconscient gisait entre eux.

— Ne pouvez-vous pas faire une exception pour une fois ? Je vous paierai demain, insista-t-elle.

Le vétérinaire, un petit homme chauve, l'observa par-dessus ses lunettes.

— Si vous ne payez pas maintenant, je ne peux rien faire. C'est une règle. Si cela vous arrange, nous acceptons les cartes de crédit.

La jeune femme aurait voulu le prendre au collet et le secouer.

— Je n'ai pas de carte de crédit…

Il fronça les sourcils.

— Puis-je vous demander pourquoi ?

— Mon mari est tombé malade, répondit Chloe à contrecœur. Toutes mes cartes ont été bloquées.

— Je regrette, mais le traitement de la parvovirose coûte très cher. Je n'exige pas le règlement des soins dans leur intégralité bien entendu, mais j'ai besoin d'un acompte de trois cents dollars.

Chloe pensa à son fils resté seul dans la salle d'attente. Un an et demi plus tôt, Jeremy avait quasiment perdu son père. Trois semaines auparavant, elle l'avait arraché à un environnement familier et à des grands-parents qu'il adorait. Elle avait acheté ce chiot pour revoir un peu de joie dans ses yeux. Le bonheur de Jeremy avait été de courte durée, car sans soins, son chien allait mourir. Chloe ne pouvait le supporter.

— Écoutez, mon petit garçon ne va pas très bien en ce moment, et il est terrifié à l'idée de perdre son chiot. Je vous en prie, faites quelque chose… Je possède une broche en rubis, un bijou de famille très ancien. Je peux en tirer trois cents dollars. Je reviendrai avec l'argent demain matin.

— Le chiot passera la nuit, madame Evans, alors revenez demain quand vous aurez l'argent.

Le vétérinaire lui lança un regard d'excuse.

— Je suis désolé, mais les promesses sont faciles quand la vie d'un petit animal est en jeu. Une fois que l'animal va mieux, les promesses s'envolent…

Sur ces mots, il quitta la salle d'examen. Chloe regarda la porte, tremblant de fureur contenue, puis elle reprit le chiot dans ses bras.

Jeremy bondit à sa vue. Dans son visage très pâle, son regard brun paraissait immense.

— Le docteur va le guérir ?

Chloe était dans une telle colère qu'elle fit un gros effort pour lui répondre avec calme.

— Je vais t'expliquer, chéri…

Une fois dans la voiture, elle plaça Rowdy dans les bras de son fils avec précaution. Il pressa son visage contre la fourrure de son petit chien.

— Je t'en supplie, maman, fais qu'il ne meure pas…

Chloe serra le volant.

— Le vétérinaire a dit qu'il souffrait de parvovirose, commença-t-elle avec prudence. Il voulait trois cents dollars tout de suite.

— C'est beaucoup ?

— Pour l'instant, je n'ai que quatre-vingt-dix-huit dollars.

Elle s'efforça de sourire.

— Mais tout n'est pas perdu, chéri. Le vétérinaire pense que Rowdy passera la nuit, et j'ai une idée pour avoir cet argent très vite.

— Il est si malade… se lamenta Jeremy dont la respiration devenait plus rapide. Et si…

Il reprit la parole avec effort.

— Et s'il mourait cette nuit ?

Chloe scrutait son visage anxieux. Tous les enfants de son âge croyaient aux miracles, mais Jeremy n'avait que des illusions perdues et des rêves brisés.

Sa respiration sifflante s'élevait dans le silence. Une violente angoisse serra le cœur de Chloe à l'idée qu'il ait une crise d'asthme.

— Nous allons prier de tout notre cœur pour que Rowdy ne meure pas.

Jeremy inclina son visage sur le chiot.

— Prier, ça n'a pas aidé papa…

Le regard de la jeune femme se perdit dans le lointain.

— C'est vrai.

— Alors ça ne marchera pas non plus pour Rowdy.

Les larmes montèrent aux yeux de Chloe. Que lui répondre ? Une douzaine de mensonges lui vinrent à l'esprit, mais Jeremy les connaissait déjà par cœur.

Une fois les déjections de Rowdy nettoyées, Chloe coucha son fils. Elle s'installa ensuite sur le sofa avec le chiot et le berça. Il était mourant, mais une odeur douce qui rappelait l'odeur de l'enfance montait de son poil. Malgré la serviette qui l'enveloppait et ses vêtements, Chloe sentait la fièvre de Rowdy. Il était si malade que seul un miracle pourrait le sauver…

Cette pensée lui brisa le cœur. Sans cesser de le caresser, elle resta dans l'obscurité, trop fatiguée pour pleurer. Tout ce qu'elle entreprenait échouait. Pourquoi ? Les gens achetaient des chiots pour leurs enfants tous les jours, et ces chiots ne mouraient pas !

Le poids des épreuves l'épuisait, elle n'en pouvait plus.

Jamais elle ne trouverait la force d'annoncer à Jeremy la mort de son chien, s'il ne survivait pas à cette nuit.

Le clair de lune passa à travers les fenêtres de la salle de séjour et ses rayons, de minces doigts d'argent, se profilèrent sur le sol. Chloe pressa le chiot contre elle et posa la joue sur son pelage agité de frissons. Elle mourait de fatigue, mais elle avait peur d'aller se coucher et le laisser seul. Si Rowdy mourait pendant qu'elle dormait ?

Elle berça le chiot comme elle aurait bercé son fils, retenant le peu de vie qui lui restait parce que lui-même était trop faible pour la retenir. Dans la nuit silencieuse, l'horloge égrenait les heures. Dehors, le vent battait les murs de la maison. Les buissons s'agitaient. Ces frottements incessants, presque des chuchotements humains, lui portaient sur les nerfs et la ramenaient au passé. Chloe ne cessait de jeter des regards apeurés autour d'elle. Il n'y avait pas si longtemps, elle avait entendu ces mêmes bruits dans son appartement de Lynnwood, et ce n'était pas le vent dans les buissons...

Évoquer les souvenirs de ces derniers mois réveilla la peur.

Ressaisis-toi ! se gronda-t-elle. Roger ne peut te retrouver, maintenant que tu as quitté Seattle...

Peine perdue. Chloe, trop fatiguée et trop déprimée, ne parvenait pas à se calmer.

Les minutes passaient, formaient une heure, puis deux. Par instants, des convulsions parcouraient le petit corps tremblant de Rowdy. Parfois, il vomissait de la bile. Chloe essuyait son museau et sortait une serviette propre où elle l'enveloppait. Concentrée sur lui, elle perdit bientôt la notion du temps. Ses yeux fatigués la brûlaient. Des crampes raidissaient ses muscles.

Le petit jour pointa. Elle se leva et déposa le chiot dans son carton, puis se rendit à la cuisine. Elle remplit la cafetière d'eau et moulut le café. Ses mains engourdies lui faisaient mal comme si elle avait été percluse d'arthrite. Pour se distraire, elle regarda le soleil se lever par la fenêtre.

Le ciel était rose flamboyant, parsemé de longues traînées pourpre et mauve ainsi que de nuages doux et légers comme du sucre candi. Au fur et à mesure que le soleil illuminait le ciel, Chloe sentait l'espoir revenir. Le chiot avait passé la nuit.

2

Les rayons du soleil matinal filtraient à travers les branches des pins et baignaient le pré et la forêt d'une chaude lumière miellée. La chaleur agissait comme les doigts d'une masseuse virtuose sur les épaules nouées de Ben. C'était l'heure de la journée qu'il préférait, un moment volé au temps qu'il savourait en solitaire et en égoïste. Il aimait laisser vagabonder ses pensées en contemplant le spectacle de la nature.

Ben avait d'autant plus besoin de ce calme que ses journées ressemblaient à un cauchemar récurrent, depuis des semaines. Il avait beau courir après le temps, ses journées étaient trop courtes. Il aspirait au repos comme un homme affamé aspire à un somptueux dîner. Le tireur sadique avait détruit sa tranquillité. Ben soignait les animaux blessés par son fusil toute la journée, et chaque jour lui amenait un nouveau patient.

Il avait installé les animaux qu'il ne pouvait raisonnablement soigner sous son toit, dans une grotte située à plus de deux kilomètres de chez lui, où il se rendait deux fois par jour. Cette balade journalière aurait été un plaisir si le temps ne lui avait été compté. Occupé du matin au soir, il ne pouvait plus guère écrire – une activité dont il vivait, et qui lui permettait de payer les dépenses courantes ainsi que les indispensables produits vétérinaires.

Il aurait pu se faciliter la vie en prenant son Arctic Cat, un véhicule tout-terrain, pour se rendre à la grotte, mais il avait peur que le bruit du moteur ne renseigne un éventuel curieux sur ses activités. Le sadique qui tirait sur les animaux pour le seul plaisir de les blesser se promenait dans cette partie de la forêt. Si ce dernier découvrait la grotte, il n'hésiterait pas à faire feu sur les bêtes déjà touchées.

L'un des cerfs cessa soudain de brouter et leva le museau, aux aguets, puis il s'ébroua et donna des coups à terre de ses cornes frontales. Inquiet, Ben se leva et tendit l'oreille, mais il n'entendit rien. Perplexe, il reporta son attention sur les cerfs et aperçut une biche qui regardait vers la maison avec curiosité.

Un curieux bruit, rappelant un couinement de canard, s'éleva au même instant.

Il se passait quelque chose. Rien de vraiment alarmant, car les cerfs semblaient plus curieux qu'effrayés, mais Ben voulait en avoir le cœur net.

Il s'approchait de l'auvent où il garait son pick-up, quand il vit un petit garçon. L'intrépide gamin tenait sa bicyclette d'une main, et pressait de l'autre le klaxon à poire en caoutchouc rouge avec régularité et obstination. Le soleil allumait des reflets dorés dans ses cheveux auburn. Il portait un tee-shirt qui représentait Winnie l'Ourson, un jean délavé recousu aux genoux et des tennis de cuir blanc dont un lacet était dénoué. Son visage était familier à Ben, mais il ne put se rappeler où il l'avait croisé.

Il s'étonna de le voir chez lui. Les pancartes d'interdiction d'entrer, disposées tout autour de sa propriété, dissuadaient les intrus de pénétrer chez lui – à moins, bien sûr, que l'intrus ne soit haut comme trois pommes et ne sache pas lire.

Les rares fois où un curieux s'introduisait sur ses terres, il le chassait, parfois fusil en main. Mais il s'agissait aujourd'hui d'un enfant. Ben remarqua son extrême pâleur, ses yeux bruns où brillait une lueur fiévreuse, ainsi que sa respiration saccadée. Le petit avait dû pédaler comme un fou. À cet âge, monter une pente sur un bon kilomètre n'était pas une partie de plaisir… Ben s'arrêta et lança au gamin son regard le plus intimidant. En général, les gens terrorisés prenaient leurs jambes à leur cou. Pas l'enfant. Il mit la béquille à son vélo. Puis, l'air paniqué, il prit une grande inspiration et se jeta à l'eau :

— Je m'appelle Jeremy, il faut que vous m'aidiez.

Ben écarta les jambes et planta les mains sur ses hanches.

— Si tu viens me vendre des journaux, pas la peine de te fatiguer.

— Je ne suis rien venu vendre.

Les lèvres du petit garçon lui semblaient maintenant bleues. Sans doute était-ce un effet de la lumière ?

— Je n'aime pas que des gens viennent chez moi. Prends ton vélo et fiche le camp !

Heureux propriétaire d'une grande forêt, Ben était non seulement jaloux de sa solitude, mais méfiant. Chaque fois qu'un importun osait pénétrer chez lui, il régalait ensuite la ville de contes à dormir debout, et les ragots n'en finissaient plus.

— Va-t'en ! s'écria-t-il, excédé.

Constatant que le tremblement qui secouait le petit garçon s'accentuait, il eut honte de sa violence. Il n'avait aucun scrupule à effrayer des adultes ou des adolescents, mais c'était minable de faire peur à un gosse.

Malgré sa terreur évidente, le petit ne bougea pas. Ben admira son courage.

— J'ai fait tout ce chemin pour vous voir ! Si vous êtes encore en colère parce qu'on vous a volé vos terres, je suis désolé ! Mais je ne partirai pas avant de vous avoir parlé.

— Parle, qu'on en finisse.

— Mon chiot Rowdy va mourir. Je vous l'ai amené parce que la dame de l'animalerie a dit que vous soignez bien les animaux.

Ben étudia le visage constellé de taches de rousseur de l'enfant et se souvint qu'il l'avait rencontré hier à l'animalerie. Le visage de la mère lui revint ensuite à l'esprit. Une jolie femme avec des cheveux auburn, de grands yeux bruns et une silhouette fine. Depuis son divorce, Ben ne regardait plus les femmes, mais hier il avait fait une exception, ce qui n'avait pas été sans l'étonner.

Il se souvenait que le petiot s'était caché dans ses jambes et cramponné à son pantalon quand il s'était approché d'eux.

Depuis son retour à Jack Pine, quelques années plus tôt, il connaissait toutes les calomnies qui salissaient sa réputation : sorcellerie, disparitions inexpliquées et meurtres, restes humains qu'il servait à ses animaux. Ces histoires, émanations de cerveaux malades, étaient tellement grotesques qu'il avait décidé de les ignorer. Mais hier, il avait eu un choc en constatant que cet enfant avait peur de lui, de toute évidence à cause de ces ragots stupides.

Le petit bonhomme avait les mêmes yeux que sa mère, deux flaques de chocolat noir fondu, ombré par des cils épais. Ben avait souvent repensé à elle depuis hier. Il l'avait trouvée mignonne comme tout dans son pantalon kaki et son tricot vert qui soulignait sa poitrine ronde.

Il s'arracha à ces pensées et observa le chiot immobile dans le panier du vélo. Il avait de la peine pour le gosse qui allait perdre son chien, mais ça n'était pas son problème. Si jamais il aidait Jeremy, il signerait l'arrêt de mort de près de vingt animaux sauvages, dont son vieux couguar Methuselah.

Trois mois plus tôt, quand un employé de la compagnie d'électricité s'était rendu chez lui pour effectuer le relevé du compteur, il avait vu son couguar se promener en liberté. Moins d'une semaine après, le policier Bobby Lee Schuck avait fait une descente à Cinnamon Ridge, avec deux dresseurs animaliers et une remorque. Ben n'avait pas eu le temps de cacher les animaux de son hôpital en plein air, installé derrière la maison à cette époque : aussi, tous ses convalescents lui avaient été retirés.

Mais Methuselah avait échappé aux gardiens et à Bobby Lee, parce que le policier n'avait pas poussé ses recherches à l'intérieur. Héberger et soigner des animaux sauvages sans autorisation spéciale était une infraction à la loi de l'État de l'Oregon, et Ben avait dû payer une forte amende. On l'avait prévenu qu'il irait en prison, si d'aventure il enfreignait de nouveau la loi. Il avait donc décidé d'agir dans la légalité et de demander une autorisation, mais jusqu'à ce jour il n'avait reçu aucune réponse. Il soupçonnait Bobby Lee de freiner la procédure administrative. Ben avait alors dû choisir entre les soins aux animaux et la loi. Il ne pouvait condamner Methuselah à une mort certaine en le renvoyant dans les forêts, et il ne pouvait pas non plus ignorer les animaux blessés qui venaient rechercher son aide.

L'exercice de la médecine vétérinaire sans autorisation le mènerait à la prison s'il était découvert. Ben en était conscient et il était également prêt à en payer le prix, mais en attendant, il était le plus prudent possible. Pour se protéger, il interdisait l'accès à sa propriété à tout le monde, même à un petit garçon désespéré qui venait lui demander de soigner son chiot malade.

— Je ne suis plus vétérinaire, annonça-t-il d'une voix ferme, et je n'aime pas qu'on vienne me casser les pieds.

— Mais vous vous souvenez quand même de votre métier ? insista Jeremy.

Ses grands yeux bruns brillaient de larmes.

— S'il vous plaît, il va mourir, monsieur Longtree. Il a besoin de vous.

Soudain, le garçon fixa un point derrière Ben et se raidit, manifestement terrorisé. Son visage déjà pâle devint livide. Sans se retourner, Ben comprit que Jeremy avait vu le couguar, surtout quand il entendit des packs de jus de fruits dégringoler. Methuselah, à moitié aveugle, se cognait partout.

Contrarié, Ben serra les dents. Le mal était fait… Le gosse allait courir chez lui et tout raconter à sa mère, laquelle téléphonerait à sa meilleure copine pour médire sur lui. Demain, tout Jack Pine saurait qu'il avait toujours un couguar chez lui. La suite, il la devinait sans peine. Le policier Schuck se ferait une joie de le mettre derrière les barreaux, et le destin de son pauvre vieux couguar serait scellé.

Mais Ben fut surpris de voir le petit garçon porter la main à sa gorge comme s'il étouffait. Sa respiration devenait sifflante. Jeremy fouilla dans la poche de son jean et en sortit un inhalateur. Ben se précipita pour l'aider et plaça l'embout orange devant sa bouche ouverte.

— Calme-toi, petit ! Je te jure que le couguar ne te fera pas de mal !

Il pressa sur le flacon afin de libérer une dose du médicament. Jeremy essaya d'inhaler, mais il était si paniqué qu'il n'y parvint pas, et le médicament resta sans effet. De plus en plus inquiet, Ben s'agenouilla pour mieux l'assister et pressa de nouveau sur le flacon.

— C'est de l'asthme ? Calme-toi. Essaie de te détendre.

Facile à dire. Jeremy fit de nombreux efforts avant de parvenir à expirer et inspirer.

Puis, épuisé par sa crise, l'enfant se laissa aller dans les bras de Ben. Ses convulsions prenaient fin. Son regard écarquillé et encore effrayé restait fixé sur le couguar.

— Ça t'arrive souvent ? demanda Ben.

Jeremy opina.

— C'est de l'asthme, expliqua-t-il d'une voix enrouée. Le médecin dit qu'un jour, ça partira.

Le plus souvent, l'asthme était dû à une allergie, mais la crise de l'enfant avait manifestement été provoquée par la panique.

— Ça ne doit pas être drôle de ne pas pouvoir respirer, hein ?

— C'est vrai.

Le couguar, intrigué par la voix de Jeremy, s'approcha. Son regard myope était flou et très doux.

— Lui, c'est Methuselah, annonça Ben. Je sais qu'il fait peur, mais c'est mon ami.

— Il va me manger ?

Ben songea qu'une pointe d'humour détendrait la situation.

— Avant, il doit mettre son dentier.

Il tendit la main vers le couguar et lui retroussa les babines.

— Regarde, il n'a presque plus de dents.

Encore faible, Jeremy sourit vaguement.

— C'est un vrai couguar ?

Ben décida de continuer sur le mode de l'humour.

— Non, c'est une peluche ! Il y a une clé derrière son oreille droite. Chaque fois que je veux le faire bouger, je le remonte.

Le large sourire qui dérida Jeremy creusa des fossettes dans ses joues.

— C'est pas vrai !

— Mais au moins, tu as souri !

Jeremy haussa les épaules. Ben remarqua que la

couleur revenait à son visage et que ses lèvres redevenaient roses.

— Je vois bien qu'il respire pour de vrai, fit observer le garçon.

— Tu as raison, dit Ben gravement.

Il gratta Methuselah derrière l'oreille. Le couguar frotta son museau sur le poignet.

— C'est juste un pauvre vieux couguar édenté, à qui il manque une patte et qui est à moitié aveugle.

— Je n'avais jamais vu de couguar en vrai, avant, sauf à la télé mais ils faisaient drôlement peur.

À cet instant, Ben comprit qu'il était conquis par Jeremy, par son mélange de timidité et de courage, ainsi que son émouvant regard brun.

— La plupart des couguars sont sauvages, expliqua-t-il, et ils sont tous dangereux, mais Methuselah est une exception.

Il laissa le couguar renifler la chemise de Jeremy.

— Il veut te dire bonjour. Tu veux bien lui dire bonjour aussi ?

— Bonjour, Thuselah.

Jeremy toucha la truffe du couguar de la pointe de l'index, puis retira bien vite la main.

— Pourquoi il a perdu une patte ?

— Il a été pris dans un piège.

À en juger par la confusion qui apparut sur le visage du petit garçon, Ben comprit qu'il n'avait jamais entendu parler de piège.

— Un piège, c'est un gadget en acier avec des mâchoires qui ressemblent à une mâchoire d'animal féroce…

Il retira son bras de derrière ses épaules pour lui montrer la taille d'un piège des deux mains. Surpris par ce geste, Jeremy se recroquevilla et mit un bras en travers de son visage.

Ben en ressentit un véritable choc. Un enfant ne se protégeait pas de coups éventuels aussi spontanément sans raison – et la raison, Ben la soupçonnait déjà. Il resta silencieux, bouleversé, prêt à lui dire que jamais il ne porterait la main sur lui. Mais il ne dit rien, sachant que les mots étaient parfois impuissants face à la peur.

Jeremy baissa lentement le bras et regarda Ben de derrière son poignet. Quand il fut certain d'être en sécurité, il le baissa tout à fait.

À la vue de son visage empourpré, Ben sut qu'il était gêné. Il comprenait. N'avait-il pas été lui-même un enfant peureux et victime de violences ?

Pour le distraire, il lui expliqua comment fonctionnait un piège, d'une voix altérée par l'émotion. Ben fut soulagé quand il remarqua qu'il se détendait enfin. Il n'aurait su dire si Jeremy avait écouté ses explications mais, encore une fois, les mots n'avaient aucune importance.

— Les pièges, ça fait mal ? demanda enfin l'enfant.

Ben l'observa avec attention et lut dans ses yeux qu'il connaissait la souffrance malgré son jeune âge.

— Oui, ça fait vraiment très mal.

Le petit garçon regarda Methuselah.

— Si ça fait mal, alors pourquoi on en pose ?

— Parce que… En fait, je n'en ai aucune idée, Jeremy. Il y a des gens qui posent des pièges, c'est tout. Et ce pauvre Methuselah en a été victime.

— Comment il en est sorti ?

Ben caressa le couguar.

— Je n'étais pas là, et Methuselah ne parle pas, mais vu l'état de sa patte, je présume qu'il s'est débrouillé pour se libérer…

Le puma avait même dû dévorer sa patte pour se sortir du piège, mais Ben jugea inutile de révéler ce détail.

— Quand il est arrivé chez moi, il était presque mort. Je l'ai endormi avec une piqûre et j'ai amputé sa patte. Ensuite, je lui ai donné des antibiotiques pour combattre l'infection. Quand il a guéri, nous sommes devenus de bons amis. Mais de longues semaines ont été nécessaires pour le soigner.

— Et maintenant, il vit avec toi ?

— Il est aveugle et il n'a plus de dents, il ne peut donc plus chasser. Dans la forêt, il mourrait très vite. Au moins, chez moi, il mange à sa faim.

Ben sourit en palpant les flancs du couguar bien nourri.

— Il vit comme un coq en pâte ! Je trouve même qu'il prend du poids, mais je ne regrette pas de l'avoir gardé avec moi.

Le garçon s'écarta de Ben, se leva et se dirigea vers sa bicyclette.

— Est-ce que Thuselah mange les petits chiens ? demanda-t-il en plaçant une main protectrice sur son chiot.

Ben sourit.

— Methuselah a sa ration de viande tous les jours. Alors ne t'inquiète pas, ton petit chien ne risque rien.

— Si, il risque beaucoup, protesta Jeremy de sa voix toujours enrouée. Le vétérinaire en ville a dit qu'il avait la parvovirose. Ça coûte très cher pour le soigner... Ma maman est allée à Pineville pour vendre la broche de grand-mère, mais la broche est si vieille et si moche que personne ne lui en donnera trois cents dollars.

— Trois cents dollars !

— C'est ce que veut le vétérinaire avant de commencer à soigner Rowdy. Ça coûtera encore plus cher de le guérir pour toujours.

Ben en croyait à peine ses oreilles.

— Le vétérinaire de Jack Pine a refusé d'administrer un traitement à ton chien avant que ta mère lui avance trois cents dollars !

— Oui, mais nous, on a seulement quatre-vingt-dix-huit dollars.

Neil Fenderbottom, le vétérinaire de Jack Pine, méritait bien sa réputation de mercantile ! La mère de l'enfant remontait dans l'estime de Ben. Combien de femmes auraient vendu un bijou de famille pour payer le traitement d'un chiot ?

Il se leva et s'approcha tout en douceur de Jeremy, mais le petit garçon donna de nouveau des signes de nervosité. Hier, Ben avait pensé que sa méfiance et sa timidité s'expliquaient par les ragots qui couraient sur lui, mais il avait tiré des conclusions trop vite. Cette peur et ce recul instinctif étaient les séquelles de maltraitances…

La colère saisit soudain Ben. Qui en était l'auteur ? Sa mère ? C'était peu probable, car cette jeune femme avait en fait le même regard méfiant que son fils. Elle était craintive parce qu'elle avait été traumatisée par des violences conjugales.

Ben avait vécu dans la terreur de son propre père jusqu'à ses dix-huit ans, âge où il avait enfin pu quitter la maison familiale, sa prison. Jeremy devrait encore patienter longtemps…

Ben observa le chiot qui brûlait de fièvre et constata qu'il était gravement déshydraté. S'il ne le mettait pas tout de suite sous perfusion et sous antibiotique, il était perdu.

— Je te propose un marché, Jeremy. Je veux bien soigner Rowdy, mais en échange, je te demande le silence sur Methuselah.

Ben montra le couguar du pouce.

— Si qui que ce soit, même ta mère, découvre que Methuselah habite avec moi, j'irai en prison et on me le retirera. Il est vieux et malade, alors on ne le mettra pas dans un zoo : on le piquera. Tu sais ce que cela signifie ?

— Qu'on va l'endormir pour toujours… ?

— C'est exact. Sa vie dépend de ton silence.

L'enfant frotta ses mains sur son jean, mal à l'aise.

— Je dis tous mes secrets à ma maman. Mais ma maman ne dira rien à personne.

— Tu sais, il suffit parfois d'un mot... Si quelqu'un en ville a la certitude que j'ai un couguar à la maison, le shérif va venir ici comme un ours attiré par le miel !

Jeremy écarquilla les yeux.

— Le shérif !

— Quoi, le shérif ? s'enquit Ben, pris d'un mauvais pressentiment. Ta maman n'est pas shérif, au moins ?

— Non... Elle est 'patcher.

— Elle est quoi ?

— 'patcher... Elle répond au téléphone et communique avec les policiers par radio pour leur dire où aller.

Ben se pinça l'arête du nez. Sa mère devait voir Bobby Lee Schuck tous les jours.

— Nous voilà bien !

Jeremy lança un regard inquiet à son chiot.

— Si tu ne veux pas donner de médicaments à Rowdy, je ne dirai rien quand même. Ni à maman ni à personne. Personne ne fera dormir Thuselah.

Ben doutait que l'enfant garde le secret, mais il se soucierait de ce problème plus tard. Il avait conclu un marché, et il devait s'occuper du chiot mourant.

La vie est parfois étrange, pensa-t-il alors qu'il le prenait dans le panier. À dix-huit ans, il avait décidé de changer le monde et de devenir un grand vétérinaire. Dix-neuf ans plus tard, il vivait dans un coin de l'Oregon et il était content parce qu'il allait soigner un golden retriever. Non, il n'avait pas mis le monde à feu et à sang, mais cela ne faisait rien. Avec l'âge, il avait acquis la sagesse et l'expérience. Il savait désormais que l'on peut changer le monde devant sa porte, qu'il est inutile de parcourir des kilomètres pour trouver la souffrance et la misère : elle existe partout.

Son grand-père shoshone aimait à répéter qu'un jeune homme pouvait voyager très loin mais ne jamais aller nulle part. Enfant, Ben n'avait pas saisi ces paroles ; maintenant, il en comprenait toute la richesse.

Diablo choisit ce moment pour se montrer. Ben eut peur de la réaction de Jeremy, car le loup était effrayant. Il plaça le chiot malade au creux de son coude et prit Diablo par le collier.

— Voici un autre de mes amis, Jeremy. Je te présente Diablo.

Puis Ben s'adressa au loup.

— Jeremy est un ami, Diablo. Montre-lui tes bonnes manières et serre-lui la main.

Diablo s'assit et tendit la patte avant droite, pour la plus grande joie de l'enfant. En vérité, Ben fut agréablement surpris car le loup, bien que loyal, était parfois rétif. Par chance, Diablo était aussi intelligent, et il avait compris que cette situation nécessitait un minimum de diplomatie.

— Vas-y, Jeremy ! Diablo voudrait te serrer la pince !

Le garçon tortilla ses mains dans son tee-shirt.

— Mais il nous a grogné dessus, hier...

Ben se pencha sur le loup et lui lança un regard de reproche.

— Alors comme ça, tu as été grognon, Diablo ?

Puis, souriant à Jeremy :

— Je ne pense pas qu'il t'en voulait. Il est parfois de mauvaise humeur quand les gens lui parlent comme s'il était un bébé. Il se sent insulté.

— Oh là là ! C'est vrai que maman lui a dit que c'était un bon chien-chien.

— Ah, tu vois ! Si tu étais un grand garçon comme Diablo, tu aimerais qu'on dise de toi que tu es un gentil petiot ?

— Mais maman ne voulait pas l'insulter... Elle avait juste peur qu'il nous morde.

— Diablo ne mord pas.

Jeremy se décida à lâcher son tee-shirt pour tendre prudemment la main vers la patte griffue de l'animal. Il se contenta de la toucher. Ben promit à l'enfant qu'il lui montrerait d'autres trucs de Diablo. Làdessus, il entraîna tout son petit monde à l'intérieur.

Avant d'entrer, il marqua une pause.

— Quel est ton nom de famille, Jeremy ?

— Evans.

— Jeremy Evans, je dois te dire quelque chose. Ma mère – elle s'appelle Nan – souffre de la maladie d'Alzheimer. C'est une maladie qui rend les gens un peu bizarres et qui leur fait oublier le passé. Il se passe des choses étranges dans sa tête. Si elle sort de sa chambre pendant que tu es là, tu ne dois pas avoir peur.

— Mon papa aussi a des choses étranges dans la tête, confia Jeremy. C'est pour ça que maman a divorcé.

Ben, qui soupçonnait depuis le début que le père était un homme violent, fut soulagé qu'il soit sorti de la vie de Jeremy. L'estime de Ben pour la mère du garçon monta encore d'un cran. Ce ne devait pas être facile de divorcer et de se débrouiller seule avec un enfant à charge…

Il savait maintenant de qui Jeremy tirait son courage et sa détermination.

Chloe comprit qu'un malheur était arrivé dès qu'elle se gara devant chez elle. Elle n'avait pas retiré la clé du démarreur que Tracy sortait à toute vitesse de la maison et dévalait les marches de la véranda. Ses yeux étaient rouges des larmes qu'elle avait versées et elle tremblait.

— Que se passe-t-il ? demanda Chloe, bondissant de sa Honda. Le chiot est mort ?

— Il est parti, Chloe ! Le fils des voisins est venu me l'annoncer il y a un instant. J'allais appeler papa quand je vous ai vue arriver. Je pensais que Jeremy jouait dehors, mais il s'est envolé…

— Envolé ?

— Je suis désolée… Je le surveillais pourtant, je vous assure. Vous m'aviez dit qu'il pouvait aller où il voulait dans le voisinage, parce qu'il n'y a pas de circulation. Quand Jeremy a voulu aller jouer dans la cabane de Boober, je l'ai cru… je… je…

Chloe posa les mains sur les épaules de la jeune fille.

— Calme-toi, ma belle.

Tracy hocha la tête et déglutit péniblement. Ses yeux se remplirent de larmes.

— Je n'aurais jamais cru qu'il me désobéirait ! Il me dit toujours où il va… Boober prétend qu'il a mis le chiot dans le panier de sa bicyclette et qu'il est parti.

Elle tendit le bras vers la direction prise par Jeremy.

— Après votre départ, il n'a cessé de parler de Ben Longtree, vous savez, cet homme qui vit à Cinnamon Ridge. Il a entendu Lucy Gant dire qu'il était vétérinaire. Je pense qu'il a emmené Rowdy chez lui.

— Ô, mon Dieu !

Toutes les horreurs que Lucy Gant lui avait racontées la veille sur Ben Longtree revinrent à la mémoire de Chloe.

— Je le surveillais, geignit Tracy, je vous le promets !

Chloe maîtrisa sa propre angoisse pour serrer la malheureuse Tracy dans ses bras. À la campagne, un enfant pouvait se déplacer aisément sans être toujours surveillé. C'est pour donner un peu de liberté à Jeremy qu'elle avait déménagé à Jack Pine.

— Je sais, Tracy, je ne vous reproche rien.

L'image du loup qu'elle avait vu la veille lui traversa l'esprit. Si Longtree laissait un animal sauvage en liberté sur un parking, il y avait fort à parier qu'il le laissait se balader sous son toit. Jeremy serait sans défense, si l'animal l'attaquait.

— Savez-vous comment on va chez Ben Longtree ?

— Il habite à Cinnamon Ridge.

Tracy tendit de nouveau le bras.

— Ce n'est pas très loin. Deux kilomètres, peut-être quatre. Allez jusqu'à Ponderosa Line et tournez à gauche sur une vieille route forestière. Après environ cinq cents mètres, vous verrez une arche en bois sur votre droite. C'est la route qui mène chez lui.

Chloe courait déjà vers sa voiture.

3

Ben et Jeremy empruntèrent la galerie qui courait le long de la partie la plus ancienne de la maison.

— Ta maman a donc divorcé ? demanda Ben.

— Maman s'appelle Chloe. Oui, elle a divorcé, puis nous avons été obligés de déménager, parce que mon papa ne voulait pas nous laisser tranquilles.

L'histoire résumée en deux mots semblait tragique. Ben avait très envie de l'entendre en détail, mais lui-même étant jaloux de sa vie privée et de son intimité, il respectait celle d'autrui et ne se serait jamais permis la moindre question indiscrète.

— Vous aimez Jack Pine, tous les deux ?

— C'est super ! Nous allons rester ici pour toujours. Quand mon papy sera en 'traite, il déménagera ici avec ma mammy pour vivre avec nous. Je suis bien content, parce que mon papy et ma mammy me manquent beaucoup. Ils manquent aussi à ma maman.

Lorsqu'ils passèrent devant la chambre de Nan, Ben posa un doigt sur ses lèvres pour lui recommander le silence. En général, Nan Longtree faisait une sieste à cette heure de la journée, et sa porte fermée signifiait qu'elle ne voulait pas être dérangée.

— Waouh ! s'exclama Jeremy quand, sortis de la galerie, ils arrivèrent dans la dépendance que Ben avait fait construire.

Il se demanda ce qui provoquait son admiration. Il doutait que le garçon soit impressionné par la conception originale de son intérieur, dont il était d'ailleurs l'auteur. Un enfant si jeune ne pouvait apprécier l'espace de plain-pied et les grandes baies vitrées, ainsi que les nombreuses fenêtres qui laissaient pénétrer largement la lumière.

— Où tu les as eues ? poursuivit Jeremy qui regardait vers la cuisine.

Ben s'interrogeait, toujours décontenancé, puis il comprit enfin que le garçon parlait des cages qui occupaient presque toute la cuisine. Une émotion douce-amère lui noua la gorge. C'était la première fois, depuis son retour à Jack Pine, qu'un inconnu découvrait ses cages et ses patients...

Refusant de songer aux éventuelles conséquences de la visite de Jeremy, il ne répondit pas et se dirigea vers un petit secrétaire. Un ordinateur y était installé et des étagères chargées de livres le surmontaient. La cuisine en forme de U comportait également des placards, des plans de travail ergonomiques ainsi qu'une grande table en chêne rectangulaire, où Ben pratiquait ses opérations chirurgicales si nécessaires. Une baie vitrée donnant sur une terrasse couvrait tout un pan de mur et laissait pénétrer la lumière à flots. De là s'ouvrait une vue magnifique sur une chaîne de montagnes.

Ben déposa le chiot sur la table.

— Tu as l'estomac bien accroché, Jeremy ?

Le garçon posa la main sur son ventre et le massa.

— Je ne sais pas, il n'est jamais tombé...

Cette candeur surprit Ben qui éclata de rire.

— J'en déduis donc que tu peux me regarder faire une piqûre à Rowdy ?

Jeremy haussa les épaules.

— Moi, je n'aime pas quand on me fait des piqûres.

— Mais je dois en faire une à Rowdy. C'est pour son bien.

— Et tu vas lui faire quel genre de piqûre ?

Un peu d'effroi transparaissait dans le regard de Jeremy. Après avoir pris divers instruments, Ben examina le chiot.

— Ce n'est pas vraiment une piqûre. Je vais lui poser une perfusion par voie intraveineuse, ce qui signifie que je vais introduire une aiguille dans sa veine. Le contenu d'un flacon va passer par un long tube qui ressemble à un gros spaghetti et qui conduira de l'eau salée dans le corps de Rowdy.

— Pourquoi ?

— Parce que Rowdy a très soif et qu'il a besoin de beaucoup d'eau. Comme il ne peut rien avaler par la gueule, car son estomac est malade, c'est une bonne façon de lui donner à boire.

Ben examina la langue du chiot.

— Les chiens sont comme nous. Sans eau, ils meurent. Pour l'instant, tout ce que Rowdy boit, il le rejette ; il vomit et il a de la diarrhée, mais son petit corps demande de l'eau.

— C'est vrai, il a eu de la diarrhée ! Il y avait du caca partout sur le carrelage de la salle de bains.

Ben saisit la tête du chiot et inspecta son réflexe pupillaire à l'aide d'une petite lampe de poche.

— Ta maman n'a pas dû être contente...

— Elle était plutôt triste. Elle a enveloppé Rowdy dans une serviette et nous avons couru chez le vétérinaire.

Ben, qui examinait les oreilles de Rowdy, lui répondit distraitement.

— Ah ?

— Mais le vétérinaire allait fermer. Maman a mis son pied en travers de la porte avant que la dame la ferme. Au début, la dame a dit que nous devions revenir demain, mais maman a insisté.

Ben leva les yeux.

— Ta mère est une grande dame.

— Pourtant, elle n'a pas des ongles longs.

Ben s'interrogea sur le sens de cette réponse. Il pensa ensuite aux faux ongles que les grandes dames portaient pour paraître plus sophistiquées, et il sourit.

— Il est inutile d'avoir des ongles longs pour être une grande dame, Jeremy…

— Maman dit que, de toute façon, ce sont des lits à microbes !

Ben médita un instant cette nouvelle réponse surprenante.

— Plutôt des *nids* à microbes ?

Jeremy acquiesça.

— Ta maman a sans doute raison.

Le bavardage de Jeremy distrayait Ben. Nan ne lui faisait plus guère la conversation depuis qu'elle souffrait de la maladie d'Alzheimer. Certains jours, les seules voix humaines qu'il entendait étaient celles de la radio.

Un pli soucieux marqua soudain le front de Jeremy.

— Nous avons acheté un coupe-ongles pour Rowdy, mais j'ai peur qu'on ne s'en serve jamais…

Concentré sur son patient, Ben ne répondit pas. Un silence tomba.

— Tu peux surveiller Rowdy pendant que je vais chercher la poche de liquide physiologique ? demanda-t-il enfin.

— Qu'est-ce que c'est ?

— De l'eau salée spéciale pour les chiots malades. C'est très bon pour Rowdy.

Ben gagna le cellier où un réfrigérateur conservait médicaments et solutions destinées aux soins des animaux. Il prit une poche de solution saline, un kit d'injection par intraveineuse, une potence et une ampoule qui contenait un puissant antibiotique.

Il n'avait ni laboratoire ni appareil de radiographie, et encore moins de pièce réservée à la chirurgie. Parfois, il ne devait compter que sur son instinct pour établir un diagnostic. Au moins savait-il qu'il pratiquait son métier par amour des animaux, non par mercantilisme.

Il revint dans la cuisine où Jeremy, tout triste, caressait son chien.

— Voilà, c'est comme un verre d'eau qu'il va boire pendant longtemps, expliqua-t-il au petit garçon.

Jeremy lui lança un regard empli d'espoir.

— Ça va vraiment lui faire du bien ?

Ben positionna la potence, évitant son regard.

— Je ne peux rien te promettre, Jeremy, mais je vais faire tout ce que je peux.

Jeremy baissa la tête, désespéré.

— Tu as quel âge, petit ?

— Six ans.

Ben rasa la patte de Rowdy avant de pratiquer l'injection. Il avait sept ans quand son grand-père était mort... Aujourd'hui encore, il avait de la peine en pensant à lui.

Isaiah Longtree était un vrai Indien shoshone. C'était l'un de ces hommes dont on disait qu'il avait une petite musique au fond du cœur. Le vieil Isaiah voyait la beauté là où le commun des mortels ne voyait rien, et il n'avait jamais cessé de partager ses émerveillements. Pour lui, une simple goutte d'eau relevait du miracle. Ben avait adoré son grand-père, et il aurait tout donné pour avoir un peu de sa sagesse.

— Rowdy est jeune, dit-il finalement. C'est un avantage.

En vérité, le chiot avait été faible et en mauvaise santé avant de tomber malade. Son système de défense inachevé et affaibli ne lui avait pas permis de lutter.

— Où as-tu eu Rowdy ?

— À un refuge pour animaux.

Tout en parlant, l'enfant caressait doucement son chiot.

— Maman préférait que je choisisse un autre chien, mais moi, c'est Rowdy que je voulais. La dame a dit à maman qu'elle lui redonnerait son argent si Rowdy tombait malade. On lui a fait tous les vaccins, mais c'était peut-être déjà trop tard ?

— La parvovirose est une maladie vicieuse, expliqua Ben en désinfectant la patte. Le virus vit dans les sols, sous la neige. Quand la neige fond au printemps, toutes les conditions sont réunies pour que la contamination se propage. Si un chiot ne reste pas à la maison jusqu'à ce qu'il ait eu le temps de fabriquer des anticorps, il court le risque d'être contaminé. La plupart des gens ne savent pas qu'il faut du temps avant que la vaccination fasse effet. Un chiot peut être infecté seulement par le contact de chaussures souillées.

— Rowdy a été abandonné dans une vieille ferme avec ses frères et sœurs. On l'a retrouvé avant-hier seulement.

Ben détestait qu'on maltraite les animaux. Silencieux, il passa un garrot autour de la patte et chercha une veine.

Jeremy observait maintenant les cages.

— Je n'avais jamais vu une cuisine qui ressemble à un hôpital !

— Avant l'hiver, j'aimerais faire construire un hôpital à côté de la maison. Mais la cuisine convient bien pour le moment. J'ai de nombreux tiroirs pour ranger mes ustensiles, un bon éclairage, une table et de l'eau à portée de main. C'est pratique de cuisiner tout en surveillant mes patients.

— Tu as trouvé les animaux blessés dans la forêt ?

— Oui, mais parfois, ils viennent d'eux-mêmes dans ma cour.

Il leva les yeux sur Jeremy, hésitant à continuer.

— Les animaux sauvages n'ont jamais peur de moi. Ils viennent, c'est tout.

— C'est parce qu'ils savent que tu ne leur feras pas de mal ! répondit spontanément Jeremy.

C'était une bonne explication, la seule en tout cas qui soit accessible à un enfant ou un adulte rationnel. Quand, petit garçon, Ben voyait des animaux dans la cour devant la maison, il leur intimait en silence de partir avant que son père ne les voie. Parfois, les animaux partaient. Parfois non. Alors Hap Longtree les abattait sans état d'âme.

Hap étant mort, la paix aurait dû régner dans cette partie de la forêt, mais il y avait un sadique qui s'amusait à prendre les animaux pour cible.

Au moins, plus aucun coup de feu n'accueillait les animaux qui s'approchaient de chez lui. En revenant vivre à Jack Pine, Ben s'était enfin retrouvé, après avoir renié son ascendance shoshone si longtemps. Son grand-père shoshone l'avait baptisé Celui-qui-marche-avec-les-lions-de-montagne. C'était un bien grand nom pour un tout petit garçon, mais ce nom l'avait aidé à accepter sa différence.

— Les animaux que tu vois sont très malades ou gravement blessés. Je dois les garder chez moi pour être certain qu'ils guérissent et reprennent des forces.

L'enfant le dévisageait avec une immense curiosité.

— Pourquoi tu n'as pas de clinique en ville ?

— Ma mère ne peut pas vivre seule. Si j'avais un cabinet en ville, je serais absent toute la journée. J'avais commencé à exercer mon métier de vétérinaire dans ma maison, mais le régime d'autorisation sanitaire l'interdit.

— Qu'est-ce que c'est ?

— Ce sont des lois.

Jeremy posait beaucoup de questions. N'ayant jamais été au contact d'enfants, Ben s'en amusait, tout en étant dérouté.

— Qu'est-ce qu'elle a, la chouette ? demanda tout à coup le petit garçon.

Ben suivit son regard.

— Une patte blessée. On lui a tiré dessus.

— Et le lapin ?

On avait aussi tiré sur le lapin. La balle venait de la même arme.

— Il est blessé à l'épaule.

Rowdy remua. Ben vérifiait l'intraveineuse quand le chiot leva la tête. De son ventre s'éleva un gargouillis. Ben savait ce qui allait arriver, mais il n'eut pas le temps de prendre des serviettes en papier ou d'avertir Jeremy que Rowdy avait une nouvelle diarrhée hémorragique.

— Oh non ! s'écria l'enfant, désolé.

Il prit des serviettes en papier et essaya tant bien que mal de nettoyer les déjections du chien.

Ben décida de le laisser faire. Il attrapa un sac-poubelle sous l'évier. Quand il l'ouvrit, le plastique produisit un petit bruit de détonation qui fit sursauter le garçon. De nouveau, Ben sentit la colère l'envahir contre l'homme responsable de cette trop grande sensibilité.

Le nez froncé par le dégoût, Jeremy jeta les serviettes en papier dans le sac-poubelle, en reprit et continua son travail de nettoyage, mais sa respiration devint sifflante et Ben s'inquiéta. Ce problème respiratoire était selon lui une réponse à la panique.

— Ne te tracasse pas, Jeremy, ce n'est pas grave. Ce n'est pas la première fois que ce genre de chose arrive dans ma cuisine !

Le garçon ne paraissait pas convaincu. Il continuait de nettoyer frénétiquement.

Ben décida alors de s'adresser au chiot.

— Pas de panique, mon petit gars, dit-il alors qu'il lui administrait l'antibiotique. Nous savons bien que tu ne l'as pas fait exprès…

Il leva les yeux.

— Peut-être devrais-tu aussi le lui dire, Jeremy. Malade comme il est, Rowdy n'a surtout pas besoin de nouvelles contrariétés.

L'enfant regarda Ben d'un air sceptique, puis il obéit.

— Tout va bien, Rowdy, dit-il en le caressant. Tu es seulement malade. C'est un accident…

Ben remit son capuchon sur la seringue et la jeta dans un réceptacle pour déchets dangereux placé sous l'évier.

— Il avait besoin que tu le rassures, tout simplement.

Le garçon était quant à lui plus calme. Sa respiration redevenait normale.

— Pourquoi tu n'es pas en colère ?

— Parce que ce n'est pas grave.

— Mais il a tout sali !

— C'est déjà arrivé. Je désinfecte toujours après avoir soigné un patient. La table sera parfaitement propre quand je dînerai ce soir.

— Moi, je suis drôlement content de ne pas manger chez toi !

Ben se mit à rire.

— Les désinfectants tuent tous les germes, Jeremy.

Il aida le garçon à finir de nettoyer la table souillée à l'aide des serviettes en papier et du désinfectant. Enfin, il scella le sac-poubelle et sortit, puis revint peu après dans la cuisine.

— C'est là que j'ai opéré Methuselah.

— C'est vrai ?

Ben acquiesça.

— Mon patient le plus récent se remet de son opération sous la table.

Jeremy se baissa pour regarder et vit un raton laveur.

— Waouh ! Je ne l'avais même pas vu.

Ben était ravi de l'avoir distrait. Il stérilisa ses ustensiles et les rangea, pendant que Jeremy parlait au raton laveur. Diablo, tiré de son sommeil par ce monologue bavard, s'approcha de l'enfant, frottant le museau contre son épaule. Jeremy enfouit le visage dans la fourrure épaisse du loup sans hésiter, cette fois. Ému, Ben se demanda si Jeremy ne faisait pas partie des rares personnes qui avaient une réelle empathie avec les animaux.

— Tu as envie d'une limonade ?

Jeremy se releva et hocha la tête avec énergie. Ben sortit un pichet du réfrigérateur et leur versa à chacun un grand verre de limonade, puis il s'attabla avec Jeremy. L'enfant atteignait à peine la table.

Attiré par le bruit de la porte du réfrigérateur, Methuselah se glissa dans la cuisine et se frotta contre sa jambe. Ben sortit de la viande de bœuf et les donna au loup et au puma. Les deux animaux dévorèrent tranquillement leur repas.

Jeremy se leva et revint auprès de son chiot.

— Tu crois qu'il va mourir ?

— Il est très malade, dit Ben avec prudence. Parfois, la meilleure volonté du monde ne suffit pas, et ceux que nous aimons nous quittent... Espérons que ce ne sera pas le cas.

Ben but une longue gorgée de limonade et reprit son souffle. Jeremy l'imita, puis il s'essuya la bouche du revers de la main avec un sourire.

4

Ben posait les verres dans l'évier quand Diablo grogna. Le loup ne grognait jamais sans raison. Avant que Ben n'ait le temps de réagir, il entendit la porte d'entrée se fermer violemment et se précipita dans le hall, où il découvrit la mère de Jeremy. La porte d'entrée qu'elle venait de claquer tremblait encore dans ses gonds.

Ben, furieux de son aplomb, allait l'apostropher lorsque Diablo, surgissant derrière lui, grogna et se prépara à bondir.

— Diablo, *ka* ! s'écria aussitôt Ben.

Il retint le loup par son collier, mais l'animal grogna et résista.

— *Ka,* Diablo ! *Toquet !* Assis !

Le loup obéit, sans cesser de grogner. Par prudence, Ben garda la main sur son collier.

— Où est mon fils ? demanda Chloe Evans dans un souffle.

Elle frissonnait. Ben n'aurait su dire si c'était à cause du loup ou de son inquiétude pour son fils. Quoi qu'il en soit, il fut impressionné par son courage. Elle n'avait pas reculé devant le loup prêt à l'attaquer.

— Où est mon fils ? répéta-t-elle d'une voix que la peur rendait aiguë.

— Jeremy est à la cuisine.

Chloe Evans portait un jean et une chemise en

soie ivoire sous laquelle se révélaient des seins petits mais parfaits qu'il avait déjà remarqués, la veille au magasin. Sa chevelure bouclée encadrait un visage à l'ovale très doux et retombait sur ses épaules. La lumière qui filtrait par la fenêtre en mansarde allumait des lueurs dorées dans ses mèches cuivrées.

Methuselah choisit cet instant pour sortir de la cuisine et s'approcher.

— Ô mon Dieu ! s'exclama la jeune femme, terrorisée.

Ben avait complètement oublié le couguar. Il leva la main dans un geste apaisant.

— Je vous jure qu'il n'est pas dangereux !

Mais Chloe Evans fixait le couguar dont la gueule était pleine de sang. Ben se souvint des histoires horribles qui couraient sur son compte en ville.

— Il vient de manger. Du bœuf du marché !

— Ce n'est pas un chien…

— Il s'appelle Methuselah. Il n'est pas dangereux. Je sais qu'il…

— Maman ? Ma maman, tu es là !

Jeremy sortait de la cuisine en courant.

— Comment tu es venue jusqu'ici ?

— Jeremy !

Chloe en oublia Methuselah et Diablo pour se précipiter sur son fils et le serrer de toutes ses forces dans ses bras.

— Tu m'as fait une peur terrible, Jeremy ! Mais qu'est-ce qui t'a pris de venir ici ! Dieu merci, tu vas bien…

Son fils toujours dans les bras, la jeune femme se détourna et se retrouva face à Ben. Il comprit qu'elle voulait sortir, mais qu'elle redoutait de passer devant lui et Diablo pour gagner la porte. Il faillit s'écarter afin de lui laisser le passage, mais se ravisa. Elle allait se rendre droit chez le shérif pour lui raconter qu'elle avait vu un couguar, la gueule en sang.

— Ce couguar n'est pas dangereux, commença-t-il d'un ton posé. Je sais que ce n'est pas habituel d'avoir un fauve comme animal domestique…

— Pas habituel !

— Étrange, si vous préférez. Laissez-moi vous expliquer. Ensuite, vous…

— Vos explications sont inutiles ! Ce que vous faites sous votre toit ne regarde que vous. Je ne veux pas que mon fils reste ici, un point c'est tout !

— En règle générale, les couguars sont dangereux, s'obstina Ben. Ce que peu de gens savent, en revanche, c'est qu'ils sont faciles à apprivoiser. Pour Methuselah, les circonstances ont facilité les choses.

Jeremy se débattit pour se libérer des bras de sa mère, mais Chloe le retint fermement.

— La patte de ce couguar a été prise dans un piège, continua Ben.

La panique dans le regard de Chloe Evans croissait, et il se demandait si elle entendait ce qu'il lui racontait.

— Si vous l'observez bien, vous remarquerez qu'il est presque aveugle, et il ne lui reste que trois dents branlantes. Sa seule arme, c'est son haleine plutôt fétide, sinon il est inoffensif.

Jeremy dégringola des bras de sa mère et la prit par la main pour la conduire dans la cuisine. Ben tressaillit. Il ne voulait surtout pas que Chloe Evans découvre ses animaux et en informe ensuite le shérif.

— Jeremy ! s'écria-t-il.

Peine perdue, l'enfant ne lui prêta aucune attention.

— M. Longtree donne une eau spéciale à Rowdy par un tuyau qui entre dans ses veines, expliquait-il à sa mère. Il faut vraiment que tu voies ça !

Ben renonça avec un soupir. Il était né avec un fatalisme hérité, à n'en pas douter, de son grand-père shoshone. Ne restait plus qu'à espérer que Chloe Evans ne le trahirait pas.

Chloe, quant à elle, n'avait pas la moindre envie de pénétrer dans l'univers de Ben Longtree. Son loup avait déjà failli lui sauter à la gorge, et le couguar semblait moins inoffensif qu'il ne le prétendait. Elle avait plutôt envie de courir à sa voiture, de s'y enfermer avec Jeremy et de rouler à tombeau ouvert jusqu'en ville.

Mais l'enfant voulait à tout prix lui montrer son chiot malade.

À première vue, la cuisine lui parut tout à fait banale, avec ses placards et ses divers appareils électroménagers, et en plus d'une propreté scrupuleuse. L'émail de l'évier resplendissait sous le soleil qui pénétrait à flots par les fenêtres. Chloe ne vit ni pots ni ingrédients suspects qui indiqueraient que Ben Longtree fabriquait de la drogue ou d'autres substances illégales.

Ensuite, elle aperçut les cages. Sur le bar, l'une d'elles abritait une chouette à la patte bandée. À chaque extrémité du comptoir se trouvaient des cages de formes différentes, toutes occupées par des animaux sauvages en convalescence.

— C'est ma ménagerie, expliqua Longtree derrière elle. Je n'exerce pas officiellement, mais je n'en suis pas moins toujours vétérinaire. Quand je vois des animaux blessés dans la forêt, je ne peux les abandonner à leur sort. Ma cuisine est idéale pour les soigner.

Chloe fit un inventaire rapide. Un opossum, un lièvre, deux ratons laveurs, une caille à longue queue, un écureuil gris argenté, un renard, et enfin une bestiole qui ressemblait affreusement à un rat.

Longtree s'approcha de la table où gisait Rowdy. Il contrôla le débit de la perfusion.

— Je sais que tout ceci vous semble étrange, madame Evans, dit-il en fronçant les sourcils.

En fait, *c'est* étrange, corrigea-t-il. Mais je suis vétérinaire et ces animaux ont besoin de soins.

Ben Longtree abritait neuf animaux sauvages : il était donc neuf fois en infraction avec la loi de l'Oregon. Il devait se douter qu'elle pouvait le dénoncer et l'envoyer en prison. Dans l'État de l'Oregon, recueillir des animaux sauvages sous son toit était illégal, à moins d'avoir une autorisation.

Chloe n'habitait pas encore à Jack Pine quand le policier Bobby Lee Schuck avait débarqué ici, mais elle avait entendu le récit de cette intervention musclée. Une demi-douzaine d'animaux sauvages avaient été retirés à Ben Longtree, qui avait été averti qu'il serait arrêté s'il violait de nouveau la loi.

Cet homme paraissait intelligent et lucide, aussi Chloe fut-elle étonnée qu'il n'ait pas l'air inquiet qu'elle soit témoin de sa récidive. Puis une pensée terrible l'assaillit : s'il était aussi placide, c'est parce qu'il l'empêcherait de le dénoncer à la police…

Elle pressa la main de son fils et réfléchit très vite. Le couguar et le loup devant la cuisine lui bloquaient la sortie. Si hier elle avait trouvé risibles les histoires de Lucy Gant selon lesquelles Ben Longtree donnait ses victimes en pâture à ses bêtes, maintenant elle les prenait au sérieux. Le commun des mortels ne laissait pas un couguar adulte se balader comme un chat domestique sous son toit.

Elle choisit de gagner du temps.

— Si vous n'exercez plus votre métier de vétérinaire, que faites-vous pour vivre ?

— Des bricoles.

Cette réponse vague renforça les angoisses de la jeune femme.

— Moi, je suis dispatcher[1] au bureau du shérif.

1. Personne chargée de répondre aux appels téléphoniques et de prévenir les patrouilles de police.

Chloe se félicita d'avoir glissé cette information dans leur conversation. Elle avait plus de chances de sortir vivante d'ici s'il savait qu'elle travaillait dans la police.

Ben Longtree donna une pichenette sur le petit cylindre situé sur le perfuseur et en régla le débit. Il pinça les lèvres, ce qui accentua les rides d'expression qui marquaient ses joues.

— Jeremy me l'a déjà dit. Vous aimez votre emploi ?

Puis, de son regard bleu si expressif, il la détailla de la tête aux pieds. Chloe ne s'intéressait plus aux hommes depuis longtemps, mais elle savait encore reconnaître un regard d'admiration masculine. Troublée, elle se raidit.

Ben Longtree en imposait. Il était tout en muscles et très agile, comme elle l'avait constaté quand il avait retenu le loup par son collier. S'il avait l'intention de les séquestrer, elle ne pourrait lutter contre lui. Chloe avait affronté Roger à plusieurs reprises, sans jamais avoir le dessus. Voir des étoiles danser devant ses yeux sous les coups, vacillant mais restant debout par la seule force de sa volonté, avait produit sur elle une impression ineffaçable.

Maintenant, Ben Longtree la dévisageait. Le sourcil froncé, il soutint son regard sans ciller. Pendant un instant, elle eut la conviction absurde qu'il lisait dans ses pensées.

Comme il ne portait pas son Stetson, elle eut tout loisir d'observer son visage. Des sourcils noirs peu arqués surmontaient un regard bleu ciel. Ses traits étaient durs, comme gravés dans du granite. Il portait les cheveux longs. Une cordelette tissée multicolore lui tenait lieu de bandeau et empêchait ses cheveux de tomber sur ses yeux.

Il attendait manifestement qu'elle réponde à sa question, mais Chloe ne s'en souvenait plus. Nerveuse, elle fouilla dans sa mémoire et se rappela qu'il l'avait interrogée sur son travail.

— J'aime mon nouvel emploi, répliqua-t-elle d'une voix qu'elle espéra ferme. C'est la première fois que j'ai des collègues si sympathiques.

Elle s'éclaircit la voix.

— Frank Bower, l'un des policiers, a une fille, reprit-elle. C'est la baby-sitter de Jeremy. La meilleure qu'il ait jamais eue.

— Frank est un chic type.

— Vous le connaissez ?

— Nous étions dans la même école.

— M. Bower m'a fait faire un tour dans sa Jeep ! intervint Jeremy. J'ai allumé les phares et j'ai même parlé à la radio !

Longtree adressa un clin d'œil à l'enfant.

— C'est bien d'avoir des relations !

— Oh oui !

Chloe lança un regard appuyé à sa montre.

— Nous devons y aller. J'ai dit à Tracy d'appeler son père, si je ne revenais pas d'ici une demi-heure. Je serais désolée que Frank débarque chez vous.

Longtree l'observait avec un détachement feint, mais sa bouche se crispa.

— Vous me menacez, madame Evans ?

Le cœur de Chloe fit un bond. Elle avait effectivement voulu le menacer, mais elle le regrettait déjà.

— Bien sûr que non ! Pourquoi ?

— Bonne question.

Le rire qui échappa à Chloe tenait plus du gloussement hystérique que du rire insouciant.

— Nous devons y aller, répéta-t-elle. J'essayais seulement de vous expliquer la raison de ma hâte.

— Et Rowdy, maman ? s'inquiéta Jeremy.

Il se rua vers le chiot.

— Nous reviendrons le voir ?

Si jamais elle sortait d'ici vivante, Jeremy n'était

pas près de remettre les pieds dans cette maison ! songea Chloe.

Ben Longtree s'était adossé au plan de travail. Bras et jambes croisés, il l'étudiait, laissant errer son regard sur elle avec une lenteur insolente. La jeune femme avait l'impression d'être brûlée par le feu de ses pupilles.

— Je n'ai pas l'intention de vous retenir, madame Evans. Si vous voulez repartir avec Rowdy, libre à vous. Mais réfléchissez bien aux conséquences. Ce chiot a beaucoup de fièvre et il est dangereusement...

Il jeta un coup d'œil à Jeremy et reprit :

— Rowdy est déshydraté, et je sens une faible fibrillation cardiaque lorsque je prends son pouls. Neil Fenderbottom est un bon vétérinaire, avec une clinique équipée. Si vous lui confiez Rowdy, il sera bien soigné.

Il haussa un sourcil.

— Le seul problème, c'est le temps... Alors, à vous de voir.

Chloe médita ses paroles et comprit avec soulagement qu'il n'avait pas l'intention de les séquestrer, mais elle lut dans son regard qu'il était furieux parce qu'il avait deviné ses appréhensions.

— Je vois...

— J'espère bien. Mon boulot, c'est soigner, pas molester les femmes hystériques et les enfants sans défense.

Chloe resta muette de honte.

Longtree prit un verre dans le placard et se dirigea vers le réfrigérateur.

— Je vous sers à tous les deux un verre de limonade et je vous laisse avec Jeremy pour en discuter. C'est plus facile de prendre des décisions au calme.

Il remplit les verres puis replaça le pichet au réfrigérateur.

— Vous trouverez un bloc sur la table avec mon numéro de téléphone. Si vous décidez de me confier le chiot, inscrivez-y le vôtre et prenez le mien pour que nous restions en contact. Je vous laisse, je dois travailler. Si vous décidez de repartir avec Rowdy, l'intraveineuse est très simple à retirer. Fermez le débit de la perfusion, retirez l'aiguille et refaites le bandage pour qu'il ne saigne pas.

Il sourit à Jeremy et lui tendit la main.

— Jeremy, ce fut un plaisir de te rencontrer… Avec la permission de ta maman, j'espère que nous nous reverrons.

L'enfant lui serra solennellement la main.

— Tu ne vas pas guérir Rowdy ? demanda-t-il avec inquiétude.

Ben lança un regard dur à la jeune femme.

— C'est à ta maman de décider. Si le chiot reste chez moi, je ferai tout pour le sauver.

Chloe mourait de honte. Elle aurait aimé n'avoir jamais rencontré Lucy Gant et écouté ses ragots.

— Si nous vous confions Rowdy, je veux vous payer, monsieur Longtree. Pouvez-vous me donner une idée du coût du traitement ?

— Mes services ne sont pas à votre portée, madame Evans, répliqua-t-il froidement. Par chance, ils sont à la portée de Jeremy. Nous nous sommes déjà mis d'accord, n'est-ce pas, Jeremy ?

— Ça ne coûtera pas un sou, maman ! renchérit le petit garçon.

Ben Longtree lui ébouriffa les cheveux et lui adressa un sourire qui métamorphosa son visage dur.

— Au revoir, Jeremy !

Sa voix redevint froide quand il reprit à l'adresse de Chloe :

— J'aurais aimé vous dire que ce fut un plaisir de vous rencontrer, madame Evans.

Il quitta la cuisine, claquant des doigts à l'adresse

du loup et du couguar qui se levèrent et le suivirent. Chloe regarda l'étrange trio sortir, mortifiée.

— Maman ? fit Jeremy. Je voudrais bien qu'on laisse Rowdy ici, s'il te plaît… Je sais que M. Longtree prendra soin de lui. Et en plus, ça ne coûtera rien.

Toujours honteuse de sa méfiance et de son impolitesse, Chloe répugnait à demander la charité à cet homme. D'un autre côté, elle ne pouvait refuser des soins gratuits. Elle se pencha sur Rowdy dont la respiration était rapide. Sa vie ne tenait qu'à un fil… Si elle retirait l'intraveineuse, elle n'était pas sûre qu'il survive jusqu'à la clinique vétérinaire.

Sa décision prise, elle nota son numéro de téléphone et écrivit trois mots sur le bloc : *Je suis désolée.* De pauvres excuses… Arriverait-elle à se faire pardonner ? Et dire que Ben Longtree avait même pensé à donner de la limonade à son fils. Elle s'était comportée comme une harpie.

Elle posait le stylo quand une voix s'éleva :

— Il l'a donc fait !

Chloe se retourna. Une femme âgée, mince et vêtue d'une robe à fleurs, entrait dans la cuisine. Ses cheveux courts et bruns étaient striés de fils blancs, et ses yeux bleus étaient chaleureux.

— Bonjour… murmura Chloe.

La femme ajusta sa tenue et se recoiffa d'un geste coquet.

— N'est-ce pas typique des hommes de ne pas mentionner une visite ? Je me serais faite toute belle, si j'avais su !

Ce devait être Nan Longtree, la folle, la mère de Ben Longtree. Cela dit, Mme Longtree ne semblait pas folle du tout. Elle semblait surtout gênée d'avoir été surprise décoiffée et dans une robe froissée.

— Je suis venue sans être invitée, avoua Chloe.

— Voilà qui explique tout ! Tant pis… Je serai ravie d'avoir une compagnie féminine une fois par semaine.

Déroutée, Chloe sourit.

— Il vous a fait visiter la maison, au moins ? reprit Nan Longtree.

— Écoutez, je crois qu'il y a confusion, madame Longtree, je…

— Ça ne m'étonne pas ! s'exclama Nan en frappant dans ses mains. Aussi bien, il vaut mieux que ce soit moi qui vous forme. Mon fils ne pensera jamais à vous faire la liste de tout ce qu'il y a à faire !

À travers la porte fermée de son bureau, Ben entendit la voix de sa mère et tendit l'oreille. Il ne manquait plus que ça !

Il quitta son bureau et se dirigea vers la cuisine. La conversation lui parvint clairement.

— Vous faites aussi les carreaux ?

Le rire argentin de Chloe Evans s'éleva.

— Parfois, oui !

— Surtout, pas de produits achetés en magasin ! Vinaigre et papier journal sont parfaits.

— C'est de cette façon que ma mère lave ses fenêtres.

— Je n'en connais pas de meilleure ! renchérit Nan.

Ben entrait dans la cuisine lorsque sa mère ouvrit un tiroir.

— Regardez donc là-dedans !

Elle claqua la langue, réprobatrice.

— Avec tous ces animaux, il y a des poils partout. De mon temps, j'entretenais bien mon intérieur, mais maintenant je n'en ai plus la force.

— Cette maison est très grande, convint Chloe avec sympathie.

— Voilà pourquoi je suis si contente que Ben ait

embauché une aide ! Il essaie de tenir cette maison, mais il est si occupé qu'il fait le minimum. Ces tiroirs pleins de poils me rendent folle !

Nan en ouvrit un second.

— Regardez. N'est-ce pas épouvantable ?

Ben interpella sa mère, gêné.

— Maman ? Que fais-tu ?

Nan lui adressa un large sourire.

— Je fais faire le tour du propriétaire à Chloe. Toi, occupe-toi donc de tes petites affaires, je vais tout lui montrer.

La jeune femme fronça les sourcils.

— Je crois qu'il y a erreur...

— Maman, Mme Evans n'est pas femme de ménage.

Nan ignora sa remarque.

— Ce ne sera pas nécessaire de laver les tiroirs toutes les semaines. Contentez-vous de les sortir et de les vider deux fois par mois.

— Maman ?!

Nan fit un geste pour l'interrompre et ouvrit le tiroir des couverts.

— Encore heureux qu'il les nettoie tout le temps.

Elle humidifia la pointe de l'index et retira un poil de raton laveur.

— Enfin... assez souvent.

Puis sa voix vacilla et elle se mit tout à coup à chantonner une berceuse.

Ben l'observait. Il avait le cœur retourné chaque fois que sa mère avait une absence.

— Je suis désolé, dit-il à Chloe. Il y a quelques semaines, j'ai parlé d'une femme de ménage... Ma mère a la maladie d'Alzheimer.

Il songeait que la démence de Nan ferait fuir Chloe Evans, mais la jeune femme lui adressa un regard compatissant.

— Je comprends, ne vous inquiétez pas.

Ben vivrait cent ans qu'il ne comprendrait jamais les femmes… Chloe Evans le regardait maintenant comme un être humain, plus comme un ogre.

Elle posa la main sur l'épaule de la vieille dame.

— Je m'en vais maintenant, Nan. J'ai été ravie de faire votre connaissance.

Nan la regarda sans la voir. Toujours fredonnant, elle sortit de la cuisine, s'assit dans son rocking-chair de la salle de séjour et prit son crochet. Chloe la suivit des yeux, mordillant sa lèvre inférieure.

— Je suis désolé, répéta Ben. Elle serait très embarrassée, si elle en avait conscience. Il paraît que c'est le stress qui provoque ses absences.

— J'avais compris que quelque chose n'allait pas.

Elle le regarda dans les yeux.

— Je désire vous présenter mes excuses, monsieur Longtree. Mon attitude envers vous a été déplorable…

Ben leva la main.

— Vos excuses sont inutiles. Je connais les histoires qui circulent sur moi, et je n'ai pas envie d'en parler.

Chloe devint cramoisie. De colère ou d'embarras ? se demanda Ben. Mais ça lui était égal. Qu'elle parte, maintenant. La maladie de sa mère était une souffrance qu'il n'avait pas envie de partager.

5

Vers quinze heures, Chloe partit travailler en traînant les pieds. Elle était épuisée. Quand elle arriva, Sue Baxter, sa coéquipière, était déjà présente. C'était une petite brune joufflue avec des yeux verts rieurs, très chaleureuse. Elle avait un merveilleux mari et cinq petits Baxter. Elle la salua d'un signe alors qu'elle terminait une conversation téléphonique.

Chloe lui rendit son geste d'amitié et s'installa à son bureau.

— Oh, Sue, tu es un ange ! s'exclama-t-elle en apercevant un café au lait. Tu lis dans mes pensées ! Je suis si fatiguée que je peux à peine garder les yeux ouverts.

Sue se carra dans son fauteuil et ouvrit son micro.

— Dispatcher, appel à toutes les patrouilles.

Puis, avec un sourire espiègle, elle continua :

— La vieille Sylvia Patterson fait de nouveau un strip-tease devant ses fenêtres ! Son voisin Joe ne veut pas qu'on l'arrête, mais il aimerait qu'elle se fasse refaire les seins, la prochaine fois qu'elle remettra ça. Terminé.

Chloe éclata de rire.

— J'ai cru un instant que tu étais sérieuse !

— Tu semblais tellement déprimée que j'ai voulu te dérider.

— Déprimée ? Ce n'est pas tout à fait le mot...

Chloe retira le couvercle de plastique qui tenait sa boisson au chaud, en but une petite gorgée et soupira d'aise.

— Combien je te dois, Sue ?

— Rien. La prochaine tournée sera pour toi.

— Tu me sauves la vie ! Je n'ai pas fermé l'œil de la nuit et je n'ai pas eu une seconde jusqu'à maintenant... J'espère que ce café va me remettre les yeux en face des trous !

— Pourquoi n'as-tu pas dormi ?

Chloe allait répondre quand l'un des témoins de son téléphone clignota, signalant un appel. Elle mit ses écouteurs et prit l'appel, qu'elle dispatcha ensuite aux patrouilles. D'autres appels se succédèrent. Submergée, elle travailla sans répit.

Deux heures plus tard survint la première vague d'accalmie. Chloe et Sue purent enfin souffler. Le café au lait de Chloe était maintenant froid, mais elle en avala une gorgée.

Sue posa les pieds sur son bureau pour se détendre.

— C'est toujours la panique, le mercredi ! On dirait que c'est le syndrome du milieu de la semaine qui frappe ! Les gens embêtent les autres pour ne pas mourir d'ennui.

— À moins que ce ne soit la pleine lune ?

— C'est possible ! convint Sue.

Elle se massa les tempes, retira ses pieds du bureau et observa Chloe avec curiosité.

— Maintenant que nous sommes au calme, dis-moi pourquoi tu as passé une nuit blanche ?

Chloe lui parla du chien malade de Jeremy. Elle venait de raconter la visite de son fils à Ben Longtree, lorsque le policier Bobby Lee Schuck entra. Tous les après-midi, un peu après dix-sept heures, il passait faire du travail administratif.

— Bonsoir, mesdames !

Chloe s'interrompit et s'efforça de sourire. Bobby Lee était très sympathique, mais pour des raisons qu'elle ne pouvait s'expliquer, il la mettait mal à l'aise. Parce qu'il ne cachait pas son attirance pour elle ? Chloe n'avait pas envie de se compliquer la vie en ayant une aventure avec un collègue de travail.

Bobby Lee Schuck fit glisser ses lunettes de soleil sur l'arête de son nez et la regarda attentivement par-dessus les verres fumés. Il possédait un sourire ravageur et des yeux bleu clair ombrés par des cils noirs. L'ensemble était irrésistible, mais Chloe n'avait qu'un homme dans sa vie : son fils Jeremy. La chemise kaki de l'uniforme de Bobby Lee était trop petite, sans doute pour lui permettre de révéler son impressionnante musculature.

— Je me trompe, ou je vous ai entendue parler de Ben Longtree et de Cinnamon Ridge ?

Pour le plus grand soulagement de Chloe, un voyant sur son téléphone clignota. Forcée de prendre la communication, elle évita de répondre au policier. Elle espérait que Bobby Lee irait faire sa paperasserie habituelle et oublierait sa question. Mais pendant qu'elle dispatchait l'appel aux voitures de patrouille, elle l'entendit qui interrogeait Sue. Quand Chloe eut terminé sa transmission radio, Bobby Lee connaissait l'histoire de la maladie de Rowdy ainsi que la visite de Jeremy chez Ben Longtree.

Le policier rangea ses lunettes dans la poche de sa chemise, puis tourna un regard empli de curiosité vers Chloe.

— Qu'avez-vous vu de beau chez Longtree ?

Elle ne pouvait répondre sans violer la promesse qu'elle avait faite à Jeremy. Son fils lui avait révélé le marché qu'il avait passé avec Ben Longtree, et elle avait donné sa parole de ne parler à personne de Methuselah.

— J'ai vu beaucoup de pins ponderosa. L'endroit mérite bien son nom de « Cinnamon Ridge » : la cime des pins rappelle la couleur de la cannelle !

— Je me doute bien que vous avez vu des pins, Chloe, mais j'aimerais savoir ce que vous avez vu d'autre.

Elle haussa les sourcils.

— Les buissons de manzanita ont perdu leurs fleurs. Il y a une vue superbe sur les montagnes.

— Vous n'avez quand même pas seulement vu des buissons et des arbres ?

— J'ai aussi vu la maison de Ben Longtree.

Bobby Lee se passa la main dans les cheveux.

— Vous avez vu des animaux ?

— Oh, oui !

— On y est ! Quel genre ?

— Un loup.

Chloe n'eut pas à feindre le frisson qui la secoua.

— Vous l'avez déjà vu ? Il a des crocs impressionnants ! Hier, à l'animalerie, je...

— C'est un croisement entre un loup et un chien, coupa le policier. Longtree a parfaitement le droit de le posséder. En revanche, ce qui m'intéresse, c'est de savoir s'il y avait des bêtes sauvages, surtout des bêtes en cage chez lui.

— Pour quelle raison en aurait-il ?

Bobby Lee la dévisagea.

— Je vous demande seulement si vous avez vu des bêtes en cage chez Longtree.

— Je n'ai pas vu une seule cage, rétorqua Chloe.

Ça n'était pas un mensonge : elle en avait vu plusieurs.

— N'auriez-vous pas vu un couguar, par hasard ?

— Un... *quoi* ?

Répondre à une question par une question était la stratégie préférée de Jeremy. Chloe n'était pas fière de la reprendre à son compte, mais au moins, cela lui évitait de mentir.

— Il paraît que Longtree a un couguar comme animal domestique.

— Vous plaisantez, j'espère ! Un couguar ! C'est très dangereux. Cet homme est suicidaire !

— Ce qui m'intéresse, c'est de savoir s'il enfreint la loi. Il me faut un mandat pour aller vérifier sur place, mais ils ne sont pas faciles à obtenir. Ce salaud de Butterworth se fait toujours prier pour les délivrer !

Voilà au moins un juge qui avait le mérite de respecter la vie privée de ses concitoyens, songea Chloe.

— M. Longtree est vétérinaire. S'il soigne des animaux sauvages, je doute qu'il leur veuille du mal.

Elle regretta aussitôt ces mots lorsqu'elle vit le sang monter au visage de Bobby Lee.

— Quand l'homme décide de modifier son milieu, il devient dangereux ! gronda-t-il. Longtree sauve les individus les moins bien adaptés à leur environnement. Il leur permet de se reproduire et de pulluler au mépris des lois de la nature.

Là-dessus, il évoqua l'adaptation des espèces, les mutations et l'évolution par la sélection naturelle. Il avait peut-être raison, seulement le problème, ce n'était pas Ben Longtree qui soignait des bêtes sauvages, mais le sadique qui s'amusait à les blesser.

— Je n'y avais jamais pensé, dit-elle. Vous êtes vraiment calé en biologie !

Bobby Lee se détendit.

— Nous vivons en contact permanent avec la nature, dans cette région. Un représentant de la justice doit la connaître pour bien faire son travail.

— Certes. Mais permettez-moi de faire un commentaire. Un vétérinaire ne connaît-il pas mieux ces histoires d'adaptation et de sélection naturelle ?

La lueur glaciale qui traversa le regard de Bobby Lee lui donna froid dans le dos.

— Ben Longtree est un cinglé. Il pense que sa mission est de sauver les animaux, mais il ne réfléchit pas aux conséquences de ses actes.

Il se pencha si près de Chloe qu'elle faillit loucher.

— Avez-vous vu un couguar, oui ou non ? Si oui, il faut me le dire ! Votre travail ici exige que vous disiez la vérité !

Mais Chloe était mère avant d'être fonctionnaire de justice. Elle ne romprait jamais une promesse faite à son fils.

— Je suis désolée. Je n'ai pas vu de couguar.

Là-dessus, Sue quitta la pièce pour faire des photocopies. Bobby Lee la suivit du regard, puis il écarta des dossiers du bureau de Chloe pour s'asseoir dessus. La jeune femme retint la protestation qui lui montait aux lèvres. Bobby Lee dépassait les limites. Elle rattrapa à temps son presse-papiers avant qu'il ne dégringole du bureau. C'était une lanterne japonaise qui lui avait été offerte par son père, et elle y tenait beaucoup.

— Vous savez, Chloe, ce n'est pas très prudent de laisser votre fils se balader du côté de Cinnamon Ridge. Si vous avez besoin d'argent pour payer des soins vétérinaires, je peux vous l'avancer.

— Je vous remercie, Bobby Lee, mais je ne préfère pas. Qu'adviendrait-il si je ne pouvais vous rembourser ?

— Nous pourrions toujours trouver une solution...

Chloe jouait avec son bloc-notes.

— À mon avis, c'est une erreur de mêler vie professionnelle et vie privée. Restons collègues, c'est moins compliqué.

— Mais moins amusant... Détendez-vous, laissez-vous vivre, Chloe !

— Je viens de divorcer et je ne suis pas très détendue.

— Vous tenez toujours à votre ex-mari ?

— Je ne suis pas prête, c'est tout. Ne voyez rien de personnel dans mon attitude. J'ai seulement besoin de temps…

Bobby Lee caressa gentiment sa joue de la pointe de l'index.

— J'ai une solution pour régler le problème.

Il lui adressa un clin d'œil.

— Il est temps que vous vous amusiez. Toujours travailler, c'est d'un ennui… Tentez donc votre chance avec moi.

Jamais ! se dit spontanément Chloe.

— Je vais y réfléchir. Certaines personnes ont besoin de plus de temps que d'autres pour se retrouver et aller de l'avant. J'en fais partie. Pour l'instant, je souhaite seulement m'occuper de mon fils et me concentrer sur mon travail. Plus tard, peut-être.

— Entre-temps, puis-je vous donner un conseil ? N'acceptez rien de Longtree. Cet homme est dangereux.

— C'est en effet ce que j'ai entendu dire.

— Mais vous semblez perplexe ?

Chloe déplaça une pile de papiers pour masquer son trouble.

— En vérité, j'ai trouvé cet homme très sain.

Elle était sincère. Elle était arrivée chez lui en redoutant de se frotter à un fou, mais elle avait trouvé son fils en sécurité, détendu et buvant de la limonade. Ben Longtree était certes un peu étrange, mais il n'avait pas l'air fou ou dangereux.

— Longtree a tué un homme, il y a quelques années. Vous le saviez ?

— Lucy Gant m'en a parlé.

— Il l'a frappé et l'a tué sur le coup.

— Un seul coup ne suffit pas à tuer…

— Il n'y en a pas eu d'autres. J'ai lu le rapport de police.

— Pourquoi ? Ce n'est pas arrivé à Jack Pine, que je sache ?

— J'aime bien avoir un œil sur la racaille du comté. Cet homme est un assassin.

— N'a-t-il pas été innocenté ?

— Grâce à un avocat payé à prix d'or et des juges véreux ! Notre système judiciaire est loin d'être parfait. Je vous répète que cet homme est dangereux. Je me sentirais mieux si vous restiez loin de lui.

Chloe redressa ses stylos.

— Que Ben Longtree soit fou ou pas m'est égal. Mon fils ne retournera pas chez lui de sitôt.

— À la bonne heure !

— Mais Ben a accepté de soigner le chiot gratuitement. Je ne pouvais pas refuser une offre si généreuse.

— *Ben ?* Vous êtes déjà amis ? Vous ne seriez pas amoureuse de lui, par hasard ?

Chloe eut envie de rire, mais le regard de Bobby Lee la glaça.

— Rassurez-vous, Ben Longtree est un peu trop bizarre à mon goût.

— Heureux de vous l'entendre dire, Chloe. Il soigne votre chiot, je le regrette, mais soyez prudente... Il a une lourde hérédité.

— En clair ?

— Son père était un alcoolique, un homme violent. Vous savez ce que l'on dit : tel père, tel fils.

Chloe sentit un frisson lui parcourir l'échine.

Quand Sue revint à son bureau, Bobby Lee alla s'installer dans le sien, pour le plus grand soulagement de Chloe. Il l'avait questionnée sur Cinnamon Ridge avec tant d'acharnement qu'elle avait le sentiment qu'il vouait une haine absolue à Ben Longtree.

Ce n'est pas mon problème ! se dit-elle. Elle s'était installée à Jack Pine pour y commencer une nouvelle vie avec son fils, et elle n'avait pas l'intention de participer à d'éventuelles querelles. Quoi qu'il en soit, la prochaine fois qu'elle parlerait de Ben Longtree, elle s'assurerait que Bobby Lee ne soit pas dans les parages.

Vers vingt heures trente, celui-ci retourna faire sa patrouille et Chloe fut de nouveau submergée par les appels. Quand elle prit sa pause, elle dîna pendant que Sue s'entretenait au téléphone avec son mari Jerry.

Après avoir terminé son sandwich et son yaourt, Chloe avala un comprimé de paracétamol avec son café froid. Elle retrouva le papier à en-tête avec le nom et le numéro de téléphone de Ben Longtree. *Benjamin Isaiah Gabriel Longtree,* lut-elle. Beaucoup de prénoms pour un seul homme. Mais quel homme ! Finalement, ses prénoms lui allaient bien.

Décroche. Compose son numéro...

Non seulement il la troublait, mais elle avait encore honte de son comportement grossier de ce matin.

Elle prit son courage à deux mains et téléphona. Lorsque Ben Longtree répondit, sa voix n'était que douceur.

— Monsieur Longtree ? Chloe Evans.

Un silence s'ensuivit.

— Bonsoir, madame Evans.

Un peu nerveuse, Chloe joua avec son presse-papiers.

— Je vous autorise à me raccrocher au nez : j'ai été d'une inqualifiable impolitesse, ce matin.

Un autre silence s'installa. Puis un rire s'éleva, rauque.

— Je n'ai pas l'habitude de raccrocher au nez des gens qui m'appellent.

— Tant mieux. C'est le moment de ma pause, et je pensais que vous pourriez me donner des nouvelles de Rowdy.

— J'aimerais vous dire qu'il va guérir…

Le cœur de Chloe cessa de battre.

— Il va mourir ?

— Pour l'instant, il ne réagit pas au traitement. Je serai fixé plus tard dans la soirée. Plus le temps passe, plus il a des chances de s'en tirer.

— Quoi qu'il arrive, je veux vous remercier. Ce chiot représente tout pour mon petit garçon.

— Je sais.

Chloe avait l'intuition que Ben Longtree le pensait vraiment.

— Vous me direz, un chien, c'est peu de chose, reprit-elle, mais Rowdy est très vite devenu important pour nous deux.

— Nous sommes tous peu de chose…

Chloe médita ces derniers mots, elle qui, durant l'année passée, avait si souvent été confrontée à sa propre insignifiance. Elle était heureuse, amoureuse et confiante jusqu'à ce qu'un accident fasse basculer son existence. Elle se revit à l'hôpital le jour du drame, couverte du sang de Roger et sous le choc, ne sachant encore que cet accident aurait des conséquences tragiques sur sa vie.

— Mon fils a subi beaucoup d'épreuves, ces derniers temps. Ce chiot, c'est un peu comme si la magie revenait dans sa vie.

— J'aimerais être magicien pour sauver Rowdy.

C'était facile de parler à Ben Longtree au téléphone, songeait Chloe. De cette distance naissait une étrange et agréable sécurité. Elle se concentrait sur sa voix aux inflexions sincères.

— Monsieur Longtree…

— Madame Evans… dit-il au même instant. Je voudrais juste…

— En ce qui concerne ce matin…

Tous deux se mirent à rire. Puis le silence retomba. Elle devinait qu'il cherchait ses mots. Elle se surprit à retenir sa respiration, impatiente.

— Je… je me suis comporté comme un imbécile, ce matin, avoua-t-il.

Chloe sourit. C'était le contraire !

— Diablo et Methuselah vous ont fait très peur, continua Ben. Je suis au courant des histoires qui courent sur moi en ville, et vous ne me connaissez ni d'Ève ni d'Adam. Je n'aurais pas dû vous parler durement.

— C'est à moi de m'excuser. Vous avez été si gentil avec mon fils. J'étais stressée… J'avais en effet entendu ces rumeurs et elles me sont revenues d'un coup quand j'ai vu…

Chloe s'interrompit, soudain consciente de la présence de Sue.

— … votre pauvre chat estropié.

— Vous n'êtes pas la première à être impressionnée par mon couguar.

— J'ai paniqué. Je n'ai pas réfléchi, juste réagi. Votre maison est loin et isolée…

— En cas de danger ?

— Non, je veux dire, de la ville.

— C'est pareil.

— Vous ne me facilitez pas les choses.

— Je n'aime pas les excuses. C'est contre mes principes de laisser quelqu'un s'accuser.

— Vous êtes un véritable ami !

Il rit.

— Excuses acceptées. Maintenant, à mon tour. C'est le moment des confessions ! Je savais exactement ce que vous pensiez. Vous vous souvenez du regard que je vous ai lancé ? C'était pour vous faire peur.

Chloe se mit à rire.

— Vous avez fait *exprès* de me faire peur ?

— Vous étiez déjà morte de panique ! J'étais excédé et j'en suis désolé… Ces accusations de sorcellerie finissent par me porter sur les nerfs.

La jeune femme ne savait plus quoi penser. Bobby Lee lui avait dit que Ben Longtree était dangereux et instable. Lucy Gant aussi. Qui croire ?

— Je me doute que ce ne doit pas être facile.

— La plupart du temps, j'essaie de ne pas y faire attention, mais aujourd'hui, je ne sais pas ce qui m'a pris.

Chloe passa la main sur le buvard de son bureau.

— Nous regrettons tous les deux ce qui s'est passé.

— Alors nous sommes quittes.

Elle sourit.

— Quand même, vous avez dépassé la mesure en me lançant votre regard terrible !

Le rire chaleureux de Ben Longtree, à l'autre bout du fil, l'enveloppa. Chloe revit son visage et songea qu'il était si dangereusement sexy qu'elle avait intérêt à garder ses distances.

— Mon dernier regard était plutôt sympathique, non ? Si vous voulez une consolation, vous n'avez pas été mal dans votre genre ! Quand vous avez ouvert la porte d'entrée à pleine volée, la poignée a abîmé le mur !

Chloe se mordilla la lèvre.

— Oh, non !

Il rit.

— Rien de dramatique : je suis bon bricoleur.

— Je suis désolée quand même.

— Ne vous inquiétez pas. Methuselah ne cesse de cogner les portes contre les butoirs de porte au-dessus des plinthes. Il aime bien faire du bruit. Ça l'amuse.

Chloe imagina le pauvre vieux couguar handicapé cogner les portes et sourit.

— Comment a-t-il découvert les butoirs ?

— Il a compris le truc, c'est tout. En ce moment, il s'acharne contre la porte de la chambre de ma mère. Quand je le perds de vue, je le suis à la trace grâce au bruit.

Un couguar qui jouait comme un chaton ! Ben Longtree aimait l'extravagance.

— À quelle heure terminez-vous ? s'enquit-il.

— Pourquoi cette question ?

Un autre rire rauque s'éleva.

— Je m'y attendais ! Je voulais savoir si je pouvais vous appeler pour vous donner des nouvelles de votre chiot.

Chloe se sentit stupide.

— Oh oui, bien sûr ! Je termine vers vingt-trois heures.

— Je vous téléphonerai vers vingt-trois heures trente, si ce n'est pas trop tard. Peut-être son état aura-t-il évolué...

— Je suis toujours debout jusqu'à une heure du matin, alors n'hésitez pas.

— Très bien, à plus tard.

La jeune femme raccrocha et resta immobile, se remémorant leur conversation. Ni l'un ni l'autre n'avait beaucoup parlé, mais elle avait l'impression qu'ils s'étaient tout dit. Chloe était soulagée. Ben Longtree n'avait rien d'un tueur en série ou d'un fou. D'où lui venait sa mauvaise réputation ?

Elle remit un peu d'ordre sur son bureau, ce qui lui fit repenser à l'interrogatoire que Bobby Lee lui avait fait subir, tout à l'heure.

— Tu connais Ben Longtree, Sue ?

— Comme tout le monde... Il n'est pas très sociable.

— On dirait que Bobby Lee le déteste ?

— Ils ne se sont jamais entendus, ces deux-là. Cela date de l'école.

Sue se leva pour remplir un gobelet d'eau à la fontaine.

— Je n'étais pas dans leur classe, car j'étais plus jeune. Je ne sais donc pas ce qui a provoqué leur inimitié…

— Comment des haines enfantines peuvent-elles encore subsister à l'âge adulte ?

Sue ferma un œil, visa et envoya son gobelet vide dans la poubelle.

— Des histoires de testostérone, sans doute. Les hommes ont un pois chiche dans la tête.

— Tu as entendu Bobby Lee me cuisiner sur ma visite à Cinnamon Ridge ?

— Oui, désolée… Il est sympa et c'est un bon policier, mais il devient un peu trop zélé quand il s'agit de Longtree.

— Ce n'est pas très professionnel… Je croyais que les rancœurs personnelles ne devaient pas intervenir dans le monde de la justice ?

— À strictement parler, elles ne doivent pas interférer avec le travail d'un officier de police, mais nous ne vivons pas dans un monde parfait… Si tu avais vu Joe Samples quand il a surpris sa femme au lit avec le pasteur !

Chloe ne put contenir une exclamation horrifiée.

— C'est une blague ?

— Oh non… Joe a d'abord gardé son sang-froid et s'est contenté de faire sortir le pasteur à coups de pied dans les fesses de chez lui. C'est seulement le lendemain, quand il a fait ses valises et quitté le domicile conjugal, qu'il a perdu la boule. Pendant les six mois suivants, sa femme ne pouvait se déplacer sans qu'il la suive comme son ombre. Elle aurait pu tapisser les murs de sa salle de séjour avec tous les P-V qu'il lui a collés !

— Mais Joe est toujours policier. Il s'est donc calmé ?

— Disons que le shérif a pris des mesures coercitives et l'a mis en garde. Joe a consulté un psy. Quand sa femme et le pasteur se sont séparés et qu'elle a quitté la ville, il est redevenu lui-même.

— Morale de l'histoire ?

Le regard vert de Sue pétillait de gaieté.

— Bobby Lee a peut-être une dent contre Longtree, mais s'il pousse le bouchon trop loin, le shérif lui tirera les oreilles !

La lumière témoin sur le téléphone de Chloe se mit à clignoter. Elle prit l'appel, le dispatcha à toutes les patrouilles, puis le nota dans son rapport. Quand elle eut fini, c'était Sue qui était occupée au téléphone. Quelques minutes s'écoulèrent avant que toutes deux ne reprennent leur conversation où elles l'avaient laissée.

— Il doit bien y avoir une raison pour que ces deux-là se détestent à ce point ! insista Chloe.

— C'est peut-être parce que Ben est plus séduisant que Bobby Lee, et que Bobby Lee n'aime pas la compétition ? Ben était un solitaire, et il était très secret. On racontait des trucs bizarres sur lui à l'école. Du coup, il était la cible préférée des rumeurs. C'était bien sûr de la popularité négative, mais de la popularité quand même, et je pense que Bobby lui en voulait.

— C'est quoi, ces trucs bizarres qu'on racontait sur lui ?

— L'histoire que je préfère, c'est celle du chat. Un chat avait été renversé par une voiture et il était mal en point… La pauvre bête avait essayé de se traîner sur les bas-côtés de la route. Plusieurs gosses se demandaient quoi faire, quand Ben est arrivé. Selon la rumeur, il aurait posé les mains sur le chat blessé qui se serait ensuite relevé et aurait gambadé comme si de rien n'était ! Ma copine Sally était présente, et elle m'a juré que les choses s'étaient passées ainsi. Ben a ensuite expliqué que le chat était juste assommé, mais beaucoup prétendent qu'il aurait pratiqué de la magie shoshone pour le soigner…

— Quelle histoire crois-tu ?

— Je pense que le chat était vraiment assommé. C'est dommage, la vérité est toujours moins excitante que la fiction… Bobby Lee a toujours voulu être la vedette. Il a fait des pieds et des mains pour être le meilleur en classe. Il est devenu président de l'association des étudiants et une star du foot ! Mais, comparé à la soi-disant magie shoshone de Ben, c'était peu de chose…

— D'où sa haine envers Ben ?

— C'est ma seule explication.

— Et toi, tu apprécies Ben ?

— Si tu veux tout savoir, j'étais folle amoureuse de lui, adolescente ! Je ne sais plus en quelle classe il était, et je devais vraiment lui casser les pieds ! La plupart des garçons auraient été exaspérés, mais Ben a toujours été gentil avec moi.

Une expression lointaine apparut dans le regard de Sue.

— Plus tard, j'ai été triste pour lui…

— Pourquoi ?

— Hap, son père, était ivre du soir au matin… C'était un vrai danger public, le genre d'homme qui aime se bagarrer et s'en prend toujours aux plus faibles. La mère de Ben, Nan, ne venait que très rarement en ville, mais les gens prétendaient qu'elle avait toujours des bleus partout quand par hasard elle venait. Ben et sa sœur ont sans doute aussi été battus…

Chloe songea à la vieille dame avec son joli sourire et ses gentilles manières.

— C'est triste… Si les choses allaient aussi mal, pourquoi n'a-t-elle pas quitté son mari ?

— Peut-être était-elle incapable de se débrouiller seule ? Peut-être n'avait-elle aucune formation et n'avait-elle jamais travaillé ?

— Nous avons de la chance de faire partie d'une autre génération, toi et moi.

— N'empêche, même de nos jours, il faut du courage pour se débrouiller seule avec des enfants à charge.

Chloe n'aurait pu dire mieux.

— Quel genre de garçon était Ben ?

— Gentil. Il avait bon cœur. Il n'aurait pas fait de mal à une mouche, sauf si on le poussait à bout.

— Ah ?

— Je me souviens qu'il y avait une fille retardée, à l'école. Mandy Jean. Ses parents ne lui donnaient pas de bains, alors elle était sale. Dans le bus scolaire, les garçons n'arrêtaient pas de la chahuter. Un jour, en sortant du bus, ils lui ont arraché ses livres de classe. Chaque fois qu'elle essayait d'en ramasser un, un garçon l'envoyait valdinguer plus loin. Ben, qui descendait quelques arrêts plus loin, a vu ce qui se passait du bus. Il est descendu à l'arrêt suivant et a couru pour rejoindre Mandy Jean et ses tourmenteurs.

Chloe s'accouda sur son bureau et posa le menton dans sa main.

— Que s'est-il passé ?

— Il leur a fait une proposition. Soit ils ramassaient les livres de Mandy Jean, soit ils auraient du mal à poser leurs fesses sur une chaise pendant quelques jours.

— Et... ?

— Tu as remarqué que Bobby Lee a toujours une dent contre lui, non ?

— Bobby Lee était l'un des bourreaux de cette gamine ?

Sue se mit à rire.

— Bobby Lee était un gosse. Il avait quatorze, peut-être quinze ans… Les garçons sont méchants à cet âge.

Ou trop gentils comme Ben… pensa Chloe.

— Pauvre Mandy Jean.

— Après ça, les garçons ont obtempéré, de peur que Ben ne leur botte vraiment les fesses.

— Il pouvait être violent ?

— Il n'était pas du genre à rechercher les ennuis. Mais s'il voyait quelqu'un s'en prendre aux animaux, il devenait fou.

— Est-ce que… ?

Chloe s'interrompit, un peu honteuse de poser la question.

— Tu penses qu'il est dangereux, Sue ? Bobby Lee dit qu'il pourrait faire du mal à Jeremy parce qu'il est prédisposé génétiquement à la violence.

Sue arrondit les yeux.

— Si nos gènes contrôlaient notre comportement, où irions-nous ?

— C'est aussi mon avis.

— Mais sois prudente quand même. Après tout, il a tué un homme…

6

Rowdy allait mourir. Ben l'entendait à son râle. Sans doute ne passerait-il pas la nuit… Il éteignit la lumière trop crue pour laisser place à la pénombre, plus douce.

Toute vie étant précieuse, perdre un patient était toujours douloureux. Mais cet échec le peinait surtout à cause de Jeremy.

— C'est la fin, n'est-ce pas ?

Ben sursauta. Perdu dans ses pensées, il n'avait pas entendu sa mère s'approcher.

— On dirait. J'ai fait tout ce que j'ai pu, mais ce chiot ne répond pas au traitement.

— Je suis désolée. Ce petit garçon aime tellement son chien.

Ben était si tendu que son corps était douloureux. Malgré la pénombre, il distinguait le regard de sa mère, clair et lucide. C'était démoralisant de la voir aller et venir entre l'oubli et la lucidité. Selon le médecin, ces symptômes étaient normaux dans les cas légers de la maladie d'Alzheimer ou à ses débuts, mais Nan était maintenant malade depuis cinq ans. D'un côté, Ben se réjouissait que la maladie ait si peu évolué et que son état ne se soit pas dégradé, mais il était toujours triste de voir sa mère basculer en un éclair dans un univers qui lui était inaccessible.

— Je me souviens d'un autre petit garçon qui aimait aussi son chien, reprit-elle doucement.

— Moi aussi, acquiesça Ben à mi-voix.

— Tu as fugué après l'avoir perdu. Je t'ai retrouvé assis sous le vieil arbre où tu l'avais enterré. Durant tout l'hiver et l'été suivant, tu as monté la garde. J'avais peur que tu ne surmontes jamais ton chagrin…

— J'ai toujours du mal à admettre sa mort.

— J'espère que Jeremy n'aura pas autant de chagrin. Son âme brillait dans ses yeux, aujourd'hui, quand il caressait son petit chien.

— Nous ne pouvons plus rien faire, maman.

— Tais-toi, Ben. Tant qu'il y a de la vie, il y a de l'espoir !

Ben fixait l'obscurité. Il ne répondit pas.

— Imagine ce chien et ce petit garçon jouant ensemble lors d'une belle journée ensoleillée, murmura-t-elle. Imagine que tu aies le pouvoir de faire que cela devienne réalité…

Ben avait la gorge si serrée qu'il dut faire un effort pour parler.

— Tu es fatiguée, maman. Tu devrais aller te coucher.

Nan s'approcha et posa une main sur son épaule.

— Je t'aime, Ben, ne l'oublie pas.

Il pressa sa main.

— Je t'aime aussi, n'en doute jamais.

— Je n'en ai jamais douté. Ce qui me brise le cœur, c'est de voir que tu as perdu foi en toi.

La tristesse qui émanait de sa mère enveloppait Ben.

— Une mère a toujours des regrets, mais le pire de tous, c'est d'avoir laissé ton père te faire *ça*…

— Tu n'as rien à te reprocher. Tu as agi pour le mieux.

— En es-tu certain ?

La question flotta un instant entre eux.

Elle pressa son épaule.

— Si ton grand-père te voyait, il serait triste... Il a essayé de t'apprendre à être fier de ce que tu étais. Où est ta fierté, Ben ? Pourquoi nies-tu ce que tu es ?

— Je ne nie rien du tout. Regarde-moi.

— Certes, tu portes des ornements indiens...

Nan passa le doigt sur le collier autour de son cou.

— Certes, tu fais des efforts. Tu touches souvent ce médaillon, sans doute pour te souvenir que tu es un Shoshone. Mais ce ne sont que des apparences... Ce médaillon n'est qu'une pierre léguée par ton grand-père. « Porte-le avec fierté », disait-il. Tu avais sept ans quand il est mort, mais il savait déjà quel homme tu deviendrais.

— Il s'est trompé... C'est ce que tu essaies de me dire ?

— Non, Ben. C'est toi qui t'es trompé. Et c'est justement ce qui me fait mal. Tu n'as pas entièrement accepté ce que tu étais.

Nan s'éloigna et fut happée par l'ombre. Ben entendit le frottement de ses pantoufles alors qu'elle quittait la cuisine. Longtemps après, il resta assis, tête penchée, écoutant la respiration laborieuse de Rowdy, ce râle qui précède la mort et qu'il avait si souvent entendu.

La main tremblante, il caressa le chiot et pensa à Jeremy. Dans dix ou vingt ans, aurait-il encore du chagrin ? Marqué par cette épreuve, se renfermerait-il sur lui-même pour ne plus aimer quiconque, lui aussi ?

Regrets, peurs et émotions indéfinissables se mêlaient en Ben. Sa main pesait sur le corps fiévreux et tremblant du chiot. Il imaginait Jeremy et Rowdy ensemble. C'était comme un livre d'images dont il tournait les pages. Un petit garçon et son chien jouant dans le soleil...

Agir. Faire que cela se réalise.

Allons, rien qu'une fois seulement, songea Ben. Il ferma les yeux, laissa la tension s'échapper de son corps et pressa plus fort sa main sur Rowdy.

Lorsque Chloe eut terminé son service, elle prit sa voiture et rentra à la maison, toutes vitres descendues.

Elle habitait dans un quartier résidentiel entouré par la forêt, ainsi que par d'innombrables petits lacs qui attiraient les pêcheurs. À une heure si tardive, il n'y avait guère de circulation.

Elle défit sa queue-de-cheval et soupira de plaisir quand le vent joua dans ses cheveux. L'air vif et sain embaumait le pin et la forêt.

Chloe tourna à gauche sur Shoshone Road. L'enseigne de l'épicerie station-service, où elle s'arrêtait parfois pour acheter des friandises à Jeremy, clignotait. Son propriétaire, un très gros homme, se tenait devant la pompe à essence, un bloc à la main. Son jean large lui tombait si bas sur la taille qu'une portion de peau grasse et bien blanche se détachait au clair de lune.

Elle retint un éclat de rire. Ah, la vie à la campagne ! La semaine dernière, son frère Rob lui avait demandé si Seattle et sa vie culturelle foisonnante ne lui manquaient pas. Ça non ! Le spectacle, ici, c'était la vie de tous les jours !

Elle tourna enfin sur Whispering Pines Lane et ralentit au cas où un cerf s'aventurerait sur la route. Aucun cerf ne surgit, mais elle surprit un porc-épic qui traversait la chaussée laborieusement. Telle était la version rurale des ralentissements routiers…

La jeune femme arriva enfin chez elle. La cour devant sa maison était cernée par les pins épais qui ne laissaient pas filtrer la lueur de la lune. Tracy n'avait pas allumé l'éclairage extérieur. À l'intérieur, les lumières voilées par les rideaux diffusaient une faible lueur sur les buissons. Des ombres agitées par la brise se mouvaient et créaient des formes sinistres.

Chloe hésita avant de descendre de voiture. Puis, se reprochant son manque de courage, elle sortit et se dirigea d'un pas rapide vers l'entrée. Elle ne risquait rien. Le quartier de Whispering Pines était un endroit paisible, dont la tranquillité était dérangée seulement par quelques nuisances sonores, de rares chauffards, une poignée de braconniers et des bagarres qui éclataient dans le bar du coin. Elle n'avait donc aucune raison d'avoir peur.

Quand elle pénétra dans la salle à manger, Tracy au téléphone la salua d'un signe.

— Je dois y aller, Chloe vient de rentrer. Oui... moi aussi !

Tracy fit claquer un baiser sonore et raccrocha.

— Vous avez l'air à plat, Chloe ! La soirée a été dure ?

— Pas trop, non, dit Chloe en tapotant affectueusement l'épaule de la jeune fille. Je suis juste un peu fatiguée.

Elle remarqua la vaisselle du dîner lavée et dans l'égouttoir.

— Tu es un ange, Tracy ! Merci d'avoir tout nettoyé et rangé.

— Ça me faisait plaisir.

Tracy souriait. Ses cheveux bruns étaient noués par un chouchou rouge. Son visage maquillé resplendissait, et son jean moulant avait été astucieusement déchiré sous les fesses et aux cuisses.

— J'ai mis des vêtements à la machine à laver et j'ai passé l'aspirateur. Jeremy a renversé son popcorn.

— Si un jour je deviens riche, je t'offrirai un voyage autour du monde ! déclara Chloe en se dirigeant vers la chambre de son fils.

Sur la table de nuit, la veilleuse éclairait faiblement les étagères chargées de livres et les posters représentant des tracteurs de John Deere, le premier constructeur de tracteurs agricoles au monde, de Winnie l'Ourson ainsi que les monstres du dessin animé favori de Jeremy, *Shrek*.

Chloe se pencha sur son fils et effleura ses cheveux. Ça n'était certes pas facile d'être seule pour élever un enfant, mais elle ne regrettait pas son choix, parce que Jeremy était sa joie et sa vie. Elle l'embrassa sur le front.

— Je ramène Tracy chez elle et je reviens, murmura-t-elle.

La maison des Bower se trouvait un peu plus loin. Il ne lui faudrait que quelques minutes pour raccompagner la jeune fille. Jeremy ne risquait rien.

Après avoir déposé Tracy, Chloe rentra. Elle venait de couper le moteur quand elle se rendit compte que la cour était plongée dans l'obscurité. Zut, elle n'avait pas songé à allumer la lumière de la véranda avant de partir !

Apeurée, les épaules raides, elle traversa la pelouse. C'était ridicule d'être si impressionnable. Elle n'avait plus à redouter Roger. Il vivait dans l'État de Washington, loin de l'Oregon. Pourquoi aurait-il tout à coup surgi dans sa petite cour de Whispering Pines ? Non, vraiment, elle devait cesser d'avoir peur et se remettre à vivre normalement.

Elle atteignait les marches de la véranda lorsqu'une voix s'éleva dans l'obscurité.

— Bonsoir.

Chloe, surprise, s'arrêta net et chancela. Un homme sortit de l'ombre et surgit devant elle. Pendant un instant de doute horrible, elle le confondit avec Roger, puis son cerveau paralysé par la panique enregistra que l'homme était plus grand et plus impressionnant que son ex-mari. C'était Ben Longtree.

— Ah, c'est vous... balbutia-t-elle enfin.

— Je suis désolé. Je ne voulais pas vous effrayer.

Chloe porta la main à sa gorge. Il était près de minuit. À quelle réaction s'attendait-il donc ?

— Je ne pensais pas avoir de la visite, ce soir.

— J'allais vous téléphoner... commença-t-il.

Il s'interrompit et se frotta le menton.

— Puis j'ai pensé qu'il valait mieux que je vienne. Vous allez bien ?

— J'ai besoin d'une défibrillation pour retrouver un rythme cardiaque normal, mais sinon ça va, merci.

Il se mit à rire.

— Je suis désolé, je n'ai pas réfléchi... J'aurais dû me garer dans votre cour ou rester dans mon pick-up jusqu'à votre arrivée.

Il s'avança dans le rayon de lune qui tombait sur la véranda. Il était vraiment très grand, songea Chloe, et un peu trop viril à son goût.

— Vous devez vous demander comment j'ai trouvé votre maison ?

Encore sous le choc, elle émit un murmure affirmatif.

— Jeremy a téléphoné ce soir et il m'a donné votre adresse. J'espère que ça ne vous ennuie pas ? Je sais qu'il est tard...

Mais Chloe n'avait plus qu'une pensée en tête.

— Rowdy ?

Dans la nuit, elle distingua un sourire sur les lèvres de Ben.

— Il va mieux. Au moment où je pensais qu'il allait mourir, il a commencé à aller mieux.

Émue, Chloe agrippa la rampe bancale de la véranda.

— C'est vrai ?

— Mais il n'est pas tiré d'affaire pour autant. Son organisme était déjà affaibli par la faim avant qu'il ne tombe malade. Le virus lui a pris le peu de forces qui lui restaient. Avec de bons soins, du repos et de la nourriture, il devrait guérir. Je voulais vous l'annoncer en personne. Les bonnes nouvelles ne peuvent jamais attendre !

— Jeremy va être fou de joie ! Je ne le réveille jamais au milieu de la nuit, mais je vais faire une exception.

Les yeux de Ben brillèrent dans le clair de lune.

— C'est inutile. Je ne veux pas perturber le sommeil d'un petit garçon de six ans.

— J'avais si peur de lui annoncer la mort de son chien ! Je suis soulagée que cette épreuve me soit évitée !

Elle en avait les larmes aux yeux.

— Jeremy avait tant de projets, mais ils se sont tous envolés... Je me sentais tellement coupable... Quand il a choisi Rowdy, je savais que ce n'était pas le meilleur des choix, mais j'ai tout de même accepté...

Chloe s'interrompit et soupira.

— Je suis désolée, je parle à tort et à travers. J'ai eu si peur quand je vous ai vu surgir tout à coup devant moi.

— J'ai l'impression que vous m'avez confondu avec quelqu'un ?

— En effet, mais je vous ai vite reconnu.

— Il faut du temps...

Du temps pour quoi ? eut envie de lui demander Chloe, qui garda finalement un silence prudent. Elle soupçonnait Jeremy de lui avoir brossé un tableau complet de leur histoire familiale. Son fils était encore trop jeune pour comprendre qu'il ne fallait pas tout raconter.

— Vous êtes contrariée ? Vous savez, les enfants sont plus directs que les adultes... Si ça peut vous consoler, je vous admire d'avoir tiré Jeremy de là. Je sais qu'il faut du courage.

Chloe se sentait de plus en plus mal à l'aise.

— Bon... eh bien, je vous remercie d'avoir sauvé Rowdy, monsieur Longtree.

— Ben.

— Je vous remercie aussi d'être venu m'annoncer la bonne nouvelle.

— Ça me faisait plaisir. Vraiment.

Chloe lâcha la rampe.

— Si Rowdy avait été soigné dans la clinique vétérinaire, le traitement m'aurait coûté mille dollars, peut-être plus en cas de complications. Vous m'avez fait économiser une grosse somme d'argent...

— Je ne connais pas beaucoup de femmes qui vendraient un bijou de famille pour sauver un petit chien malade. Quand je rencontre des gens capables d'un tel sacrifice, je leur tire mon chapeau. Vous m'avez assez remercié et très joliment. Offrez-moi un café et nous serons quittes.

Inviter un homme qu'elle ne connaissait pas n'était nullement dans les habitudes de Chloe, mais elle ne trouva aucune excuse pour refuser.

— Un café. Bien sûr. Pas de problème.

Elle monta les marches et fouilla dans son sac à la recherche de ses clés. La présence de Ben la mettait mal à l'aise. Elle avait été folle d'inviter un criminel chez elle ! Bobby Lee l'avait prévenue de rester loin de lui. Sue aussi, et elle le faisait pénétrer sous son toit !

Après avoir repéré la serrure, elle introduisit sa clé à l'envers, rectifia le mouvement et l'introduisit, mais ne parvint pas à la faire tourner.

— Laissez-moi faire, intervint Ben.

Il déverrouilla la porte avec facilité. Sous son regard surpris, il sourit et remit le trousseau dans le sac de Chloe.

— Tout est dans le mouvement du poignet.

Une fois à l'intérieur, Chloe enveloppa du regard le mobilier dépareillé qu'elle avait acheté à bas prix, après avoir vendu divers objets de valeur pour payer ses dettes. Comparé à l'intérieur de Ben, le sien semblait bien tristounet et bas de gamme.

— Bienvenue. Ce n'est pas très beau, mais c'est chez moi. Si le lino ploie sous votre poids, n'ayez pas peur. Mon propriétaire m'a juré que le sol ne s'écroulerait jamais !

— C'est propre et confortable. C'est le plus important.

Elle le précéda dans la cuisine, intensément consciente de sa présence derrière elle. La cuisine, qui n'était déjà pas grande, lui parut minuscule quand Ben y entra. Il s'assit, dos à la fenêtre. Les néons dispensaient un éclairage bleuâtre qui créait un curieux halo autour de lui.

Chloe se posta devant la cuisinière.

— Café ou déca ?

— Café, s'il vous plaît. Je travaille souvent la nuit.

Son allusion à son travail piqua la curiosité de Chloe.

— Quel genre d'activité professionnelle vous tient donc éveillé jusqu'au matin ?

— Des bricoles.

Elle disposa un filtre dans la machine à café. Il lui avait fait une réponse identique, ce matin – autant dire pas de réponse du tout.

— Vous faites bien des mystères de votre profession...

— Je n'aime pas en parler.

Cette réponse inquiéta la jeune femme. Les gens étaient en général intarissables sur leur activité professionnelle. Ben avait-il quelque chose à cacher ? Chloe repensa aux affabulations de Lucy Gant et, mal à l'aise, décida de laisser tomber ce sujet délicat. Si Ben Longtree faisait quelque chose d'illégal, elle n'avait pas envie de le savoir.

Elle prépara le café en silence. Préférant quant à elle un déca, elle plaça une tasse d'eau dans le four à micro-ondes. Le café commença à couler. Elle sentait le regard de Ben sur elle et renversa un peu de café instantané alors qu'elle s'en servait une cuillerée. Elle chercha quelque chose à dire, mais son cerveau épuisé était vide.

— Excusez-moi, dit-elle tout à coup.

Pour ne pas rester seule avec lui, Chloe avait décidé d'annoncer la nouvelle de la guérison de son chien à Jeremy. Comme n'importe quel enfant tiré de son sommeil en pleine nuit, il protesta sans se réveiller. Quand elle le souleva dans ses bras, il nicha son visage dans son cou et protesta de nouveau.

— Je suis désolée, mon cœur, mais il y a quelqu'un qui est venu spécialement pour toi.

— Qui ? bredouilla Jeremy.

— C'est une surprise.

Le regard de Ben s'étrécit lorsqu'elle entra dans la cuisine, Jeremy dans ses bras.

Chloe lui tourna le dos pour que l'enfant à moitié endormi sur son épaule l'aperçoive.

— Regarde qui est là ! M. Longtree est venu t'annoncer une bonne nouvelle !

Jeremy souleva la tête avec effort. Il cilla, encore somnolent, et s'essuya les yeux.

— Salut… dit-il dans un bâillement.

— Ton chiot est sauvé.

Jeremy sourit.

— Il va bien ?

— Et il ira mieux chaque jour.

Le regard de Jeremy, encore voilé par le sommeil, brillait de joie.

— Je savais que tu le guérirais !

Il gigota pour se libérer de l'étreinte de sa mère. Dès l'instant où ses pieds nus touchèrent le sol, il se précipita vers Ben et se jeta dans ses bras. Manifestement guère habitué aux enfants, Ben le serra contre lui avec maladresse. Jeremy noua les bras autour de son cou.

— Merci !

Ben posa sa grande main sur le dos de l'enfant et garda un silence tendu.

— Je t'en prie, Jeremy… dit-il enfin d'une drôle de voix rauque.

Le petit garçon continuait de gigoter sur les genoux de Ben, en dépit de ses efforts pour le maintenir au calme.

— Comment va Rowdy ?

— Il est encore faible. Il guérira, mais seul le temps le rétablira. Il doit reprendre des forces.

— Il ne va pas mourir ?

— Sauf imprévu, je ne crois pas.

— Il a toujours l'aiguille dans sa veine et le tuyau ?

— Oui.

— Il dégobille toujours ?

— Il *vomit* toujours ? corrigea Chloe.

— Plus maintenant.

— Il dort sur ta table de cuisine ?

— Non, je lui ai fait un joli petit lit avant de venir chez toi. J'avais peur qu'il ne se réveille en mon absence, tombe et se blesse.

— Il remue beaucoup ?

— Pas trop, mais plus qu'hier.

Jeremy l'enlaça de nouveau avec fougue.

Cette fois, Ben sourit et le berça gentiment. Jeremy, qui n'accordait pourtant pas facilement sa confiance à un inconnu, resta contre lui, sa tête bouclée nichée contre sa large épaule. L'homme et l'enfant étaient maintenant amis.

Tous deux offraient un spectacle touchant. Ben sombre et inspiré, et Jeremy tout en légèreté. Sous la lumière bleutée de la cuisine, le visage mat de Ben prenait des teintes qui rappelaient le chêne vernissé et la terre de Sienne. Ses cheveux noirs brillants, épais et raides, formaient un contraste étonnant avec les boucles aériennes de Jeremy. Le jour et la nuit... songea Chloe.

La grande main de Ben ne cessait de caresser le dos du garçon. L'espace d'un instant, la jeune femme se plut à imaginer cette main sur son corps. Consciente de s'égarer, elle sursauta et essuya le plan de travail déjà rutilant de propreté. Folie ! Jamais plus elle ne voulait sentir la main d'un homme sur elle !

Jeremy s'endormait.

— Je crois qu'il vous aime bien, dit Chloe doucement.

Ben posa la joue sur la chevelure bouclée de l'enfant. Ce geste toucha inexplicablement Chloe.

— C'est réciproque. Il était pourtant mort de peur quand nous nous sommes rencontrés, ce matin.

Il lui lança un regard rapide.

— J'ai honte parce que j'ai essayé de le chasser de chez moi. Votre fils n'a rien voulu savoir. Il m'a tenu tête et a insisté pour que je l'écoute !

— Et après, vous n'avez plus eu le cœur de le renvoyer.

— C'est un sacré petit bonhomme !

Le regard de Ben revint sur elle, plus chaleureux qu'il ne l'avait jamais été.

— Comme sa mère...

Chloe lui tourna le dos pour verser le café. Lorsque son regard revint sur Ben, elle constata qu'il avait gardé sa pose, le menton sur la tête de Jeremy. Son visage exprimait le plaisir et l'émerveillement. S'il aimait tant les enfants, pourquoi n'en avait-il pas ?

Elle n'osa pas lui poser la question. Mieux valait garder ses distances avec Ben Longtree. Certes, il semblait charmant et normal, mais Chloe en savait trop peu sur lui pour porter un jugement objectif. Il avait quand même tué un homme d'un seul coup de poing.

Il se leva, Jeremy toujours dans ses bras, et lui lança un regard interrogateur. Elle comprit et le conduisit dans la chambre à coucher. Quand elle eut arrangé les couvertures, Ben déposa Jeremy comme s'il était son bien le plus précieux.

Elle allait rabattre les couvertures, mais il la précéda avec tant de douceur que Chloe, émue, détourna le regard. Un an et demi plus tôt, le père de Jeremy était tout aussi tendre avec leur fils. Jusqu'à ce soir, elle ne s'était pas rendu compte combien ce rituel lui manquait.

De retour à la cuisine, elle sucra son café et le remua. Par-dessus le tintement de sa cuillère, elle entendit le grincement de la chaise de Ben qui se rasseyait. Comment pouvait-il susciter des réactions aussi extrêmes en elle ? Un moment, il l'émouvait étrangement ; un autre moment, il lui rappelait les jours heureux avec Roger et les lui faisait regretter.

Chloe se considérait comme une femme stable et cohérente, aussi interpréta-t-elle son trouble émotionnel comme un avertissement. Ben Longtree était sans aucun doute dangereux, mais peut-être pas comme Bobby Lee le pensait.

— Vous vous êtes fait un ami pour la vie, conclut-elle alors qu'elle lui tendait sa tasse de café. Je vous en félicite. Mon fils ne se lie pas facilement.

— Moi non plus.

Il but une gorgée de café, puis émit un soupir d'aise.

— Votre café est délicieux…

Sans doute voulait-il être agréable. Complimenter quelqu'un sur son café était banal.

— Je sais bien le préparer, c'est l'un de mes rares talents.

— Je cuisine bien, mais je fais un café exécrable. Trop fort ou trop léger.

Il but une autre gorgée.

— Et celui-là est parfait !

Un silence s'ensuivit. Embarrassée, Chloe se mit à pianoter sur la table. Ben leva les yeux, regarda sa main et sourit. Revoyant la froideur de son regard, ce matin, la jeune femme fut fascinée qu'un simple sourire métamorphose à ce point son visage austère.

Aurait-il été moins impressionnant qu'elle aurait été plus à son aise. Ben Longtree n'était qu'ombre et mystère, virilité et force. Son après-rasage rappelait l'odeur de la forêt par une chaude journée d'été. Chloe se souvint de sa force quand il l'avait retenue pour l'empêcher de tomber, hier à l'animalerie.

Ç'avait été plus facile de lui parler au téléphone… Loin de son regard, elle avait eu un comportement normal, ce qui était loin d'être le cas maintenant. Elle aurait aimé qu'il prenne congé pour ne plus subir ce malaise.

— Il est tard et vous semblez épuisée, dit-il tout à coup.

— Non, ça va, s'entendit-elle répondre.

À peine avait-elle prononcé ces mots qu'elle les regretta.

— À vrai dire, je n'ai guère dormi la nuit dernière.

— Vous êtes donc fatiguée.

Ben fit mine de se lever. À sa plus vive surprise, Chloe posa une main sur son bras pour l'en empêcher.

— Ne partez pas tout de suite. Pour moi, la nuit ne commence qu'à partir d'une heure du matin.

Elle jeta un coup d'œil à sa montre, convaincue qu'elle avait perdu l'esprit, mais ajouta cependant :

— Si je vais me coucher maintenant, je serai debout à sept heures au lieu de huit, et je vais me traîner pendant toute la matinée.

Ben la dévisagea, pensif.

— Vous ne paraissez pas seulement fatiguée, mais tendue. Je ne vous le reproche pas… Je n'ai pas la réputation d'être un personnage fréquentable.

Chloe se dit à cet instant qu'elle lui faisait confiance, mais elle se ravisa aussitôt et se reprocha de l'avoir invité chez elle. Peu après, elle retrouva un calme relatif. De quoi avait-elle peur ? Ben n'était ni menaçant ni agressif.

— Vous me semblez pourtant assez inoffensif…

Sans lâcher sa tasse, il s'accouda.

— Alors pourquoi êtes-vous si nerveuse ?

— Je me sens toujours obligée de parler quand je fais la connaissance de quelqu'un, alors que je n'ai jamais grand-chose à dire. D'où ma nervosité.

Ben sourit de nouveau. Elle aimait la façon dont les rides d'expression autour de sa bouche s'accentuaient.

— Mon grand-père disait qu'il valait mieux garder le silence plutôt que de parler pour ne rien dire. Votre café est excellent. C'est pour le café que je suis venu. Je ne suis guère bavard, vous savez. Depuis que ma mère est malade, je ne fais plus guère la conversation.

Il devait parfois se sentir bien seul, dans cette grande maison au milieu de la forêt.

— Ça ne doit pas être facile tous les jours.

— J'ai l'habitude d'être seul.

Mais Chloe était persuadée qu'il souffrait de cette solitude.

— Quand vous ne soignez pas des animaux et que vous ne faites pas ces fameuses… bricoles, que faites-vous ?

— Pas grand-chose. Le nombre de mes patients a tellement augmenté, ces derniers temps, que j'ai à peine le temps de dormir. Il y a un sadique qui s'amuse à tirer sur les animaux de la forêt.

— Je sais, j'ai vu votre annonce. C'est incroyable !

Le visage de Ben se ferma.

— Un calibre 22 est assez puissant pour tuer des animaux, même un cerf. Mais le tireur ne vise que les parties non vitales. Il veut blesser, pas tuer.

— Pourquoi ?

— Il y a des fous partout.

Ben passa l'index sur le bord de sa tasse.

— À propos, la police n'est pas venue chez moi, aujourd'hui... J'en déduis que vous avez gardé le silence sur Methuselah et les autres animaux. Merci. Je ne sais pas pourquoi vous avez choisi de vous taire, mais j'apprécie.

— Je ne comprends pas pourquoi le fait de soigner des animaux chez vous soit si répréhensible aux yeux de la loi.

Chloe se mordilla la lèvre et sourit.

— De plus, si j'avais parlé, un certain petit garçon ne me l'aurait jamais pardonné !

— Alors je lui dois aussi beaucoup !

Quand Ben se mit à rire, Chloe songea qu'elle n'avait jamais rencontré un homme plus attirant. Non seulement il était séduisant, mais il ne paraissait pas en avoir conscience. C'était rafraîchissant et si agréable qu'elle en fut émoustillée.

— Quoi ? s'enquit-il tout à coup.

La jeune femme se rendit compte qu'elle le dévisageait ouvertement, et elle rougit.

— Excusez-moi, j'étais distraite. Je suis plus fatiguée que je ne le pensais.

Ben termina son café et consulta sa montre.

— Il se fait tard, je dois y aller. Ma mère dormait quand je suis parti, mais elle se réveille souvent pendant la nuit et demande toujours un chocolat chaud. Elle aime bien se le préparer, mais la maladie d'Alzheimer et le gaz ne font pas bon ménage. Elle oublie que le gaz est allumé et pose des serviettes dessus…

— Elle a déjà déclenché un incendie ?

— Non, mais on a frôlé la catastrophe.

— Elle a de la chance que vous soyez là. Beaucoup auraient placé leur mère souffrante dans une institution médicalisée. Voilà comment les choses se passent, de nos jours… Les enfants mènent une vie trop trépidante pour s'occuper de leurs parents malades.

— Je vois la vie autrement.

Il lui montra la tasse.

— C'était vraiment un excellent café, Chloe. Merci.

— C'était le moins que je puisse faire. J'aurais aimé pouvoir vous payer.

— Ne soyez pas stupide ! Il n'est pas question d'argent.

Chloe se mit à rire.

— À Seattle, où j'habitais avant de déménager, tout était question d'argent.

— Je m'en doute. Voir votre fils sourire suffit à me payer.

Chloe le raccompagna. Sur le pas de la porte, Ben la dévisagea si longuement qu'elle se demanda s'il n'allait pas l'embrasser. Elle était curieuse, et pas du tout effrayée. Puis soudain son estomac se noua, des frissons la parcoururent. *Recule !* Pourtant, elle resta immobile.

Ben ne l'embrassa pas. Il leva le doigt et le posa sur la petite cicatrice à l'intérieur de son arcade sourcilière.

Surprise par son geste, elle intercepta sa main… et le regretta dès qu'elle la toucha. Les doigts chauds et durs de Ben se nouèrent aux siens, contact déconcertant. Puis il traça le contour de la cicatrice de la pointe de l'index.

— Que vous est-il arrivé ?

— Je suis tombée, il y a un an.

Les souvenirs coulaient comme de l'acide dans la tête de Chloe. Le visage de Ben se crispa.

— Maladroite ?

— Parfois.

— Votre fils a de la chance d'avoir une maman aussi courageuse.

Chloe eut le sentiment d'être nue devant lui. Ben Longtree devinait trop de choses.

Elle relâcha sa main et ouvrit la porte. L'air frais de la nuit s'engouffra à l'intérieur. La jeune femme l'accueillit avec joie : elle avait besoin de fraîcheur pour calmer son effervescence.

— Bonne nuit, Ben.

Il sortit. Le bois craqua sous ses pas, un bruit presque irréel dans l'épaisse nuit calme.

— Bonne nuit…

Chloe s'adossa à la porte et le suivit des yeux. Un halo bleuté l'enveloppait. Elle cilla. Quarante heures sans sommeil, et elle hallucinait !

Comme s'il avait senti son regard, il se détourna avec une grâce masculine un peu lourde mais néanmoins séduisante. Malgré la nuit, ses yeux brillaient comme des fragments de cristal bleu. Le vent jouait dans ses longs cheveux et ses mèches balayaient son visage.

— Faites de beaux rêves !

Puis il fut avalé par la nuit.

Chloe resta là à contempler le rayon de lune qui l'avait nimbé un instant plus tôt.

Elle soupira et referma la porte. Son cerveau privé trop longtemps de sommeil avait atteint un point de non-retour. Quand on commençait à voir un humain nimbé par une lumière bleue, il était temps d'aller se coucher...

Un peu plus tard, Ben se gara devant chez lui. Après avoir coupé le contact, il demeura immobile. Pourquoi s'était-il rendu à Whispering Pines pour donner des nouvelles de Rowdy à Chloe Evans? Pourquoi s'était-il invité à boire un café?

Quelque chose en elle l'émouvait et l'attirait. L'expression de ses yeux bruns, mélange de méfiance et de vulnérabilité que contredisait son attitude posée? En la revoyant, il avait joué avec le feu. N'avait-il donc rien retenu de son expérience avec Sherry?

Ben croisa les bras sur le volant et y plaça la tête. Rester à l'écart des femmes ne lui posait aucun problème, alors pourquoi ne le pouvait-il pas avec Chloe?

Il n'en savait rien. Il savait juste qu'il ne devait pas la revoir.

7

Vêtue d'un tee-shirt des Seahawks de Seattle trop grand pour elle, et des pantoufles représentant deux cochons en peluche que Jeremy lui avait offertes pour Noël, Chloe pénétra dans la cuisine vers huit heures le lendemain matin. Elle remplit la cafetière d'eau puis, avec un bâillement, ouvrit le placard pour prendre la boîte à café. Sept heures de sommeil ne lui avaient pas suffi.

Sa raison de vivre, l'alpha et l'oméga de toutes ses joies et angoisses, déboula dans la cuisine.

— Bonjour, m'man !

Bien que mal réveillée, Chloe remarqua ses bonnes couleurs et s'en réjouit.

— Bonjour, chéri.

Puis elle cilla et se frotta les yeux. Avait-elle encore des hallucinations, ou son fils portait-il un lacet de chaussure autour de la tête ?

— Qu'est-ce que c'est ?

Jeremy lui adressa un regard extasié.

— Mon bandeau !

De la pointe des pieds, il prit les « craquinettes » chocolat-noisette dans la huche à pain.

— Comme M. Longtree !

Ben avait aussi un médaillon, des perles et de longs cheveux, songea Chloe en dosant son café. Bon, son fils portait un lacet autour de la tête ? La belle affaire ! Ça n'était que la simple adulation d'un enfant envers un adulte devenu son héros. La semaine prochaine, il aurait un autre dada et oublierait le lacet.

Jeremy tira les tiroirs du bas pour se surélever et atteindre le grille-pain où il glissa ses craquinettes fourrées. Le café de Chloe coulait toujours. Bâillant, elle se laissa tomber sur une chaise. Le matin, elle aimait rester dans le flou. Mais elle ne pouvait pas toujours faire ce qu'elle aimait, avec un fils bavard et plein de vie.

— On fait quoi aujourd'hui ? demanda Jeremy.

Chloe étudia son visage radieux.

— Toi, tu as une idée derrière la tête !

Le téléphone de la cuisine sonna. Jeremy se précipita pour décrocher.

— Allô ?

Son sourire s'élargit.

— Bonjour, monsieur Longtree !

Puis, après un instant :

— Oh oui, je me souviens très bien ! Comment va-t-il ce matin ?

Il lança un regard à Chloe.

— Oui, maman est juste à côté de moi. Dis à Rowdy que je l'aime !

Elle saisit le combiné, l'estomac noué par une émotion indéfinissable.

— Bonjour…

— Bonjour. Je ne suis pas trop matinal ?

— Je suis levée depuis longtemps. Comment va Rowdy ?

— Encore faible, mais la diarrhée a disparu et il ne vomit plus. C'est bon signe.

Pendant ce temps, son fils sautillait comme un farfadet autour d'elle.

— À en juger par l'exubérance de Jeremy, vous lui avez déjà appris cette bonne nouvelle !

— En partie, oui. Tant mieux s'il est heureux. Mais je dois vous expliquer ce qui va maintenant se passer. Vous pourriez reprendre Rowdy dans quelques jours, mais ce ne sera pas possible. Son système immunitaire a été presque totalement détruit. Par précaution, je préfère le garder chez moi durant sa convalescence afin de lui éviter une rechute.

— Combien de temps ?

— Aussi longtemps que Jeremy pourra supporter son absence.

Chloe tiqua, certaine que la patience de l'enfant serait vite épuisée.

— Rowdy a eu ses vaccins, il est donc protégé. Ne pouvez-vous pas le ramener ici très vite ?

— Il ne vaut mieux pas. Il est préférable que les chiots ne soient pas exposés à une autre infection avant l'âge de quatre mois. Rowdy étant moins solide que les autres, il faut être très vigilant.

Chloe fronça les sourcils.

— N'est-ce pas un luxe de précautions ? insista-t-elle.

— Pas avec un chien aussi fragile. Les vaccins ne font pas effet tout de suite. Aucun chiot n'est à l'abri d'une infection jusqu'à l'âge de quatre mois. Même à ce moment-là, le risque existe toujours.

— Et si je stérilisais ma cour ?

— Il vous faudrait nettoyer les sols avec une dilution d'eau de Javel et d'eau, ou avec un désinfectant spécial en vente chez un vétérinaire. Ce sera cher, et fastidieux sur l'herbe. Avez-vous un garage ? On peut stériliser le béton.

— Je n'en ai pas.

Songeant à la vétusté de sa maison, Chloe fut découragée et se laissa tomber sur sa chaise.

— Vous possédez un endroit stérile ? demanda-t-elle ensuite.

— L'auvent où je gare les voitures. Quand Rowdy sera suffisamment remis pour sortir, je lui construirai un enclos.

La jeune femme aurait préféré que Jeremy retrouve Rowdy tout de suite, mais elle ne voulait pas faire courir un nouveau risque au chiot.

— D'accord. Je vais expliquer la situation à mon fils.

Par chance, Jeremy comprit mieux que Chloe ne l'avait pensé.

— Il y a des saletés qui se cachent partout dehors, maman.

— Quelles saletés ?

— Des virus et des germes, murmura Jeremy, comme s'il craignait de réveiller des monstres tapis dans les recoins de la maison. Pendant l'hiver, ils se cachent dans la neige. Quand elle fond, même les petits chiens qui ne vont jamais dehors peuvent les attraper, parce que les gens les trimballent dans leurs maisons sur les semelles de leurs chaussures. Rowdy est tombé malade à cause d'un germe qu'il n'a pas vu.

Si Jeremy en savait autant, c'était sans doute grâce à Ben Longtree.

— Nous ne voulons pas que Rowdy attrape une nouvelle maladie.

— C'est pour ça qu'il doit rester avec M. Longtree, jusqu'à ce que les piqûres pour le protéger agissent !

Sue souriait lorsque Chloe vint prendre son service peu avant quinze heures.

— Tu ne vas pas me croire : Jerry a enfin eu son augmentation ! Cent dix dollars par mois ! C'est génial, non ?

Avec cinq enfants à charge, les Baxter avaient du mal à joindre les deux bouts, aussi Chloe fut-elle heureuse pour son amie.

— Que vas-tu faire pour célébrer la nouvelle ? Je te propose de garder tes enfants un soir pour que tu sortes avec Jerry.

— Sans blague ?

— Sans blague ! Nous avons nos jours de congé en même temps. Mais j'irai garder tes enfants chez toi : ma maison est tellement délabrée qu'elle pourrait s'effondrer sous les vibrations de leurs petits pieds. On s'amusera bien ! On fera un barbecue, on jouera au croquet et on regardera un film à la télévision avec du pop-corn et plein de crème glacée. Vendu ?

Sue acquiesça, extasiée.

— Jerry et moi ne sommes pas sortis ensemble depuis si longtemps ! Je pourrai mettre mon soutien-gorge Victoria's Secret et un tanga. Ça le rendra fou !

— Alors quand ?

— Laisse-moi lui en parler et je te tiens au courant !

— Tu connais mon emploi du temps. Toutes les nuits où je ne suis pas de service me conviennent.

— Tu es certaine ?

— Mais oui ! De plus, Jeremy sera ravi ! Il s'est lié avec le fils des voisins, mais il est plus âgé que lui. Il ne connaît pas encore des enfants de son âge.

— Il va être gâté, avec mes petits diables !

Le plus jeune des enfants de Sue avait quatre ans et l'aîné, douze.

— Si Jeremy va bien s'amuser, je m'inquiète pour toi, reprit Sue. S'occuper de six enfants, ce n'est pas rien !

— Je me débrouillerai.

Chloe lut ensuite le rapport du dispatcher auquel elle succédait. Quelques instants plus tard, elle se mettait au travail quand le shérif Lang entra. Toujours respectueux et courtois envers les femmes, il retira son Stetson pour les saluer. Ses cheveux gris et son badge gris métallisé brillaient sous les néons. Il avait le même uniforme que ses policiers, mais il le portait avec moins d'élégance, à cause d'une petite brioche et un torse avachi par le manque d'exercice. En dépit de sa surcharge pondérale, il était plutôt séduisant avec son visage tanné par le grand air de l'Oregon.

Il était en général si occupé qu'il n'accordait que fort peu de temps à ses dispatchers, mais aujourd'hui, il se dirigea vers Chloe. Le voyant s'approcher, elle s'arma de courage. Aurait-elle mal fait son travail ?

— Chloe, j'aimerais vous dire un mot, commença le shérif.

Elle se levait, mais il lui fit signe de se rasseoir.

— Sue peut écouter ce que j'ai à vous dire, il ne s'agit pas d'un entretien privé. J'ai appris que vous étiez amie avec Ben Longtree ?

— Amie, pas exactement... répliqua-t-elle, surprise par cette entrée en matière. Ben Longtree soigne le chiot de mon fils qui a une parvovirose.

Lang se caressa le menton, pensif.

— Permettez-moi de vous mettre en garde, Chloe. Votre vie en dehors du service ne me concerne pas, mais comme vous êtes nouvelle en ville, je me sens dans l'obligation de vous informer et de vous avertir. Ben Longtree a un passé chargé, et il a toujours été un peu étrange. Je vous conseille d'être prudente si vous le fréquentez. Je n'aimerais pas que vous ou votre fils ayez des ennuis.

Chloe revit Ben, sa joue posée sur la tête de Jeremy, la nuit dernière.

— Avez-vous la certitude que Ben est dangereux, shérif ?

Lang sourit.

— Après trente ans de bons et loyaux services dans la police, j'ai appris à me fier à mon instinct. Je ne saurais vous expliquer pourquoi je n'arrive pas à lui faire confiance. À cause de son trop grand calme ? De ce regard perçant ou de son physique amérindien ? Il y a en tout cas quelque chose qui me dérange chez lui.

— Vous pensez qu'il y a du vrai dans les histoires qui courent sur lui ?

— Ce que je pense n'a aucune importance. Sans preuve, je ne peux agir.

Le shérif lui adressa un clin d'œil.

— Il y a une autre chose que j'ai apprise, après toutes ces années passées dans la police : les preuves viennent à point pour qui sait attendre… Si Ben Longtree fait quoi que ce soit d'illégal, je finirai par le savoir et je lui mettrai la main dessus. Dans ce cas, je pourrai fouiller sa maison et sa vie. Mais en attendant soyez prudente, Chloe.

Les téléphones se mirent soudain à clignoter, ce qui épargna à la jeune femme la peine de lui répondre. Jugeant la conversation terminée, le shérif se rendit dans son bureau.

Chloe et Sue échangèrent un regard entendu et répondirent aux appels. Toutes deux n'eurent pas un instant de répit durant les heures qui suivirent. À un moment, Chloe aperçut le shérif qui repartait discrètement. La soirée fut ensuite si occupée que même Bobby Lee ne passa pas à son heure habituelle. Selon Sue, cette effervescence s'expliquait par le fait que les gens s'excitaient toujours avant le week-end.

Un peu avant vingt et une heures, les appels cessèrent et le silence tomba. Ayant déposé ses écouteurs, Sue se laissa aller dans son fauteuil.

— Je ne sais pas si je vais encore tenir deux heures !

— À qui le dis-tu ! renchérit Chloe.

Sue attrapa son sac à main.

— Vite, nos cafés au lait ! Le bistrot ferme dans cinq minutes !

— Ce soir, c'est à mon tour de payer la tournée ! protesta Chloe en fouillant dans son sac.

Elle prit son porte-monnaie et en sortit cinq dollars qu'elle tendit à Sue.

— Tu préfères que j'y aille ?

— Non, un peu d'air frais me fera du bien ! déclara Sue en mettant l'argent dans sa poche.

— Prends ton temps, je m'occupe du standard en ton absence.

Sue partie, Chloe fit quelques tâches administratives. Elle était occupée à taper sur son ordinateur quand Bobby Lee arriva.

— Vous êtes en retard, ce soir ! lança-t-elle.

— Ça n'a pas arrêté une seconde.

— Je sais... On n'a pas cessé de nous appeler. Mais maintenant, c'est calme.

— Le calme avant la tempête !

Comme à son habitude, Bobby Lee écarta quelques menus objets de son bureau pour se faire une place. Chloe rattrapa son pot à crayons de justesse avant qu'il ne dégringole.

— Oh, désolé !

Chloe n'aimait pas être seule avec lui, parce que tous les hommes la mettaient mal à l'aise depuis son divorce, mais elle craignait d'être impolie en lui disant qu'elle voulait travailler.

Bobby Lee se mit à jouer avec sa lanterne japonaise. Elle redoutait qu'il ne la fasse tomber chaque fois qu'il la poussait trop près du bord de la table.

— Hier soir, je suis allé chez vous pour m'assurer que vous étiez bien rentrée. J'ai reconnu le pick-up de Longtree devant votre maison.

— Vous êtes allé chez moi ! s'exclama Chloe, sidérée.

Bobby Lee opina et fit de nouveau glisser le presse-papiers en verre sur le bord de la table. Chloe eut soudain peur.

— Écoutez, Bobby Lee...

— Si vous vous sentez seule et que vous avez envie d'une compagnie masculine, pourquoi choisir ce cinglé ? coupa-t-il. Moi au moins, je sais me comporter avec une dame !

Chloe, désemparée, resta silencieuse. Bobby Lee avait peut-être jeté son dévolu sur elle, mais ça n'était pas une raison pour être si possessif.

— Je n'ai pas l'intention de me lier avec qui que ce soit, Bobby Lee. Pour l'instant, je consacre toute mon énergie à mon travail et à mon fils.

Il haussa un sourcil.

— Alors pourquoi fréquentez-vous Longtree ?

— Je ne le fréquente pas, je lui suis reconnaissante parce qu'il soigne le chiot de Jeremy. Hier, je lui ai offert une tasse de café pour le remercier.

La lanterne japonaise tomba et se brisa. La jeune femme bondit.

— Oh non !

— Zut, je suis désolé, Chloe…

Bobby Lee se baissa pour ramasser les débris.

— Je sais que vous teniez beaucoup à cet objet. Je suis vraiment désolé…

Mais Chloe aurait juré qu'il l'avait fait exprès, et la colère l'envahit.

Elle serra les dents pour ravaler ses paroles accusatrices. Les débris de verre tombèrent dans la poubelle de métal, rompant un lourd silence.

Bobby Lee alla chercher une pelle et une balayette afin de ramasser les derniers morceaux.

— Quel dommage qu'on ne puisse pas tout recoller…

Il versa le contenu de la pelle dans la poubelle.

— On ne peut pas toujours recoller ce qui a été cassé, continua-t-il. Ainsi en est-il pour les gens… Je serais navré de savoir qu'il vous est arrivé malheur, à vous et à votre fils.

Chloe n'eut pas le temps de répondre qu'il quittait la pièce. Restée seule, elle tira un bris de verre de la poubelle. Le fragment étincela dans la lumière comme le regard de Bobby Lee avait étincelé, tout à l'heure. Il avait été en colère parce qu'elle avait reçu Ben chez elle. Pour se venger, il avait cassé volontairement un objet auquel elle tenait. Pire, elle avait senti une menace implicite dans ses dernières paroles, et elle était mal à l'aise.

— Coucou, me voilà ! s'exclama Sue qui revenait.

Elle posait le café au lait de Chloe sur le bureau quand elle aperçut les fragments de verre.

— C'est bien ce que je pense qui est arrivé ?

Chloe hocha la tête tristement.

— Zut. Que s'est-il passé ?

Chloe se retint d'accuser Bobby Lee. Elle aimait beaucoup Sue, mais de quel côté était-elle ? Bobby Lee était dans la police depuis plusieurs années et il avait de remarquables états de service. Chloe était nouvelle venue en ville, et n'avait pas la moindre preuve qu'il ait fait exprès de briser sa lanterne japonaise.

— Ma lanterne est tombée.

— Je suis désolée, je sais que tu y tenais beaucoup.

— C'est vrai.

Plus tard dans la soirée, après avoir ramené Tracy, Chloe encore irritée de l'incident n'avait pas sommeil. Pour se calmer, elle astiqua sa maison durant deux bonnes heures, faisant même les fonds de tiroirs et les placards, le haut du réfrigérateur, enfin, toute la cuisine dans ses moindres recoins. Faire ces corvées maintenant lui permettrait de passer plus de temps avec Jeremy demain.

Lorsque la cuisine fut rutilante, elle attaqua la buanderie. Elle sortait le linge de couleur du panier de linge sale, quand elle remarqua que des poils de chien étaient accrochés au jean que Jeremy avait porté aujourd'hui. Elle exposa le jean à la lumière pour mieux l'examiner. Où les avait-il ramassés ?

Soudain lasse, Chloe s'appuya contre la machine à laver. Quelle question idiote ! Jeremy s'était rendu à Cinnamon Ridge, alors qu'elle le lui avait défendu. Il avait promis, mais il avait désobéi.

Avec un soupir, elle mit le jean dans la machine à laver. Pendant un instant, elle fut en colère contre Tracy qu'elle payait pour surveiller son fils.

À peine cette pensée l'avait-elle effleurée qu'elle l'écarta, honteuse. Tracy faisait bien son travail. Grâce à elle, la maison était impeccable. Elle jouait avec Jeremy et lui lisait des histoires, le soir. Elle était la meilleure baby-sitter que Chloe ait jamais eue. Ce n'était pas Tracy le problème, mais Jeremy qui profitait de sa toute nouvelle liberté.

La jeune femme avait choisi de vivre dans une région montagneuse pour que son fils puisse profiter de la nature environnante. En échange, il devait obéir aux règles qu'elle avait fixées, et lui dire ce qu'il faisait et où il allait. Chloe ne pouvait en vouloir à Tracy parce que son fils développait un sens de l'indépendance assez prononcé.

Elle ne laisserait pas passer l'incident. Demain, elle aurait une petite conversation avec Jeremy.

Le lendemain, Chloe buvait sa seconde tasse de café quand Jeremy fit irruption dans la cuisine.

— Bonjour, m'man !

Elle sourit. C'était bon de le voir redevenir un petit garçon heureux et insouciant.

— Que voudrais-tu pour le petit déjeuner ?

— Des pancakes qui rigolent !

— À vos ordres, chef !

Chloe ouvrit le placard pour s'assurer qu'elle avait assez de raisins secs pour faire le nez et les yeux des pancakes.

— Sirop d'érable ou sirop de canne ?

— Sirop d'érable.

— Tu veux du bacon ?

— Non, juste des pancakes.

— Pas de bacon ? s'étonna Chloe.

Puis, posant la main sur son front :

— Tu n'aurais pas de la fièvre, toi ?

Il secoua la tête.

— Je vais bien. Je ne veux pas de bacon parce que le bacon vient des cochons.

Elle refoula un sourire.

— Je sais. D'où croyais-tu que le bacon venait ?

— Des cochons, mais je n'avais jamais vraiment pensé aux cochons avant.

— Tu as donc décidé de ne plus manger de bacon à cause des cochons ?

Jeremy, qui fouillait dans un placard à la recherche d'un verre, s'interrompit et jeta un coup d'œil par-dessus son épaule.

— Il y a plein d'autres choses à manger.

Chloe était certaine qu'il y avait une autre explication à cette histoire, mais elle n'insista pas. Son fils portait de nouveau son lacet autour de la tête, ainsi que des mocassins au lieu de baskets. Cela lui rappela qu'il lui avait désobéi. Alors qu'elle mélangeait la préparation à pancakes, elle réfléchit à la meilleure façon d'aborder le sujet.

Après avoir envisagé plusieurs options, elle décida d'être directe :

— J'ai remarqué quelque chose d'étrange, hier soir.

Jeremy se versa du lait, puis essuya les éclaboussures.

— Quoi ?

Chloe versa une louche de pâte dans la poêle, puis forma un sourire, un nez et des yeux avec les raisins secs.

— Il y avait des poils de chien sur ton jean.

Consciente que Jeremy trouverait très vite une explication, elle jugea utile de préciser :

— Sur le jean que tu portais hier.

Il fronça le nez.

— Rowdy a dormi sur mon lit la première nuit qu'il a passée ici, tu te souviens ? Il a dû laisser des poils partout. J'ai remis ce jean pour jouer hier.

Un point pour ton ingénuité, Jeremy, songea Chloe avec un soupir. Est-ce que toutes les mères ressentaient ce malaise, quand elles surprenaient leur enfant à mentir ?

— Jeremy, j'aimerais que tu me dises la vérité. Es-tu allé chez Ben Longtree, hier ?

Il esquissa une mimique incrédule.

— Pourquoi tu me demandes ça ?

Tu en fais un peu trop, mon garçon, se dit Chloe, qui croisa les bras et le regarda droit dans les yeux.

— Ce ne sont pas seulement les poils de Rowdy que j'ai trouvés sur ton pantalon, mais ceux de Diablo. Tu veux que je retire le jean de la machine pour te le montrer ?

Il secoua la tête.

— Es-tu allé chez Ben Longtree, oui ou non ?

Jeremy acquiesça.

Chloe se sentit trahie. C'était stupide ; un jour ou l'autre, les enfants mentaient à leurs parents, mais elle avait toujours eu une relation privilégiée avec Jeremy, du moins c'est ce qu'elle pensait. Les mains tremblantes, elle se concentra sur le pancake dans la poêle.

— Je ne t'ai pas dit un vrai mensonge, maman, reprit Jeremy.

Elle versa la crêpe dans une assiette.

— Non, mais tu as tourné autour du pot. C'est la même chose que mentir.

La jeune femme se souvint au même instant qu'elle aussi avait tourné autour du pot avec Bobby Lee.

— Enfin, presque...

— Vraiment ?

Elle prépara un autre pancake.

— Tu le sais bien, Jeremy.

Il haussa les épaules.

— Je te demande pardon, maman. Je sais que ce n'était pas bien, mais j'avais peur de te mettre en colère si je t'avais dit que j'allais chez Ben.

— Tu as réussi : je suis en colère.

Elle éteignit le gaz pour se concentrer sur leur conversation, puis elle s'assit et posa la main sur son genou.

— Viens t'asseoir, chéri.

Jeremy obéit à contrecœur.

— Je t'aime plus que tout. Tu le sais ?

— Mm-mm.

— Et c'est parce que je t'aime que je t'impose des limites. C'est ma façon de te protéger.

Il se blottit contre elle.

— Je sais, maman.

— Tu as de l'asthme, Jeremy. La route qui mène chez Ben Longtree est escarpée et poussiéreuse. Et si tu avais une crise d'asthme en chemin ? Personne ne saurait où tu es. M. Longtree savait que tu viendrais chez lui ?

— Non, je lui ai fait la surprise !

Après avoir vu Jeremy et Ben ensemble, Chloe était certaine que Ben ne maltraiterait jamais son fils, mais elle ne pouvait ignorer les bruits qui couraient sur lui en ville. De plus, elle ne savait rien de lui et n'aimait pas qu'il fasse mystère de ses activités. Elle ne pouvait donc exclure la possibilité qu'il puisse être dangereux.

— Tu te souviens la dernière fois que j'ai appelé une ambulance ?

— Quand je suis allé à l'hôpital ?

— En route, un médecin t'a donné de l'oxygène et il t'a fait une piqûre.

Chloe ne voulait pas affoler son fils, seulement lui faire comprendre que son asthme était sérieux.

— As-tu pensé à ce qui se serait passé si tu avais eu une crise d'asthme, hier ?

Jeremy se frotta les yeux du poing.

— Je n'ai pas eu de crise.

— Tu as eu beaucoup de chance.

Il mordilla sa lèvre inférieure.

— Rowdy est très malade, maman. Je dois le voir tous les jours, pour le soigner et lui dire de ne pas avoir peur. Il n'a que moi au monde.

Chloe serra son fils dans ses bras.

— Je sais que tu as envie de voir ton chiot, chéri, mais tu ne dois pas partir sans me prévenir. C'est trop risqué.

Que faire, maintenant ? Si elle refusait que Jeremy voie son chien, il désobéirait de nouveau. Il valait mieux qu'elle le conduise chez Ben Longtree. Au moins, elle serait présente pour s'interposer si ce dernier était réellement dangereux.

— Si je te promets de t'emmener voir Rowdy aussi souvent que M. Longtree l'autorise, tu promets de ne plus jamais y aller seul ?

— Tu crois qu'il me laissera le voir tous les jours ?

— Peut-être. Je dois le lui demander. Je vais lui téléphoner, mais seulement une fois que nous serons d'accord.

— Je me suis vraiment mis dans le pétrin ? demanda Jeremy avec inquiétude.

Chloe posa le menton sur ses cheveux et sentit son odeur qui se mêlait à celle du shampoing.

— Je ne peux pas laisser passer. Mentir est une mauvaise habitude, et je vais trouver une punition qui te fera réfléchir avant de recommencer. Pour cette fois, un dessin me suffira.

— Quel genre de dessin ?

Elle réfléchit.

— Tu vas me faire deux dessins : un qui représente un affreux mensonge, et un autre la vérité. C'est possible ?

Jeremy acquiesça.

Ben Longtree répondit à la quatrième sonnerie. Sa voix profonde était un peu tendue quand elle s'annonça.

— Est-ce que je vous dérange, Ben ?

Elle entendait de l'eau couler en bruit de fond.

— Je peux rappeler plus tard, si vous voulez...

— Non, il n'y a jamais de bons moments pour m'appeler.

Chloe enroula le cordon du téléphone autour de son petit doigt et regarda l'extrémité qui rougissait.

— Je vous téléphone pour savoir si cela ne vous dérangerait pas de nous recevoir aujourd'hui. Jeremy voudrait voir son chiot.

Un bruit lui parvint à l'autre bout du fil. Chloe imagina Ben Longtree lavant la vaisselle. Elle aimait l'idée d'un homme occupé à des tâches ménagères.

— Ça ne me dérange pas.

Toutefois, la jeune femme décela une note de contrariété dans sa voix. Elle eut envie de se raviser et proposer de passer un autre jour, mais à cet instant, elle vit que Jeremy était si pressé de partir chez Ben qu'il dévorait ses pancakes. Il serait déçu si cette visite était ajournée, et il serait capable de lui désobéir.

— Je ne travaille pas aujourd'hui, reprit-elle. À quelle heure aimeriez-vous que nous passions ?

— Je vais être pris jusque vers onze heures. Venez un peu après.

— Vous êtes certain que nous n'allons pas vous déranger ?

— Pas du tout. Je vous attends.

8

Ben sourit à sa mère installée dans son rocking-chair. Nan ne leva pas les yeux de la couverture en crochet qu'elle faisait pour sa nièce Bonnie. Il admira un instant la dextérité de ses gestes, heureux qu'elle puisse encore s'adonner au crochet. Cette activité, qui occupait Nan pendant de longues heures, laissait un peu de répit à Ben.

Il culpabilisa aussitôt d'avoir eu cette pensée. Si Hap avait été un mauvais père, Nan avait toujours essayé de compenser sa brutalité par de la tendresse. Ben devait beaucoup à sa mère, pas seulement parce qu'il avait vécu une enfance et une jeunesse décentes grâce à elle, mais parce qu'elle l'avait accepté tel qu'il était.

— Maman ? Je dois sortir. Tu as besoin de quelque chose avant que je ne parte ?

Dérangée, Nan fronça les sourcils et le regarda à peine.

— Ça ira. Va. Quand tu reviendras, nous ferons des cookies.

— On fera des cookies, mais n'allume pas le four, répondit-il vivement.

Certain que Nan serait occupée par son crochet jusqu'à son retour, Ben prit sa sacoche et une glacière, puis il se dirigea vers la grotte pour sa visite journalière à ses patients. Il appréciait cette promenade à travers bois qui le calmait toujours. Il aimait les troncs couleur cannelle des pins ponderosa, l'odeur de terreau qui montait de la forêt. Le vent soufflait dans les grands pins, les oiseaux gazouillaient et les écureuils furetaient dans les branches. Il se détendit, goûtant la chaleur du soleil à travers sa chemise.

Il se sentait plus utile dans cette forêt que nulle part ailleurs. Quand il était revenu vivre à Cinnamon Ridge pour s'occuper de sa mère, il s'était d'abord senti prisonnier. Il comprenait maintenant que la véritable prison avait été sa vie d'avant.

— Tu n'as pas entièrement accepté ce que tu étais, lui avait dit sa mère, la veille.

Il avait fait des efforts, mais il ne savait pas s'il y arriverait un jour.

Après être passé sous les fils barbelés qui marquaient les limites de sa propriété, il scruta le sol, cherchant d'éventuelles empreintes de pas qui ne seraient pas les siennes. Depuis la fonte des neiges, le tireur venait dans ces bois presque chaque jour pour s'adonner à sa sinistre mission. Quel homme pouvait agir avec cette cruauté et dormir du sommeil du juste ?

Peu après, il s'approcha de la grotte située dans une anfractuosité de la falaise et dont l'entrée était cachée par des buissons. Dehors, une biche faisait le guet. Elle était gracieuse et agile. Ben admirait la forme de sa tête et ses beaux yeux bruns. Les gens pensaient que les cervidés se ressemblaient, mais ils étaient aussi dissemblables que les humains. Il l'appela doucement pour l'avertir de son arrivée. Habituée à ses visites journalières, la biche ne s'enfuit pas.

— Comment va ton petit, ce matin ?

La biche introduisit son museau dans la sacoche de Ben. Il ouvrit la poche de côté et lui donna un quartier de pomme, puis il pénétra dans la grotte, la biche à sa suite. Son faon se tenait dans une cage près de l'entrée. Il râla en voyant sa mère. Il avait envie de téter.

Ben posa sacoche et glacière, puis ouvrit la cage du faon.

— Si tu as un si bel appétit, Kid, c'est que tu es sur la voie de la guérison !

À la différence des autres animaux de la grotte, tous blessés par le tireur sadique, Kid avait été renversé par un motard et souffrait d'une fracture. Tard une nuit, environ trois semaines plus tôt, Ben avait trouvé le faon inerte sur Shoshone Road. Il l'avait chargé à l'arrière de son pick-up et l'avait conduit chez lui, lentement, pour permettre à la mère de les suivre. D'ici à six semaines, il retirerait son plâtre au faon.

Kid sortit maladroitement de sa cage, râla de nouveau et frotta son museau à celui de sa mère, puis se mit à téter. Ben les observa un instant, un sourire aux lèvres.

Une odeur froide et humide l'assaillit alors qu'il allumait la lanterne. Quand la lumière se répandit sur les parois de la grotte, Ben fut furieux que la loi l'oblige à cacher les animaux qu'il soignait. Cette grotte avait une mauvaise ventilation et un sol si pierreux qu'il avait été obligé de surélever les cages. Il faisait de son mieux pour tenir les enclos propres, mais la mauvaise aération et l'humidité jouaient contre lui. De plus, il redoutait toujours un imprévu, l'altération subite de l'état d'un de ses patients par exemple. C'est pour cette raison qu'il se rendait à la grotte deux fois par jour.

Il examina les autres cages. Le blaireau qui aimait les caresses roula sur le dos avec prudence pour épargner son épaule blessée, et lança à Ben un regard impérieux. Celui-ci le caressa et examina sa blessure. Le bandage était propre, la plaie ne suintait plus. Les antibiotiques étaient enfin venus à bout de l'infection.

— Tu n'es qu'un gros bébé ! murmura Ben alors que le blaireau se cambrait pour qu'il le gratte encore. Comme si j'avais le temps de te gratouiller le ventre !

Il alla ensuite de cage en cage, consacrant à chacun un peu de temps. Ces marques d'attention n'étaient pas nécessaires à la guérison, mais Ben les considérait comme aussi importantes que la médication.

Il s'approcha doucement de la cage de la femelle lièvre, timide. Elle aimait les caresses, mais ne les recevait jamais sans nervosité.

— Tu n'accordes pas ta confiance facilement, Valentine. Tu as raison, après tout. Je suis comme toi.

Il lui donna la carotte qu'il avait apportée juste pour elle.

— Mais ça ne signifie pas que nous n'avons pas besoin d'amour...

Le petit museau rose de Valentine frémit au contact de la carotte. Ben l'avait coupée en morceaux afin qu'elle puisse mieux mâcher. Pendant qu'elle mangeait, il examina sa blessure à l'arrière-train qui datait de deux semaines. La blessure cicatrisait. Valentine resterait boiteuse, mais elle apprendrait à compenser son handicap.

Le cœur de Ben se serra quand il s'approcha de la cage du raton laveur et du coyote. Le raton laveur blessé à l'épaule allait bien, mais le coyote était inerte dans son enclos.

— Salut, Sly !

Ben ouvrit la cage et s'agenouilla pour examiner la blessure de son dos. La balle, logée trop près de l'épine dorsale, ne pouvait être retirée sans que le coyote coure le risque de rester paralysé. Ben devait attendre et espérer que les nerfs endommagés finiraient par se cicatriser seuls. Pour l'instant, le malheureux coyote n'avait l'usage que de sa patte arrière.

Attendre sans agir dérangeait Ben. Il avait rompu une promesse pour guérir Rowdy, et il avait envie de la rompre une nouvelle fois pour le coyote. Il était comme ces fumeurs repentis qui après une première cigarette en désirent une seconde, puis une troisième.

Il caressa le coyote. La tension s'échappa du corps de l'animal. Ben soupira et tapota le flanc de Sly.

— C'est tout ce que je peux faire, désolé…

Le coyote gardait les yeux fermés. Il décida de lui faire une injection de morphine avant de rentrer.

Après avoir nourri ses patients et changé l'eau de leur gamelle, Ben refit leur bandage, vérifia leur température et leur donna des médicaments. Le faon, qui avait terminé de téter, demeurait blotti contre sa mère. Il répugnait à séparer le faon de la biche, mais il devait rentrer, car Chloe et Jeremy n'allaient pas tarder. S'il ne revenait pas à temps, Nan était capable de donner serpillière et balai à la jeune femme pour qu'elle nettoie la maison !

Ben préparait le déjeuner quand il entendit une voiture. *Chloe*. Il fut aussitôt contrarié. Pourquoi ? Elle était pourtant à l'heure. Il se dirigea vers l'entrée pour les accueillir, Diablo sur les talons. Il aurait voulu que Chloe lui donne des raisons de la détester, et franchement elle ne coopérait pas !

Il trouvait toujours à redire sur les femmes qu'il rencontrait. Soit il leur reprochait de trop minauder, soit il découvrait qu'elles étaient des mères exécrables, ou que leurs rires étaient agaçants et leurs conversations mortelles. La liste était interminable.

Toutes avaient un défaut – sauf Chloe, trop parfaite pour être vraie. Posté derrière la lucarne à côté de la porte d'entrée, il regarda Chloe la Parfaite qui s'approchait, tenant son fils par la main. Malgré la porte fermée, il entendait sa voix s'élever et, malgré sa mauvaise humeur, il en ressentit un vif plaisir.

Jeremy et sa mère se souriaient, radieux. L'amour entre eux était si exclusif que Ben ressentait plus douloureusement sa solitude. Quelle aurait été sa vie si Sherry avait été tendre et aimante ?

Il écarta cette pensée de son esprit, refusant de se laisser envahir par les regrets, ou même par l'illusion de pouvoir retrouver l'amour. Si jamais il s'abandonnait à son attrait pour Chloe, il courait au suicide émotionnel. Il ne voulait plus aimer. Il ne voulait plus souffrir.

La sonnerie retentit. Ben sursauta comme un gamin surpris la main dans le sac. Imbécile ! se morigéna-t-il. Il ouvrit la porte d'un geste brusque, puis s'intima à plus de calme, pour ne pas paraître trop impatient devant Chloe. Idiot ! Quelle importance, si elle le trouvait impatient ? Il ne l'était pas, et ce qu'elle pensait lui était égal ! Mais, au fond, Ben était conscient qu'il se mentait à lui-même. Il n'avait pas couché avec une femme depuis longtemps, sa libido le titillait : voilà pourquoi Chloe l'exaspérait et l'attirait.

La jeune femme resplendissait dans le soleil de cette fin de matinée. Elle portait un jean et un tee-shirt trop grand à l'effigie des Seahawks de Seattle. Son visage était dégagé, car elle avait natté ses cheveux auburn. Quelques mèches s'en échappaient et frisottaient. Elle ne semblait pas maquillée, mais le lustre naturel de ses cils et sourcils, qui rehaussait l'intensité de son regard brun, et la roseur de ses pommettes étaient les seuls fards dont elle avait besoin.

— Bonjour, Ben ! lança-t-elle.

Son sourire était doux et son regard, bien que toujours un peu méfiant, était plus direct. Elle venait chez lui en toute simplicité. Alors pourquoi était-il impressionné et ému ? se demanda-t-il, surpris que sa main sur la poignée soit moite.

— Bonjour, Chloe.

Jeremy lâcha sa mère et pénétra dans la maison à toute vitesse.

— Jeremy ! le rappela Chloe. Je suis désolée, dit-elle à Ben, il n'a que six ans… C'est ma seule excuse.

Puis, voyant Diablo suivre l'enfant, elle ajouta :

— J'espère que ce n'est pas mauvais signe, si votre chien lui court après en aboyant ?

— Ils se connaissent déjà, la tranquillisa Ben. Tout ira bien. En général, c'est avec les adultes que Diablo est irascible.

Il s'effaça pour la laisser entrer. Comment réussissait-elle à être si jolie et élégante sans effort ? Son tee-shirt, malgré sa largeur, révélait ses petits seins, sa taille mince et ses hanches rondes très tentatrices. Son jean mettait en évidence ses jambes fines. Bien que tout en nuances, elle produisait une vive impression sur une imagination masculine.

Inquiète de savoir où son fils avait disparu, Chloe n'accordait pas la moindre attention à Ben.

— Il ne devrait pas courir si vite… Je croyais lui avoir enseigné de meilleures manières.

Ben avait les yeux fixés sur l'encolure en V de son tee-shirt. La peau de sa gorge était crémeuse et semblait très douce. Il remarqua un grain de beauté juste sous le cou, et eut aussitôt envie de savoir si elle en cachait d'autres sous son tee-shirt trop ample. Puis, gêné, il fourra les mains dans ses poches.

— C'est incroyable, Jeremy agit comme s'il était propriétaire de votre maison ! reprit-elle en lui souriant.

— Il est venu hier voir son chiot, il sait qu'il est le bienvenu.

— Je voulais justement vous parler de cette visite. Il ne m'avait pas demandé la permission.

— Jeremy n'est pas resté longtemps. Et il ne m'a pas dérangé, si c'est ce qui vous inquiète.

— Cela m'a certes un peu inquiétée, mais ce n'est pas mon principal souci.

Chloe marqua une pause embarrassée et tira nerveusement sur le bas de son tee-shirt.

— S'il revient chez vous en vélo, téléphonez-moi, s'il vous plaît. Je ne veux pas qu'il vienne ici tout seul.

Ces paroles assommèrent Ben. Puis, le choc passé, la colère l'envahit. La première fois que Chloe avait déboulé chez lui, morte de peur, il ne lui en avait pas voulu parce qu'elle ne connaissait de lui que des calomnies, mais maintenant c'était différent ! Ne lui avait-il pas prouvé que jamais il ne porterait la main sur Jeremy ?

— Je vais même faire mieux ! s'exclama-t-il, excédé. Quand vous repartirez, vous emporterez votre chiot. De cette façon, Jeremy ne viendra plus jamais chez moi, et le sujet sera clos.

Elle lui adressa un regard étonné.

— Mais... ne disiez-vous pas que ce serait un risque pour Rowdy ?

— Si, mais à ce moment-là, j'avais la conviction d'aider quelqu'un qui appréciait ce soutien. Permettez-moi de vous préciser que je donne à votre chien médicaments, soins et nourriture vingt-quatre heures sur vingt-quatre sans vous demander un sou. C'est un peu fort de m'insulter !

— Moi, je vous insulte ? fit-elle, sidérée.

— Quand vous insinuez que je pourrais faire du mal à votre fils, oui, vous m'insultez !

Une expression d'incrédulité se peignit sur les traits de Chloe.

— Vous pouvez répéter?

— Inutile, vous m'avez très bien entendu!

— Je crois qu'il y a méprise, je...

— Il n'y a aucune méprise, madame Evans. Vos inquiétudes sont légitimes : ne suis-je pas Ben Longtree, le criminel qui tue les infortunés chasseurs qui s'introduisent sur ses terres, l'ogre qui fait peur aux petits enfants? Je ne ferais qu'une bouchée de Jeremy!

Chloe leva la main.

— Je reconnais que j'ai été inquiète à cause des rumeurs qui courent sur vous. Je l'ai aussi été la première fois que mon fils est venu ici. Mais quelle mère ne l'aurait pas été? Je ne vous connaissais pas... Cela dit, je n'ai jamais sous-entendu que vous pourriez lui faire du mal. Si je ne veux pas que Jeremy vienne seul chez vous, ce n'est pas pour cette raison!

Une douleur déchira la poitrine de Ben. Il était furieux de prendre cette scène tellement à cœur. Il avait toujours refusé de se laisser atteindre par ce que les gens pensaient de lui. Il s'était juré de ne jamais laisser à personne le plaisir de le voir souffrir.

— Il y a de la soupe au chasseur pour déjeuner. Ça vous dirait de rester avec Jeremy? J'ai les meilleurs os humains de toute la région.

La jeune femme devint livide.

— Ne le prenez pas sur ce ton, Ben. Mon fils a de graves problèmes respiratoires, et je ne veux pas qu'il grimpe cette côte à vélo.

Ben eut aussitôt l'impression de se noyer.

— Jeremy souffre d'asthme, continua Chloe. Je ne vais pas rentrer dans les détails, mais parfois, la crise survient tout à coup et sans raison apparente.

Il semble, entre autres choses, qu'un effort physique trop intense la déclencherait.

Il savait qu'elle ne mentait pas. N'avait-il pas été témoin d'une de ces crises ? Ben se sentait maintenant stupide d'avoir agressé Chloe. Certes, elle ne lui faisait pas encore totalement confiance, mais elle ne protégeait pas son fils contre lui.

— La route qui conduit ici est poussiéreuse, poursuivit-elle, et surtout très pentue. Je ne veux pas qu'il la monte en vélo parce que j'ai peur qu'il ait une crise. La plupart du temps, il se remet tout seul, mais une fois, j'ai dû appeler les urgences.

Elle lui lança un regard implorant.

— J'ai vraiment cru qu'il allait mourir, ce jour-là. C'était horrible. Je ne veux pas courir le risque qu'il ait une crise d'asthme quand il est seul.

Logique... Ben avait souvent agi comme un imbécile, mais il avait le sentiment d'avoir décroché le gros lot, cette fois.

Il posa les mains sur ses hanches et baissa la tête.

— Excusez-moi, j'ai tiré des conclusions trop vite.

— En effet.

— Je pensais juste... Vous savez bien ce que je pensais.

— Ben ?

Il releva la tête.

— Oui ?

— Inutile de vous excuser...

Un sourire incurva les lèvres de Chloe.

— Effaçons tout et reprenons de zéro, d'accord ?

— Comme je suis en tort, je ne vais pas refuser !

La jeune femme se mit à rire, une musique qui l'enveloppa comme un rayon de soleil.

— Je ne crois pas à toutes les rumeurs qui circulent sur vous, avoua-t-elle avec candeur. Certaines sont tellement ridicules ! Pour commencer, je doute que vous ayez tué ces chasseurs. Et je ne pense pas non plus que vous ayez donné ces malheureux en pâture à vos animaux. Les gens qui répandent ces idioties manquent de jugeote.

Ben aurait aimé qu'elle ne croie *aucune* des histoires qui couraient sur son compte, mais il savait que Chloe devait apprendre à mieux le connaître pour ne plus se méfier.

— Je suis bien de votre avis.

— Alors vous voyez ? Nous finissons par nous entendre !

Elle posa la main sur son bras.

— Je suis désolée d'avoir été ambiguë, et je comprends que vous ayez mal interprété mon inquiétude. Je n'avais pas l'intention de vous offenser.

Ben était si ému que sa gorge le grattait comme du papier de verre.

— Je n'ai qu'à retenir la leçon : ne pas sauter trop vite aux conclusions, murmura-t-il d'une voix rauque.

À travers la manche de chemise, il sentait la chaleur et la pression des doigts de la jeune femme. Dans son ventre monta un violent désir. Il eut l'impression que Chloe avait compris son trouble car elle sursauta, retira aussitôt sa main et lui déroba son regard.

Enfin elle humecta ses lèvres, tira sur son tee-shirt et rit. Un rire un peu factice.

— Votre invitation à déjeuner tient toujours ? Je n'ai jamais mangé de la soupe de chasseur !

Son humour aurait amusé Ben si elle n'avait été si nerveuse. Il aurait aimé dissiper sa gêne, mais il ne le pouvait pas justement parce qu'il la partageait.

— Il n'y a plus de soupe au chasseur. Aujourd'hui, c'est la pizza qui est au menu.

— C'est bien ma veine.

Chloe était si jolie dans ses efforts pour détendre la situation, que Ben se remit à contempler son visage en forme de cœur terminé par un petit menton pointu. Le soleil faisait danser des éclats d'or dans sa chevelure auburn, donnant l'illusion qu'elle était couverte de paillettes dorées. Son parfum floral et un peu musqué l'enveloppait.

L'attirance entre eux était plus forte que le champ magnétique terrestre, songeait Chloe, scrutant son visage tanné. Ben la subissait aussi. La chaleur incandescente dans son regard la faisait déjà fondre.

Elle prit une grande inspiration et regarda par-dessus son épaule.

— On y va ? Mon fils doit se demander ce que nous faisons.

Ben s'effaça devant elle. Chloe ouvrit la marche, la nuque nouée par son regard qu'elle sentait peser sur elle. Elle se dirigea vers la cuisine, bras ballants. Mal à l'aise, elle les passa autour de sa taille, puis les laissa retomber. Elle se sentait plus empruntée qu'un éléphant sur une rivière gelée. C'était cependant une impression agréable, presque excitante. Cela faisait si longtemps qu'un homme n'avait produit cet effet sur elle. Chloe se sentait vivante, jeune et jolie, et c'était un sentiment enivrant.

Elle sortait du couloir et s'arrêta si brusquement que Ben, surpris, faillit la heurter. Elle resta sans voix devant la magnifique vue sur les montagnes qu'elle découvrait par la baie vitrée. Lors de sa première visite, elle avait été si inquiète pour Jeremy qu'elle ne l'avait pas remarquée. Son attention fut attirée par un sommet coiffé de neige.

— C'est Shoshone Peak, sur la gauche ?

— Oui. Nous irons le contempler de la terrasse, si vous le désirez.

Il posa la main sur son épaule. Son geste un peu trop familier à son goût titilla ses nerfs. Chloe percevait sa présence derrière elle avec une étrange acuité. Elle aurait voulu échapper à son magnétisme et garder ses distances.

Pour se distraire de son malaise, la jeune femme examina la pièce où elle se trouvait. L'ocre brun dominait dans le salon sur sa droite, et dans la salle à manger sur sa gauche. Un tapis aux motifs gris-bleu formait un joli contraste avec ces nuances de brun chaud. Des cheminées en pierre marquaient les coins et s'élevaient jusqu'au plafond. Une grande cuisine divisait salon et salle de séjour. Le mobilier de la cuisine en érable ensoleillait la pièce. La lumière était partout avec, en point d'orgue, les baies vitrées de la terrasse.

Dans la cuisine, la chouette à la patte blessée observa Chloe. Les membranes de ses grands yeux s'étrécirent et se rouvrirent largement. Installée dans le rocking-chair du salon, Nan Longtree faisait du crochet, Diablo et Methuselah à ses pieds. Quand Chloe la salua, la vieille femme ne leva pas les yeux.

— Elle est au pays de nulle part, aujourd'hui… la renseigna Ben à voix basse.

Chloe frotta ses mains sur son jean.

— Inutile de m'expliquer, je comprends.

— Je voulais juste vous dire qu'elle ne vous ignorait pas à dessein. Ma mère est plutôt accueillante.

L'affection qui transparaissait dans sa voix la toucha. Un homme qui aimait autant sa mère ne pouvait être mauvais. Si un jour elle tombait malade, elle espérait que Jeremy serait aussi patient et loyal.

S'éloignant prudemment de lui, elle regarda vers la cuisine.

— Vous prépariez le déjeuner, n'est-ce pas ? Ne vous gênez pas pour nous. Je vais aller dire bonjour à Rowdy et vous laisser en paix.

— Vous ne me gênez pas.

Une bonne odeur de pain frais chatouilla soudain les narines de Chloe. Il ne s'agissait pas d'une pizza congelée prête à être enfournée, mais d'une vraie pizza maison !

— Je me demande comment vous faites, dit-elle avec un étonnement sincère. Avec votre mère et ces animaux, comment trouvez-vous le temps de cuisiner et de travailler ?

— Je dors peu.

Il lui adressa un sourire nonchalant qui fit battre son cœur plus vite.

— Ces dernières semaines, j'ai passé presque tout mon temps à cuisiner et à soigner les animaux.

Ben s'approcha de la gazinière et déposa la poêle sur le brûleur du fond, un geste inutile qui prouva à Chloe combien il était tendu. Elle s'accroupit à côté de Jeremy, près du carton de Rowdy. À sa vue, le chiot leva la tête et agita faiblement la queue.

— Je n'en reviens pas ! Il va vraiment mieux !

Rowdy agita la queue plus vite lorsqu'elle le caressa.

— Même son regard a changé !

Elle jeta un regard par-dessus son épaule.

— Merci, Ben ! C'est un miracle.

— Quand vous aurez goûté ma pizza, vous crierez vraiment au miracle ! Pourquoi ne pas rester manger ? J'ai bientôt terminé, déjeunons ensemble.

Chloe allait refuser, mais Jeremy prit les devants.

— Maman, on reste ? S'il te plaît !

Ben insista à sa façon, avec l'un de ses sourires si dévastateurs qu'il aurait pu être mesuré sur l'échelle de Richter.

— Laissez-moi me faire pardonner pour tout à l'heure. Je suis le roi de la pizza végétarienne.

Bien qu'alléchée, Chloe aurait aimé quitter les lieux au plus vite.

— Je...

— Je vous en prie. Je me sens un peu seul. Et, de cette façon, Jeremy passera plus de temps avec son chien.

— S'il te plaît, maman ! Je veux rester avec Rowdy ! Et puis, tu ne travailles pas aujourd'hui !

Chloe se releva.

— J'accepte seulement si vous acceptez que je vous aide, s'entendit-elle répondre.

Ben inclina la tête et lui montra l'évier.

— Parfait, vous êtes engagée ! Je vous laisse laver les légumes. Je déteste ça.

La jeune femme se retrouva devant l'évier sans comprendre ce qui lui arrivait. Serait-elle en train de tomber amoureuse, comme l'avait prétendu Bobby Lee ?

L'eau glaça ses mains alors qu'elle rinçait les jeunes pousses d'épinard. Derrière elle, Ben faisait revenir de l'ail et des oignons dans une grande poêle. L'odeur la faisait saliver. L'homme aussi, d'ailleurs…

C'était ridicule. Chloe n'avait jamais été femme à prendre des risques en amour, alors pourquoi était-elle attirée par Ben Longtree ?

Il vint se laver les mains. Il la frôla alors qu'il tournait les poignets sous le filet d'eau. Chloe contempla ses grandes mains calleuses et vigoureuses. D'un coup de poing, il pouvait l'assommer… Elle n'aurait jamais dû revenir chez lui ! Elle aurait dû être plus ferme avec Jeremy, et le menacer de le punir sévèrement s'il s'avisait de revenir ici sans sa permission !

— L'eau est glacée, dit-il tout à coup. C'est à cause du puits artésien. Même au plus fort de l'été, il est froid. Adaptez la température.

— Ça va, mentit Chloe qui ne sentait plus ses mains raidies par le froid.

Il prit ses mains entre les siennes. La chaleur qui émanait de ses paumes la fit tressaillir. Elle riva son regard à celui de Ben et ne trouva pas la force de le détourner. Son cœur battit plus vite. Chaque battement retentissait dans ses tempes.

— Vos doigts sont glacés, Chloe…

Il lui lâcha la main et régla la température.

— Je n'ai jamais mangé de pizza végétarienne, lança la jeune femme pour conjurer son émotion. C'est bon ?

Il fixait ses lèvres.

— Quelle question ! Vous aurez l'impression de mourir et de vous réveiller au paradis !

Chloe scruta son regard expressif, et se demanda s'il parlait vraiment de pizza.

9

Ben sortit sa pizza du four, se demandant pourquoi il avait invité Chloe à déjeuner. Il avait pourtant décidé de résister au charme qu'elle exerçait sur lui ! En général, quand il prenait une décision, il s'y tenait.

Contrarié par sa faiblesse, il ouvrit le tiroir pour saisir la roulette à pizza. Il savait où était le problème : il n'avait pas fait l'amour depuis près de cinq ans. Une si longue abstinence avait de quoi rendre fou. Chloe était jolie. Il la désirait. Un point c'est tout.

Ben lança un long regard à la jeune femme, observant les mouvements de ses hanches alors qu'elle mettait les pousses d'épinard dans l'égouttoir. Puis il se remit à farfouiller dans les couverts, sans se souvenir de ce qu'il cherchait.

Zut ! Tout cela parce qu'il ne pensait qu'à faire l'amour. Et alors ? Il n'y avait rien de mal ! Pourquoi compliquer une situation très simple ? Chloe Evans était adulte, et divorcée par-dessus le marché. Entre eux, ça faisait des étincelles. Qu'il tente sa chance et il verrait bien !

— Où est ce truc ? grommela-t-il, le nez toujours dans le tiroir.

Chloe se retourna.

— Que cherchez-vous ?

— Si encore je le savais !

Elle lui adressa un petit sourire qui creusa une fossette dans sa joue.

— Et moi qui pensais être la seule à faire des nœuds à mon mouchoir pour ne pas perdre la mémoire !

— Ah oui, la roulette à pizza ! La voilà ! lança-t-il, triomphant.

Nan les rejoignit. Un instant plus tôt son regard était absent, maintenant il pétillait de vie. Aujourd'hui, elle portait un jean et une chemise de la même couleur que ses yeux. Ses pommettes soulignées de rose lui donnaient un air de bonne santé.

— Comment allez-vous, Nan ? lui demanda Chloe.

— Bien. Et vous ?

— Pas de quoi me plaindre.

Chloe respira à plein nez la délicieuse odeur qui venait du four.

— Mis à part le fait que votre fils m'affame... J'adore la pizza !

— Je vous garantis que vous allez adorer celles de Ben !

— Vous êtes une convertie !

Nan secoua la tête.

— Je n'ai jamais eu de canapé convertible, mon rocking-chair me suffit.

Les regards de Ben et de Chloe se croisèrent. La jeune femme baissa la tête pour masquer un sourire.

Après le déjeuner, Chloe aida Ben à nettoyer et à ranger, pendant que Nan retournait à son crochet. Jeremy reprit sa place auprès de Rowdy.

Un silence tendu régnait dans la cuisine. Se souvenant de l'adage du grand-père de Ben selon lequel mieux valait se taire que de parler pour ne rien dire, Chloe refoula le désir de remplir les blancs. Elle avait décidé de prendre congé aussi vite que la politesse le lui permettrait, quand son regard tomba sur l'étagère.

— Vous avez des livres de Brett Caldwell ? demanda-t-elle, stupéfaite.

Sans cesser de nettoyer la gazinière, Ben leva la tête.

— Ouais, grommela-t-il.

Jeremy regarda les livres à son tour.

— Tu en as plein !

— Je suis un fan, répliqua Ben sur le même ton. En chaque adulte, il y a un enfant qui dort.

Chloe s'approcha pour lire les titres. Ben possédait toute l'œuvre de Caldwell ! Surprise, elle retint un sourire. Elle comprenait son embarras : un homme célibataire pouvait difficilement prendre ses enfants comme alibi pour expliquer sa passion pour la littérature enfantine !

— Je me suis intéressée aux livres de Caldwell il y a environ un an, quand un ami a recommandé d'acheter *Bandit* pour Jeremy, reprit-elle.

— Ah. *Bandit*.

Il frottait consciencieusement un brûleur.

— Vous avez aimé ?

— Au début, j'étais sceptique, parce que l'histoire est destinée à des enfants plus âgés. J'avais peur que ce ne soit trop réaliste, mais j'ai adoré ! Du coup, j'ai acheté tous ses livres. Vous savez qu'il a remporté le Newbery Award, ce prix qui couronne l'écrivain ayant le mieux contribué à la littérature enfantine ?

— Ah ?

Ben frottait un autre brûleur.

— Maintenant que vous y faites allusion, il me semble en avoir entendu parler.

— Ça ne m'étonne pas qu'il ait reçu un prix. C'est un excellent écrivain.

Chloe tira *Bandit* de l'étagère et examina l'ouvrage avec attention. La tranche était propre, les pages non cornées. Ben était soigneux. Un trait révélateur de sa personnalité...

— C'est *Bandit* que je préfère. Je suis surprise qu'il n'ait pas été adapté au cinéma. Ça ferait un bon film.

— Vous aimez vraiment beaucoup Caldwell ?

— Et vous ?

Il haussa les épaules.

— J'aime ce qu'il écrit, mais je n'ai pas de titre préféré.

Chloe replaça le livre sur l'étagère et revint s'accroupir auprès de son fils.

— Bon, on y va, Jeremy ?

Il lui fit les gros yeux.

— Pas maintenant !

— Je sais, ce n'est pas facile de quitter Rowdy, chéri, mais il est temps de dire au revoir.

Elle hésitait à lui promettre de revenir.

— On peut revenir demain, monsieur Longtree ?

La requête était sortie si vite que Chloe n'avait pas eu le temps de poser la main sur la bouche de son fils.

— Je voulais justement le proposer à ta maman.

Ben jeta son éponge dans l'évier et s'accroupit à côté d'eux. Chloe laissa son regard errer sur lui. Ses larges épaules tiraient le tissu de sa chemise et les muscles saillaient dessous. Soudain effarouchée par la proximité d'un homme si fort, elle retint son souffle. Ses appréhensions étaient ridicules. Son père et son frère Rob avaient la même carrure que Ben, et elle n'avait jamais rencontré hommes plus doux.

Ben vérifia l'intraveineuse et caressa le chiot.

— Vous avez parlé plusieurs fois de me payer pour les soins que je donnais à Rowdy. Vous étiez sérieuse ?

— Bien sûr ! Je suis un peu coincée en ce moment, mais...

— Je ne veux pas d'argent. J'aimerais que vous m'épauliez à la maison.

Chloe eut soudain le vertige, une sensation qui survenait toujours quand elle pensait avancer en terrain solide et que le sol se dérobait sous ses pieds.

Ben montra les animaux.

— Les cages doivent être nettoyées, la litière changée et les animaux nourris deux fois par jour. Je suis débordé, en ce moment. Vous me soulageriez si vous acceptiez ce petit travail.

Il sourit lentement.

— Aussi longtemps que Rowdy restera chez moi, bien entendu...

La jeune femme hésitait, mais elle ne pouvait refuser de rendre service à un homme qui lui faisait économiser un bon millier de dollars et qui semblait vraiment avoir besoin d'aide.

— Cet arrangement sera à l'avantage de Jeremy, reprit Ben, car il verra Rowdy deux fois par jour.

Il se pencha et ébouriffa les cheveux du petit garçon.

— Je travaille presque tous les jours de quinze heures à vingt-trois heures, je n'ai guère de temps à moi, déclara Chloe. Je ne sais pas si...

— Ces corvées vous prendront peu de temps, une demi-heure tout au plus.

Il lui adressa l'un de ses sourires dont il avait le secret.

— Vous pourriez venir vers huit heures le matin et repasser vers treize heures. Après, vous pourriez déposer Jeremy chez vous et vous rendre aussitôt au bureau.

Chloe était désemparée. Elle avait l'intime conviction qu'il l'avait piégée.

— S'il te plaît, maman ! insista Jeremy. Je pourrais aussi aider.

— Bien. D'accord.

Ben se releva. Son regard glissa sur son visage.

— C'est parfait !

Puis il reporta son attention sur Jeremy.

— Il va falloir que je construise un enclos pour Rowdy, afin qu'il prenne l'air et profite du soleil.

— Il devra rester dedans ?

— Rowdy doit éviter les sols contaminés.

— Si je viens tous les jours, je t'aiderai à le construire ! s'exclama Jeremy, tout excité.

— C'est bien ce que je pensais. Je suis content d'avoir de l'aide.

Puis, comme s'il était conscient des réticences de Chloe, il ajouta très vite :

— Ce sera une expérience riche en enseignement pour Jeremy : il apprendra à s'occuper de son chiot et à se responsabiliser.

La jeune femme était d'accord, mais elle ne savait pas si l'expérience serait bénéfique pour elle...

— Très bien, dit-elle, essayant de masquer sa nervosité. Nous viendrons demain vers huit heures.

Elle jeta un coup d'œil à sa montre et tendit la main à son fils.

— Je crois que nous avons abusé de l'hospitalité de Ben, Jeremy. Si nous venons deux fois par jour, dorénavant, je vais devoir profiter de mes jours de congé pour faire des courses.

L'enfant obéit à contrecœur. Chloe salua Nan et remercia Ben pour le déjeuner.

— Je suis ravi que vous ayez pu rester, dit-il en les raccompagnant. Je cuisine toujours comme si nous étions dix à la maison !

Quand il ouvrit la porte, la chaleur de cette belle journée d'été s'engouffra dans la maison. Chloe inspira à plein nez l'odeur de pin.

— Ça sent bon !

Elle ouvrait la portière passager lorsqu'un coup de feu la fit tressaillir. Ben scruta la route et les bois, le visage tendu.

La jeune femme suivit son regard.

— Ça ne venait pas de très loin ?

— On dirait.

Puis, baissant les yeux sur Jeremy :

— Je crois que vous feriez mieux d'y aller, Chloe.

Là-dessus, il s'éloigna à grands pas. Elle le rappela :

— Ce n'est pas très prudent d'aller là-bas ! Vous n'avez pas d'arme !

— Je n'utiliserais jamais d'armes, même si j'en possédais, répliqua Ben par-dessus son épaule. Je veux seulement identifier le tireur. La loi fera le reste.

Chloe le suivit des yeux jusqu'à ce qu'il disparaisse. Elle préférait ne pas penser à ce qui se passerait si Ben prenait le tireur sur le fait.

Après avoir fait du repassage, des courses à l'épicerie et lavé sa voiture, Chloe consacra cette agréable soirée de juin à son fils. Pour le dîner, elle fit griller des steaks hachés sur le barbecue dans le jardin, et tous deux dînèrent sous un pin. Par-dessus la barrière, le lilas en fleur du voisin embaumait et attirait les oiseaux.

Jeremy dévora son repas sans cesser de les contempler et de la questionner. Après avoir débarrassé et rangé, ils jouèrent au Frisbee jusqu'à la tombée du jour.

Chloe décida de rentrer quand Jeremy loupa sa cible et la toucha à la tête.

— On n'y voit plus ! Nous allons finir par nous blesser !

Jeremy se laissa soudain tomber dans l'herbe. Inquiète, elle s'approcha.

— Ça va, chéri ?

Il acquiesça, mais sa poitrine se soulevait et sa respiration devenait sifflante. Elle s'assit à côté de lui et posa la main sur son front moite.

— Ça va, mon grand ?

Jeremy fouilla dans sa poche pour chercher son inhalateur. Elle passa la main derrière sa nuque et lui administra deux doses de médicament. Les poumons de l'enfant se gonflaient frénétiquement. Le cœur de Chloe était serré par l'angoisse. Il allait si bien, ces derniers temps... Il s'amusait comme tous les autres petits garçons. Elle avait espéré qu'il n'aurait plus de crises. Le médecin de Washington avait dit qu'elles étaient surtout dues au stress émotionnel, et Chloe ne comprenait pas la raison de celle-ci.

Elle regardait, impuissante, son fils lutter pour respirer. Le médecin l'avait avertie que la panique de sa part ne ferait qu'empirer la situation. À chaque respiration de Jeremy, elle sentait pourtant son appréhension monter en flèche malgré ses efforts pour se calmer. Elle eut l'impression que la crise dura une éternité. Enfin, quand il eut retrouvé son souffle, elle l'enlaça tendrement.

— Tu te sens mieux ?

Il hocha la tête, mais semblait contrarié.

— Que se passe-t-il, Jeremy ?

Il haussa les épaules, enfouit son visage dans son cou et se mit à pleurer. Malade d'angoisse, Chloe le serra plus fort contre elle.

— Il m'a frappé... souffla l'enfant, dont la respiration restait désordonnée. Sur la tête, avec le frisbee. Il était en colère parce que je ne l'avais pas rattrapé. Il a dit que j'étais stupide et maladroit !

Pendant un instant, ce fut Chloe qui eut du mal à respirer. Consciente de serrer son fils trop fort, elle relâcha son étreinte et fouilla dans sa mémoire pour retrouver trace de l'incident.

— Tu ne m'avais jamais dit que papa t'avait frappé avec un Frisbee ?

— Parce que je ne voulais pas te faire pleurer.

Elle posa la joue sur sa tête et le berça.

— Papa ne sera plus jamais en colère contre toi, murmura-t-elle. Je suis désolée, tellement désolée, Jeremy…

Puis elle demeura silencieuse et le garda contre lui. La culpabilité pesait sur sa conscience. Elle n'était restée avec Roger que quelques mois après sa sortie de l'hôpital, mais cela avait été quelques mois de trop.

— Je suis désolée… prononça-t-elle de nouveau.

Mais les regrets ne pouvaient effacer les actes ou les paroles de Roger. Chloe ne pouvait en faire son deuil, alors à plus forte raison un enfant de l'âge de Jeremy.

Après l'avoir couché, elle s'allongea sur son lit, regardant le plafond, désemparée. Le sommeil la fuyait. Jeremy ne lui avait jamais adressé un seul reproche sur la violence de Roger, mais elle s'en voulait d'avoir trop attendu avant de partir. Chaque fois que son fils luttait pour respirer et que ses lèvres bleuissaient, elle se répétait que c'était sa faute. Arriverait-elle un jour à se pardonner ?

10

Chloe regretta d'avoir accepté de venir à huit heures tous les matins chez Ben, alors qu'elle se couchait vers une heure après un travail qui lui prenait ses après-midi et ses soirées. De plus, la veille, elle s'était endormie très tard à cause de l'insomnie. Cinq heures de sommeil ne lui suffisaient pas pour récupérer. Ce soir, elle serait à ramasser à la petite cuillère.

— Tu es malade, maman ? lui demanda Jeremy quand ils arrivèrent chez Ben.

— Juste un peu fatiguée. Ça ira bientôt mieux.

Elle se pencha pour l'embrasser sur le front, lequel front était toujours ceint d'un lacet.

Jeremy sortit de la voiture et courut vers l'entrée.

— Tu aimerais vivre tout en haut d'une colline, comme Ben ?

Chloe embrassa la magnifique vue du regard.

— Je crois, oui.

— Alors il faut te marier avec Ben et vivre avec lui ! s'écria Jeremy.

Elle fut tellement sidérée qu'elle resta sans voix. Puis, contrariée, elle aperçut Ben. À en juger par son regard brillant, il avait entendu la proposition absurde de son fils.

Honteuse, Chloe décida de s'expliquer. Pour dire quoi, au fait ? Qu'elle ne consentait pas à se marier avec lui ?

Ravi de son petit effet, Jeremy salua Ben joyeusement.

— Salut !

— Salut, Jeremy. Comment vas-tu ce matin ?

— Super.

Ben porta les yeux sur Chloe.

— Bonjour.

C'était injuste d'être si séduisant dès l'aurore ! Il portait un tee-shirt blanc qui moulait son torse musclé, et un jean ajusté.

— Bonjour, répondit-elle pendant que Jeremy entrait dans la maison à toutes jambes. À propos de cette histoire de mariage…

Il sourit.

— Si vous voulez me dire que vous êtes aussi surprise que moi, ce n'est pas la peine. Jeremy a six ans. À cet âge, la vie est simple.

Chloe se détendit à peine. Le regard de Ben, ainsi que la lueur indéchiffrable qu'elle y lisait, la gênait un peu.

— Avez-vous découvert l'identité du tireur, hier, après notre départ ?

— Hélas non. Et je n'ai pas non plus trouvé d'animal blessé. Nous sommes environnés par la forêt. Y trouver quelqu'un, c'est comme chercher une aiguille dans une botte de foin.

Il la prit par le bras pour la faire entrer dans la cuisine. La sensation de sa main sur sa peau nue la fit frémir.

— Il faut de la patience et de la détermination, dit-il plaisamment. Je finirai bien par triompher.

— Je vous le souhaite.

Il sourit. Le bleu de ses yeux accrochait le soleil, et ses prunelles brillaient comme deux taches d'indigo semées de mica.

— C'est vrai ? demanda-t-il doucement, presque avec timidité.

Quelle drôle de question ! La réponse va de soi ! songea Chloe. Elle l'observa, étonnée. Ben semblait différent. Il la regardait avec plus d'attention, comme s'il la découvrait. Sa main était toujours sur son bras, caressante, un contact imperceptible qui pourtant la brûlait.

— Maman, maman, Rowdy m'a embrassé ! s'exclama tout à coup Jeremy.

Félicité et étonnement se lisaient sur son visage. Rowdy lui léchait toujours le menton.

— Il est en forme, aujourd'hui ! Il n'a plus d'aiguille dans la cuisse.

— Ne le laisse pas te lécher la bouche, Jeremy. Rowdy est malade !

Soulagée d'avoir une raison de s'éloigner de Ben, Chloe vint s'agenouiller à côté de son fils. Elle caressa Rowdy et éclata de rire lorsqu'il posa les pattes sur la paroi du carton et essaya de le franchir pour retrouver la liberté.

— Tu es trop mignon ! murmura-t-elle, conquise.

Rowdy agitait la queue si fort qu'elle heurtait les bords du carton. Il lécha la main de Chloe. Elle le souleva et regarda au fond de ses yeux, deux immenses flaques liquides emplies d'innocence et de curiosité. La fièvre avait déserté ce bon regard brun. Rowdy se débattit, posa la patte sur son bras et la surprit en lui lançant un grand coup de langue sur la bouche. Elle fit la grimace. Jeremy riait à se tordre.

— Il t'aime, maman !

Chloe tendit le chiot à son fils et essuya sa bouche du revers de la main.

— Moi aussi, je l'aime beaucoup. Mais là, c'est trop...

À force de gigoter, l'animal glissa des mains de Jeremy et chancela sur le carrelage. Il était incroyablement vif pour un chiot qui relevait d'une grave infection. Jeremy s'élança après Rowdy qui souillait le carrelage de la cuisine.

Il se précipita pour prendre des serviettes en papier et tout nettoyer.

— Je vais être très occupé avec lui ce matin, maman ! Je vais te laisser nettoyer les cages toute seule.

— Je vois.

Chloe se leva. Pour dissiper son malaise et oublier Ben, elle n'avait qu'une solution : s'occuper les mains et l'esprit. Si elle se mettait au travail tout de suite, elle aurait terminé ses corvées très vite.

Un peu en retrait, Ben, les bras croisés, s'était adossé au plan de travail. Jamais elle n'avait vu un homme avec si belle allure à une heure si matinale, pensa-t-elle de nouveau. Ses cheveux noirs étaient encore humides et son menton un peu éraflé par le rasoir. Comme il portait un tee-shirt à manches courtes, elle voyait ses bras musclés.

— Je suis prête ! annonça-t-elle enfin en se frottant les mains. Dites-moi par où commencer.

— Par le café ! Vous en avez bien besoin.

Sans attendre sa réponse, il tira deux tasses du placard et les remplit, puis il sortit de la cuisine.

— Venez, la vue de la terrasse est magnifique à cette heure de la journée, lança-t-il par-dessus son épaule.

Un peu intimidée de se retrouver seule avec lui, Chloe hésita avant de le suivre. Quand elle le rejoignit, il était déjà installé dans une chaise de jardin. D'un signe, il lui indiqua la chaise à côté de la sienne et lui tendit sa tasse.

Réchauffée par le soleil qui baignait la terrasse, la jeune femme but une gorgée. Les riches arômes du breuvage emplirent son palais.

— Et vous prétendez ne pas savoir faire le café !

— J'ai eu de la chance… Parfois je réussis, parfois non !

Il contempla la vue sans cesser de siroter son café. Il était détendu. Son visage était rêveur, comme si ses pensées vagabondaient.

Il montra les sommets environnants.

— Ce sont les terres où les Shoshones chassaient.

Chloe était étonnée que Ben s'identifie à ses ancêtres amérindiens, malgré sa mixité.

— Vous n'êtes pas totalement indien. Un quart seulement ?

— Quand les gens prononcent mon nom, ils disent que je suis un quart shoshone. Vous connaissiez donc la réponse à votre question. Où voulez-vous en venir ? s'enquit-il, un sourcil froncé.

— Nulle part en particulier. Si vous êtes un quart shoshone, vous avez trois quarts qui ne le sont pas. Je m'étonne que vous vous sentiez si proche de vos ancêtres shoshones.

— Regardez-moi et vous aurez la réponse. Que voyez-vous ?

Un bel homme viril au regard très bleu. Hormis la couleur de ses yeux, il était un véritable Shoshone.

Elle baissa la tête et fixa une petite tache sur son jean.

— Je vois que vous êtes typiquement indien. Amérindien, je veux dire.

— Amérindien, indien, ça m'est égal… Ne faites pas du politiquement correct avec moi, Chloe. Je préfère le mot indien.

— Ah ?

— Si vous aviez entendu mon grand-père ! Un jour, il m'a dit ces mots : « Benjamin, tu es un Shoshone. Tes ancêtres se sont battus pour garder leurs terres dans ce pays. Ils étaient fiers d'être appelés Indiens. Et tu es un Indien, tout comme eux. » Et il a enfoncé son doigt si fort dans ma poitrine qu'il m'a fait mal !

Il lui lança un regard pétillant de malice.

— Mon grand-père avait toujours raison !

— J'aurais aimé le rencontrer. Ce devait être un personnage !

Une expression mélancolique s'afficha sur le visage de Ben.

— C'était un homme très sage avec une grande spiritualité. Il avait une vision du monde particulière. Vous pensez que je ressemble à un Indien ? Si vous l'aviez vu… Ses cheveux striés de mèches grises lui tombaient jusqu'à la taille. Il portait une longue natte sur les tempes, comme les guerriers d'autrefois. Quand il se déplaçait, ses perles s'entrechoquaient. Il n'avait jamais entendu le terme « politiquement correct ». L'aurait-il entendu qu'il aurait déclaré que ça ne voulait rien dire.

Ben s'interrompit et ferma les yeux.

— J'entends encore le bruit de ses perles… J'aimais aussi son odeur.

Il poursuivit, la voix enrouée par l'émotion :

— Il sentait le cuir, le tabac, le feu de bois et la terre, parce qu'il passait tout son temps dans la forêt. Il détestait être enfermé. Vers la fin, quand il est devenu trop faible pour le faire tout seul, ma mère l'installait sous l'auvent en bois. Nous étions en hiver, il faisait très froid, mais il préférait rester là. Avant d'aller à l'école, je lui faisais un feu que ma mère alimentait pendant la journée. L'après-midi, quand je rentrais de classe, je faisais mes corvées le plus vite possible pour aller m'asseoir sur ses genoux et l'écouter.

Il se tut de nouveau et fixa la ligne d'horizon.

— Il me racontait des histoires fascinantes sur la jeunesse de son père et de son grand-père. Une fois, je lui ai demandé pourquoi il restait assis à regarder le vide, et il a répondu qu'il attendait. Je n'ai pas compris. Maintenant, je comprends... Il était vieux et malade. Sa vie s'était arrêtée, mais pas son cœur. J'étais juste un petit bonhomme d'un an plus vieux que Jeremy lorsqu'il est mort...

Si elle en croyait l'immense tristesse de sa voix, Ben pleurait encore son grand-père.

Il se ressaisit, but une gorgée de café et lui lança un regard chaleureux.

— Il vous aurait aimée... car vous avez un regard sincère.

— Ah ? On m'a souvent dit « honnête ».

— Grand-père disait qu'un regard honnête pouvait être faux. « Les yeux sont la fenêtre de l'âme : si tu ne vois pas l'âme y briller au fond, fuis à toutes jambes... »

Chloe se remit à rire. Ben avait si bien imité son grand-père qu'elle l'avait presque vu.

— Il doit beaucoup vous manquer...

— Il a laissé un grand vide... admit-il tristement.

L'image était expressive. La mort d'un être aimé laissait un vide que le temps ne parvenait jamais à combler totalement. Chloe aurait préféré que Roger soit mort, pour pouvoir faire le deuil de l'homme qu'elle avait aimé autrefois. La médecine moderne avait réparé son corps, mais pas son esprit. Roger n'était jamais redevenu celui d'avant.

— Chloe ?

Elle tressaillit.

— Désolée...

— Vous étiez loin. Perdue dans un souvenir triste ?

Elle essaya de sourire, sans y parvenir.

— En effet.

— Je suis content que vous soyez revenue au présent.

D'un geste, Ben lui indiqua les arbres en contrebas d'où s'élevaient les chants des oiseaux.

— Écoutez…

Chloe obéit.

— C'est beau…

— « Tralalalère, le vermisseau que je viens de trouver est le plus gros ! » traduisit Ben.

Elle éclata de rire.

— Non. Ils se disent seulement que la journée est belle !

Ils savourèrent le reste de leur café en silence, à l'écoute des bruits de la nature. Chloe, apaisée, avait maintenant l'impression que la vie était plus claire et plus agréable.

Après avoir montré à Chloe comment nettoyer les cages et nourrir les animaux, Ben servit son petit déjeuner à Nan. De retour dans la cuisine, il essaya de ne pas prêter attention à la jeune femme qui vaquait à ses occupations, mais ça n'était guère facile, car il ne pouvait s'empêcher de tourner les yeux vers elle.

Il achevait de laver la gazinière lorsque Jeremy, toujours auprès de Rowdy, prit la parole.

— Ma maman est dehors depuis longtemps, tu ne trouves pas ?

— Tu as raison. Je vais voir ce qu'elle fait.

Ben se rendit sur la terrasse. Chloe conversait avec l'un des convalescents, Pokey la mouffette, dont il avait installé la cage dehors.

Il prêta l'oreille.

— Je suis plutôt gentille, alors je ne vois pas pourquoi tu es agressif avec moi, disait Chloe à la mouffette. Si tu étais sympa, je nettoierais ta cage, et je te donnerais de l'eau fraîche et de la nourriture.

La queue fièrement levée, Pokey fit un petit cercle dans sa cage. Chloe posa les mains sur ses hanches.

— La manière douce ne marche pas ? Très bien, je vais être directe. Soit tu baisses ta queue, soit tu mourras de faim. Au choix.

Elle fronça le nez.

— Tu ne sens pas la rose ! Loin de moi l'intention de t'offenser. Une dame moufette trouverait sans doute ton odeur irrésistible, mais…

Ben sortit sur la terrasse, amusé. L'entendant, Chloe sursauta si violemment qu'il fut surpris qu'elle ne s'élève pas au-dessus de ses tennis. Elle lui lança un regard accusateur et plaqua un doigt sur ses lèvres.

— Pas si fort ! Votre mouffette m'a déjà dans le collimateur.

Ben se mit à rire et s'approcha de la cage, faisant exprès de traîner les pieds pour lui prouver que le bruit ne dérangeait pas l'animal.

— Cette mouffette ne va pas vous cracher dessus, Chloe.

— Elle est très énervée ! Regardez comme elle tourne dans sa cage, la queue levée. C'est un signe d'agressivité !

— C'est son attitude habituelle. Quand les mouffettes crachent, elles brandissent leur queue plus haut et pointent leur derrière en l'air.

Il se baissa et ouvrit la cage.

— Cette petite bête a peur de ne pas avoir à manger, et vous la torturez !

Ben introduisit la main dans la cage et caressa le dos strié de la mouffette.

— Pokey, j'ai l'honneur de te présenter Chloe. Elle est un peu paranoïaque, mais ça lui passera.

La mouffette se laissa caresser comme un chaton.

— Vous voyez ? Il veut seulement son petit déjeuner…

Tendue, Chloe se rapprocha. À en juger par son regard prudent, Ben se demandait qui de la mouffette ou de lui la rendait nerveuse. Il devait lui laisser du temps, se dit-il. Elle avait fini par se détendre, tout à l'heure sur la terrasse. Grâce à leurs rencontres journalières, elle serait bientôt en confiance avec lui. Il se demandait souvent pourquoi son regard était parfois si sombre. À cause de son mari ? Cela ne faisait aucun doute, mais certaines pièces ne s'accordaient pas au puzzle. Chloe n'aurait jamais épousé un homme brutal, et encore moins toléré sa violence au quotidien.

Ben tapissait la cage de papier journal. Il s'interrompit pour contempler la jeune femme. Ses cheveux dénoués retombaient en cascade sur ses épaules. Le soleil matinal accrochait les boucles, les transformant en copeaux de bronze et la nimbant d'une chaude lumière. Il comprenait mieux pourquoi les guerriers shoshones avaient été fascinés par les cheveux roux. Chloe était belle. Elle possédait cette beauté qui donnait à un homme l'envie de la faire sienne.

— Quoi ? demanda-t-elle.

Surpris dans sa contemplation, Ben essaya de se justifier, honteux, mais il resta sans voix.

Chloe tira son top rose vif qui moulait ses seins.

— Vous allez bien, Ben ?

Il n'allait pas bien du tout. Il la désirait. Et cinq ans d'abstinence rendaient son désir urgent.

— Désolé, j'étais distrait…

Elle s'approcha. Son parfum un peu épicé lui parvint.

— Je n'arrive pas à croire que vous l'ayez appelé Pokey, « le lambin ».

— Il ne marche pas vite, avec sa patte blessée.

— Cette mouffette ne mérite pas un nom pareil.

Son haut bâilla alors qu'elle se penchait pour caresser l'animal. Ben eut la vision fugitive de deux seins blancs au modelé parfait.

— Quel nom proposez-vous ? s'enquit-il avec effort.

— Sir Galaad ? Comme le chevalier du roi Arthur.

— Pas terrible.

— C'est mieux que Pokey !

Chloe glissa un doigt entre les barreaux de la cage et l'agita. La mouffette s'approcha.

Ben eut un autre aperçu de son soutien-gorge de dentelle blanche. Il se fermait par-devant. Il ne s'était pas débattu avec les agrafes d'un soutien-gorge depuis belle lurette...

— Avec plusieurs animaux à soigner, on finit par manquer d'imagination pour leur trouver des noms, balbutia-t-il. Galaad n'est pas très original...

— Alors Winston ?

Ben souhaitait que Chloe cesse de se pencher, afin de ne plus être hypnotisé par son top entrebâillé. De petits hauts aussi provocants auraient dû être interdits par la loi !

— Et si jamais vous l'appelez Winnie, vous aurez affaire à moi !

Ben ne put s'empêcher de rire.

— Winnie ! Mais c'est un prénom de fille. Je ne l'insulterais pas ! plaisanta-t-il.

— Que lui est-il arrivé ?

— Le salaud avec le calibre 22 lui a tiré dessus.

— Dans la patte ? C'est un excellent tireur...

Ben recouvra enfin ses esprits quand Chloe se releva et le regarda droit dans les yeux. Il changea l'eau de la mouffette.

— Vous semblez convaincu que ce tireur est un homme, murmura-t-elle. Pourquoi ?

Il réfléchit avant de répondre.

— Les femmes sont moins sournoises.

— Alors fais gaffe à mon crochet du droit, mec.

Il se mit à rire et secoua la tête. Grâce à Chloe, il se sentait plus léger.

— Les femmes n'agissent jamais sans véritable raison.

— Seul un malade peut tirer dans la patte d'un animal, déclara Chloe.

— Je suis d'accord avec vous.

— Maintenant, je comprends pourquoi vous avez promis une si forte récompense. Qui que ce soit, il doit être arrêté !

— J'espère qu'un jour un témoin me donnera une piste…

Ben étudia les bois au loin.

— Le plus tôt sera le mieux, ajouta-t-il. Dès que j'entends les coups de feu, je pars à la recherche de l'animal blessé.

— Oh, Ben, vous devez vous sentir si impuissant quand vous ne le retrouvez pas, dit-elle d'une voix douce.

Il remarqua ses sourcils froncés et son regard voilé.

— À chaque coup de feu, je me dis qu'un animal a peut-être été blessé…

Il fit un signe vers les bois.

— Une nuit, la semaine dernière, j'ai fouillé les bois avec une lampe de poche. Les animaux blessés ne peuvent pas appeler à l'aide, alors je dois faire appel à mon intuition pour les retrouver. J'ai tourné en rond, j'avais peur de manquer la pauvre bête. J'ai toujours du mal à renoncer. Si la blessure n'est pas trop grave, les animaux viennent à moi les jours suivants, mais je ne supporte pas qu'ils souffrent trop longtemps.

Chloe le dévisageait avec émerveillement.

— Qu'y a-t-il ? s'étonna-t-il.

Elle sourit et hocha la tête.

— Rien. C'est juste que vous êtes…

Elle hocha de nouveau la tête.

— Rien.

Lorsque Ben voulut reprendre le fil de son discours, il se rendit compte qu'il en avait trop dit.

— Vous savez, je connais la plupart des bêtes qui vivent dans ces bois.

Il montra du doigt la mangeoire et les blocs de sel des cerfs :

— Comme vous le voyez, ils viennent ici se nourrir. Ils ont l'habitude de moi.

— Je comprends pourquoi ils viennent si près. Ils communiquent sans doute entre eux, vous ne croyez pas ?

— Ah ? fit Ben avec prudence.

— Les animaux se parlent, comme dans les livres de Caldwell ! Quand vous en soignez un, il le dit aux autres. Ils savent qu'ils peuvent venir à vous s'ils sont blessés. Je me demande comment ils disent « vétérinaire » en langage animal ?

— Aucune idée, répliqua Ben, prudent.

— Ils savent que vos mains sont magiques et les soulagent. Ce sont peut-être les geais bleus qui dispersent l'information à tous les autres animaux de la forêt ? Ils ont un chant rauque et si aigu !

Ben étudiait son profil. Était-elle sérieuse, ou se moquait-elle de lui ? Chloe le dévisagea soudain, rouge d'embarras.

— Vous me trouvez stupide, hein ?

Elle fourra les mains dans les poches de son jean.

— Je pense que les animaux communiquent entre eux, continua-t-elle vivement. Mais seule une femme peut tenir ce raisonnement.

Ben en avait quant à lui la certitude. Chloe baissa la tête et fixa ses tennis. Puis elle pivota sur ses talons et lui lança un regard taquin.

— Je suis bien contente de ne pas être un homme !

— Pourquoi ?

— Ils sont tous si pragmatiques et ennuyeux ! Avez-vous déjà vu *Bambi* ?

Un peu plus tard, Ben préparait un chocolat chaud pour sa mère. Tout en remuant le lait chocolaté sur feu doux, il regardait Chloe changer la litière de Rowdy. Dans la salle de séjour, Jeremy caressait son chiot.

Avez-vous déjà vu Bambi*?* Ben contint un sourire. Il ne cessait de sourire, ces derniers temps. Il avait vécu pendant cinq ans dans la solitude, et voilà qu'il avait de nouveau envie de rire et de sourire. C'était grâce à Chloe…

La jeune femme aimait les animaux et compatissait à leurs souffrances. Son ex-épouse Sherry aurait haussé les épaules et serait retournée à son cher microscope.

Au son de sa voix, Ben leva les yeux. Chloe avait passé un doigt à travers les barreaux de la cage du raton laveur pour lui gratter la tête.

— Salut, Ray Ban ! dit-elle d'une voix douce. Tu vas mieux, maintenant que tu as mangé ?

Ben tapa sa spatule sur le rebord de la casserole.

— Ray Ban ?

— On dirait qu'il porte des lunettes. C'est un nom qui lui va bien. Il est classe !

Chloe avait bien travaillé, ce matin. La cuisine semblait plus lumineuse. La construction de sa maison terminée, Ben avait décidé de la rendre aussi chaleureuse que possible. Des objets shoshones étaient disposés avec goût sur le mur du salon, avec des peintures réalisées par des artistes de la région. Ces trois dernières années, il avait continué à collectionner divers objets d'art. Grâce à la passion de sa mère pour le crochet, plaids, coussins et napperons donnaient une ambiance agréable à son intérieur.

La maison était certes confortable, mais trop silencieuse. Sans vie. Les murs ne renfermaient aucun souvenir. La présence de Chloe la métamorphosait.

— Dois-je poser une serviette sur la cage d'Einstein ? s'enquit-elle, arrachant Ben à ses pensées.

Il la regarda sans comprendre.

— Qui ?

— Einstein.

Elle montra la chouette. Ben sourit.

— Qui l'a baptisée Einstein ?

— Moi ! « Chouette » était si impersonnel !

— Je ne couvre pas sa cage.

— La chouette est pourtant un animal nocturne, non ?

— Einstein est habitué à dormir dehors. Dans la nature, il reste perché sur une branche à l'ombre.

Chloe s'accouda au comptoir pour déplacer la cage de la chouette vers l'ombre.

— Comme ça c'est mieux, Einstein ?

La chouette hulula brièvement et déploya ses ailes, sa façon de la remercier.

— Bonne nuit, sage petite chouette. Dors bien.

La jeune femme allait sortir de la cuisine, quand elle aperçut une pile de papiers près de la boîte à cookies. Ben se hâta de les rassembler et de tout ranger dans un tiroir.

— Notes personnelles, grommela-t-il.

Chloe haussa les sourcils et jeta un regard curieux vers le tiroir. Puis elle haussa les épaules et sortit.

Ben la suivit des yeux, contrarié d'avoir laissé traîner son manuscrit. Si elle venait chez lui deux fois par jour, il allait devoir se montrer prudent.

11

Quand Chloe et Jeremy revinrent chez Ben en début d'après-midi, il les attendait sur le pas de la porte où il les salua à voix basse.

— Pourquoi tu parles doucement ? demanda Jeremy sur le même ton. Ta maman dort ?

— Maman fait une sieste, mais ce n'est pas pour cette raison que je parle bas. Buddy, c'est un raton laveur, se réveille d'une opération.

Il lança un regard entendu à Chloe.

— Buddy a été blessé hier, mais il a trouvé ma maison seulement aujourd'hui. Je l'ai opéré, mais je fais toujours attention à ne pas perturber un animal qui se réveille d'une anesthésie.

Ben s'accroupit devant l'enfant.

— Buddy est un animal sauvage. Il est un peu perdu à cause des médicaments et de l'anesthésie. Il n'a pas l'habitude de voir des êtres humains.

— Nous allons lui faire peur ?

Chloe posa une main sur l'épaule de son fils.

— Peut-être vaut-il mieux que nous repartions, Ben ?

— Non, je voulais juste expliquer pourquoi il fallait parler bas. Imaginez que vous vous réveilliez dans la tanière d'un lion, avec le lion qui fait les cent pas autour de vous en rugissant.

Jeremy écarquilla les yeux.

— On n'est pas des lions, et on ne rugit pas !

— Pour Buddy, nous sommes aussi effrayants que des lions, et nos voix ressemblent à des rugissements.

L'enfant suivit Ben dans la maison sur la pointe des pieds. Une fois dans la cuisine, il se pencha sur le raton laveur.

— Comment il a été blessé ? murmura-t-il.

Chloe échangea un regard avec Ben. Celui-ci s'agenouilla à côté du garçon et passa un bras autour de ses épaules.

— On lui a tiré dessus, Jeremy.

La jeune femme était à la fois soulagée et attristée qu'il lui ait dit la vérité.

— Avec un fusil ?

Ben acquiesça. Jeremy observait le raton laveur sans comprendre.

— Pourquoi ? reprit-il dans un souffle. Personne ne mange les ratons laveurs.

— Il y a des gens qui sont malades, Jeremy. Ils agissent de façon incompréhensible, ils ne justifient ni n'expliquent leurs actes, tout est très embrouillé dans leur tête.

Jeremy se rapprocha de lui.

— Tu crois que celui qui a tiré sur le raton laveur a reçu un coup sur la tête ?

Ben leva un regard interrogateur vers Chloe.

— Parce que mon papa a eu un coup sur la tête, confia Jeremy. Il est tombé de notre bateau et il a été assommé par l'hélice. Avant l'accident, il était gentil. Il aimait maman et il m'aimait. Mais après, il faisait des choses bizarres et il était toujours en colère.

Ben fronça les sourcils et posa une main apaisante sur le dos de l'enfant.

— Je suis désolé de ce qui est arrivé à ton papa, Jeremy.

— Maman dit que papa s'est perdu et qu'il ne peut plus retrouver son chemin.

Une angoisse sans nom se lisait maintenant sur le visage du petit garçon.

— La dernière fois qu'il a été en colère après moi, c'est quand j'ai renversé du lait. Je ne l'avais pas fait exprès, mais il m'a grondé et il a serré ses mains autour de mon cou.

Son regard, fixé sur le raton laveur, brillait de larmes.

— Il a serré si fort que je ne pouvais plus respirer, reprit-il, le menton tremblant. Maman lui criait d'arrêter.

Il s'interrompit et emplit ses poumons d'air, comme si l'impression d'étouffement de ce jour-là ne s'était jamais dissipée.

Chloe était quant à elle sous le choc des paroles de Jeremy. Elle comprenait enfin l'origine de son asthme.

Le médecin lui avait expliqué que les crises de Jeremy avaient pour cause un stress émotionnel, mais elle n'avait jamais fait le rapprochement avec le terrible drame de ce soir-là. Roger avait essayé de l'étrangler. Traumatisé, l'enfant avait des problèmes respiratoires, depuis.

— Papa était très en colère, continua Jeremy. Il a donné un coup de poing à maman. Maman est plus petite que lui, elle est tombée et s'est ouvert l'arcade.

Incapable d'en entendre davantage, Chloe sortit de la cuisine à la hâte et se rendit sur la terrasse. Enfin seule, elle serra la rampe de toutes ses forces et baissa la tête, luttant contre les larmes.

Bravo l'instinct maternel, elle n'avait rien compris ni deviné ! Les faits s'ordonnaient à présent dans sa tête avec une logique implacable. Jeremy revivait ce terrible incident et ne respirait plus dès qu'il subissait une agression émotionnelle. Son merveilleux papa, qui autrefois le faisait voltiger dans les airs et le chatouillait jusqu'à ce qu'il se torde de rire, avait essayé de l'étrangler simplement parce qu'il avait renversé un peu de lait...

Les chauds rayons du soleil caressaient les épaules tendues de Chloe. Le vent sécha ses larmes. Elle prit une grande inspiration et libéra lentement l'air enfermé dans ses poumons. Qu'avait-elle fait ? Elle aurait dû partir dès les premiers signes de violence de Roger. Elle n'aurait jamais dû laisser Jeremy en être victime... Mais, à cette époque, Chloe estimait que son devoir était de rester aux côtés de son mari. Demander le divorce et laisser livré à lui-même un homme malade lui semblait irresponsable. Ne s'était-elle pas mariée pour le meilleur et pour le pire ? Certes, mais c'est son fils qui payait le prix de cette loyauté imbécile...

— Ça va ?

La jeune femme sursauta, mais garda la tête baissée. Elle vit les mains fortes de Ben saisir la rampe, juste à côté des siennes.

— Ça va, prononça-t-elle avec difficulté.

Mais ça n'allait pas du tout, et il le savait.

— Comment va Jeremy ?

— Un peu contrarié, mais rien d'alarmant. Je l'ai laissé dans la salle de séjour avec Rowdy. Ils font le concours du plus grand nombre de caresses à la minute.

— Ah ! fit Chloe, qui n'avait d'autre envie que d'être seule.

— Vous voulez me parler de ce qui s'est passé ?

— Je ne pense pas.

Elle ne pouvait parler de cette violence qui avait mis fin à son mariage et anéanti sa vie, ses projets d'avenir et sa foi en l'amour éternel.

Ben ne bougeait pas, mais sa présence était si rassurante que Chloe eut bientôt envie de se blottir dans ses bras et de pleurer toutes les larmes de son corps sur son épaule.

Quand elle trouva le courage de relever la tête, il contemplait les montagnes au loin.

— Après tout, c'est inutile d'en parler, déclara-t-il. Après le récit de Jeremy, je me doute que c'était l'enfer.

Ça l'était toujours ! Chloe se demandait si elle parviendrait un jour à tourner la page.

Lorsque Ben la regarda enfin, la jeune femme ne trouva pas la force de se détourner.

— Vous me permettez de faire un commentaire, Chloe ?

— Je vous en prie… répondit-elle sans conviction.

Il esquissa un sourire puis, du bout de l'index, essuya une dernière trace de larme et recoiffa une mèche de ses cheveux. Son instinct poussait Chloe à reculer, mais elle restait inexplicablement immobile.

— Vous avez bien fait d'arracher Jeremy à cette vie de cauchemar.

Les larmes brûlèrent la gorge de Chloe, mais elle les contint.

— Je ne suis pas un partisan du divorce, surtout quand je vois des gens qui divorcent pour un oui ou pour un non, mais votre situation nécessitait des mesures exceptionnelles. Les enfants ne sont pas seulement un cadeau, ils sont aussi une responsabilité. En cas de violence, une mère doit faire passer la sécurité de son enfant avant le reste.

Les yeux de la jeune femme s'emplirent de larmes.

— J'ai mis du temps à le comprendre… avoua-t-elle. Quand Roger est rentré de l'hôpital, je suis restée cinq mois avec lui, en espérant chaque jour qu'il irait mieux.

Elle s'interrompit et essaya d'affermir sa voix :

— On ne cesse jamais d'espérer… Je me disais qu'il souffrait peut-être d'un traumatisme postopératoire, ou que ses blessures n'étaient pas encore guéries. Roger était si bon avant son accident, et notre mariage était si solide.

Elle pressa les mains contre ses tempes.

— J'étais persuadée que nous passerions toute notre vie ensemble. C'est toujours dur de perdre ses illusions... Voilà pourquoi j'ai attendu trop longtemps avant de le quitter.

— Vous avez attendu cinq mois, corrigea Ben doucement.

Il prit son menton entre ses mains et la força à le regarder.

— Cinq mois seulement, Chloe... Si Roger était un homme si extraordinaire, vous les lui deviez. Quelle femme abandonnerait un homme malade sans avoir espéré sa guérison ? Vous avez été lente à vous décider, et alors ? Êtes-vous restée après l'incident du lait renversé ?

— Non... !

Chloe luttait pour respirer.

— Roger avait traumatisé Jeremy, je ne pouvais pas laisser passer une chose pareille. C'est à ce moment que j'ai compris que je devais partir.

Elle tourna la tête et rompit le contact visuel qui l'unissait à Ben. Elle était incapable de soutenir plus longtemps ce regard bleu dont l'acuité la mettait mal à l'aise.

— J'ai demandé le divorce dès le lendemain, mais Roger n'est pas sorti de notre vie pour autant, d'où ma décision de quitter Seattle pour l'Oregon. Je suis partie pour qu'il ne puisse plus jamais s'en prendre à Jeremy.

— Vous avez saisi l'occasion dès qu'elle s'est présentée. Cessez de culpabiliser.

— Quand je vois les séquelles que Jeremy garde des violences de Roger, je ne peux m'en empêcher.

— Vous avez fait de votre mieux, Chloe. Jeremy est en sécurité, c'est l'essentiel. Vous avez quitté son père et vous ne l'avez pas rendu victime de sa violence jusqu'à sa majorité.

Une telle amertume était contenue dans la voix de Ben que Chloe, surprise, redressa la tête. Si son regard était sans expression, son visage était tendu et très sombre.

— Ma mère avait ses raisons de rester avec mon père, murmura-t-il ensuite. Je ne le lui reproche pas, et je ne le lui reprocherai jamais. Mais je peux vous dire une chose : le passé pèserait moins lourd sur mes épaules si elle avait divorcé quand j'avais l'âge de Jeremy…

À peine avait-il prononcé ces mots qu'il rentra dans la maison, la laissant digérer ces paroles et se ressaisir. Étrangement, il avait réussi à calmer sa culpabilité en relativisant la situation. Chloe se sentait presque apaisée.

Jeremy était toujours avec Rowdy quand elle revint dans le séjour. Son fils lui lança un regard honteux.

— Pardon, m'man.

— Pardon de quoi, chéri ?

— Parce que j'ai parlé de papa. On avait dit que ce serait notre secret.

Chloe se reprocha de lui avoir demandé de garder ce drame secret. Elle avait imposé une lourde responsabilité à un si petit garçon. Une nouvelle erreur de jugement à ajouter sur sa liste…

Ben les rejoignit. Voyant l'inquiétude sur le visage de Jeremy, il adressa un regard interrogateur à Chloe, puis il sourit.

— J'ai une idée ! Après le déjeuner, ma mère dort deux ou trois heures. Je me demandais si, tous les deux, vous ne voudriez pas faire un tour dans les bois avec moi ? Vous avez bien travaillé, Chloe, je m'occuperai du reste.

Elle jeta un coup d'œil à sa montre.

— Oh, je...

— Il y a une petite crique pas loin d'ici. J'y ai repéré un barrage de castors, l'autre jour. Je me disais que ça intéresserait Jeremy.

— Oh, maman, s'il te plaît, on peut y aller ?

Chloe soupira. Son fils excellait à toucher la corde sensible en instillant juste assez de trémolo dans sa voix. Après sa conversation avec Ben, elle aurait préféré rentrer à la maison et se retrouver au calme, mais elle se reprocha aussitôt son égoïsme. Jeremy avait besoin d'une balade pour dissiper ses idées noires.

— Ce n'est pas loin, la rassura Ben. Cette promenade ne vous mettra pas en retard pour aller travailler.

— Alors allons-y... Je n'ai jamais vu un barrage de castors !

Ben leur fit découvrir son univers, la forêt et les animaux. Il ne cessait d'attirer l'attention de Chloe et de Jeremy sur mille détails. Il se déplaçait avec une aisance qui forçait l'admiration de la jeune femme.

Un bruit de cascade s'éleva soudain. Ben les conduisit dans un taillis de manzanita en faisant le moins de bruit possible. Quand la rivière fut en vue, il leur fit signe de s'avancer.

— Regardez, c'est là, souffla-t-il.

Un castor émergea de l'eau. Jeremy sautilla et étouffa un rire.

— Regarde, maman !

Chloe n'en perdait pas une miette. Les castors avaient construit un barrage sur la rivière, créant une piscine en aval. Trois autres têtes apparurent.

— C'est une maman avec ses petits ! s'exclama-t-elle à voix basse.

Les castors s'ébattaient dans l'eau avec agilité. Le regard scrutateur de Ben passait de Chloe à Jeremy.

— Vous ne regrettez pas d'être venue ?

Non, Chloe aurait même aimé que le temps s'arrête. Mais Ben consulta sa montre.

— Je crois qu'il est temps de faire demi-tour, si vous voulez arriver à l'heure au bureau.

— Je n'ai pas envie de partir ! se plaignit Jeremy.

— Nous reviendrons, promit Ben. Ta mère va avoir des problèmes si elle est en retard.

— On reviendra quand ?

— Demain, si tu veux.

Chloe aurait préféré que Ben soit plus évasif.

— Je me débrouille toujours pour trouver une demi-heure afin d'admirer la vie de la nature, précisa-t-il.

Ils repartirent dans la forêt à la queue leu leu. Chloe voyait Ben sous un nouveau jour. Il ne connaissait pas seulement la nature, la flore et la faune, mais il appartenait à cette forêt, comme les animaux qui y vivaient.

Ils parvenaient dans un paysage de rocailles lorsqu'il les guida vers une roche.

— Chut, plus un mot, Jeremy ! dit-il.

Impressionné, l'enfant acquiesça. Ben déplaça une roche qui masquait un nid de bébés tamias. Leurs petits corps rose pâle se détachaient sur les brindilles. Quand Jeremy les eut contemplés, Ben replaça la roche et se releva.

Chloe mourait d'envie de lui demander comment il avait découvert ce nid, mais comme Jeremy, elle respecta le silence. Ben se contenta de sourire devant son regard interrogateur, et il lui prit le bras. Ses doigts étaient doux sur sa peau. Cette sensation titilla les nerfs de Chloe. Elle s'imagina qu'il la caressait avec cette douceur sur tout le corps, et une onde étrange traversa son bas-ventre.

La jeune femme se ressaisit aussitôt. Affolée, elle eut envie de fuir et s'écarta de lui. Elle ne voulait ressentir ni désir ni envie. Elle avait aimé et donné sa confiance une fois, et elle ne voulait plus se rendre vulnérable par amour. De prince charmant, Roger était devenu son geôlier. Chloe avait beau savoir que son mari n'était pas responsable de l'altération de leurs relations, elle n'en était pas moins traumatisée et effarouchée. Cette peur lui faisait refuser toute intimité physique.

Tout à coup, Ben s'arrêta et huma l'air. Ce n'était pas la première fois, depuis le début de la promenade. Chloe avait l'impression qu'il percevait des odeurs indétectables pour le commun des mortels. Parfois son regard se faisait lointain, et elle se demandait s'il se souvenait encore de sa présence et de celle de Jeremy. Ben lui avait décrit son grand-père comme un homme doué de sagesse et d'une grande spiritualité, mais cette description lui correspondait en tout point. En avait-il conscience?

— Il va pleuvoir ce soir, dit-il enfin. C'est bon pour la forêt.

Chloe observa le ciel bleu, surprise.

— Mais il n'y a aucun nuage!

— Vous ne sentez pas l'air?

Elle ne sentait rien, mais elle était certaine qu'il ne se trompait pas. Puis elle remarqua que Jeremy imitait chaque mouvement de Ben. Quand il s'arrêtait, l'enfant s'arrêtait. Quand il humait l'air, Jeremy en faisait autant. Chloe comprenait sans peine la fascination que Ben exerçait sur son fils. Il était le héros des imaginations enfantines par excellence.

Ben s'accroupit. Pressant Jeremy contre lui, il lui montra un buisson non loin.

— Regarde par là... dit-il doucement.

Chloe suivit son regard et, émerveillée, aperçut un faon qui se confondait avec la végétation du sous-bois. Il les observait, immobile. Ben avait dû le remarquer depuis longtemps...

Jeremy contempla le faon, le regard ardent. Il en avait vu en photo, comme Chloe, mais jamais en vrai. Le petit animal était gracile, et tout en harmonie. Ses grands yeux bruns rappelaient ceux de Jeremy. Curieusement, il ne semblait pas effrayé par leur présence.

La gorge de Ben se tendit et il émit une espèce de petit sifflement. Chloe, incrédule, constata que le faon s'approchait d'eux. Il semblait plus effrayé par elle que par Ben et Jeremy. Retenant son souffle, elle essaya de rester calme. Pas à pas et toujours hésitant, le faon vint tout près. Ben tendit la main pour caresser sa robe frémissante.

— Caresse-le aussi, Jeremy.

— Il n'aura pas peur ?

— Pour quelle raison aurait-il peur ?

Jeremy tendit la main vers le museau.

— Salut, petit faon !

Le faon renifla sa main. Puis, à la surprise de Chloe et de son fils, il suça l'un des doigts de Jeremy.

— Il croit que je suis sa mère !

— Non, il sait où est sa maman. Elle l'a laissé seul un moment, sans doute pour aller chercher à manger. Il aurait dû rester caché jusqu'à son retour, mais il me connaît et n'a pas eu peur de désobéir.

— Sa maman sera en colère ?

— Non, parce qu'elle me connaît aussi. Elle vient souvent chez moi pour manger du blé concassé.

Le faon suça un autre doigt de Jeremy.

— Il veut posséder ton odeur et ta saveur.

Ben poussa doucement le petit garçon vers le faon.

— Si tu lui donnes ton souffle, il se souviendra de toi pour toujours.

— Comment lui donner mon souffle ?

— En soufflant dans ses narines.

— Mais… maman dit que les animaux ont plein de microbes.

— Comme nous. Ce faon ne te donnera aucune maladie. Quand il sera plus âgé, il se souviendra de toi, et il n'aura pas peur s'il te revoit dans les bois.

Jeremy se pencha et présenta ses lèvres au faon.

— Respire, ouvre la bouche ! fit Ben en posant une main sur son épaule. Laisse-le goûter à toi.

— Sa langue est toute râpeuse ! s'exclama Jeremy en riant quand le faon passa sa langue sur sa bouche. Moi en tout cas, je me souviendrai de son goût pour toujours, acheva-t-il en essuyant ses lèvres du revers de la main.

Ben prit le menton de l'enfant dans sa main et le regarda gravement.

— Tu lui as fait une promesse sacrée, Jeremy. Tu lui as promis que tu serais son ami. Il te fait confiance. Si tu trompes sa confiance, ce sera grave !

— Je ne tromperai jamais sa confiance.

Jeremy avait à peine terminé sa phrase que le faon lui donna un petit coup de tête. C'était un jeu, mais le garçon n'en tomba pas moins sur les fesses. Le derrière dans la terre, il toisa le faon avec indignation.

— Tu n'es pas sympa, pour un copain !

Ben se mit à rire et l'aida à se relever, époussetant son pantalon.

— Les faons sont joueurs. Il ne peut pas comprendre que tu es un petit garçon et que tu ne sais pas comment chahuter avec lui.

— Si on se revoit quand il sera plus grand, il jouera aussi avec moi ?

— Plus grand, il sera moins facétieux.

Il lança un regard chaleureux à Chloe.

— Une fois adultes, nous oublions d'être joueurs. C'est dommage.

Il caressa de nouveau le faon.

— Quand il aura des bois, tu devras faire bien attention à toi. Parfois, un cerf agite la tête pour se débarrasser d'une mouche, et il peut te blesser de façon accidentelle.

— Je ferai attention. Il est vraiment mon ami, maintenant ?

— Pour toujours ! assura Ben, solennel.

Une promesse impossible, de l'avis de Chloe, mais elle eut envie d'y croire.

Tous trois se remirent en marche après avoir laissé le faon.

— Si plus tard tu respectes la nature et considères la moindre de ses créatures comme faisant partie d'un tout, tu seras un homme extraordinaire, reprit Ben.

— C'est quoi, un homme 'straordinaire ?

Ben réfléchit.

— C'est un homme capable d'affronter la vie sans avoir peur et d'entraîner derrière lui un petit nombre de personnes.

— C'est un homme tout seul ?

Ben chercha le regard de Chloe.

— Parfois, oui. Mais quand on est persuadé de la justesse de ses idées, on finit par accepter cette solitude.

12

Ce soir-là, Bobby Lee passa au bureau cinq minutes après que Sue fut sortie pour aller acheter le café au lait. Quand Chloe l'aperçut, elle déplaça aussitôt son pot à crayons à l'autre bout de sa table. Il n'était pas aussi précieux que sa lanterne japonaise, mais c'était un cadeau de sa sœur Phoebe, et elle souriait toujours en lisant le message qui y était inscrit : *J'ai travaillé dur pour m'offrir une petite dépression nerveuse, alors fichez-moi la paix et laissez-moi toucher le fond !*

Bobby Lee était trempé.

— Quel sale temps ! grommela-t-il. Nous sommes en juin et il pleut à verse, c'est incroyable !

Chloe se recula pour regarder par la fenêtre et vit la pluie qui balayait les carreaux. Les prévisions de Ben lui revinrent à l'esprit.

— Qui l'eût cru ? Le ciel était dégagé, cet après-midi.

Elle se remit au travail, espérant que Bobby Lee comprendrait qu'elle n'avait pas envie de faire la conversation. Manque de chance, comme à son habitude, il se fit une petite place sur son bureau et s'y assit.

Elle l'ignora.

— Bonsoir ! lança-t-il au bout d'un moment.

Chloe soupira, résignée. Bobby Lee venait toujours la harceler lorsque Sue sortait. Était-ce une coïncidence, ou attendait-il que sa collègue sorte pour être seul avec elle ? Elle penchait hélas pour cette dernière éventualité.

— Oui, Bobby Lee ?

— J'ai quelque chose pour vous.

Il lui tendit un sac en papier, mouillé.

— C'était le moins que je puisse faire…

Le sac portait le nom d'une boutique d'objets d'art très fréquentée par les touristes.

— Qu'est-ce que c'est ?

Bobby Lee retira son Stetson et passa la main dans ses épais cheveux noirs.

— Ouvrez, et vous verrez.

Elle posa le paquet sur ses genoux.

— Je vais vous paraître vieux jeu, Bobby Lee, mais je n'accepte pas de cadeau de la part d'hommes qui ne sont pas mon mari, mon frère ou mon père.

— Ce n'est pas un cadeau, seulement le rameau de la paix.

Il accrocha son Stetson à son genou.

— Je suis très ennuyé d'avoir cassé votre lanterne japonaise, alors j'ai voulu la remplacer… Celle-ci a des nuances de bleu plus claires que celle que vous possédiez, mais elle lui ressemble comme une sœur jumelle. Je sais qu'elle ne remplacera jamais celle que votre père vous avait offerte, mais je l'ai quand même achetée…

Chloe hésitait.

— Ouvrez, je vous dis que ce n'est pas un cadeau ! Quand on casse un objet qui ne vous appartient pas, on le remplace !

Il avait raison. Chloe décida de mettre ses réserves de côté, et retira une jolie boîte blanche du sac. Lorsqu'elle défit le ruban et l'ouvrit, elle découvrit une lampe japonaise enveloppée dans du papier de soie, presque identique à celle qu'il avait brisée.

Alors qu'elle sortait la sphère de la boîte avec précaution, elle eut honte d'avoir soupçonné le policier d'avoir fait exprès de casser sa jolie lanterne. Elle avait maintenant la preuve qu'elle s'était trompée... Les véritables lampes japonaises étaient chères et rares, et la surface patinée du verre fumé lui prouvait que celle-ci n'était pas une imitation.

— Je suis très touchée, Bobby Lee ! Cette lampe a dû vous coûter les yeux de la tête.

— Un œil seulement ! Mais elle vaut jusqu'au dernier penny que j'ai déboursé, si vous rayez mon nom de votre liste noire personnelle !

La jeune femme lui lança un regard prudent.

— Vous n'êtes pas sur ma liste noire personnelle ! J'étais seulement contrariée, le jour où vous l'avez cassée, parce que j'y tenais beaucoup. Mais je savais que c'était un accident...

Confuse de mentir avec tant d'aisance, elle marqua une pause.

— Je suis désolée si je vous ai laissé penser le contraire.

— C'est moi qui suis désolé, Chloe.

Il souriait pendant qu'elle observait le ravissant objet à la lumière.

— Ce n'est pas une reproduction. Du moins, c'est ce qu'on m'a dit. Vu le prix, je n'ai pas hésité à le croire.

Elle posa le ravissant objet sur son bureau.

— Aucune lanterne japonaise ne remplacera celle que mon père m'avait offerte, mais je suis vraiment touchée par votre geste. Vous n'avez pas épargné votre temps et votre argent pour me faire plaisir. C'est gentil.

— Assez gentil pour me permettre de vous inviter à dîner ?

Il leva la main pour parer à toute objection.

— Avant de refuser, écoutez-moi bien, Chloe. Je ne parle pas d'un rendez-vous galant, mais d'un petit dîner amical. Nous avons mal démarré, vous et moi, et je veux que nous repartions de zéro. Vous ne pouvez pas refuser ! Nous sommes collègues et nous nous voyons tous les jours. Ce serait tout bénéfice si l'animosité qui plane entre nous disparaissait !

L'expression implorante de Bobby Lee, son regard franc et innocent lui rappelaient étrangement Jeremy. Elle se souvint des paroles du grand-père de Ben. « Les yeux sont la fenêtre de l'âme : si tu ne vois pas l'âme y briller au fond, fuis à toutes jambes... » Voyait-elle l'âme de Bobby Lee au fond de ses yeux ?

Chloe n'en était pas certaine. L'homme semblait sincère, mais quelque chose en lui la rebutait. Cela dit, elle se méfiait de presque tous les hommes depuis les violences de Roger. Peut-être devrait-elle consulter un psy ?

Elle froissa le sac en papier et le jeta à la poubelle.

— Je ne refuse pas votre amitié, Bobby Lee, c'est juste que j'ai l'impression...

— ... que j'attends plus de notre relation ?

Il haussa les épaules.

— Les premiers temps, je l'avoue, j'espérais autre chose. Vous êtes si jolie...

— Mon miroir vous contredit, mais merci du compliment !

Bobby Lee se frotta le menton.

— Je ne suis pas idiot, et j'ai vite compris que vous ne vous intéressiez pas à moi. Mais cela ne nous empêche pas d'être amis ?

— Évidemment !

— Alors, quand ?

Elle sourit.

— C'est inutile de m'inviter à dîner pour faire la paix, Bobby Lee. Nous pouvons tout aussi bien repartir de zéro par accord mutuel.

— Je désire vous inviter au High Desert Inn. C'est un petit restaurant familial très agréable. Je ne connais rien de mieux qu'un bon repas pour éliminer les rancœurs et faire connaissance.

Chloe hésitant toujours, il ajouta :

— Soyez sympa ! Laissez-moi vous prouver que je ne suis pas un mauvais gars !

— Je n'aime pas m'absenter de la maison, les soirs où je ne suis pas de service.

— Nous dînerons tôt. Je vous ramènerai à temps pour que vous puissiez border Jeremy, c'est promis.

Elle caressa sa jolie lanterne japonaise, pensive.

— Vous avez réponse à tout. C'est difficile de vous dire non...

— Alors acceptez ! Dîner avec un collègue n'a rien d'une corvée !

Chloe faiblissait.

— Bon... J'accepte.

Il lui adressa un sourire soulagé.

— Vendredi soir, dix-huit heures ?

— D'accord. J'aurai ainsi le temps de faire dîner Jeremy.

— Alors c'est réglé ! conclut Bobby Lee en se dirigeant vers son bureau. Je suis impatient d'être à vendredi !

Il remit son Stetson.

— Vous ne le regretterez pas, Chloe, je vous le promets.

La jeune femme l'espérait de tout cœur.

Durant la semaine, matin comme après-midi, Ben accueillit Chloe et Jeremy qui venaient nettoyer les cages et nourrir les animaux. Le rythme qui s'était établi lors de la première journée devint une habitude. Tous les matins, Chloe s'installait sur la terrasse avec Ben pour boire une tasse de café avant de se mettre au travail. Leurs conversations étaient légères et la faisaient rire. Parfois, elle y trouvait matière à réflexion.

— Savez-vous pourquoi la plupart des plantes sont vertes ? lui demanda-t-il un jour.

— À cause de la photosynthèse ?

— Oui, mais pourquoi tant de vert dans la nature ? Mon grand-père prétendait que le vert était la couleur favorite du Créateur. Ça m'a plu, j'y ai cru. Mais, à l'université, j'ai évidemment eu une explication scientifique qui contredisait le mysticisme de mon grand-père...

Il se tut, soudain mélancolique. Dans le silence qui tombait, Chloe essaya de se représenter Ben étudiant la biologie, mais il était si libre et si intimement lié à la nature sauvage qu'elle n'y réussit pas.

— Les livres ne lui donnaient peut-être pas raison, mais il n'en avait pas moins une belle âme, dit-elle.

— Mais j'ai longtemps été convaincu qu'il n'était qu'un vieil ignorant, qui avait inventé des histoires pour expliquer ce qu'il ne savait pas. Je me suis senti trahi et j'ai été en colère. J'ai beaucoup étudié, pour ne jamais être ignorant et stupide comme lui. Une réaction qui me fait honte, maintenant.

Il tourna sa cuillère dans son café.

— J'ai renié et méprisé ses enseignements. Quand je suis revenu dans la région, je suis retourné dans la forêt et j'ai compris que mon grand-père avait raison : le Créateur a peint le monde en vert. Tout est lié dans la nature. Mon grand-père avait compris que la nature était une chorégraphie complexe et magique, et il l'a traduit en images très simples. Dans notre arrogance, nous compliquons tout.

Ben lui adressa un clin d'œil.

— S'il existe plusieurs verts dans la nature, c'est parce que la palette du Créateur était riche en verts, c'est aussi simple que ça !

— C'est vrai, pourquoi tout compliquer ?

— C'est vrai, pourquoi tout compliquer, Chloe ? répéta-t-il dans un murmure.

L'interrogation dans sa voix troubla la jeune femme. Elle comprenait le sous-entendu : il lui demandait de lâcher prise et de laisser ses sentiments prendre le pouvoir. Tous deux étaient attirés l'un par l'autre, mais, conditionnée par un passé dont le souvenir pouvait gâcher une belle histoire, Chloe résistait. De plus, tant que Ben serait aussi secret, elle ne parviendrait jamais à se débarrasser de sa méfiance envers lui. Après tout, elle ne savait toujours pas quel métier il exerçait pour vivre…

L'après-midi, Ben aidait Chloe pour terminer les corvées plus vite, ce qui leur donnait le temps d'aller faire un tour en forêt. Elle constatait que son fils se transformait au contact de Ben, pendant ces promenades. Le petit garçon apeuré et timide s'ouvrait et développait une immense curiosité. Il prenait aussi de bonnes couleurs, à force d'être en plein air. Parfois, les révélations qu'il faisait à Ben embarrassaient Chloe, mais elle s'efforçait de ne pas intervenir. Elle comprenait que son fils reprenait confiance, elle le lisait dans son regard plus serein. Jeremy adorait les balades en forêt et écoutait les récits de Ben avec une intensité rare chez un enfant.

Le troisième jour, la jeune femme comprit que, décidément, Ben ne cesserait jamais de la surprendre… La forêt était une source d'enchantements permanents, un univers à multiples strates invisibles pour l'œil non exercé, mais qu'il connaissait à la perfection et dont il savait révéler les beautés et les mystères.

Cet après-midi-là, Jeremy aperçut un papillon monarque sur un buisson et demanda d'où venaient les papillons. Après un instant de réflexion, Ben écarta le feuillage du buisson et révéla une chrysalide.

— Voilà d'où viennent les papillons, commença-t-il en effleurant la fragile enveloppe.

Il expliqua la métamorphose de la chenille en chrysalide, puis en papillon.

— Quand j'avais ton âge, mon grand-père avait trouvé une chrysalide. Nous l'avons observée tous les jours, jusqu'à ce que le papillon en sorte.

— Tu l'as vu sortir ?

— Non, mais le jour où nous l'avons trouvée vide, nous avons aperçu un papillon à proximité. Mon grand-père a déclaré qu'il venait sans doute de sortir de sa chrysalide. Il est mort à cette époque, et j'étais encore très jeune. Je pense qu'il me préparait à la séparation... Il a essayé de m'apprendre la différence entre le corps et l'âme. Tu sais ce qu'est une âme ?

— C'est ce qui monte au ciel quand on est mort ?

— Très juste. C'est la plus belle partie de notre être, mais elle est invisible. C'est là que vivent nos pensées et nos sentiments. Quand nous mourons, nos corps sont enterrés, mais nos âmes s'en échappent comme un papillon de sa chrysalide. Je suis sûr que tu comprends. Tu te souviens de ce qui est arrivé à ton papa ?

Jeremy fronça les sourcils.

— Oui, mais mon papa n'est pas mort.

De la pointe du pied, Ben jouait avec les aiguilles de pin et les feuilles mortes. Après un long silence, il posa un genou à terre et caressa le sol de la forêt.

— C'est vrai, le cœur de ton papa bat toujours. Mais son accident a gravement endommagé cette partie de son cerveau où vivaient ses pensées et ses sentiments. Autrement dit, l'endroit où résidait son âme.

Il passa le doigt sur la chrysalide.

— Voilà tout ce qui reste de ton papa, maintenant : une enveloppe vide. Son âme s'est échappée et elle vole comme un papillon.

— C'est pour ça qu'il ne peut plus retrouver le chemin ? Parce que son âme est partie de son corps ?

Ben jeta un regard à Chloe, avant de le reporter sur le petit garçon.

— Tu as constaté qu'il n'est plus ton papa d'avant. Il ne te rend plus heureux comme autrefois... Tout ce qui faisait de lui ton papa s'est envolé, comme un papillon.

Les yeux de Jeremy se remplirent de larmes.

— C'est comme s'il était mort ?

— Son corps seul vit. Ta maman me disait que c'était un homme bon et généreux avant l'accident, et qu'il t'aimait.

L'enfant acquiesça, trop ému pour parler.

— Je pense qu'il avait une belle âme. Aussi belle que ce papillon. On dit que les belles âmes montent au ciel, et c'est sans doute là que se trouve l'âme de ton papa.

— Alors, c'est comme si je n'avais plus de papa... ?

— Pas tout à fait. Quand nous mourons, une partie de notre être reste avec ceux qui nous connaissaient et nous aimaient. C'est l'essence de notre être. Si tu retiens très fort l'essence de ton papa, il sera toujours avec toi.

— Comment je peux retenir quelque chose que je ne vois pas ?

— Avec ton cœur, Jeremy.

Ben posa son poing fermé sur sa poitrine.

— Tu peux créer un endroit spécial juste pour ton père, et y placer tous les bons souvenirs afin qu'ils t'accompagnent partout. Quand tu sentiras qu'il te manque, tu pourras te rendre dans cet endroit et feuilleter l'album des souvenirs. Alors de nouveau il sera avec toi.

Les larmes brûlaient les yeux de Chloe. Elle avait été si longtemps concentrée sur l'accident et ses conséquences, qu'elle avait occulté les bons moments avec Roger. Ben avait raison. Elle devait oublier le pire pour ne retenir que le meilleur – pas seulement pour elle, mais aussi pour son fils.

La jeune femme prit une grande inspiration et offrit son visage à la brise parfumée par les pins. Un poids immense se retirait soudain de son cœur. Roger était comme mort. Elle avait été incapable de faire le deuil de son mari parce qu'il vivait toujours. Mais cet homme n'avait plus rien du Roger d'autrefois. Son mari était mort lors de cet horrible après-midi sur le Puget Sound, aussi sûrement que si son cœur avait cessé de battre.

Pendant leur retour à la maison, un peu plus tard, Jeremy dévisagea Chloe avec étonnement :

— Maman, pourquoi tu ne m'avais pas dit que papa était comme mort ?

— Parce que, justement, il n'est pas mort… Son corps fonctionne toujours. De plus, Ben n'était pas là pour m'aider à comprendre et à expliquer la situation. C'est compliqué, Jeremy. Comme Ben l'a dit, une partie de son cerveau, là où se trouvaient toutes ses belles qualités, est mort…

Jeremy regardait tristement la route.

— C'est mon papa, mais en même temps ce n'est plus lui… Ce n'est qu'une enveloppe, comme la chrysalide du papillon.

— Un peu, oui. Ton papa t'aimait tant, Jeremy… Il ne t'aurait jamais frappé avec le Frisbee. Il ne t'aurait jamais serré la gorge parce que tu aurais renversé ton lait.

— Mon vrai papa est au ciel…

Chloe eut recours aux paroles de Ben, car elle était trop troublée et émue pour réfléchir par elle-même.

— D'une certaine façon, oui. Tout ce qu'il y avait

de bon en lui s'est envolé. Et il était si bon qu'il ne peut être ailleurs qu'au ciel.

Jeremy laissa reposer sa tête sur l'appuie-tête.

— Je suis content qu'il ne soit pas perdu, maman. Au ciel, il ne se sentira pas trop seul, sans nous ?

— Non, assura Chloe. Au ciel, tout le monde est heureux, parce que c'est un endroit parfait.

— Tu te souviens du train qu'il m'avait donné ? Ce n'était même pas pour mon anniversaire. Papa me l'avait acheté juste comme ça.

La jeune femme fut surprise qu'il change de sujet.

— J'avais oublié ce train ! Ton papa était rentré à la maison avec une grande boîte, et nous avons passé des heures à l'assembler.

— Puis nous l'avons fait rouler et nous avons pique-niqué dans le salon.

Jeremy la regardait sans la voir, le visage radieux.

— Papa a mis des raisins dans le train. On a joué à les prendre chaque fois qu'il passait et repassait.

L'évocation de ce souvenir serra le cœur de Chloe. Elle revit les grands éclats de rire de Roger et l'affection qu'il vouait à son fils. C'était ce Roger-là qu'elle avait épousé, et auquel elle avait promis son amour pour le meilleur et pour le pire. Grâce à Ben Longtree, un quasi-inconnu, elle se retournait enfin sur son passé et le remettait en perspective…

Durant tout le trajet du retour, Jeremy parla de son train. À un moment, Chloe lui jeta un coup d'œil et constata qu'il avait pressé son poing sur sa poitrine, comme Ben tout à l'heure. Ben avait fait à son fils un cadeau précieux en lui parlant de la chrysalide du papillon monarque…

— J'ai toujours le train, acheva Jeremy quand elle se gara devant leur maison. Il est dans le placard de ma chambre, dans sa boîte. Je ne l'ai pas regardé depuis longtemps, parce que ça me faisait mal.

Chloe coupa le moteur. Dans le silence qui tombait, elle observa son fils. Il ne se souvenait sans doute pas très bien de son père, d'autant qu'elle avait évité de parler de lui ces derniers mois. C'était une injustice qu'elle entendait réparer.

— Ton père était le meilleur des hommes, confia-t-elle d'une voix émue. Tu te souviens de tes gerbilles ? On ne pouvait pas les attraper, alors papa a mis de la nourriture partout pour qu'elles ne meurent pas de faim. Pendant des mois, elles se sont baladées dans la maison.

Chloe s'interrompit pour rire.

— Elles ont aussi eu des petits. Je n'oublierai jamais ton père qui crapahutait sur la moquette et regardait sous les meubles en criant : « Oh, Chloe, elles sont partout à la fois ! » On ne savait plus quoi faire. Le voisin nous a conseillé de leur donner de la mort-aux-rats, mais c'étaient tes gerbilles et ton père a refusé de les tuer.

— Qu'est-ce qu'il a fait ?

— Un jour, il est revenu à la maison avec un piège et il les a capturées sans leur faire de mal. On en avait tellement qu'il en a donné aux enfants de notre rue !

— Les pièges, c'est cruel. Je suis content parce que papa a trouvé un piège qui ne faisait pas mal.

Il sourit.

— Papa était super, hein, maman ?

— Oui, Jeremy, il était super.

Chloe prit soudain une décision.

— Puisque je ne travaille pas ce soir, on va assembler ton train.

— On mettra du raisin dans les wagons ?

— Il n'y a pas de raisin à la maison, mais on trouvera une idée. Et puis, je vais te raconter plein d'histoires sur ton papa !

13

Le lendemain matin, après son retour de Cinnamon Ridge, Chloe sirotait son café quand le téléphone sonna. Jeremy décrocha, puis tira le cordon du téléphone à l'extrême pour tendre le combiné à sa mère.

— Chloe ? C'est Sue !

— Salut ! Que se passe-t-il ?

Sue, occupée à faire le gendarme, ne lui répondit pas tout de suite.

— Steven, arrête de jouer avec ton pistolet à eau dans la maison !

Chloe écarta l'écouteur de son oreille.

— Ah, ces gosses ! se plaignit Sue. Je viens de laver les carreaux, ce que je ne fais qu'une fois par an. Maintenant, ils sont pleins de traces et ils les garderont jusqu'à juin prochain... Toby ! Pas de pistolet à eau dans cette maison ! Si vous voulez jouer avec, dehors !

— On dirait que tu es surmenée, Sue ?

— Je suis *toujours* surmenée... Le pire, c'est quand je suis au téléphone. Je ne sais pas comment Jerry arrive à se faire obéir. Avec lui, les gosses sont sages comme des images ! Tu es certaine que tu veux les garder, le soir où nous fêterons son augmentation ?

Chloe se souvint de sa proposition.

— Bien sûr. Ton jour sera le mien !

— Demain soir, par exemple ?

— Oh, demain je ne peux pas, Sue, je suis désolée… J'ai été invitée à dîner. Vendredi prochain ?

— D'accord. De toute façon, nous ne sommes plus à une semaine près… Par qui es-tu invitée à dîner, cachottière ? Un galant ?

— Pas du tout ! C'est Bobby Lee qui m'a invitée. En tout bien tout honneur.

— Ah. Bon.

— Sceptique ?

— C'est juste que ça ne ressemble pas à Bobby Lee.

— Il a compris que je n'avais pas envie de flirter avec lui. Nous avons tous les deux commencé sur de mauvaises bases, et il désire que nous dînions ensemble pour repartir de zéro. Nous dînerons tôt et je rentrerai tôt…

Chloe raconta ensuite que le policier lui avait acheté une lanterne japonaise, pour remplacer celle qu'il avait cassée.

— Je ne pouvais pas refuser son invitation, après ce geste.

— C'est vrai, c'est gentil de sa part, concéda Sue. Je connais le Desert Inn, c'est un restaurant très agréable. Le vendredi soir, il y a de la musique, mais l'orchestre est discret.

Chloe regarda l'heure. Elle avait encore beaucoup à faire avant son service de quinze heures et voulait se reposer un peu. Elle but une autre gorgée de café pendant que Sue se remettait à réprimander ses enfants.

— Je dois te laisser, Chloe, soupira celle-ci. Tiana a brûlé les cheveux de sa Barbie avec un fer à friser…

On entendait la petite fille pleurer.

— Ça ira, Tiana, la rassura Sue. Maman va tout arranger.

Et Sue ajouta à l'adresse de Chloe :

— Je vais devoir faire une coupe de G.I. à Barbie. Barbie va devenir Ken, et mon fer à friser est fichu…

Chloe souriait lorsqu'elle raccrocha.

Quand Chloe prit son service, elle trouva une rose rouge sur son bureau. Elle haussa un sourcil perplexe à l'adresse de Sue, mais son amie leva les mains avec une mimique d'ignorance.

— Ce n'est pas moi. Je mourais d'envie de lire le petit mot qui l'accompagne, mais j'ai été un modèle de discrétion !

Curieuse, Chloe prit l'enveloppe glissée dans le papier cellophane qui portait le nom d'un fleuriste de Jack Pine.

— Tu ne pourrais pas ouvrir cette maudite enveloppe, au lieu de traîner ! la gronda amicalement Sue.

Chloe se mit à rire.

— C'est plus amusant de te torturer !

— Lis à haute voix ou va au diable !

Toujours riant, Chloe décacheta l'enveloppe, en tira le bristol où elle lut : *J'attends notre dîner de demain avec impatience… Fidèlement vôtre, Bobby Lee.*

Son sourire disparut aussitôt.

— Alors ? s'écria Sue. C'est qui ?

— Bobby Lee. Il attend notre dîner de demain avec impatience.

— Quel galant homme !

Chloe jeta le bristol à la poubelle.

— C'est bien ce qui m'ennuie.

Elle huma la rose et regarda Sue.

— Et en plus, il a signé : « Fidèlement vôtre, Bobby Lee. »

Son amie pinça les lèvres.

— Oh là là…

— Oh là là oui ! soupira Chloe en reposant la fleur sur son bureau. Et s'il brouillait les pistes en parlant d'amitié ?

— Il ne serait pas le premier à vouloir embobiner une femme…

— Je ferais peut-être mieux d'annuler… ?

Sue réfléchissait.

— Beaucoup de gens écrivent « fidèlement vôtre » à la fin de leurs lettres, mais ça ne veut rien dire. Si j'étais toi, j'irais. Il ne te fera jamais du rentre-dedans lors d'un premier rendez-vous. Et si tu as l'impression qu'il n'est pas clair dans ses intentions, tu pourras toujours refuser une prochaine invitation.

— Tu as raison, Sue, je crois que je suis un peu paranoïaque…

— Annuler ce rendez-vous est à mon avis une décision extrême. Bobby Lee est plutôt gentil. C'est un amoureux désespérant et désespéré, j'en conviens, mais je t'en parlerai un autre jour.

— Tu parles d'expérience ?

— Oh non ! C'est juste une opinion personnelle qui s'est forgée au fil des ans. Tu sais ce qu'on dit : « Je t'aime, je te jette… » C'est du Bobby Lee tout craché ! Une fois qu'il a atteint son but, il laisse tomber sa conquête et cherche un nouveau défi à relever !

— Je ne coucherai certainement pas avec lui pour qu'il se désintéresse de moi !

Sue se mit à rire.

— Et pourquoi pas, Chloe ? Ça pourrait être stimulant. Bobby Lee est plutôt beau gosse !

— Ce n'est pas du tout mon type.

— Quel est ton type d'homme ? Tu es mignonne. Moi, je tuerais pour avoir ta ligne ! Après cinq enfants, je ressemble au bonhomme Michelin.

Allons, la vie ne va pas s'arrêter parce que tu es divorcée !

— Je n'ai pas envie de faire des rencontres.

— Tu es trop coincée, Chloe. Une bonne partie de jambes en l'air avec Bobby Lee te décoincerait !

Chloe se mit à rire et secoua la tête.

— Je préfère faire de l'aérobic ! Ou du jogging !

Sue grogna.

— C'est d'un ennui !

Chloe remit sa jupe bleue dans son armoire. Trop moulante. Elle sortit un tailleur couleur taupe. Trop chic. Elle soupira et, mains sur les hanches, contempla sa garde-robe. Elle ne voulait pas être habillée comme au bureau, mais elle ne voulait pas non plus être trop élégante ou trop féminine. Une femme qui sortait avec un homme devait choisir sa tenue avec discernement, en fonction du ton qu'elle souhaitait donner au rendez-vous. Le message que Chloe voulait transmettre à Bobby Lee était clair : sortie en amis !

Elle avait vidé la moitié de son armoire sur son lit, quand elle fixa son choix sur un pantalon de lin gris et un chemisier en soie écru. Elle choisit ensuite une chaîne en or très sobre et de petites boucles d'oreilles en diamants. Voilà, c'est terminé ! songea-t-elle, satisfaite de l'image que lui renvoyait le miroir. Elle était habillée comme une jeune femme invitée en tout bien tout honneur par un collègue.

Une demi-heure plus tard, Bobby Lee passa la chercher. Habillé en civil, il était si différent qu'elle le reconnut à peine. Il portait un pantalon à fines rayures bleues qui mettait en valeur son visage bronzé encadré de cheveux très noirs. Il avait un cadeau pour Jeremy, un kit de construction en bois Lincoln Logs.

— J'espère que ça lui plaira ? dit-il en le donnant à Chloe.

— Merci, Bobby Lee. Vous n'auriez pas dû ! Jeremy ? Viens voir ce que M. Schuck t'a apporté !

Jeremy, toujours timide avec les gens qu'il ne connaissait pas, s'approcha avec hésitation. Mais sa méfiance céda la place à l'émerveillement lorsqu'il aperçut la boîte.

— Merci, monsieur le policier. J'en voulais un depuis longtemps.

Il prit la boîte, retourna dans la salle de séjour et en déversa le contenu sur le tapis.

— Salut, Bobby Lee, lança Tracy qui sortait de la cuisine.

— Salut, Trace, répondit-il en mettant les mains dans les poches.

Puis il haussa un sourcil à l'adresse de Chloe :

— Prête ?

Chloe était archiprête. Elle embrassa Jeremy, rappela à Tracy qu'elle dînait au Desert Inn et sortit.

— Merci encore pour le kit Lincoln Logs. Jeremy a adoré.

— Il n'y a pas de quoi. Je me disais que vous seriez heureuse si je faisais plaisir à votre fils.

Bobby Lee lui ouvrit la portière passager. Chloe se félicita d'avoir choisi de porter un pantalon, car la voiture était si haute qu'elle n'aurait pu y grimper avec élégance en jupe. L'intérieur était propre et sentait bon le neuf et le cuir. Bobby Lee s'installa au volant, et la jeune femme boucla sa ceinture de sécurité.

Une demi-heure plus tard, sa nervosité avait disparu. Compagnon agréable et disert, Bobby Lee parla presque sans arrêt de son métier de policier. Quand Chloe ne riait pas à ses anecdotes, elle lui posait des questions avec une curiosité et un intérêt non feints. Elle appréciait de boire du vin. En général, elle limitait sa consommation d'alcool à un verre mais, comme il ne cessait de la resservir, elle ne tenait plus le compte. Elle se sentait détendue, et un peu pompette.

— Désirez-vous un dessert ? demanda le serveur à la fin du repas.

— Pas pour moi, merci. Le steak était un vrai délice, alors je ne peux plus rien avaler, déclina Chloe avec un sourire.

— Je cale aussi... avoua son compagnon.

Le serveur posa un grand portefeuille de cuir noir sur la table qui contenait l'addition.

La jeune femme prit aussitôt son sac à main, mais Bobby Lee l'arrêta.

— Je vous en prie, Chloe, vous m'insultez !

— Nous sommes amis, vous n'avez donc pas à régler l'addition ! rétorqua-t-elle.

Il posa une main ferme sur le portefeuille de cuir.

— C'est pour moi. Je vous en prie.

Face à sa détermination, Chloe reposa son sac à main.

— Merci, Bobby Lee.

Il prit son porte-cartes de sa poche revolver, en tira une Gold qui étincela sous la lumière, puis ils finirent leur vin enveloppés par un agréable silence.

Un instant plus tard, ils sortaient quand Bobby Lee prit gentiment Chloe par le coude.

— Ça vous dirait de passer un petit moment dans le bar ? Il est à peine vingt heures et les Rounders jouent ce soir. C'est un très bon groupe de musique country.

Elle consulta sa montre.

— Il n'est pas si tard, Chloe ! insista-t-il. C'est contre mes principes de terminer une soirée avant vingt et une heures ! acheva-t-il en la conduisant d'autorité vers le bar.

C'est vrai, il était encore tôt, se dit la jeune femme qui par surcroît aimait la musique country.

— J'accepte, mais à vingt et une heures, on y va. Vous m'avez promis que je serais de retour à temps pour border Jeremy.

— Et je tiens toujours mes promesses.

Une faible luminosité régnait dans le bar. Chloe tâtonna, puis sa vision s'adapta à la pénombre. Ils s'installèrent à une petite table dans un coin. Bobby Lee commanda un verre de merlot pour elle et un whisky-soda pour lui. Chloe s'inquiéta de sa consommation d'alcool un peu excessive. Ne devait-il pas bientôt prendre le volant ?

Les chanteurs de country dévidaient leur répertoire et leur musique envahissait la salle. Chloe s'inclina plus près de Bobby Lee pour se faire entendre :

— Ils sont très bons !

Il hocha la tête et pianota en rythme sur la table. Plusieurs couples convergèrent bientôt vers la piste de danse. Avant que Chloe ne puisse deviner ses intentions, Bobby Lee la força à se lever.

— Oh, je…

Ignorant ses protestations, il l'attira vers la piste, passa un bras autour de sa taille et la plaqua contre lui. Chloe, étourdie, s'efforça de suivre le rythme, tout en se demandant si Bobby Lee se rendait compte de l'impudeur avec laquelle il se déhanchait contre elle.

Elle fut bientôt en sueur, pas à cause de la danse mais parce que sa nervosité grandissait. La pression un peu forte du bras de Bobby Lee autour de sa taille la ramenait à des souvenirs qu'elle n'aimait pas évoquer. Quand le groupe de country enchaîna un autre air, il continua de danser. Chloe se sentit piégée et regretta amèrement d'avoir accepté de le suivre dans le bar.

Enfin la deuxième chanson prit fin, et Bobby Lee la ramena à leur table. Chloe but une gorgée de vin. Il termina son whisky-soda et en commanda un second. Anxieuse, la jeune femme refusa un nouveau verre sous prétexte qu'elle n'avait pas terminé le sien.

Ils quittèrent le bar une heure plus tard. Chloe, mal à l'aise, trouvait que le regard de Bobby Lee brillait un peu trop. Lorsqu'elle lui proposa de conduire, il fit un geste vague, puis rit et déclara qu'il allait bien. Ils se mirent en route en silence. Au lieu de prendre Shoshone Road sur la gauche, il continua tout droit, à la surprise de Chloe.

— Bobby Lee, je crois que vous avez oublié de tourner au croisement…

Il mit la radio.

— C'est juste un petit détour par le chemin des écoliers.

La panique de Chloe grandit quand elle constata qu'il descendait vers la rivière.

— Il est tard, Bobby Lee, je dois vraiment rentrer à la maison !

Il ignora ses objections. Les lumières de Jack Pine disparurent derrière la forêt. La route était déserte. Elle se sentit soudain seule et en danger.

Bobby Lee se gara au bord de la rivière, coupa le moteur et défit sa ceinture de sécurité. À travers l'obscurité qui envahissait l'habitacle, Chloe distinguait à peine ses traits. Il se pencha pour lui défaire sa ceinture puis, sans un mot, passa une main derrière sa nuque et l'attira à lui pour l'embrasser.

— Bobby Lee… ! s'exclama-t-elle, le souffle coupé par la terreur.

Ses tentatives pour se dégager furent vaines. Il réussit à l'attirer à lui, malgré l'espace entre les deux sièges. Sa bouche couvrit aussitôt la sienne, ses dents forçant ses lèvres alors que sa langue s'introduisait dans sa bouche sans ménagement. Replongée dans le passé, Chloe fut pétrifiée.

Bobby Lee était fort. L'esprit engourdi par la détresse, elle avait l'impression qu'il avait plusieurs mains. Elle essaya de s'extirper de son inertie, en vain, trop choquée pour se souvenir des leçons d'autodéfense que lui avait données son frère Rob.

Elle entendit un bruit de tissu déchiré, des boutons rouler. Elle sentit le devant de son chemisier de soie s'ouvrir. Les mains de Bobby Lee furent ensuite sur elle, fouillant avec brutalité son soutien-gorge de dentelle. Chloe gémit de douleur sous la pression de sa bouche et tenta de nouveau de le repousser, sans résultat. Il allait la violer. La hanche bloquée par le volant, la jeune femme ne pouvait lui donner un coup de genou à l'entrejambe.

Elle revit sa propre faiblesse quand son ex-mari retournait sa force contre elle. Bobby Lee était beaucoup plus fort que Roger… À la sensation de brûlure qui la saisit à la poitrine, elle se rendit compte qu'il défaisait les agrafes de son soutien-gorge et le lui arrachait.

Sous la violence de cette dernière agression, elle trouva la force de reculer.

— Laissez-moi ! hurla-t-elle.

Il tira ses cheveux à pleines mains. Sous la douleur, des larmes vinrent aux yeux de Chloe. Le visage tout proche du sien, Bobby Lee lança :

— Tu as quelque chose contre les flics ? Si tu veux garder ton boulot, tu as intérêt à être gentille avec moi. Un seul mot et tu es virée !

Elle rassembla toute son énergie et lui donna un coup de poing sur le nez. Lorsqu'il grogna et porta les mains à son visage, elle en profita pour s'écarter. Merci, Rob, songea-t-elle en silence. Rapide comme l'éclair, elle saisit son sac à main, ouvrit la portière et sauta du véhicule avec maladresse.

Tremblant de l'agression qu'elle venait de subir, elle cria :

— Je me fiche de mon boulot, espèce de crétin. Vous pouvez vous le garder !

Bobby Lee se ressaisissait déjà.

— Ah ouais ? hurla-t-il, sautant à son tour de la voiture. Je te conseille quand même d'y réfléchir à deux fois, parce que tu auras du mal à nourrir ton gosse sans boulot !

De peur qu'il ne la rattrape, Chloe courait vers la forêt.

— Je préfère percevoir des allocations de l'aide sociale plutôt que d'être touchée par un dégueulasse de votre espèce !

— Tu as raison de parler de l'aide sociale, car c'est là que tu vas finir ! Je ne dépense jamais du fric pour une gonzesse sans avoir une gâterie en retour !

Chloe aurait voulu lui rappeler qu'elle avait proposé de payer sa part au restaurant, mais elle ne voulait pas retarder sa fuite par des paroles inutiles. Atteignant la lisière de la forêt, elle se cacha derrière un arbre et essaya de retenir son souffle. Ce salaud avait voulu qu'elle le remercie de son invitation au restaurant en nature... Elle savait que de nombreux hommes raisonnaient de la sorte, mais elle n'avait jamais eu la malchance d'en rencontrer un.

— Je te préviens, tu es au milieu de nulle part, poulette ! reprit Bobby Lee.

Poulette. Quel méprisable salaud ! Elle aurait dû se fier à son instinct et annuler ce rendez-vous.

— Alors, tu reviens ? Magne-toi les fesses, sinon tu vas en faire des kilomètres pour rentrer chez toi.

Sa vulgarité lui donnait envie de vomir. Chloe grelottait, priant pour qu'il l'abandonne et parte au diable.

— Je te préviens qu'il y a des ours et des couguars, dans le coin !

La colère faisait trembler la voix de Bobby Lee.

— Je suis moins dangereux qu'eux ! Tu n'as pas perdu ton temps pour flirter avec Longtree, alors pourquoi tu ne veux pas de moi ?

Chloe se contint pour ne pas répondre. Il voulait déclencher sa colère et la faire parler pour la repérer.

La voix du policier devint doucereuse.

— Allons, ma petite Chloe... j'ai été un peu brutal, mais c'est parce que j'ai bu un verre de trop. Reviens et je me comporterai en gentleman, je te le jure.

Elle ne s'y laissa pas prendre. Plus jamais il ne l'approcherait.

— Bon, tu veux marcher ? Alors tu vas marcher, je te le garantis !

Elle entendit une porte claquer.

— Au fait, cette zone n'a pas de couverture pour les téléphones portables. Bon retour ! Une vraie partie de plaisir, si tu veux mon avis.

Une seconde porte claqua. Un instant plus tard, le moteur de la Ford ronronna et les pneus crissèrent. La jeune femme resta cachée jusqu'à ce qu'elle soit certaine qu'il était bien parti. Elle tira ensuite son téléphone portable de son sac, les mains tremblantes. Après sa mise en service, elle remarqua qu'il n'y avait pas de couverture. À la différence de Seattle, l'Oregon était parsemé d'endroits où réception et émission étaient impossibles.

— Et merde !

Une chouette hulula non loin, puis s'envola. Un froufroutement d'ailes effleura Chloe qui baissa la tête, s'écarta et laissa tomber son téléphone. Elle le ramassa, le fourra dans son sac et se mit en marche. Dans la nuit, elle y voyait à peine et trébuchait à chaque pas. Elle était bel et bien au milieu de nulle part... Si jamais elle tombait et se blessait, personne ne la retrouverait...

Une fois qu'elle eut atteint la route, elle mit son sac en bandoulière et essaya de fermer son chemisier. Peine perdue. À la lueur de la lune, elle aperçut une longue éraflure qui courait de la clavicule droite à sa gorge. Chloe, au bord de la nausée, eut le sentiment d'avoir été contaminée par un poison. Au souvenir de ses mains sur elle, elle se mit à frissonner et contint de nouveaux haut-le-cœur. Perdre son travail lui était égal. Rien ni personne ne la ferait plus jamais travailler avec cet individu.

S'enveloppant dans sa veste pour se protéger de la fraîcheur de la nuit, elle marcha sur les bas-côtés de la route. Sa colère croissait à chaque pas. Ses escarpins de citadine n'étaient pas appropriés aux chemins de campagne caillouteux. Elle faillit se tordre la cheville à plusieurs reprises.

Elle se demandait si elle n'allait pas porter plainte. Bobby Lee n'avait-il pas menacé de lui faire perdre son travail, si elle refusait de se soumettre à sa volonté ? Il avait tenté de la violer. Si elle portait plainte, il risquait de graves ennuis. Peut-être bien que c'est lui qui irait pointer au chômage !

Mais Chloe se ravisa. Ce serait sa parole contre la sienne. Bobby Lee était un policier très estimé en ville. Lequel des deux le juge allait-il croire ? Elle redoutait que sa parole ne soit mise en doute, et elle n'avait pas envie de subir ce genre d'épreuve.

Comment vivrait-elle jusqu'à ce qu'elle se trouve un nouvel emploi ? Dans le pire des cas, elle ferait appel à son père. Elle répugnait à demander son aide, de peur qu'il puise dans son fonds de pension, mais elle savait qu'il accepterait de la dépanner en cas de force majeure. De toute façon, elle lui rembourserait avec intérêts.

Dans cet univers de doutes, elle n'avait qu'une certitude. Demain, elle raconterait au shérif Lang ce qui s'était passé et lui donnerait sa démission. Aux autres, elle dirait qu'elle avait démissionné par incompatibilité d'humeur avec l'un de ses supérieurs.

Malgré la panique qui l'envahissait à l'idée de se retrouver au chômage, Chloe carra les épaules et décida de faire front. Elle avait échappé à un viol, elle n'allait tout de même pas pleurer parce qu'elle n'avait plus de travail !

La chouette hulula de nouveau, lui rappelant sa totale solitude. Mieux valait rester concentrée sur son retour à la maison, et ne pas penser aux factures, aux placards et au frigo vides.

Allongeant le pas, elle reprit son téléphone portable pour voir s'il fonctionnait. Toujours rien... Tant pis. Elle était jeune et en bonne santé. Marcher ne lui faisait pas peur.

14

Ben tourna sur Shoshone Road si brusquement que ses sacs de courses faillirent dégringoler du siège passager. À la radio, le D.J. de Country Best 105.3 prit la parole au même instant :

— Et maintenant, chers auditeurs, vous allez entendre George Strait qui va bercer vos jolis rêves de minuit...

La chanson commença. Ben chantait en chœur quand, à la lueur de ses phares, il aperçut une femme qui marchait le long de la route. Elle était habillée de gris, du moins de couleurs impossibles à discerner par des automobilistes en pleine nuit. Elle aurait voulu se faire faucher par une voiture qu'elle n'aurait pas mieux choisi ses vêtements.

À son approche, la femme enjamba le fossé pour s'enfoncer dans les buissons et les arbrisseaux qui jalonnaient la route. Ben regarda dans son rétroviseur et la vit à peine, mais il la reconnut aussitôt et freina. *Chloe ?* Que faisait-elle sur Shoshone Road à une heure pareille ? Pourquoi cherchait-elle à se cacher ?

Il se rangea sur le bas-côté et recula, essayant de la discerner à la lueur des phares. Puis il enclencha ses feux de détresse et sortit de sa Ford.

— Chloe ?

Pas de réponse. Ben se dirigea vers les fourrés où il avait vu la jeune femme disparaître.

— Chloe ? appela-t-il de nouveau, étonné qu'elle ne réponde pas.

De plus en plus inquiet, il sauta par-dessus le fossé qui séparait la route de la forêt et gravit le talus. Dès qu'il s'approcha, Chloe s'éloigna. Grâce à sa vision nocturne exceptionnelle et à de bons réflexes, Ben la vit ensuite brandir une branche et se protéger le visage du bras. Elle le frappa, mais sa branche se brisa. Dépourvue de son arme de fortune, elle éclata en sanglots et recula, mais elle se prit le pied dans une racine et trébucha. Grâce à la lueur des phares, Ben constata que son visage était livide et son regard terrorisé.

— Fichez le camp ! cria-t-elle en brandissant sa branche cassée. Un pas de plus et je vous assomme !

Ben comprit qu'elle ne l'avait pas identifié. Il remarqua que son chemisier était déchiré et taché de sang.

— Chloe, c'est moi !

Mais elle ne parut pas l'entendre.

— C'est moi, Ben Longtree !

Ses yeux déjà écarquillés s'agrandirent davantage alors qu'elle le dévisageait.

— Ben... ? bégaya-t-elle enfin.

Il se mit face aux phares afin qu'elle l'identifie. Chloe le reconnut et baissa sa branche.

— Je suis désolée. Je vous ai frappé. Je pensais que c'était lui...

Lui ?

— À cette heure de la nuit, il n'y a pas beaucoup de circulation. Je pensais qu'il revenait. Ça va ? Je ne vous ai pas fait mal, Ben ?

Si la situation n'avait été si dramatique, Ben aurait souri. Elle n'avait aucune chance de le blesser avec cette branche pourrie.

— Je vais bien, Chloe.

Il aurait aimé en dire autant de la jeune femme. Elle tremblait de tous ses membres. Son visage était d'une pâleur inquiétante. Elle était en état de choc, conclut-il, alarmé par la fixité de son regard, cette espèce d'apathie qui l'empêchait de prendre conscience de son chemisier déchiré et grand ouvert. Il voulait lui offrir son soutien, mais il redoutait de la toucher ou de s'approcher.

— La question est de savoir si vous, vous allez bien, Chloe.

Elle regarda sa branche, l'air de se demander comment elle était arrivée là. Ses cheveux dénoués étaient décoiffés et emmêlés de feuilles et de brindilles.

— Moi, ça va... Juste un peu secouée...

— Quand je vous ai aperçue sur la route, vous aviez un sac à main. Où est-il ?

Chloe regarda autour d'elle, visiblement perdue.

— Par là...

Ben le chercha, faisant attention à ne pas faire de mouvements trop brusques. Il le trouva enfin dans un buisson.

Le sac à main était ouvert. Il vérifia que son portefeuille, ses clés et son téléphone étaient à l'intérieur, puis le tendit à Chloe sans s'approcher. De la pointe de la branche cassée, elle le recueillit par les anses. Ben pressentait qu'elle prendrait la fuite s'il s'approchait trop près, aussi se contenta-t-il de faire un geste vers le fossé qui séparait le talus de la route.

— En général, honneur aux dames, mais je vais passer le premier pour vous aider.

Chloe acquiesça. Ben sauta, puis lui tendit la main. Il fut soulagé quand elle la prit. Il la serra fermement et l'aida à franchir le fossé et à reprendre son équilibre.

Après s'être assuré que la route était déserte, il observa Chloe, soucieux. Immobile, elle le fixait.

Il lâcha sa main et recula pour lui donner l'espace dont elle semblait avoir besoin.

— Que faisiez-vous dans ces bois ?

Elle mit un moment avant d'assimiler sa question. La confusion quitta son visage et le soulagement, puis la colère se peignirent sur ses traits.

— Mon téléphone portable ne marchait pas dans cette zone ! Impossible d'appeler pour qu'on vienne me chercher.

— En général, ça fonctionne à Jack Pine.

— Je n'étais pas à Jack Pine, mais au bord de la rivière. C'est là qu'il m'a amenée. J'ai pris le sentier qui coupe State Rec Road.

— Vous avez marché près de huit kilomètres !

Ben se retint de lui demander comment elle avait retrouvé son chemin dans la nuit, dans une région qu'elle connaissait à peine, car il y avait plus urgent : mettre la jeune femme à l'abri dans son pick-up.

Il s'approcha prudemment pour évaluer la gravité de ses blessures. Il avait remarqué du sang sur son chemisier déchiré, et il voyait maintenant une profonde éraflure qui allait de la clavicule à la naissance de ses seins.

— Votre blessure est grave ?

— Ça va.

Chloe releva le menton.

— Je suis en colère, mais ça va.

Elle semblait tenir debout par la seule force de sa volonté. Ben aurait voulu la serrer dans ses bras, mais son air fier et vindicatif l'en empêcha.

— Montez, je vous ramène.

— Que faites-vous dans le coin à cette heure ?

— J'ai profité que ma mère dormait pour faire des courses. Quand elle dort, je n'ai pas peur de la laisser seule.

Après avoir ouvert la portière, il déplaça deux sacs de courses pour faire de la place à Chloe, puis il s'éloigna afin de la laisser s'approcher sans qu'elle se sente menacée.

Elle trébucha. Le talon d'un de ses escarpins était cassé. Une fois devant la portière, elle se figea et le regarda d'un air suppliant. Le cœur serré, Ben lui saisit le coude.

— Prenez la poignée sur votre droite.

Chloe ne bougeait toujours pas. Il eut peur que son état ne soit plus grave qu'il ne le pensait.

— Quand vous vous êtes garé sur le bas-côté, j'ai cru qu'il revenait…

Elle passa une main tremblante dans ses cheveux.

— Après être reparti une première fois, il s'est garé le long de State Rec Road où il m'a attendue. J'ai eu une peur terrible en l'entendant rouler derrière moi… Je me suis cachée. Il a fini par abandonner, mais j'avais peur qu'il revienne…

À en juger par son chemisier déchiré et taché de sang, Chloe avait de bonnes raisons d'être terrorisée. Ben serra les dents. Il n'était pas violent, mais la colère qui l'envahissait avait raison de son naturel pacifique.

Elle reprit la parole, le souffle court.

— Je vous jure qu'il le regrettera ! Plus jamais ça ne m'arrivera !

Elle lui lança un regard brûlant.

— J'ai de la chance, mon frère m'a enseigné des techniques d'autodéfense…

Ben acquiesça gentiment.

— Montez, Chloe. Nous sommes au beau milieu de la route, c'est dangereux.

Elle obéit. Il se pencha pour repousser les sacs de courses et s'assurer que sa ceinture de sécurité était bouclée. Lorsqu'il la frôla, Chloe tressaillit.

Il s'installa au volant et mit le chauffage, afin qu'elle puisse se réchauffer. Quand la chaleur envahit l'habitacle, elle soupira d'aise et posa les mains sur la ventilation.

— Merci, Ben, j'étais complètement gelée…

— Vous êtes sûre que vous allez bien ? Vous voulez que je vous emmène à l'hôpital ?

— C'est inutile.

Chloe n'avait sans doute pas conscience de la gravité de son état. Ben ne voyait du sang que sur sa clavicule, mais elle avait peut-être d'autres blessures.

— Chloe… est-ce qu'il vous a… enfin, vous comprenez ?

Elle resserra les pans de son chemisier déchiré autour de son corps.

— Non, il ne m'a pas violée ! Je l'ai frappé au visage et j'ai réussi à m'enfuir. J'ai survécu à pire.

Ben poussa un long soupir de soulagement.

— Tant mieux ! Maintenant, dites-moi qui c'était.

Si elle entendit sa question, elle l'ignora.

— Je songe à sa mise à mort, une mort lente et cruelle. Vous avez des idées ?

Ben songea que la jeune femme s'en remettrait, mais il ignorait si lui-même réussirait à oublier l'agression qu'elle venait de subir. Les émotions déferlaient en lui.

— Avant de faire des projets pour le tuer, je voudrais savoir son nom.

Elle lui lança un regard rapide.

— Plus tard. J'ai peur que vous ne fassiez quelque chose que vous regretteriez.

— Cela ne m'est jamais arrivé.

— Je vais bien, Ben, c'est le plus important…

Chloe était coincée entre des sacs de courses et la portière, mais elle était contente de ne plus être seule dans la nuit froide. Elle avait l'impression de revivre.

— Désolé pour le manque de place, fit Ben.

— Je ne savais pas qu'il y avait un supermarché ouvert toute la nuit à Jack Pine ?

— Il est ouvert jusqu'à une heure du matin.

Chloe se laissa aller contre l'appuie-tête et ferma les yeux. Elle se sentait étrangement déconnectée de la réalité, sensation due sans doute à son extrême épuisement. Maintenant qu'elle était réchauffée et en sécurité, elle avait mal partout. Ses pieds étaient douloureux, sa blessure la brûlait, et le souvenir des mains brutales de Bobby Lee sur son corps la faisait souffrir comme si elle avait été marquée au fer rouge. Elle frissonna en repensant à la violence de ses assauts. De quel droit l'avait-il molestée ?

— Vous avez envie de parler, Chloe ?

Elle ouvrit les yeux et dodelina de la tête.

— Non. Pour l'instant, je suis heureuse d'être au chaud.

Elle était sur le point d'ajouter qu'elle se sentait en sécurité, mais cette dernière pensée traversa un réseau d'émotions confuses et fit revenir l'appréhension. Était-elle *vraiment* en sécurité avec Ben, qu'elle connaissait si peu ?

— Merci de me ramener à la maison, se contenta-t-elle de dire.

Dans la lumière verdâtre du tableau de bord, les traits ciselés de Ben rappelaient le bronze sculpté.

— Je vous en prie, répondit-il d'une voix que l'émotion rendait un peu aiguë.

Quelques minutes plus tard, il se garait devant chez Chloe. Il coupa le moteur et éteignit les phares.

— Vous êtes sûre que ça va aller ?

Sa voix l'enveloppait, chaude et agréable. Elle eut un rire chevrotant, un peu forcé.

— Demain, ça ira. Pour l'instant, j'ai besoin de boire un verre. Du merlot !

Elle ouvrait la portière quand il la retint par le bras. Il n'avait été ni brusque ni agressif, mais elle tressaillit.

— Recoiffez-vous et essayez de fermer votre chemisier avant de rentrer. Je ne crois pas que vous ayez envie que Jeremy ou Tracy vous voient dans cet état.

Chloe n'y avait pas pensé. Elle n'avait d'ailleurs pas réfléchi à l'aspect pratique de la situation. Tracy devait l'attendre depuis de longues heures, ses parents devaient s'inquiéter qu'elle ne soit pas encore rentrée à la maison. Elle appellerait Frank et Mary Bower avant de leur ramener leur fille.

— Jeremy sera déjà au lit, mais vous avez raison : je ne veux pas que Tracy me voie comme ça.

Chloe essaya de se recoiffer et de boutonner son chemisier, sans y parvenir.

— Tant pis, je vais enfiler ma veste et filer dans ma chambre pour qu'elle ne se rende compte de rien.

Ben ouvrit la boîte à gants d'où il tira une épingle à nourrice. Puis, sans avoir sollicité son avis, il rassembla les pans de son chemisier et les épingla, prenant garde de ne pas la blesser. La jeune femme retenait son souffle. Après l'attaque de Bobby Lee, la trop grande proximité d'un homme l'effrayait.

— Calmez-vous, dit-il en souriant. Je ne vous veux pas de mal, j'essaie juste de vous rendre présentable...

Mais, pour Chloe, c'était plus facile à dire qu'à faire.

Quand Ben effleura son épaule, il s'immobilisa et retint son regard dans le sien. La chaleur de sa main irradiait à travers son corps, et une sensation de bien-être traversa Chloe. Ses courbatures et douleurs disparurent peu après, balayées par un fluide bienfaisant, puissant comme l'énergie solaire. Ce réconfort inattendu étonna la jeune femme. Après la tentative de viol, le moindre contact physique avec un homme aurait dû la paniquer, mais elle ne ressentait plus ni peur ni nervosité. Elle avait même envie de se laisser aller contre Ben.

Ce dernier souriait toujours lorsqu'il s'écarta.

— Maintenant, au tour des cheveux, dit-il en sortant un peigne de sa poche revolver. Regardez-moi.

— J'y arriverai seule.

Il posa un doigt sous son menton.

— Sans doute, mais vous tremblez encore un peu.

Il coiffa ses boucles emmêlées sans les tirer quand le peigne résistait. Sa douceur apaisa définitivement Chloe.

— J'aime vos cheveux, avoua-t-il soudain dans un souffle.

Un coin de sa bouche se retroussa. Malgré la faible lueur de la lune, elle vit son regard étinceler.

— Ces copeaux d'or qui apparaissent dans vos cheveux sous le soleil me fascinent. Mes cheveux sont noirs et raides...

La jeune femme songeait que les cheveux de Ben étaient très beaux, brillants comme une obsidienne polie.

— J'aime aussi votre peau... ajouta-t-il.

Il cessa de la coiffer pour lui sourire.

— Si nous nous étions rencontrés un siècle plus tôt, je vous aurais enlevée sur mon cheval dans le coucher du soleil !

Chloe l'imagina, ardent et fort, vêtu seulement d'un pantalon de peau et chaussé de mocassins, le torse strié par des peintures de guerre.

— Je n'aurais pas été une captive docile...

Il cessa de la coiffer.

— Mais si jolie à regarder... Ça aurait valu la peine de subir votre indocilité.

Chloe n'avait jamais tenu une conversation aussi surréaliste.

— Vous êtes fou, Ben !

— Peut-être. Sans doute… Et je regretterai sans doute demain ce que je vais faire.

L'embrasser ? se demanda-t-elle, troublée.

Gêné par les sacs de courses entre eux, il mit du temps à se rapprocher.

— Ben ?

— Hmm ?

Elle ne se souvenait plus de ce qu'elle voulait dire. La voix émue de Ben s'éleva dans l'obscurité.

— Ne craignez rien, Chloe, je ne vous ferai jamais de mal.

— Je sais, mais c'est juste que…

— Que quoi ?

Il approcha son visage. Son souffle balaya sa joue. Son haleine sentait le café et la menthe, un agréable mélange.

— Je… Cela fait un an et demi… Je ne suis pas sûre de me souvenir…

Il rit.

— C'est comme faire du vélo, ça ne s'oublie jamais.

— La dernière fois que j'ai fait du vélo, je suis tombée et je me suis écorché les coudes et les genoux.

— Je suis là pour vous soutenir en cas de défaillance.

Lentement il inclina le visage et, des lèvres, effleura sa joue. Chloe respira plus fort et plus vite, puis elle oublia ses craintes. Toutes ses pensées se concentraient sur Ben.

Quand leurs lèvres se touchèrent enfin, elle posa les mains sur ses épaules, là où ses muscles jouaient. Ben était fort mais tendre. Il prenait son temps pour explorer sa bouche et la savourait comme un fruit exotique.

La jeune femme avait l'impression de se liquéfier,

et elle dut faire un gros effort pour ne pas le retenir lorsqu'il se recula. Il la dévisagea, l'air serein.

— Quand tu t'endormiras, ne garde que ce moment dans ton esprit et oublie le reste.

Ben avait compris qu'elle était plus marquée par son agression qu'elle ne voulait le montrer. Chloe en était émue, sans être surprise. Elle avait compris depuis longtemps que Ben possédait une profonde sensibilité.

Mais elle mit tout à coup un frein à ses émotions. Elle ne voulait pas s'abandonner à sa gentillesse, le sachant si réticent à parler de lui.

Elle agrippa la poignée.

— Merci de m'avoir ramenée, Ben.

— Sois prudente. Repose-toi. Demain, ne viens pas chez moi. Je m'organiserai.

Elle hocha la tête et ouvrit la portière.

— Je te prends au mot.

Chloe sortie, il démarra et recula. La jeune femme souriait toute seule en montant les marches. Elle ne savait pas ce qu'elle aurait aimé recevoir de Ben, mais elle savait sans l'ombre d'un doute qu'il ne l'aurait jamais traitée comme Bobby Lee.

Ben conduisit comme un fou, sans même remarquer les nids-de-poule qui secouaient son pick-up. Il avait perdu la tête et toute mesure. Si, durant les premiers temps de sa rencontre avec Chloe, il l'avait désirée, maintenant un sentiment plus complexe l'envahissait.

Il n'y avait cependant aucun avenir possible entre eux. Aimer Chloe ne lui apporterait que des déceptions et des souffrances. Et pourtant son cœur s'emballait. Pourquoi l'avait-il embrassée ? À présent qu'il connaissait le goût de ses lèvres, il désirait goûter celui de son corps.

Reprends-toi, vieux, sinon ça ira trop loin et tu ne pourras plus revenir en arrière ! se gronda-t-il.

Lorsqu'il arriva à la maison, il ferma l'alarme toujours en marche quand il s'absentait le soir. Puis, chargé de ses courses, il entra dans la cuisine où Nan s'affairait devant la gazinière. Il posa ses sacs et caressa Diablo qui venait se frotter contre ses jambes.

— Maman, tu sais que je n'aime pas que tu cuisines en mon absence ! Je vais te préparer ton chocolat.

Nan obéit et s'assit. Elle ne quittait pas son fils des yeux, tandis qu'il rangeait les courses.

— Quelque chose te tourmente, Ben ?

Il lui lança un regard étonné. Il était toujours troublé quand à ses absences succédait la lucidité.

— Pas vraiment, non.

— Je suis ta mère, Ben, et je sais lorsque ça ne va pas.

Il tapa sa cuillère sur le bord de la casserole qu'il venait de remplir de lait.

— Tu as une jolie robe de chambre.

Nan sourit et passa la main sur les fines broderies.

— N'essaie pas de changer de sujet !

Le bleu de sa robe de chambre rehaussait celui de ses yeux. Nan était toujours jolie femme, songea-t-il. Il se demandait comment son père avait pu la traiter avec tant de mépris durant toutes ces années. Hap lui avait brisé le cœur, il avait tué l'amour inconditionnel que Nan lui portait. Ben aurait tout donné pour avoir une femme qui l'aime ainsi.

— Dis-moi ce qui te contrarie ? insista-t-elle.

Le lait commençait à bouillir. Ben le remua, le retira du gaz et le versa dans la tasse.

— Madame est servie ! Que puis-je faire pour toi ?

— C'est gentil. Merci. Réponds à ma question.

Il donna à manger à Diablo et Methuselah.

— Je ne suis pas contrarié, juste épuisé... Je vais me coucher. Je n'ai pas envie de bosser cette nuit...

— Depuis combien de temps n'as-tu pas eu huit heures de sommeil ?

— Depuis plus longtemps que je ne peux m'en souvenir.

Nan fit tourner la tasse bien chaude entre ses mains.

— Je me fais du souci pour toi, Ben.

— Je sais, j'ai des délais à tenir... Opérer l'ours m'a pris beaucoup de temps aujourd'hui.

— Comment va-t-il ? Il s'en sortira ?

— J'ai retiré la balle et je l'ai mis sous antibiotique. Je pense qu'il se rétablira. La journée a été harassante...

— Tu juges mal Chloe, Ben.

Il lui lança un regard étonné qui la fit sourire.

— Elle sera toujours de ton côté, ajouta-t-elle. Elle l'a déjà prouvé, non ?

— Ce n'est pas ce qui m'inquiète, maman.

— Alors qu'est-ce qui t'inquiète ?

— Combien d'animaux sauvages puis-je soigner sans éveiller ses doutes ? Je ne cesse de mentir, et elle ne bronche pas... Que penserait-elle si elle savait que j'ai opéré un gros ours sauvage ?

— Dis-lui la vérité, et tu verras.

La gorge serrée, Ben évita le regard de sa mère.

— La vérité ? Je l'ai avouée une fois. Ça a détruit mon mariage et j'ai failli passer le reste de mes jours à croupir en prison. J'ai retenu la leçon... Je préfère tout garder pour moi, désormais.

— Chloe n'est pas Sherry. Elle a un cœur d'or.

— On ne pourrait pas parler d'autre chose ?

— Tu as un don extraordinaire, Ben, tu ne dois pas en avoir honte. Je comprends tes réticences à en parler, mais Chloe est une véritable amie, elle ne dira rien à personne.

— Je t'aime beaucoup, maman, mais tu dépasses la mesure. On arrête là, d'accord ?

Après avoir ramené Tracy chez ses parents, Chloe revint chez elle, se servit un verre de vin, puis se rendit à la salle de bains pour désinfecter sa blessure. Après avoir sorti l'eau oxygénée de l'armoire à pharmacie, elle retira son chemisier déchiré et se raidit. L'éraflure avait *disparu*. Elle cilla, regarda mieux. Elle était tellement fatiguée qu'elle n'y voyait plus rien ? Cependant, après un examen attentif, elle constata que sa blessure avait bel et bien disparu. Elle observa sa clavicule gauche, se disant que peut-être elle avait été blessée là. Rien non plus.

Stupéfiée, elle passa le doigt sur sa clavicule droite, défit son soutien-gorge qui aurait pu masquer sa blessure, mais ne vit aucune écorchure.

D'où venait le sang, si elle n'avait pas été blessée ? Elle baissa son pantalon et poursuivit son examen. Rien.

Elle revit la façon dont Ben avait posé la main sur elle, repensa à la bienfaisante chaleur qui l'avait envahie. Douleurs et brûlures avaient aussitôt disparu.

Tu t'égares, Chloe… reprends-toi ! se gronda-t-elle.

Il devait y avoir une explication rationnelle à ce mystère. La blessure, ou du moins ce qu'elle avait pris pour une blessure, n'était que le sang de Bobby Lee après qu'elle l'eut frappé. Elle lui avait donc filé un sacré coup dans le nez !

Elle sourit à son reflet. Son frère Rob aurait été fier d'elle. Prends ça, Schuck, espèce d'ordure !

Schuck l'ordure. Chloe se mit à rire. Elle regrettait

presque de ne pouvoir se rendre au bureau demain et de jeter ces mots au visage de Bobby Lee : « Bonjour, policier Schuck l'ordure, je me trompe ou votre nez est enflé ? »

Elle laissa échapper un soupir, puis éteignit la lumière de la salle de bains. Elle l'avait frappé si fort qu'il avait saigné du nez ! Ce salaud y réfléchirait à deux fois avant de s'en prendre de nouveau à elle !

15

Ben buvait rarement, mais il fit exception ce soir-là. Après s'être versé du whisky de la réserve qui avait autrefois appartenu à Hap, il s'installa dans le salon devant la cheminée. Il pensa à son père dès la première gorgée et eut un haut-le-cœur.

Dégoûté, il jeta le whisky dans le feu. Une flamme s'éleva, dont les ors lui rappelèrent les cheveux de Chloe. Il évoqua son visage, ses joues rondes et son petit menton fier et obstiné. Il aimait ses grands yeux, parfois craintifs. Chloe était si méfiante qu'elle redoutait les sentiments qui avaient jailli entre eux encore plus que lui.

Sa bouche avait été douce et tremblante sous la sienne. Il avait senti ses lèvres meurtries par l'autre brute. Chloe avait eu raison de lui taire son nom. Toutes ses convictions pacifistes s'effaçaient derrière son désir de protéger la jeune femme.

Il s'adossa contre le sofa et contempla le plafond. Quand sa mère entra, un instant plus tard, il feignit d'être endormi pour ne pas avoir à lui parler.

Nan lui caressa les cheveux. Il contint un sourire lorsqu'elle posa la main sur son front pour sentir s'il avait de la fièvre. Sa vie pouvait basculer, sa mère serait toujours là. Enfin presque, car elle était malade. Il redoutait le jour où elle ne retrouverait plus sa lucidité.

Nan disparue, il n'aurait plus personne. Certes il avait une sœur, mais Karen vivait sa vie en s'efforçant d'oublier le passé. Ben ne voyait que rarement sa sœur et ses enfants. Karen l'évitait, mais il ne lui en voulait pas : leur enfance avait été trop douloureuse pour que des liens subsistent. La violence de Hap le visait avant tout, mais Karen et Nan en avaient aussi été victimes.

Il prit la main de sa mère toujours sur son front et la baisa, ému par ses doigts frêles. Sa mère était un mélange de force et de fragilité. Enfant, il avait souhaité qu'elle quitte Hap, mais elle était restée, même quand il était devenu si alcoolique qu'il ne la regardait même plus.

Nan était-elle lâche de ne pas avoir soustrait ses enfants à la violence de leur père ? Ben n'avait pas de réponse, mais il savait qu'elle l'avait protégé des colères et de l'agressivité paternelle sans faiblir.

Du courage, il connaissait deux facettes. Celui de Nan, calme et résigné, et celui de Chloe, déterminé et opiniâtre. Quand il revoyait les épreuves que sa mère avait traversées, il ne ressentait que tendresse envers cette femme qui lui avait prouvé à maintes reprises qu'elle l'aimait plus qu'elle ne s'aimait.

Nan quitta enfin le salon. Ben entrouvrit les yeux et la regarda s'éloigner jusqu'à ce qu'elle soit happée par l'ombre. Comme elle était différente de Chloe… Chloe, son obsession. Il redoutait de lui révéler ses secrets, de peur qu'elle ne sorte de sa vie. Il serait de nouveau seul, mais moins tourmenté…

Il se frotta les yeux, s'adossant plus confortablement dans son fauteuil. Des souvenirs de son père remontèrent à sa mémoire. Hap rentrant à la maison la nuit, une bouteille de mauvais whisky à la main. Hap envoyant valser une casserole de spaghettis, et insultant Nan parce qu'elle ne lui avait pas préparé à dîner à minuit passé. Hap dans la véranda le matin, cuvant son alcool et tirant à vue sur les animaux dans la cour.

Pour conjurer ces images douloureuses, Ben ouvrit les paupières, mais la peur subsista et les souvenirs déferlaient. Son père ne tirait que les proies les plus faciles, après ses beuveries. Les animaux blessés se traînaient parfois dans la forêt où ils mouraient, à moins que Ben ne les retrouve et les soigne. Mais son don de guérison était limité, d'où son désir de devenir vétérinaire…

Depuis ces dernières semaines, il avait le sentiment de revivre cette sinistre époque à cause du tireur qui blessait les animaux de la forêt. Hap était mort, mais la similitude des situations frappait l'imagination de Ben… Chaque fois qu'il découvrait un animal blessé, il revivait le passé et retrouvait ses gestes et les sensations d'autrefois.

Qui était le coupable ? Quelqu'un qui avait connu les agissements de Hap et les répétait pour tourmenter Ben ? Tous les animaux blessés vivaient sur ses terres. Ce n'était donc pas un hasard. Le tireur le visait aussi.

Agité, Ben se leva et arpenta la salle de séjour. Plus il y pensait, plus il était certain qu'il avait découvert une partie de l'énigme. Les faits s'ordonnaient avec une implacable logique. Tout le monde savait qu'il aimait les animaux. Quelle meilleure façon de l'atteindre que de s'attaquer à eux ?

Mais qui le haïssait à ce point ?

Bobby Lee Schuck.

Le lendemain, Ben fut réveillé par la voix de Nan. Ébloui par le soleil, il cligna des yeux. Il était étonné. Il dormait rarement le jour. Et même la nuit depuis quelques semaines !

— Tu étais si fatigué que tu t'es endormi sur le fauteuil ! dit-elle en fronçant les sourcils. Tu ne serais pas mieux dans ton lit ?

Ben grogna, s'étira et se redressa.

— Quelle heure il est ?

— Sept heures trente.

Il se frotta les yeux, sidéré. Il devait vérifier l'état de l'ours et s'occuper des animaux de la grotte. Heureusement qu'il avait conseillé à Chloe de rester chez elle pour se reposer aujourd'hui : en retard comme il l'était, il ne quitterait la maison que vers huit heures. Quelle explication aurait-il donnée à la jeune femme ?

Puis il remarqua que sa mère était en jean et chaussée de bottes.

— Où vas-tu ? s'enquit-il.

Nan lui montra les fenêtres inondées de soleil.

— Il fait si beau que j'ai décidé d'aller me promener. J'irai jusqu'au tas de grumes et je reviendrai. Mes pauvres vieilles jambes ne pourront pas me porter plus loin, de toute façon.

Elle passa une main dans ses cheveux.

— Je suis contente que tu te sois reposé, même si c'est dans un fauteuil.

Ben étouffa un bâillement.

— Emmène Diablo avec toi, d'accord ? Je n'aime pas quand tu sors seule.

Si Nan avait une absence ou se perdait, le loup pourrait la reconduire à la maison.

— J'aime bien me promener avec Diablo. Sa compagnie est agréable.

Nan sortait lorsqu'elle se ravisa.

— Au fait, je me reposerai un peu auprès des grumes avant de revenir. Si je suis absente trop longtemps, ne t'inquiète pas.

Il n'y avait que cinq cents mètres jusqu'aux grumes. Même si Nan s'y reposait cinq à dix minutes, elle serait de retour avant son départ pour la grotte.

— Moi, en attendant, je vais prendre une douche. Quand tu reviendras, nous prendrons le petit déjeuner ensemble. Quelque chose de simple et de rapide. Du porridge ?

— Très bien.

Nan claqua des doigts.

— On y va, Diablo ! La pauvre vieille folle n'a pas le droit de se promener sans escorte !

Ben sourit et hocha la tête. Sa mère semblait très en forme, ce matin.

Un quart d'heure plus tard, Ben sortait de la douche quand il entendit des voix. Il tendit l'oreille et s'énerva tout seul. C'était Chloe. Il lui avait pourtant dit de ne pas venir aujourd'hui !

Il s'habilla à toute vitesse et quitta la salle de bains. Chloe se figea à sa vue. Elle avait un ballot de linge sale dans chaque main. Elle portait un chignon délicieusement en désordre, qui donna envie à Ben de la décoiffer tout à fait.

— Tu m'as fait peur ! J'ai vu ta mère dehors, et je pensais que tu étais avec elle…

— Je l'ai envoyée se promener avec Diablo.

Chloe rougit légèrement. Puis sourit et haussa les épaules.

— Au fait… bonjour.

Jeremy déboula dans le couloir, freina pile en voyant Ben, puis se jeta contre lui.

— Tu es là !

Ben se mit à rire et le souleva.

— Rien de surprenant : je vis ici !

Jeremy prit son visage entre ses mains avec une ferveur qui l'émut. Il serra le petit garçon dans ses bras.

— Tu m'as manqué… murmura-t-il.

L'enfant se pelotonna contre lui.

— Moi aussi…

Ben lui adressa une grimace taquine.

— Tu te manques à toi-même ?

— Non !

Jeremy riait.

— C'est *toi* qui me manques !

Ben le fit glisser sur sa hanche. Chloe restait immobile, ses deux ballots à la main. Elle en serrait si fort les nœuds que les jointures de ses doigts blanchissaient. À en juger par son trouble, la situation était aussi difficile à gérer pour elle que pour lui.

Bizarrement, l'hésitation qu'il lisait dans ses grands yeux lui donna du courage. Il déposa Jeremy par terre.

— Je te propose d'aller faire une balade avec Rowdy, Jeremy, mais garde-le bien dans tes bras.

L'enfant ne se le fit pas dire deux fois et sortit aussitôt.

— Je me rendais à la buanderie, dit enfin Chloe.

Ben s'écarta pour la laisser passer et la suivit. Ignorer leur baiser de la nuit dernière était stupide, ils devaient parler.

Il resta dans l'encadrement de la porte de la buanderie et regarda la jeune femme mettre le linge sale dans la machine à laver. Ses mouvements désordonnés témoignaient de son trouble.

— Comment vas-tu ce matin, Chloe ?

— Bien. J'ai dormi comme un bébé.

Elle portait un jean qui la moulait plus qu'il ne l'habillait. Son petit haut vert en tricot avec une encolure en V révélait sa peau de lait. Sa blessure avait disparu, constata Ben, satisfait. Il ne pouvait supporter que Chloe, à ses yeux la perfection faite femme, soit profanée.

— Quelque chose ne va pas ? s'enquit-elle.

Son regard était innocent, mais il n'était pas dupe.

Chloe savait ce qui n'allait pas – ou plutôt ce qui allait trop bien entre eux. Un homme et une femme à ce point en phase se comprenaient à demi-mot.

— Je me faisais seulement du souci pour toi, mais je suis soulagé que tu ailles bien, ce matin. C'est bizarre, je pensais que tu étais blessée à la clavicule ?

Elle passa la main sur son épaule.

— Je le pensais aussi, mais c'était seulement une trace de sang.

— Le sang de qui ? demanda Ben, sautant sur l'occasion.

— Le sang de Bobby Lee.

Chloe rougit.

— Bobby Lee... ! répéta-t-il.

— Je ne voulais pas le dire... murmura-t-elle, mal à l'aise.

— Je comprends. En revanche, je ne comprends pas pourquoi tu veux protéger cette ordure.

Elle jeta un regard inquiet dans le couloir et posa un doigt sur ses lèvres.

— Chut, Ben ! N'oublie pas Jeremy.

— Jeremy est dehors avec son chien.

Ben essayait d'ordonner ses pensées. Il soupçonnait que Bobby Lee était le tireur inconnu, mais il ne l'aurait jamais soupçonné d'être l'agresseur de Chloe. Y avait-il un lien entre ces deux événements ? Bobby Lee avait-il deviné ses sentiments pour Chloe ? Essayait-il de l'atteindre en harcelant la jeune femme ?

— Quel salaud !

— Il avait trop bu. La situation lui a échappé et...

— Je t'en prie, Chloe, pas de ça ! Je peux boire du whisky sans pour autant violer une femme !

— Merci du renseignement, mais Bobby Lee est peut-être différent. Certaines personnes ne tiennent pas l'alcool et...

— Arrête, Chloe ! s'exclama Ben.

La colère lui battait les tempes.

— L'ivresse n'excuse jamais rien ! Un homme qui violente une femme sous prétexte qu'il est ivre n'a *aucune* excuse et ne mérite aucune pitié !

Chloe le regarda, pleine de compassion.

— J'imagine que cette histoire réveille en toi trop de souvenirs. Excuse-moi, mais tu manques d'objectivité.

Ben pensa aux animaux que le policier avait blessés par plaisir et contint mal sa colère.

— Tu ne retourneras pas là-bas !

— Où ça, là-bas ?

— Au bureau du shérif. C'est hors de question.

Elle écarquilla les yeux.

— Pardon ?

Elle le défiait du regard. Ben comprit qu'il était allé trop loin. Chloe n'était pas femme à recevoir des ordres.

— Je t'en prie, n'y retourne pas, reprit-il plus calmement. J'ai peur qu'il ne s'en prenne de nouveau à toi.

— J'ai déjà démissionné. Pas officiellement, mais j'ai téléphoné pour que le shérif ait le temps de me trouver un remplaçant d'ici cet après-midi. Je remettrai ma lettre de démission quand j'irai chercher mes affaires, tout à l'heure.

Cette pensée le fit frissonner.

— Laisse-moi te conduire au bureau du shérif.

Elle haussa un sourcil réprobateur.

— Je suis une grande fille, Ben. Je n'ai besoin de personne pour me tenir la main quand je quitte un boulot.

— Je ne veux pas te tenir la main. Je t'attendrai dans le parking.

— Pourquoi ?

— Parce que je ne veux pas que tu te retrouves seule avec lui !

— Ça n'arrivera pas. Il y a un dispatcher présent en permanence dans le bureau. De plus, ce n'est pas comme s'il était dangereux...

Bien sûr qu'il était dangereux ! Mais Ben ne pouvait le prouver à Chloe, aussi garda-t-il le silence.

— Il t'a tout de même arraché ton chemisier, hier soir !

— Mais il n'est pas allé jusqu'au bout.

— Tu m'as dit qu'il t'avait poursuivie. Si tu ne t'étais pas enfuie à travers bois, il aurait réessayé de te violer !

Le regard de Chloe s'assombrit.

— En ville, je ne risque rien. Il y a toujours du monde. Je n'ai pas peur de lui.

— S'il est si inoffensif, pourquoi avais-tu du sang sur toi ?

Elle parut perplexe.

— Oh, ça...

— Pourquoi saignait-il ?

— Je l'ai frappé sur le nez.

Le courage de Chloe l'avait peut-être sauvée, mais Ben ne voulait pas qu'elle se retrouve à proximité de Bobby Lee. Cette brute n'hésiterait pas à s'en prendre à elle.

— J'ai des courses à faire en ville. Je te dépose et après...

— Non, coupa-t-elle d'une voix douce mais déterminée. J'apprécie beaucoup ta sollicitude, mais je n'ai besoin de personne. Je gère mes affaires toute seule.

Ben la dévisagea avec attention. La peur qu'il avait ressentie hier soir lui avait fait comprendre qu'il était amoureux de Chloe. S'il lui arrivait quoi que ce soit, il deviendrait fou.

— Pourquoi refuses-tu la main que je te tends ?

— Parce que la main tendue se dérobe dès qu'on en a besoin pour ne pas tomber !

Chloe s'approcha de lui et attendit qu'il s'écarte pour la laisser passer. Elle jugeait leur conversation terminée.

Soudain, la porte d'entrée claqua.

— Ben ! *Ben !* criait Nan, folle de terreur.

Chloe courut derrière Ben à toute vitesse. Ils trouvèrent Nan à la cuisine. Ses courts cheveux gris étaient en désordre, et ses yeux bleus semblaient immenses dans son visage livide. Elle se jeta dans les bras de Ben, tapant des poings sur son torse, puis posa son front contre son épaule.

Il enlaça ses épaules tremblantes.

— Que se passe-t-il, maman ?

— Je viens de voir un homme enterrer un cadavre sur la colline, au-dessus du tas de grumes.

Ben parut sceptique.

— Je l'ai *vraiment* vu. Il y a un cadavre sur tes terres, Ben !

Il regarda Chloe et lui adressa une mimique expressive. Elle comprit qu'il lui demandait de ne pas attacher d'importance à cette histoire. La vieille femme évoluait parfois dans un monde imaginaire.

Ben incita sa mère à s'asseoir, sans cesser de lui parler d'une voix apaisante. Il lui servit ensuite un verre d'eau, puis sortit une seringue hypodermique et une ampoule stérile qui contenait un médicament injectable.

— Tu te sentiras mieux après, maman, dit-il gentiment.

Il prépara l'injection, remonta sa manche et passa un coton imbibé d'alcool au creux de son bras.

— C'est bientôt fini. Reste tranquille, d'accord ?

— Non ! s'écria Nan en se débattant. Ça va me faire dormir, je...

Ben la maintint, le temps de faire l'injection. Puis il remit son capuchon sur la seringue, la reposa et enlaça Nan.

— Si ce médicament te fait dormir, ce n'est pas grave. Je suis là pour m'occuper de tout.

Elle secoua la tête et jeta un regard implorant à Chloe.

— Vous devez me croire ! J'ai vu un criminel qui enterrait un cadavre !

Lorsque le médicament commença à faire son effet et que Nan se fut un peu calmée, Ben lui posa quelques questions. Mais elle répéta la même histoire. Le meurtrier était grand avec des cheveux noirs.

— Il portait une casquette de base-ball, un sweat-shirt des Oregon Ducks et des lunettes de soleil, continua Nan d'une voix de moins en moins audible. Les mêmes lunettes que ton père.

Elle reprit son souffle.

— Diablo a essayé de s'approcher, mais je l'ai retenu par son collier. Je me suis cachée avec lui derrière les grumes. J'avais peur qu'il aboie... Ça ne lui arrive pas souvent, mais il semblait furieux... Si cet homme nous avait repérés... Il a enterré un sac plus haut sur la colline. Pendant qu'il creusait, j'ai bien tenu Diablo, puis j'ai couru à la maison.

Elle se mordit la lèvre.

— J'espère qu'il ne m'a pas vue... Je suis un témoin, après tout. Et s'il voulait me tuer ?

Ben embrassa sa mère pour la rassurer. Imaginaire ou pas, cet incident l'avait ébranlée. Il massa ses épaules pour apaiser la tension.

— Il ne te fera pas de mal, maman, je suis là.

— Je te jure que je dis la vérité, Ben. Il faut appeler la police. Les grumes ne sont pas très loin, à environ cinq cents mètres. Si cet homme m'a vue, il va venir me tuer.

Ben soupira. Nan regardait trop la télé… Cette histoire comportait tous les ingrédients d'un bon film de Hitchcock.

Jeremy serra peureusement son chiot contre lui et lança un regard effrayé par la fenêtre. D'un geste imperceptible, Ben fit signe à Chloe, lui indiquant ainsi que son fils avait besoin d'être rassuré. La jeune femme s'agenouilla auprès de lui et parla à son oreille. Un instant plus tard, il sortait de la cuisine avec son chien.

Chloe le regarda s'éloigner. Quand elle fut sûre qu'il était hors de portée de voix, elle s'approcha de Nan et l'enlaça affectueusement.

— Ça va aller, dit-elle d'une voix apaisante. Ben va aller jeter un coup d'œil vers les grumes.

Nan secoua la tête.

— Non ! Cet homme pourrait lui faire du mal. Il a tué une fois. Il peut recommencer.

Elle posa la main sur son cœur.

— Il faut appeler la police !

Ben tapota l'épaule de sa mère.

— Je ne suis pas stupide, maman, je serai prudent.

Puis, avec un clin d'œil à Chloe, il ajouta :

— Si je vois une tombe fraîche, ou quoi que ce soit de suspect, j'appelle le shérif.

Il quitta la maison quelques instants plus tard. Chloe s'assit en face de Nan et prit ses mains entre les siennes. Le médicament achevait de faire son effet et ses doigts étaient inertes. Elle fixait le vide devant elle. Ses pupilles étaient dilatées. Toute vie avait quitté son regard bleu. Chloe soupira et caressa son poignet. Ben n'allait pas tarder… Il se contenterait de faire le tour du tas de grumes, scruterait la colline, puis reviendrait dire à sa mère qu'il n'avait rien vu.

Il n'y avait rien à voir. Cette histoire était le produit de l'imagination de Nan.

— Chloe ? Vous voulez bien faire quelque chose pour moi ?

Nan essayait de fixer son attention sur la jeune femme. Elle parlait lentement et avec difficulté.

— Bien sûr, Nan.

— Appelez le bureau du shérif de ma part, s'il vous plaît… Ben ne me croit pas, mais je vous jure que je ne mens pas… Nous devons tout dire à la police.

Après avoir réfléchi, Chloe se leva. Tout le monde au bureau du shérif savait que Nan était malade, et personne ne prendrait ce récit au sérieux.

— Je vais même demander à parler directement au shérif, d'accord ?

La vieille dame ferma les yeux et eut un sourire tremblant.

— Merci, Chloe. Je serai plus calme en sachant que la police a été informée.

Chloe composa le numéro. Le shérif Lang l'écouta avec attention.

— Dites-lui que je vais faire une enquête, répliqua-t-il. Cela la calmera, la pauvre. Un meurtrier enterrant sa victime, j'aurai tout entendu !

Le shérif se mit à rire.

— Ça ressemble à l'intrigue d'un film que j'ai vu il y a quelques jours. Peut-être l'a-t-elle vu aussi ? Ou peut-être a-t-elle vu son fiston faire quelque chose de mal ?

Contrariée, Chloe serra le combiné du téléphone. Elle aurait aimé que le shérif soit plus direct, mais elle était forcée de laisser passer l'allusion, à cause de Nan qui écoutait.

— Quand viendrez-vous sur place, shérif ?

— À Pâques ou à la Trinité ! rétorqua-t-il en riant. Bon, sérieusement, dites-lui que je serai là dans une demi-heure et que je téléphonerai si je trouve quoi que ce soit. Cela la calmera.

Chloe transmit le message à Nan, puis raccrocha.

— C'est bien, approuva la vieille dame d'une voix somnolente.

Elle se leva, cilla puis bâilla.

— Je vais aller m'allonger. Réveillez-moi quand il appellera.

Comme Chloe s'y attendait, Ben revint vite.

— J'ai terminé de nettoyer les cages, déclara-t-elle, mais je voulais attendre ton retour avant de partir.

Elle lui rapporta ensuite sa conversation avec le shérif.

— Ta mère s'est sentie mieux après ce coup de fil.

Le visage de Ben se ferma.

— La dernière chose dont j'ai besoin, c'est que le shérif Lang débarque chez moi et mette son nez partout !

— Il ne va pas t'ennuyer longtemps. Fais-moi confiance, il sait que ta mère est malade.

Il se détendit.

— Elle dort ?

— Cette piqûre fait vraiment de l'effet ! Tu as remarqué quelque chose, près du tas de grumes ?

— J'ai à peine regardé. Ma mère a ce genre de délire, de temps en temps… Il y a trois mois, je l'emmenais à Pineville pour consulter un spécialiste de la maladie d'Alzheimer, quand elle a vu des petits hommes verts avec des pistolets à laser sur la route. Elle est devenue hystérique… J'ai dû la ramener à la maison et lui administrer un sédatif.

— La prochaine fois, il faudra penser à le lui administrer avant le départ.

— Je m'en souviendrai.

Il haussa les épaules et passa la main sur ses yeux d'un geste las.

— Mais je n'ai pas l'intention de l'emmener consulter ce spécialiste. Ma mère apprécie son praticien de Jack Pine. Je n'ai pas une grande confiance en lui, mais elle va bien. Cela fait presque cinq ans que Karen m'a signalé que maman avait des comportements bizarres. Depuis que je m'occupe d'elle, son état est stable. L'état de la plupart des patients atteints de la maladie d'Alzheimer se dégrade vite, paraît-il. Son médecin actuel la soigne sans doute bien...

Chloe était triste de penser que la santé de Nan allait se détériorer. Quand elle était lucide, elle était agréable, gentille et chaleureuse.

— Certains malades ont plus de chance que d'autres. Un voisin de mes parents l'a depuis dix ans et il va toujours aussi bien. Certes, il fait parfois tourner mon père en bourrique. Un matin, papa l'a trouvé dans son garage qui cherchait son chat. Il avait oublié que le pauvre Tinkerbell était mort depuis quinze ans.

Ben sourit et se laissa tomber sur une chaise.

— Peut-être que ma mère fait aussi partie des chanceux ? Peut-être vais-je avoir encore un peu de répit avant que son état ne s'aggrave ?

— Je suis désolée pour elle, Ben. Que ce soit vrai ou non, elle pense vraiment avoir vu ce cadavre.

— Je sais...

Ben soupira et se massa la nuque.

— Tu as bien fait de téléphoner au shérif devant elle. Elle ira mieux dans quelques jours.

— Elle va dormir une bonne partie de la journée, conclut Chloe. Quand elle sera réveillée, peut-être aura-t-elle tout oublié ?

La pelle de Bobby Lee tomba dans le coffre de son pick-up avec un bruit métallique qui le hérissa. Il était furieux. Ben avait failli le surprendre. Heureusement qu'il avait eu la présence d'esprit de plonger dans un buisson pour se cacher !

Après l'avoir vu, la vieille folle avait couru vers la maison pour raconter son histoire. Ça ne l'inquiétait pas. Nan Longtree était dingue. Tout le monde le savait. Personne n'écouterait ses délires. Pas même son fils, s'il en jugeait le tour rapide que Ben avait fait vers le tas de grumes. S'il avait gravi la colline, il serait tombé sur la tombe fraîchement creusée, juste derrière les buissons de manzanita.

Toujours énervé, Bobby Lee ouvrit la portière de son vieux pick-up dont il se servait seulement pour ce genre de petites missions. Il n'utilisait jamais le véhicule qui appartenait à la police du comté, parce qu'il était blanc et aurait eu tôt fait d'être boueux. La Chevy marron et tout-terrain réduisait ses chances d'être identifié.

Il prit son 22 long rifle. Tirer un cerf ou un écureuil le calmerait. Quelques animaux blessés en plus distrairaient Ben Longtree des récits rocambolesques de sa mère. Bobby Lee ne voulait pas qu'il vienne errer près de la tombe. Elle ne serait découverte que lorsqu'il l'aurait décidé.

Il sourit. Il anticipait déjà l'instant où Ben serait accusé de meurtre et menotté. Bobby Lee aurait finalement sa revanche. Ce jour-là, il espérait que la fumée dans l'enfer se dissiperait, afin que Hap Longtree voie les mésaventures de son fiston chéri. Le nom des Longtree qu'il avait voulu tant protéger serait traîné dans la boue. Tant pis. Tant pis aussi pour le fils qu'il avait choisi de reconnaître.

Tout vient à point pour qui sait attendre…

16

Quand Chloe passa chercher ses affaires, elle demanda à parler au shérif Lang.

Il l'accueillit dans son bureau, sourcils froncés.

— Si vous êtes venue m'annoncer qu'un autre cadavre a été enseveli sur les terres de Longtree, vous tombez mal : mon sens de l'humour est au plus bas aujourd'hui. Il paraît que vous allez démissionner ?

Elle posa sa lettre de démission sur le bureau et lui raconta brièvement les événements de la veille.

— Je n'ai pas l'intention de porter plainte contre Bobby Lee Schuck. Il était ivre, et peut-être était-ce la première fois qu'il agressait une femme. Quoi qu'il en soit, je veux que vous compreniez que je démissionne à cause de lui. Si une autre a des problèmes avec lui, peut-être vous en souviendrez-vous...

— Vous vous rendez compte que vous accusez l'un de mes meilleurs policiers de tentative de viol ?

— Et de harcèlement moral, puisque c'est le terme convenu quand les supérieurs hiérarchiques menacent leur employée de perdre leur emploi, si elles refusent de se plier à leurs désirs après un dîner amical.

Le shérif grimaça.

— Vous portez une accusation très sérieuse.

— Son comportement est méprisable.

— J'ai du mal à avaler cette couleuvre. Je le connais depuis vingt ans !

Chloe leva les mains.

— Croyez-moi, ne me croyez pas, ça m'est égal, mais ne venez pas dire que vous n'avez pas été prévenu ! Si une autre vient vous annoncer que Bobby Lee a essayé de la violer, peut-être avalerez-vous mieux cette couleuvre, comme vous dites !

Après cette conversation, Chloe rassembla aussi vite que possible ses affaires pour ne pas laisser Jeremy seul trop longtemps dans la voiture. Elle n'emporta pas la lanterne japonaise que lui avait offerte Bobby Lee. À lui de comprendre le message : il avait essayé par tous les moyens de lui être agréable, il avait échoué. Elle ne voulait plus rien avoir à faire avec lui.

Après avoir quitté le bureau du shérif, Chloe offrit une glace à Jeremy. Elle repartait lorsqu'elle aperçut une pancarte *Cherchons vendeuse* à la fenêtre de Christmas Village. Pourquoi pas ?

Quand elle entra dans le magasin avec Jeremy, la jeune femme se demanda si elle ouvrait des yeux aussi grands que son fils pour exprimer son émerveillement. La boutique, ou plutôt le pays des merveilles de Noël, était immense. Elle avait toujours évité Village Christmas de peur d'y dépenser trop d'argent… et elle avait bien fait !

— Puis-je vous aider ?

Serrant bien la main à Jeremy de peur qu'il ne casse un objet, elle se retourna et se retrouva face à la gérante du magasin, une femme entre deux âges aux joues roses, aux yeux bleus pétillants de gaieté. Elle portait un costume de jersey bleu et des sabots noirs.

Jeremy tira sur la main de Chloe.

— C'est elle, la Mère Noël ?

La femme lui sourit.

— Non, mon petit. Mais j'aide le Père Noël à plein temps.

— Vraiment ? Oh, c'est super ! s'exclama Jeremy.

— Je suis Hattie Perkins.

Elle tendit une main déformée par l'arthrite au petit garçon.

— Et toi, tu es... ?

— Je m'appelle Jeremy.

L'enfant libéra sa main de celle de Chloe et serra celle de Mme Perkins.

— Vous avez déjà rencontré le Père Noël ? reprit-il. Le vrai, pas ceux qu'on voit dans les grands magasins.

Hattie Perkins se mit à rire.

— Je le vois presque tous les jours.

Elle posa sa main sur ses cheveux.

— Je trouve que j'ai de la chance de connaître la vie du Père Noël.

— Oh oui, madame !

Hattie Perkins appréciait manifestement les manières de Jeremy. Elle adressa un sourire chaleureux à Chloe.

— Vous cherchez quelque chose en particulier, chère madame ?

— Eh bien, madame Perkins...

— Appelez-moi plutôt Hattie.

Chloe lui serra la main.

— Chloe Evans. Je viens de remarquer la pancarte sur votre vitrine. Vous cherchez une vendeuse ? Je vous propose ma candidature...

— Vous êtes la première !

Hattie pressa sa main sur son cœur.

— Vous aimez ce que vous voyez autour de vous ?

C'était une drôle de question pour un entretien d'embauche, mais Chloe y répondit de bonne grâce.

— Oui, c'est magique !

Elle se ravisa, consternée par sa réponse stupide.

— Enfin… c'est comme si les vœux se réalisaient.

Hattie acquiesça.

— C'est aussi mon avis.

De peur de se montrer impolie ou impatiente, Chloe n'osa pas lui demander le montant du salaire. Elle se doutait plus ou moins qu'il serait médiocre.

— Je vais vous faire visiter, reprit Hattie.

Commença la plus agréable visite que Chloe eût jamais faite. Le magasin était divisé en sections. Dans chacune se dressait un arbre de Noël. Elle resta sans voix devant la section des poupées, où de nombreuses maisons de poupées étaient rehaussées par des éclairages et joliment décorées. Elle en admira les moindres détails.

— Regarde, Jeremy, il y a même une bouteille de lait devant la maison !

— Bienvenue dans le monde des miniatures ! déclara Hattie avec un geste vers les étagères. Tout ce que vous voyez est à vendre. Les maisons peuvent être montées, bien entendu. Mais la plupart des gens les veulent déjà assemblées et décorées.

— C'est féerique ! s'exclama Chloe.

— Voilà exactement ce que je voulais entendre, déclara Hattie en leur montrant le reste de la boutique.

Quand la visite fut terminée, elles revinrent vers la caisse.

— Je ne suis plus toute jeune, confia Hattie, et je vais bientôt devoir vendre. En attendant, je cherche un gérant responsable et capable de bien s'occuper du magasin.

Chloe était tout excitée. Travailler au pays du Père Noël était attirant. Puis elle s'intima au calme. Le salaire n'était peut-être pas mirobolant… De plus, elle était entrée seulement pour tâter le terrain.

— Je suis un peu gênée de vous poser la question, Hattie, mais quel sera le salaire ?

— Le gérant recevra un pourcentage sur la vente journalière, avec en plus un tarif horaire.

À cet instant, deux couples entrèrent et interrompirent la conversation. Les femmes poussèrent des petites exclamations de plaisir pendant qu'elles exploraient le magasin en compagnie de leurs maris. En quelques minutes à peine, ils avaient fixé leurs choix et revenaient payer leurs achats. Chloe en crut à peine ses oreilles lorsque Hattie annonça à chaque couple qu'il devait payer cent dollars. Une somme qui ne les fit pas grimacer.

Une fois qu'ils furent sortis, elle sourit.

— Et voilà ! Cinq pour cent de commission, plus le minimum horaire !

Cinq pour cent ? Voyons… Chloe effectuait déjà de savants calculs, se basant sur la vente que Hattie venait de conclure en sa présence. Du calme, se dit-elle. La boutique ne devait pas faire recette tous les jours.

— Mon commerce marche bien, assura Hattie. Tout le monde aime Noël. Jack Pine est un petit village de montagne très touristique, vous savez. Quand les gens y séjournent pour leurs vacances, ils viennent souvent acheter un souvenir qu'ils utiliseront pour Noël. J'ajoute que les habitants de Jack Pine sont mes plus fidèles clients.

Chloe n'avait-elle pas eu envie plus d'une fois de venir dans ce joli magasin ? Christmas Village avait tant de charme…

— Je cherche une personne très spéciale, précisa Hattie.

Puis, avec un sourire complice à Jeremy, elle continua :

— Je cherche une personne qui aime la magie de Noël et qui croit au Père Noël. Toi, tu aimerais ce travail, Jeremy ? Aimerais-tu passer la journée ici avec ta maman ?

Chloe pressa l'épaule de son fils, contenant mal sa joie. Jeremy, bienvenu sur son lieu de travail ! C'était trop beau pour être vrai !

— Si le salaire me convient, je serais ravie de travailler dans votre magasin et de baigner dans cette atmosphère toute l'année. J'aime tant Noël…

Elle regarda autour d'elle.

— Même épousseter les marchandises serait un plaisir !

— Épousseter, ma foi, c'est un travail sans fin, déclara Hattie Perkins en regardant Chloe droit dans les yeux. Je précise qu'il y a une condition, acheva-t-elle d'une voix douce.

Voilà ce que Chloe avait aussi redouté.

— Je cherche une personne qui serait intéressée par le rachat de la boutique dans un an. Je me fais vieille…

Elle massa le dos de sa main noueuse.

— Il est temps pour moi de passer le relais. Mon mari et moi, nous voulons voyager.

Chloe sentit son cœur battre plus fort.

— Je dois réfléchir… En fait, ce qui…

Hattie l'interrompit :

— Ce magasin a toujours été une excellente source de revenus, mais il est temps pour moi de me reposer et de profiter de la vie avec mon mari. Cependant, j'aimerais que le futur acheteur connaisse déjà le métier et aime cette boutique autant que moi.

— Je l'aime déjà, assura Chloe en riant. Le problème, c'est que je ne peux pas vous l'acheter.

Mais Hattie continua comme si elle n'avait pas entendu.

— Si vous êtes la personne que je recherche, nous trouverons un arrangement. Je peux vous prendre à l'essai pendant un mois. Si tout va bien, nous évoquerons les différentes possibilités. Je vous garantis que vous recevrez d'assez fortes commissions pour vivre sans souci avec votre fils. Vous pourrez même mettre un peu d'argent de côté pour racheter l'affaire, dans un an.

Chloe ne savait quoi dire. Hattie sourit.

— Je vous aime bien, Chloe Evans. J'ai toujours pris mes décisions en obéissant à mon intuition. Puisque vous êtes intéressée, quand voulez-vous commencer ?

Lorsque Chloe rentra, elle aurait voulu danser de joie, mais elle était sous le choc. Si Hattie Perkins était satisfaite de son travail, elle aurait un emploi. Et pas n'importe lequel : de vendeuse et gérante, elle pourrait devenir propriétaire de la boutique !

Après avoir fait dîner Jeremy et l'avoir couché, elle flottait toujours sur son petit nuage quand le téléphone sonna. Plus de vingt et une heures... Qui l'appelait si tard ? Elle s'était entretenue avec ses parents trois jours plus tôt, et son frère et sa sœur ne l'appelaient qu'une fois par mois.

— Allô ?

— Bonsoir. Tu peux penser que je suis un espion, mais je voulais seulement m'assurer que tout allait bien !

Ben ? Un bonheur n'arrivant jamais seul, il ponctuait cette belle journée par sa sollicitude. Ce soir, Chloe ne niait plus son attirance pour Ben Longtree. Avant lui, elle n'avait eu que Roger dans sa vie. Était-ce le destin qui l'avait guidée dans cette petite ville magique de l'Oregon ? Peut-être était-il écrit qu'elle devait quitter son travail de dispatcher et s'arrêter au Christmas Village pour y trouver un emploi. Et, le meilleur de tout cela, aimer Ben Longtree dès le premier regard...

— Tu es toujours là, Chloe ?

Elle se mit à rire.

— Oh oui ! Excuse-moi !

— Tout va bien ? Pas de problèmes avec Bobby Lee, j'espère ?

— Non. Je ne l'ai même pas vu quand je suis venue débarrasser mon bureau.

— Tant mieux. Sinon, comment ça va ? Tu sembles bizarre. Un souci ?

— Non, j'ai seulement eu une conversation un peu vive avec le shérif Lang. Je lui ai raconté l'agression de Bobby Lee.

— J'imagine qu'il n'a pas apprécié ?

— Il connaît Bobby Lee Schuck depuis vingt ans, alors tu devines la suite…

— Laisse tomber, Chloe, il est stupide.

— Sans compter l'indéfectible solidarité masculine. Je savais dès hier soir que ce serait inutile de porter plainte. Je suis nouvelle dans la ville. Bobby Lee y vit depuis toujours. Que le shérif fasse ce qu'il veut de ce que je lui ai raconté, moi je veux tourner la page et aller de l'avant.

— Tu as raison.

Chloe mourait d'envie de partager la bonne nouvelle avec Ben, mais elle avait peur qu'il ne gâche sa joie par un commentaire désapprobateur.

— Je plane, ce soir… Si ça marche, ce sera génial.

— Tu piques ma curiosité, Chloe. De quoi parles-tu ?

— Je crois que j'ai trouvé un nouveau boulot génial, qui sera peut-être aussi la chance de ma vie.

— Des détails !

— Tu vas sans doute te moquer de moi. C'est l'une de ces propositions qui sont trop belles pour être vraies, et les hommes sont toujours si rabat-joie concernant l'éternel optimisme féminin.

— Dis toujours, je te promets de ne pas rire.

Hésitante, elle lui rapporta sa conversation avec Hattie Perkins.

— C'est génial ! s'exclama Ben. Hattie est adorable.
— Tu la connais ? Je veux dire, tu la connais bien ?
— Je travaillais dans son magasin quand j'étais au lycée. Le soir, j'époussetais les jouets et bibelots. Elle ne ment pas : le magasin marche bien toute l'année.
— C'est vrai ?
— C'est vrai. Si elle veut te vendre sa boutique et te faire un contrat sur mesure, ne laisse pas passer une chance pareille !
— Je n'arrive pas à croire qu'elle m'ait fait cette proposition !
Ben se mit à rire.
— Quelle question ! Tes yeux sont le reflet de ton âme ! Tu as bon cœur, Chloe, et Hattie a fait un très bon choix.
Ces paroles l'enveloppèrent, chaleureuses comme ses étreintes.
C'était étrange... Chloe ne connaissait Ben que depuis quelques jours, mais elle avait l'impression de le connaître depuis toujours. Quand elle repensait à sa méfiance du début à son égard, elle avait envie de rire ! Elle n'aurait jamais dû écouter les affabulations de Lucy Gant.
— Je suis heureux pour toi, Chloe. Voilà qui mérite une célébration. J'ai du champagne que je gardais pour une occasion. Cela te plairait que nous le buvions ensemble ?
Elle se passa la main dans les cheveux.
— Je... Oui, bien sûr, pourquoi pas ?

17

Ben arriva un quart d'heure plus tard avec deux bouteilles de champagne logées dans deux sacs remplis de glace. Lorsque Chloe le vit devant sa porte, elle se demanda si l'obscurité ne lui jouait pas des tours.

— Qu'est-il arrivé à tes cheveux ?

— Mes oreilles ont baissé !

Il sourit lentement.

— C'est si affreux ? J'ai laissé ma mère me les couper.

— Ta mère ?

— Je me suis dit qu'elle avait besoin de se distraire. Au moins, elle ne s'est pas trituré les méninges parce que le shérif n'a pas appelé comme promis. Je l'ai finalement convaincue que son soi-disant meurtrier n'était qu'un banal individu qui nettoyait du rouge à lèvres sur le col de sa chemise pour que son épouse ne le voie pas.

Chloe éclata de rire.

— Avec une imagination pareille, tu devrais être écrivain !

Il sourit et haussa les épaules.

— En tout cas, elle a pensé à autre chose pendant qu'elle me coupait les cheveux. Elle n'a eu que deux absences. J'ai été un peu inquiet, surtout quand l'une s'est produite à la moitié de ma coupe, mais tout s'est bien passé.

— Elle a parfaitement réussi. J'étais surprise parce que j'ai l'habitude de te voir avec les cheveux longs… Tu es bien.

Et même très bien ! Le bandeau avait disparu, et ses cheveux de jais plus courts et brillants découvraient son front haut. Il semblait plus grand, plus séduisant, et même si sexy que c'en était insupportable. Il était à la fois différent et identique au Ben qu'elle connaissait.

Il brandit son champagne.

— Tenir trop longtemps du champagne dans la glace peut causer des engelures…

Il se dirigea vers la cuisine et posa ses sacs dans l'évier. La jeune femme se haussa sur la pointe des pieds pour atteindre l'étagère où étaient rangés les verres à vin.

— Désolée, mais quand j'ai fait les vide-greniers, je n'ai pas trouvé de flûtes à champagne, annonça-t-elle alors qu'elle les posait sur la table.

— Vous n'avez donc pas fait le partage de vos biens, après le divorce ?

Chloe avait déjà été contente de s'en tirer saine et sauve.

— J'étais prête à toutes les concessions pour avoir la paix. Ce que j'ai obtenu, je l'ai vendu pour payer les frais médicaux et les factures des cartes de crédit.

— Ton mari peut vivre seul ?

— Oui. À mon avis, c'est une erreur, mais je n'ai plus voix au chapitre…

Tout en parlant, elle remarqua que Ben avait remplacé sa ceinture tressée par une ceinture de cuir. Au lieu de mocassins, il portait des bottes western.

— Où sont passés ta ceinture tissée et tes mocassins ?

— Au placard. Je me suis regardé dans la glace, aujourd'hui, et j'ai constaté que j'en faisais un peu trop dans le look shoshone.

Elle doutait que ce soit la seule explication. Jeremy serait déçu : il faisait de tels efforts pour lui ressembler.

Cette pensée l'avait à peine effleurée qu'une autre lui vint à l'esprit.

— Oh, Ben… dit-elle doucement.

Il lui lança un regard méfiant.

— Quoi ?

— Tu as délaissé tes vêtements shoshones à cause de Jeremy… ?

Il se passa la main dans les cheveux et haussa les épaules.

— Je sais qu'il m'imite, et les autres enfants vont finir par se moquer de lui. Je sais ce que c'est, et je ne veux pas qu'il vive pareille situation.

— Je n'arrive pas à croire que tu aies changé ta façon de t'habiller à cause de mon fils…

— Jeremy est un sacré petit garçon. Je l'adore. C'est déjà assez difficile de changer d'école, alors inutile qu'il devienne la risée des autres gamins. J'espère qu'il va retirer ce stupide lacet de chaussure et remettre ses tennis.

— Tu as raison, Ben. Ce qui m'ennuie, c'est que tu renies ce que tu es.

— Je ne veux pas que ton fils se déguise.

Chloe soupira en hochant la tête. Puis elle lui sourit.

— Ta coupe est splendide. Je t'aimais bien les cheveux longs, mais tu n'es vraiment pas mal, cheveux courts.

— C'est plus pratique d'avoir les cheveux courts. Ils tombaient toujours dans mes yeux, même avec le bandeau.

Tout en parlant, il ouvrait la bouteille de champagne. Il inclina légèrement la bouteille d'une main et fit tourner le bouchon du pouce et de l'index. Avec un pop sonore, le bouchon de champagne sauta… et brisa le carreau au-dessus de l'évier.

— Merde !

Chloe recula pour échapper aux bris de verre. Quand le silence revint, elle porta la main à sa bouche, hilare. Ben était figé par l'incrédulité, la bouteille toujours dirigée vers la fenêtre.

— Je n'arrive pas à croire que j'aie fait une chose pareille !

La jeune femme riait tellement qu'elle s'étranglait. Il lui lança un regard narquois.

— Ça te fait rire ? J'ai quand même cassé ton carreau !

Elle opina et tenta de calmer son fou rire.

— Je l'avais remarqué.

Elle s'essuya les yeux.

— Je suis désolée, balbutia-t-elle, mais tu fais une de ces têtes, c'est à mourir de rire !

Ben posa la bouteille dans l'évier et secoua ses mains pleines de champagne.

— L'essentiel, c'est que tu n'aies pas reçu le bouchon en pleine figure.

— C'est un gag qui revient souvent dans les films comiques !

Souriant, il hocha la tête avec indulgence alors qu'il remplissait les verres.

— Félicitations pour ton boulot chez Hattie, Chloe, dit-il en lui tendant le sien.

Ils trinquèrent.

— Nous devons vider notre verre d'un trait, sinon ça porte malheur.

— C'est la première fois que j'entends une chose pareille ! riposta-t-elle en fronçant le nez.

Elle vida son verre. Ben le lui remplit de nouveau.

— Du calme ! Je n'ai pas ta carrure et ton poids pour tenir l'alcool !

— Buvons à l'avenir, Chloe. J'espère que tout ira bien et que tu seras l'heureuse propriétaire de Christmas Village d'ici cinq ans.

Chloe ne pouvait refuser de trinquer à ce toast. À peine eut-elle vidé son verre que la chaleur de l'alcool l'envahit. Elle sourit et le reposa.

— J'étais trop excitée pour dîner… Deux verres de champagne sur un estomac vide, ça ne fait pas seulement des bulles mais beaucoup de ravages… !

Ben posa également son verre et s'approcha. Puis, très vite, il passa la main derrière la nuque de Chloe et l'attira à lui. Il ne perdit pas de temps en préliminaires, comme lors de leur premier baiser, et lui prit aussitôt la bouche.

Chloe passa du rire au désir si rapidement que son esprit eut à peine le temps d'enregistrer le changement. Après Roger, elle pensait qu'elle ne désirerait plus jamais un homme, mais elle s'était trompée. Elle désirait Ben plus qu'elle n'avait jamais désiré son mari.

Juste un baiser, se dit-elle. Juste le temps de goûter à ses lèvres…

Elle se pressa contre lui. Il glissa son autre bras autour de sa taille et la caressa. À son contact, elle brûlait de désir et frissonnait de joie. Elle avait l'impression que toutes les cellules de son corps se chargeaient d'énergie.

Bientôt, elle ne parvint plus à penser. À quoi bon penser quand c'était si bon de s'abandonner ? Lorsqu'il glissa les mains sous son haut, effleurant sa peau nue, elle arrima sa bouche à la sienne, avide et exaltée par les ondes de plaisir qui faisaient vibrer son corps. Les mains de Ben atteignirent enfin ses seins, là où elle voulait qu'elles soient. Son soutien-gorge de dentelle faisait obstacle aux doigts impatients de Ben, ce qui éveilla en elle tant de frustration qu'elle se mordit les lèvres pour ne pas gémir. Oui, juste là… songea-t-elle ensuite alors qu'il prenait la pointe sensible d'un sein entre le pouce et l'index. De nouveaux éclairs la traversèrent.

Soudain, il la saisit par la taille et l'assit sur la table. Il déboutonna son chemisier avec adresse. La jeune femme sentait ses muscles bouger sous ses mains et savourait la chaleur qui émanait de lui. *Ben*... Il ouvrit le chemisier et dégrafa le soutien-gorge. Ses seins se moulèrent parfaitement au creux de ses mains si chaudes. Quand il fit de nouveau rouler ses mamelons entre le pouce et l'index, des volutes délicieuses la parcoururent. Toutes ces sensations convergeaient vers son bas-ventre pour y former une boule incandescente.

À bout de désir, Chloe saisit ses cheveux à pleines mains et noua les jambes autour de ses reins. La magie de leur amour les isolait du monde. Rien n'existait plus que Ben et les sensations qu'il ne cessait d'éveiller en elle.

— Chloe...

Il cessa de l'embrasser et posa le front contre le sien. Il tremblait. Elle devina qu'il la désirait avec une intensité égale à la sienne.

— Je ne peux pas... reprit-il.

La jeune femme ne comprit plus. Elle retint son souffle alors qu'il réajustait son soutien-gorge sur ses seins. Dès que ses doigts la frôlaient, de nouvelles sensations jaillissaient et se fondaient à celles qui pulsaient toujours en elle. Pourquoi arrêtait-il maintenant ? Ça ne se passait jamais de cette façon !

— Tu n'es pas encore prête, Chloe, je te demande pardon.

Bien sûr que si, elle était prête ! Plus qu'elle ne l'avait jamais été ! Comment le lui dire, alors que... ? Mais elle ne trouvait pas les mots.

Il essayait maintenant d'agrafer son soutien-gorge.

— Je suis désolé, dit-il en l'embrassant sur la joue. Quand je te touche, je ne peux plus me contrôler. Ce n'est pas juste...

Elle protesta lorsqu'il referma son chemisier. Une douzaine de questions envahissaient son esprit, mais l'expression fermée de Ben l'empêcha de les poser.

Elle écarta ses mains et termina de boutonner son chemisier. L'embarras l'envahit bientôt et la fit rougir. Elle garda les yeux baissés, incapable de le regarder.

— Bon, eh bien…

Sa voix tremblait. Sa honte grandissait. Elle avait été consentante, mais il l'avait rejetée.

Quand elle eut plus ou moins recouvré ses esprits, elle ramassa les éclats de verre qui jonchaient le sol.

— Chloe… ?

Ben tendait la main vers elle, mais elle s'écarta.

— Quel désordre… ! dit-elle en se forçant à rire.

— Chloe, ce n'est pas ce que tu penses…

Que savait-il de ce qu'elle pensait ? Elle se demandait si elle n'était pas devenue complètement folle. Elle avait juré que plus jamais un homme ne la toucherait, et maintenant que son excitation se calmait et que son corps s'apaisait, elle était consternée par son comportement. Il s'en était fallu de peu qu'ils ne fassent l'amour. Une chance qu'il soit revenu à lui avant qu'il ne soit trop tard ou qu'elle ne le repousse ! Les hommes ne supportaient pas qu'une femme se dérobe au dernier moment.

— Disons que c'est la faute du champagne.

— Je t'ai blessée… Je n'en avais pas l'intention…

Il s'interrompit, puis reprit dans un murmure :

— Merde, je te désire, Chloe. Si j'ai tout arrêté…

Elle ramassa un morceau de verre et le jeta à la poubelle.

— Tu as bu deux verres de champagne, poursuivit-il. Je n'ai pas l'habitude d'enivrer les femmes pour les conquérir.

Chloe ignorait ce qui la contrariait le plus : le rejet de Ben, ou son propre désir ainsi que son impatience. Elle ne se reconnaissait plus. De son mariage, c'étaient les relations sexuelles qui lui manquaient le moins, aussi était-elle humiliée d'avoir gémi sous ses baisers. Le souvenir de son impudeur la gênait.

Elle continuait à chercher des éclats de verre. Ben l'imita et changea de sujet.

— Tu as une lampe de poche ? Je suis certain qu'il y a du verre dehors.

— Je m'en occuperai demain, avant de partir travailler.

— Tu n'as pas un morceau de carton pour boucher le trou ?

Elle se rendit dans sa chambre à coucher, vida un carton qu'elle rapporta à la cuisine. Ben le coupa aux dimensions du carreau, tandis qu'elle achevait de casser le verre resté dans le châssis avec un marteau.

Une fois le carton fixé, il leur versa un nouveau verre de champagne. Chloe tremblait tellement en le prenant qu'elle faillit le renverser. La situation était intenable.

Elle regarda son verre, à présent certaine d'avoir la situation en main. Tant que Ben ne la toucherait pas, tout irait bien.

— Je viendrai remplacer le carreau demain, pendant que tu seras au travail, annonça-t-il. Préviens ta baby-sitter.

Elle avala une gorgée de champagne.

— C'était un accident. Je vais m'en occuper.

— Tu sais remplacer un carreau cassé ?

— Ça ne doit pas être très difficile !

— J'ai compris : c'est moi qui le remplacerai ! Changer le carreau de ces fenêtres nécessite un bon tour de main et un peu de mastic !

Il sourit et ajouta :
— Je suis aussi doué pour remplacer les carreaux que pour les casser.
La jeune femme tournait son verre entre ses mains et contemplait les bulles à la surface du liquide.
— Chloe ?
Il avait prononcé son prénom d'une voix douce, mais elle redressa la tête comme s'il avait crié.
— Quoi ?
— Dois-je m'excuser d'avoir dépassé les limites ?
Elle eut envie de répondre par l'affirmative, mais elle n'avait pas fixé de limites.
— C'est inutile.
— Tant mieux, parce que je déteste m'excuser quand je ne me sens pas désolé !
Elle aurait pu sourire, elle n'en avait pas envie.
— Allons-nous boire ce champagne, ou allons-nous le regarder pendant cent ans ?
Il leva son verre.
— Je crois que je l'ai déjà dit, mais ça ne fait pas de mal de le répéter. À ton nouveau job, et à l'avenir…
Chloe trinqua avec lui. Cette fois, elle ne fut pas sotte au point de vider son verre. On ne l'y reprendrait plus.
Le téléphone sonna. Elle se hâta de décrocher, de peur que Jeremy ne se réveille.
— Allô ?
Personne ne parla, mais elle crut entendre une respiration à l'autre bout du fil.
— Allô ? répéta-t-elle avant de raccrocher, sceptique. Un faux numéro…
Le téléphone sonna de nouveau.
— Je parie que c'est ma sœur Phoebe ! Son portable lui fait souvent des blagues.
Elle décrocha de nouveau.
— Allô ?

Une voix rauque s'éleva :

— Je croyais t'avoir dit de rester loin de lui...

Chloe se figea. *Bobby Lee ?* Mis à part le shérif, qui n'avait sans doute pas pour habitude de faire des appels anonymes, Bobby Lee était le seul homme qui lui avait ordonné de rester à l'écart de Ben.

— C'est idiot de toujours aller là-bas... reprit la voix. Et c'est encore plus idiot de le laisser venir chez toi. Je vous ai regardés quand il t'a tripotée. Tu sais ce qui arrive aux femmes stupides, Chloe ? Elles se retrouvent...

Elle coupa la communication et regarda vers la fenêtre. Les rideaux n'étaient pas tout à fait fermés. Bobby Lee était tapi dans l'obscurité et les épiait.

— Ça va ? demanda Ben.

Chloe croisa frileusement les bras. Ben ne devait pas être mêlé à cette histoire. S'il se mettait en tête de la protéger du policier, il courrait au-devant de gros ennuis.

— C'était juste un faux numéro.

Elle ferma les rideaux, tremblante. Bobby Lee est par là, à l'affût...

— Tu en es certaine ? Tu es blanche comme un linge.

Elle posa les mains sur ses joues.

— Vraiment ? C'est parce que j'ai oublié de mettre du blush.

Elle tressaillit quand le téléphone sonna de nouveau. Ben se leva.

— Non ! cria-t-elle. Ne réponds pas !

Il se rassit, le regard fixé sur elle.

— Qui était-ce ?

Chloe secoua la tête sans répondre.

— C'était Bobby Lee ?

Elle ne voulait pas le mêler à ses problèmes, mais elle ne voulait pas non plus lui mentir. Son hésitation fournit à Ben une réponse.

— Salaud !

— Ben… je t'en prie…

Elle leva la main.

— Je ne veux pas répondre, cette fois. Il finira bien par se lasser.

Ben fixait le téléphone qui sonnait toujours. Quand la sonnerie se tut, il passa la main devant ses yeux.

— Assieds-toi, Chloe, il faut qu'on parle de Bobby Lee.

Elle vérifia les rideaux avant de se rasseoir.

— Il nous épie ? devina-t-il.

Elle lui jeta un regard surpris.

— Non, je…

— Ne mens pas, Chloe, s'il te plaît ! Tu as refermé les rideaux après le second appel. Il a dit quelque chose. Il rôde dans le coin.

Elle opina.

— Et il sait que tu es là.

— Qu'a-t-il dit ?

— J'ai raccroché avant de lui laisser le temps d'en dire plus. Ah si, il a dit que j'étais stupide.

Ben soupira avec lassitude.

— Bobby Lee me hait depuis des années… Je ne sais pas pourquoi.

— Quel rapport avec moi ?

— Parce que je m'intéresse à toi. Mis à part le fait que tu es très séduisante, c'est une raison suffisante pour lui de te courir après.

Au bord de la nausée, Chloe s'enveloppa de ses bras.

— Je ne te suis pas, Ben.

— Je n'y comprends rien non plus… Je n'y ai jamais rien compris, d'ailleurs. Je sais seulement que Bobby Lee essaie de m'atteindre par tous les moyens. Depuis l'école, c'est comme si nous étions en compétition. Le problème, c'est que ce petit jeu ne m'a jamais intéressé. Si j'avais un B à un devoir, Bobby Lee faisait tout pour avoir un A au devoir suivant. À l'université, ce fut encore pire. J'avais une petite amie, Peggy Bradshaw. Elle n'était ni populaire ni très jolie, mais je l'aimais bien et on a commencé à sortir ensemble. Dès l'instant où Bobby Lee l'a su, il a été attiré par elle comme un ours par un pot de miel. À l'époque, il était un joueur de football apprécié. Les filles faisaient la queue pour sortir avec lui. Peggy a été flattée par son intérêt. Elle avait toujours été ignorée des garçons, et voilà soudain que l'idole des filles la courtisait…

— Que s'est-il passé ?

— Peggy m'a laissé tomber pour Bobby Lee. J'ai essayé de lui dire qu'il n'en valait pas la peine, mais elle s'en est amourachée. Peu après, elle est tombée enceinte. Et Bobby Lee l'a jetée. Quatre mois plus tard, ses parents l'ont envoyée vivre auprès de sa tante. Je ne l'ai jamais revue… Ses parents étaient catholiques intégristes.

— Pour résumer, Bobby Lee a gâché la vie de ta première petite amie. Par jalousie envers toi !

Une semaine plus tôt, Chloe n'aurait pas cru un mot de cette histoire, mais elle savait à présent Bobby Lee capable de tout.

— Cela semble absurde, je sais… mais j'ai peur pour toi, Chloe. Il y a quelque chose qui ne tourne pas rond chez ce type. Tu as réussi à lui échapper la nuit dernière, et maintenant il t'épie et te menace. Il est dangereux.

Elle revit la brutalité de Bobby Lee. Il avait raison.

— Je serai prudente, Ben. Merci de m'avoir avertie.

Il parut soudain catastrophé.

— Zut, la fenêtre ! Il pourrait retirer le carton facilement sans que tu l'entendes. J'imagine que tu refuseras de passer la nuit chez moi en attendant que je la répare, demain ?

Chloe tressaillit. Après le baiser qu'ils venaient d'échanger, passer toute une nuit chez Ben était hors de question.

— Je vais prendre mes précautions.

Mais Ben se crispa.

— Je crois que c'est Bobby Lee qui tire sur les animaux.

La jeune femme le regarda, épouvantée.

— Il doit être fou pour faire une chose pareille ! S'il est pris, sa carrière dans la police est finie !

— La pensée ne doit même pas l'effleurer. Il est si arrogant.

Ben pianotait nerveusement sur la table.

— Veux-tu me faire une promesse, Chloe ? Ne prends aucun risque ! Si jamais il entre dans la boutique de Hattie et fait quoi que ce soit de bizarre, appelle la police.

— Je te le promets.

Il jeta un coup d'œil sur sa montre et se leva.

— Tu es certaine que tu ne veux pas passer la nuit chez moi ? Avec ce carreau cassé, je ne suis pas tranquille.

Chloe le raccompagna jusqu'à la porte, en restant éloignée de lui.

— Ne t'inquiète pas, tout ira bien.

Il posa la main sur son épaule quand elle lui ouvrit. Il voulait l'embrasser, mais elle le repoussa doucement.

— Ben… soupira-t-elle. Tu te souviens de ce que tu as dit tout à l'heure ? Que je n'étais pas prête ? Tu avais raison… je ne suis pas encore prête pour une relation amoureuse. Je pense que…

— Ne pense pas, ordonna-t-il tendrement en prenant sa bouche.

Les lèvres de Ben effleurèrent à peine les siennes, mais la chaleur qui monta entre eux était torride. Chloe sentit ses jambes devenir plus molles que de la pâte à modeler et se laissa aller contre lui. Il l'étreignit. La jeune femme soupira de bien-être.

Il l'écarta de lui lentement, après un dernier baiser.

— Bonne nuit, Chloe.

Elle n'avait pas recouvré ses esprits qu'il refermait la porte derrière lui.

— Sois prudente, souffla-t-il à travers le battant.

Chloe passa la main sur la porte. Devait-elle être prudente avec Ben ou Bobby Lee ? Le plus dangereux n'était peut-être pas celui qu'on pensait.

Ben effaça le mot « marcher » et le remplaça par « se déplacer », puis il fixa son écran d'ordinateur d'un air absent. Soupirant, il s'adossa à son fauteuil et se frotta les yeux. Obsédé par le carton qui bouchait la fenêtre de Chloe, il oubliait l'intrigue de son récit et même le nom de ses personnages.

Il fixa le téléphone. Trois heures du matin. S'il l'appelait, il la réveillerait. Mais il était inquiet. Si Bobby Lee pénétrait chez elle ? Chloe avait beau se vanter de connaître des techniques d'autodéfense, elle n'était pas de taille à se mesurer à un homme aussi fort, qui ne se gênerait pas pour la frapper ou pour frapper son fils.

Ben n'y tint plus et décrocha. Il composa son numéro et tressaillit à la première sonnerie. Il imagina Chloe réveillée en sursaut et désorientée.

Sa voix claire et alerte retentit :

— Allô ?

— C'est moi.

— Ben…

Il la sentit sourire.

— Je pensais… Peu importe. Pourquoi appelles-tu si tard ? Tout va bien ? demanda-t-elle.

— Maintenant tout va bien. Je me faisais du souci. Je suis désolé d'appeler si tard. J'espère que je n'ai pas réveillé Jeremy ?

— Non, il dort à poings fermés.

Un bruit de draps froissés lui parvint. Chloe s'asseyant sur son lit...

— J'aimerais en faire autant... mais je suis éveillée.

— D'autres appels depuis tout à l'heure ?

— Le calme plat, jusqu'à maintenant.

— Désolé. Je sais que c'est idiot de te téléphoner à trois heures du matin, mais c'était plus fort que moi...

— Ne te fais pas tant de souci, Ben. Tout va bien. J'ai branché le téléphone dans la chambre. La porte est fermée à clé et je l'ai bloquée avec le coffre à jouets de Jeremy. Je suis également armée.

— Armée ! ?

— J'ai la batte de base-ball de Jeremy !

Ben sourit et se détendit. Tout allait bien. Bobby aurait la surprise de sa vie, si jamais il entrait dans la chambre.

— J'ai aussi mon téléphone portable avec moi, à tout hasard. Tout le monde sait que les cambrioleurs ou les tueurs coupent les fils du téléphone avant de pénétrer chez leurs victimes !

Cette fois, Ben se mit à rire.

— Bien, alors je vais pouvoir me remettre au travail.

— Tu travailles ?

— Mm.

— Mm, répéta Chloe. Je ne poserai pas de question. Tu travailles à ces fameuses bricoles, je suppose ?

Ben sourit longtemps après qu'elle eut raccroché.

La matinée passa vite. Après avoir nettoyé les cages, Chloe rentra chez elle et ramassa les bris de carreau tombés côté jardin. Elle effectua ensuite deux ou trois tâches ménagères et se prépara pour son premier jour à Christmas Village. Elle choisit une petite robe d'été bleue et se frisa les cheveux au fer. Le résultat ne fut pas convaincant ; ses boucles aplaties partaient dans tous les sens.

Au moment où elle garait sa voiture derrière Christmas Village, elle était un peu tendue. Un dernier regard dans le rétroviseur la rassura à moitié. Pas super, mais pas trop mal… Elle descendit de voiture, verrouilla les portières et inspira pour se calmer. Elle accordait une trop grande importance à ce premier jour de travail. Et dire que la veille, à cette heure, elle ne connaissait même pas l'existence de Hattie Perkins !

Chloe entra dans la boutique. Hattie la salua depuis la section des maisons de poupées.

— Il y a un tablier sous le comptoir. Retirez votre veste, sinon vous allez rôtir !

Chloe en déduisit que ses vêtements n'étaient pas conformes à la boutique. Ennuyée, elle posa son sac sur l'étagère derrière le comptoir et sa veste sur une chaise, puis enfila le tablier avant de rejoindre Hattie.

Celle-ci brandit un pinceau au bout rose bonbon vers la maison de poupées qu'elle décorait.

— N'est-ce pas mignon ?

Chloe contempla la maison de style victorien.

— C'est adorable ! De quelle couleur allez-vous peindre l'intérieur ?

— Je veux une atmosphère pittoresque et vieillotte. J'ai un catalogue d'objets miniatures avec les plus jolis meubles du monde. J'ai passé la soirée à faire ma commande.

Elle trempa son pinceau dans de l'eau et s'essuya les mains.

— Fini de jouer, maintenant, je vais vous former au métier !

Une heure plus tard, Chloe s'efforçait de dominer la caisse et de comprendre le système de paiement par carte bancaire.

— Je suis désolée, dit-elle à Hattie quand des clients furent partis, je n'ai jamais fait ça... Après avoir quitté mon mari, j'ai été barmaid. Je prenais les commandes et c'est le patron qui enregistrait les paiements.

— Ne vous tracassez pas ! Vous apprendrez avec le temps !

Hattie laissa un papier avec les prix à côté de la caisse.

— Entre deux clients, essayez de vous la mettre dans la tête. Cela facilitera les transactions. Si vous faites une erreur, pas de panique, je viendrai à la rescousse.

Lorsque Chloe eut terminé sa première journée de travail, la tête lui tournait. Chiffres attribués aux différents secteurs du magasin, codes des marchandises, liste des prix et opérations de paiement... elle désespérait de tout retenir. La seule chose qu'elle avait bien faite aujourd'hui, c'était épousseter le magasin.

Elle rangea son tablier et prit son sac à main.

— Vous voulez que je revienne demain ?

Hattie se mit à rire et lui tendit une liste des prix.

— C'est juste une copie. Si vous la perdez, pas de problème. Vous pourrez peut-être y jeter un coup d'œil, ce soir ?

— Ben est venu quand tu n'étais pas là ! s'écria Jeremy.

— Vraiment ?

Chloe serra son fils dans ses bras, non sans difficulté car Jeremy, tout excité, semblait monté sur ressorts.

— Je constate que sa visite t'a fait plaisir.

— Il a réparé la fenêtre ! expliqua Tracy.

Impatiente de prendre congé, l'adolescente avait déjà enfilé sa veste.

— Il est trop mignon… ajouta-t-elle, rêveuse. Un cœur à prendre, Chloe…

— Non, pas question.

Chloe se mit à rire. Mais son rire lui parut faux.

— Dommage… Bon, salut, Jeremy ! lança Tracy en tirant gentiment une boucle de ses cheveux.

Puis à Chloe :

— Trent passe me chercher. On va au bowling.

La jeune femme la regarda partir, puis Jeremy l'entraîna par la main.

— Viens voir le carreau tout neuf !

Elle le suivit à la cuisine. Le carreau avait bel et bien été remplacé. Elle examina les joints de mastic. Ben avait été si précis qu'on aurait pu croire le travail effectué par un professionnel. Elle se demanda s'il était aussi méticuleux quand il faisait l'amour, mais elle chassa cette pensée incongrue de son esprit.

Plus tard, alors qu'elle préparait le dîner, Jeremy lui raconta la visite de Ben par le menu. Ben ceci, Ben cela… Il était intarissable.

— Il a super bien réparé la fenêtre, hein, maman ?

— Je suis d'accord.

— Ben fait tout bien !

Même embrasser… songea Chloe. Elle aurait aimé… quoi ? Être différente, peut-être ? Être de ces femmes qui prenaient leur plaisir où elles le trouvaient ? La vie aurait été sans doute été beaucoup plus agréable…

Un peu plus tard, le téléphone sonna. Jeremy répondit de la cuisine.

— Maman, c'est Ben !
Chloe décrocha dans sa chambre.
— Allô ?
Elle n'entendit rien. Jeremy n'ayant pas raccroché le second combiné, le son de la télévision lui parvenait.
— Une seconde, Ben.
Elle posa la main sur le combiné.
— Jeremy, raccroche, je n'entends rien !
Un instant plus tard, le silence revint sur la ligne.
— Excuse-moi, Ben.
— Eh bien, s'exclama ce dernier en riant, tu aurais pu être sergent instructeur ! Quelle voix de stentor !
Chloe se mit à rire.
— Je suis le sergent instructeur de mon petit diable ! Désolée d'avoir blessé ton tympan.
— Non, tu ne l'as pas blessé. Je suis seulement impressionné. Je vais te donner un porte-voix et je suis certain qu'on t'entendra jusqu'à Pineville !
Chloe bloqua le téléphone entre le menton et l'épaule pour prendre son jean.
— Tant mieux si je te fais rire, car moi je suis claquée par ma journée...
— Je m'en doute, c'est pour cette raison que je téléphone. Je m'occupe des animaux. Tu peux t'écrouler sur ton sofa et te reposer.
Elle se laissa tomber sur le lit.
— Tu es un amour, Ben ! Si tu étais là, je t'embrasserais !
— Je peux être chez toi dans trois minutes... Ne laisse pas ton envie faiblir !
Un silence tomba. Chloe étendit les jambes.
— Il faut qu'on parle, dit-elle.
— De quoi ?
Elle prit une grande inspiration et se jeta à l'eau.
— De sexe !

— En ce cas, dans moins de deux minutes je suis chez toi !

Un nouveau silence s'installa alors que Chloe réfléchissait.

— Ben ?

— Je suis toujours là. Sexe, disais-tu ?

Elle se mit à rire, sans savoir pourquoi. La situation n'était pas comique.

— Je ne suis pas la femme d'une seule nuit.

— Parfait. Parce que, après ce qui s'est passé la nuit dernière, une seule nuit ne suffirait pas.

— Tu sais très bien ce que je veux dire, Ben.

Autre silence.

— Tu veux vraiment en parler maintenant ?

— Oui, je... enfin... comment dire ?

Elle ferma les yeux.

— Je ne suis pas très moderne en ce qui concerne les relations homme-femme. J'aimerais l'être, pourtant. Mais je ne suis pas comme ça...

— Chloe, on t'a déjà dit que tu compliquais tout ?

— Je suis comme je suis. Je ne suis pas simple, je suis...

— Tu es quoi ?

Les mots l'étranglaient, elle ne voulait pas raconter les derniers mois de son mariage. Parfois, il valait mieux taire le passé.

— Qu'attends-tu de moi, Chloe ? demanda-t-il d'une voix douce. Dis-le-moi et je te répondrai.

— C'est là le problème : j'ai besoin de savoir ce que tu penses... qui tu es.

Le soupir de Ben fut lourd.

— Par exemple ?

— Parle-moi de ces bricoles...

— Écoute, Chloe...

Elle se tendit.

— J'ai besoin de mieux te connaître. Les histoires sur ton grand-père ne suffisent pas... Tu es si secret,

Ben. Si tu ne me fais pas assez confiance pour me parler, comment approfondir notre amitié ou même avoir une relation ?

— Ma profession ne représente pas ce que je suis.

— Bon début. Ce qui me chagrine, c'est que tu refuses de me parler des choses les plus simples du monde. C'est comme si tu refusais de me dire ton nom… Comment avancer dans ces conditions ? Tu dis que je me complique la vie, mais c'est toi qui compliques tout.

Silence. Pourtant, Ben était toujours là, elle l'entendait respirer. Comprenant qu'il ne répondrait pas, elle raccrocha.

18

Les jours suivants, Chloe eut une vie si trépidante qu'elle tombait d'épuisement chaque soir. Elle aimait son nouvel emploi, mais elle avait tant à apprendre. Elle devait caser ses visites chez Ben, ses responsabilités maternelles, les tâches ménagères dans un emploi du temps de plus en plus serré. Surmenée, elle fut forcée d'annuler son baby-sitting chez les Baxter.

Elle avait aperçu Bobby Lee dans sa voiture à plusieurs reprises devant Christmas Village. En dépit du fait qu'il portait des lunettes de soleil, elle savait qu'il la suivait du regard et elle en avait la chair de poule. Plus inquiétant encore, il était venu plusieurs fois au magasin. Il achetait un petit objet afin de justifier sa visite.

Lors de sa troisième incursion dans le magasin, Chloe téléphona au shérif Lang pour lui signaler ses angoisses. Le shérif rétorqua que Bobby Lee avait le droit d'acheter des décorations de Noël s'il en avait envie. De plus, c'était son travail de vérifier la sécurité en ville. Chloe raccrocha, furieuse.

Pendant que la jeune femme était prise par ces soucis, Ben se débattait avec les siens. Chaque fois qu'elle venait chez lui soigner les animaux, la tension entre eux était perceptible. Ben se savait responsable de l'altération de leurs rapports. Chloe n'avait pas exigé l'impossible en lui demandant de parler. Il n'avait plus aucune raison de garder le silence sur ses activités, car il savait qu'elle n'irait rien répéter. Son silence sur Methuselah et les autres animaux lui avait fourni la preuve de sa discrétion.

Quand il s'interrogeait sur les raisons qui l'empêchaient de rompre le silence, il se trouvait toujours une justification. Il avait peur d'être intarissable, si sa langue commençait à se délier. Il redoutait de lui dévoiler les véritables raisons de la déchéance de son père, d'évoquer son don de guérison, de lui révéler son mariage et son issue tragique. Il craignait que Chloe n'accueille ces révélations avec effroi et ne rompe tout contact avec lui. Il l'aimait, et l'idée qu'elle le repousse lui était insupportable.

Garder le secret sur son don de guérison et son pouvoir sur les animaux avait été un acte de survie dès son plus jeune âge. Il avait été ainsi un enfant secret, puis un adulte renfermé. La seule fois où il s'était confié, cela s'était terminé par un drame...

Ben avait le sentiment de se trouver au bord d'un abîme où Chloe lui demandait de sauter. Chaque fois qu'il désirait lui parler, les mots rentraient dans sa gorge. Sa mère lui en fit le reproche un soir.

— Tu ne vas pas lui cacher ce que tu fais et ce que tu es toute ta vie ! Tu l'aimes, Ben. Je le vois dans tes yeux. Tu n'avanceras pas si tu ne fais pas confiance à Chloe. Sans la confiance, une relation amoureuse n'est pas possible.

— Je lui parlerai. Quand j'aurai trouvé le bon moment.

— Laisse-moi rire ! Tu ne lui as même pas dit que tu étais écrivain ?

— Non.

— Pourquoi ? Il n'y a rien de honteux à écrire. Beaucoup de gens écrivent.

— Mais ce ne sont pas des... des anormaux.

Nan pâlit.

— Tu n'es pas anormal, Ben.

— Tu préfères « aberration de la nature » ?

— Tu es un homme extraordinaire, qui possède un don merveilleux.

Ben prit une grande inspiration.

— Ce don a gâché la vie de mon père et il gâche ma vie. J'aime Chloe. J'aimais Sherry, mais je l'ai perdue quand je lui ai tout dit. Plus rien n'a plus jamais été pareil entre nous.

— Sherry n'avait pas de cœur ! Vous n'aviez ni la même vision ni la même compréhension du monde.

— Nous avions beaucoup en commun, puisque nous étions tous deux vétérinaires. Jusqu'à ce que je fiche tout en l'air, tout allait bien.

— Ce n'était pas de l'amour, Ben, seulement son reflet. Tu étais jeune et tu croyais que c'était de l'amour.

— Si je ne lui avais pas parlé, nous serions toujours ensemble.

— Si Sherry ne t'a pas accepté tel que tu étais, c'est qu'elle ne t'aimait pas.

Nan sombra tout à coup dans le silence et se concentra sur son crochet. Frustré qu'elle ait choisi ce moment pour avoir une absence, Ben quitta le salon. Mais sa mère le rappela.

— Elle te manque ?

Il se figea.

— Qui ? Chloe ?

Nan sourit, indulgente.

— C'est bien ce que je me disais... Tu ne penses plus à Sherry depuis belle lurette. Si tu l'avais vraiment aimée, tu penserais toujours autant à elle.

Ben se rendit dans son bureau. Qu'est-ce que sa mère savait du véritable amour ? se demanda-t-il avec colère. Victime consentante de Hap durant près de trente ans, elle était mal placée pour donner des conseils !

Énervé, il s'assit à son bureau, puis se calma et eut honte de son mouvement de colère. Rowdy vint poser ses deux pattes sur ses genoux. Le chiot n'allait pas tarder à être définitivement guéri. Ce jour-là, Ben perdrait son unique lien avec Chloe et son fils.

Le lendemain, un dimanche, Chloe vint comme à son habitude nettoyer les cages et nourrir les animaux. Diablo et Methuselah la suivaient partout où elle allait. Ils aimaient la jeune femme car elle était douce, se disait Ben. Les animaux blessés attendaient chaque jour une caresse de sa part. Ben désirait lui aussi sa tendresse, mais ce jour-là, il n'eut droit qu'à son menton fièrement levé et à un regard glacial.

— Maman est en colère après toi ? demanda Jeremy juste avant de partir.

Le petit garçon était troublé.

— Je ne sais pas. À ton avis ?

Jeremy pinça les lèvres.

— Je crois que oui.

— Et pourquoi ?

L'enfant haussa les épaules.

— Je ne sais pas. Tu as dit à maman que tu étais désolé ?

— Désolé de quoi ?

Jeremy parut troublé.

— Je ne sais pas…

Ben quitta Jeremy pour donner ses médicaments à Nan, installée dans la salle de séjour. Sa mère lui sourit.

— Cette petite Chloe est adorable. Tu as remarqué que Methuselah et Diablo la suivaient comme son ombre ?

Il lui tendit le verre.

— Prends tes médicaments, maman.

Il revint dans la cuisine, à cran. Il aurait pourtant dû se réjouir de l'affection que ses animaux portaient à Chloe. Les bêtes sauvages ne se trompaient jamais sur les êtres humains. Qu'attendait-il pour lâcher prise et lui faire confiance? Chloe ne ressemblait pas à Sherry. Peut-être accepterait-elle sa différence?

Mais Ben ne voulait pas prendre le risque.

Parler à Sherry l'avait brisé. L'idée de subir une épreuve identique le rendait malade.

Quand Rowdy rentrerait à la maison, il ne verrait plus ni Jeremy ni Chloe.

Ce serait insupportable.

Le lendemain après-midi, juste après le départ de Hattie pour la banque, la clochette du magasin tinta. Chloe comprit d'instinct que c'était Bobby Lee. Un vent glacé aurait soufflé dans le magasin qu'elle n'aurait pas eu plus froid… Elle cessa de déballer un carton de marchandises et se leva. Bobby Lee contemplait un rayonnage. La jeune femme eut envie de l'ignorer, puis elle se reprocha sa lâcheté. Il voulait une confrontation? Très bien.

— Bonsoir, policier Schuck, que puis-je faire pour vous?

— Je vous demande seulement de m'écouter, dit-il avec cette sincérité qui l'avait autrefois abusée. J'ai dépassé les bornes, l'autre soir. J'étais ivre, Chloe. Je vous en prie, donnez-moi une autre chance…

Le son de sa voix la fit frissonner.

— Je comprends que vous supportiez mal l'alcool, mais ce n'est pas une excuse.

Bobby Lee était l'image même de l'abattement.

— Ayez bon cœur, je reconnais avoir mal agi… Je suis plus désolé que vous ne pouvez l'imaginer.

— Je n'ai pas de cœur, Bobby Lee – en tout cas, pas pour vous. Si vous n'avez pas l'intention d'acheter quoi que ce soit, je vous prie de quitter le magasin.

Il prit un objet au hasard, le posa sur le comptoir et sortit son portefeuille.

— Combien ?

— Deux dollars quatre-vingt-dix.

Il lui en donna trois. Chloe mit l'objet dans un petit sac, qu'elle lui tendit avec sa monnaie.

— Bonne soirée, conclut-elle froidement.

— Je reviendrai.

Chloe frissonna de nouveau. Elle *savait* qu'il reviendrait, et elle était désemparée. Cet homme faisait une fixation sur elle. À cause de Ben ? Parce qu'elle lui résistait ? Toujours est-il qu'il n'était pas net. Il épiait la boutique et n'y venait qu'en l'absence de Hattie.

À peine revenue de la banque, Hattie fut forcée de rentrer chez elle auprès de son mari. Peu après, Bobby Lee fit trois nouvelles visites, à si faibles intervalles qu'il ne faisait qu'entrer et sortir.

Chloe, effrayée, tentait de se maîtriser. Peut-être cesserait-il de la harceler si elle ne manifestait aucune émotion ?

La dernière fois qu'il vint, il lui parla de cette voix pleurnicharde qu'elle méprisait.

— Je vais être ruiné, si ça continue... !

Elle rangea son nouvel achat dans un sac.

— Pas moi. Ma commission sur les ventes est de cinq pour cent.

— Chloe, *s'il vous plaît...*

Il lui lança un regard implorant.

— Pourquoi m'en voulez-vous ? Je ne vous ai pas violée, l'autre soir !

— Désirez-vous autre chose ? demanda-t-elle poliment.

— Vous êtes dure.

Non, trop douce. Chloe lui tourna le dos et sortit les factures. Elle affichait un calme de façade, mais elle mourait de peur.

— D'accord, on va jouer selon vos règles. J'ai des économies. Si vous en voulez cinq pour cent pour me pardonner, vous les aurez.

Chloe ne lui aurait pas pardonné pour tout l'or du monde. Lorsqu'elle entendit la clochette, signe qu'il sortait enfin, elle tremblait tant qu'elle laissa tomber une pile de factures. Elle les ramassait quand Hattie revint.

— Tout va bien ? s'étonna celle-ci.

La jeune femme ne lui avait pas confié ses soucis, car Hattie avait assez de problèmes avec son mari qui souffrait du diabète et réagissait mal à l'insuline.

— Bien. Comment va Bill ?

Hattie se lança dans une longue explication concernant le régime de Bill et son traitement, mais Chloe, distraite par ses problèmes, l'écouta à peine.

Bobby Lee était venu à quatre reprises au magasin ce jour-là. C'était du harcèlement, ni plus ni moins. Depuis ses coups de fil, elle savait qu'il épiait sa maison. Quelle était la solution ? Appeler la police ? Chloe l'avait déjà fait, sans obtenir de résultat. Avait-elle de réels motifs de porter plainte ? Le shérif Lang réduirait son histoire à une peur ridicule et lui répéterait que la surveillance des magasins faisait partie du travail de Bobby Lee.

Se confier à Ben ? Depuis le début, elle avait décidé à ne pas le mêler à ses ennuis. Elle le savait en effet capable d'affronter Bobby Lee, et un civil qui s'en prenait à un officier de police courait de gros risques.

Chloe pensa alors à téléphoner à ses parents, mais elle y renonça. Ils ne pourraient pas non plus l'aider…

En désespoir de cause, elle appela de nouveau le shérif Lang. Il l'arrêta dès les premiers mots.

— Vous voulez accuser un officier de police de harcèlement moral ? C'est sérieux !

— J'en suis consciente, shérif.

— Calmez-vous et soyez objective. Comme je vous l'ai déjà expliqué, Bobby Lee est chargé de la sécurité en ville. Je ne peux quand même pas reprocher à mon policier de faire son travail !

— Mais cette surveillance n'a rien à voir avec son travail, shérif !

En colère, elle lui rappela qu'il avait failli la violer.

— J'ai démissionné pour éviter tout contact avec lui. Maintenant, il m'espionne chez moi et il ne cesse de venir à Christmas Village. Il ne vient jamais quand Hattie est là, seulement quand je suis seule. Aujourd'hui, il est venu quatre fois !

— J'admets que quatre visites en une journée, c'est excessif...

Chloe serra les dents.

— Mais n'avez-vous jamais pensé que Bobby Lee regrettait sincèrement son comportement et voulait se faire pardonner ? C'est un type bien, Chloe. Il est dans la police depuis vingt ans. Il est irréprochable, et très bien noté.

— Peut-être a-t-il été irréprochable autrefois, shérif, mais plus maintenant. Un homme si parfait ne menacerait pas une femme de lui faire perdre son job si elle ne se soumet pas à lui. Je vous rappelle qu'il m'a piégée sur la route et qu'il m'a quasiment poursuivie en voiture. Si je ne m'étais pas cachée dans les buissons, il aurait pu me faucher !

Lang soupira lourdement. Chloe avait l'impression d'être une gamine qui mettait sa patience à bout.

— Il achète quelque chose, chaque fois qu'il vient au magasin ?

— Oui.

— Alors peut-être a-t-il l'esprit de Noël avant l'heure ?

La jeune femme comprit qu'elle perdait son temps. Elle remercia le shérif d'un ton sarcastique et raccrocha. En proie à un violent mal de tête, elle chercha un tube d'Ibuprofène dans son sac.

Elle prit une grande inspiration et expira pour se calmer. Peine perdue, son angoisse la nouait. Bobby Lee était dangereux. Son regard était dément. Tous ses instincts la mettaient en garde et l'incitaient à agir, mais sans l'aide de la police, elle était impuissante.

Ironie du sort, cette situation cauchemardesque ressemblait à celle qu'elle avait vécue quelques mois plus tôt avec Roger.

Chloe avait les nerfs à vif. Il suffisait qu'elle ouvre la porte d'un placard et que quelque chose en tombe pour qu'elle sursaute. Elle ne voulait plus jouer dans le jardin avec Jeremy, de peur que Bobby Lee ne surgisse pour les agresser. En voiture, elle craignait de voir son véhicule se profiler derrière le sien. Enfin, elle se sentait terriblement seule dans sa grande maison.

Paradoxalement, penser à Roger remonta le moral de Chloe. Certes, elle n'aimait pas Bobby Lee et détestait le voir dans la boutique, mais elle avait survécu à pire situation. Peut-être le policier était-il sincère et voulait se racheter ? Quand il aurait compris qu'elle ne lui pardonnerait pas, il se lasserait et cesserait de la harceler.

Le temps passait. Chloe travaillait au Christmas Village depuis presque deux semaines. Rowdy avait maintenant trois mois et allait bientôt rentrer à la maison. La dette de Chloe envers Ben acquittée, elle n'aurait plus aucune raison de venir chez lui. Mais

Ben savait qu'elle ne viendrait plus parce qu'il s'obstinait à garder le silence sur lui-même.

Le jour vint où Winston la mouffette put retourner dans son environnement naturel. Chloe se rendit dans les bois avec Ben, lui dit au revoir et se mit à pleurer dès que l'animal disparut. Embarrassée par son émotion, elle déroba son visage à Ben pour qu'il ne voie pas ses larmes.

— Voilà l'inconvénient, lui dit-il. On s'habitue à ces petites bêtes, et ça fait toujours mal de les laisser repartir…

Elle s'essuya les joues, contrariée.

— Je suis désolée, c'est stupide… Ce n'est qu'une mouffette.

Mais une mouffette qu'elle avait appris à aimer. Pour lui, la séparation était moins douloureuse, car il reverrait sans doute Winston. Ses patients revenaient toujours lui rendre visite.

— Peut-être que Winston reviendra de temps en temps ?

Chloe essuya ses joues de nouveau striées de larmes.

— C'est possible, mais je ne serai pas là pour le voir…

Le retour de la mouffette dans la forêt n'était que le catalyseur de ses émotions, songea Ben, inquiet. Il remarqua les cernes noirs sous ses yeux. Il recula pour mieux l'observer. La jeune femme était très pâle et paraissait épuisée.

— Que se passe-t-il, Chloe ?

Elle secoua la tête.

— Rien. Juste des petits problèmes au boulot.

— Quels problèmes ?

Elle haussa les épaules et regarda vers les arbres.

— Trop difficile d'en parler.

Ben résista au désir de la prendre dans ses bras pour la rassurer.

— Parfois, on résout mieux un problème en le partageant avec un ami, alors parle-moi.

Elle le regarda droit dans les yeux.

— Comme toi tu me parles ? rétorqua-t-elle avec amertume. En amitié, la confiance doit être réciproque, Ben.

Chloe lui tendait une perche. À lui de la saisir… Il déglutit. Les mots se précipitaient dans sa gorge. Il essaya de les prononcer, mais n'y réussit pas.

Il s'entendit répondre :

— Bientôt, Chloe.

Ses yeux brillants de larmes exprimèrent une vive douleur. Ben fut honteux d'être la cause de sa souffrance.

— Très bien… dit-elle d'une voix tremblante. Prends tout le temps qu'il te faut. Toute ta vie, si nécessaire ! De toute façon, ça n'aura bientôt plus aucune importance, alors garde donc tes précieux secrets…

Elle s'éloigna. Il la rattrapa par le bras et lui fit faire volte-face.

— Tu ne peux pas renoncer à cela.

— À quoi ?

— *Ça !*

Sans réfléchir, il l'enlaça et l'embrassa passionnément. Il pensait qu'elle le repousserait mais, après un instant de stupéfaction, elle capitula et se pressa contre lui en gémissant.

Ben songea au pouvoir de ses mains. C'était malhonnête de les utiliser pour l'amadouer et la conquérir, mais la peur de la perdre l'emporta. Il l'accula contre un arbre, l'embrassa fiévreusement tout en laissant courir ses mains sur son corps. Chloe noua la jambe autour de son genou et n'offrit plus aucune résistance quand il souleva son haut, défit son soutien-gorge et lui caressa les seins. Elle rejeta la tête en arrière, le corps secoué de tremblements.

Elle planta ses ongles dans son dos.
— Je t'aime, Ben...
Enfiévré par la passion, il agaça les mamelons roses qui se raidirent. Il sentait les battements du cœur de Chloe jusque dans les pointes de ses seins.
La jeune femme frémit et laissa échapper un sanglot. Il continua à agacer ses seins, tout en tâtonnant pour trouver la fermeture de son jean. Dès qu'il toucha son ventre, le regard de Chloe devint immense et profond. Puis, avec une soudaineté qui étonna Ben, elle le repoussa.
— Je ne peux pas!
Hors d'haleine, il la regarda s'éloigner.
— Chloe! la rappela-t-il d'une voix rauque.
Elle ne se retourna pas.
— Ça suffit! J'avais raison d'avoir peur d'être seule avec toi!
— Chloe...
— Laisse-moi!
Elle lui lança un regard accusateur.
— Il te faut une femme qui ne pose aucune question. Désolée, Ben, mais je ne suis pas ce genre de femme.
Elle s'éloigna, le laissant pétrifié.
— Chloe, attends-moi!
Elle ne ralentit pas. Dans sa colère, sa démarche était gracieuse et ondoyante. Ben la suivit des yeux puis, découragé, lui emboîta le pas. Tout en marchant, il mettait des mots sur sa situation : il était à la croisée des chemins et devait parler, sinon il était sûr de la perdre.
Ce choix fait, il se demanda par où commencer. Il avait en effet tant de choses à lui révéler et redoutait toujours sa réaction. Il pouvait la perdre aussi en parlant...
Quand il rentra, Chloe et son fils partaient avec le chiot. Son estomac se serra. Elle ne reviendrait plus.

Elle tendit Rowdy à l'enfant.

— Va dans la voiture, chéri, j'arrive tout de suite.

Jeremy lança un regard de reproche à Ben, puis il obéit. Chloe frotta ses mains sur son jean.

— Tu n'as pas peur des microbes pour Rowdy ? s'enquit Ben.

Encore des paroles banales, alors qu'il avait des choses si importantes à lui dire ! Mais se raccrocher à Rowdy, c'était se raccrocher à Chloe.

— Si tu le ramènes chez toi maintenant, tu lui fais courir un risque.

— Je désinfecterai la cour à l'eau de Javel. Jeremy y promènera Rowdy et le surveillera.

— Il va te falloir une quantité d'eau de Javel incroyable…

Chloe lui avait avoué qu'elle l'aimait, et il lui parlait d'eau de Javel !

Elle haussa les épaules.

— Plusieurs litres, sans doute. Qu'importe.

La voix tremblante, elle poursuivit :

— Le vétérinaire de la ville m'aurait fait payer plusieurs milliers de dollars pour soigner Rowdy, je crois que je m'en suis bien tirée. Dès que je serai à flot, je t'enverrai un chèque pour éponger mes dettes.

— Ne sois pas stupide, Chloe, je ne veux pas de ton argent.

Elle gardait la tête obstinément baissée.

— J'accepte l'aide de mes vrais amis, pas d'étrangers. C'est peut-être de la fierté mal placée, mais ça ne m'empêchera pas de payer.

— Je ne suis pas un étranger.

Elle ne répondit même pas et ouvrit la porte. Un geste qui en disait plus qu'un discours.

— Chloe, on ne peut pas terminer comme ça…

— Terminer quoi ? On n'a rien commencé !

Ses paroles le touchèrent, mais il comprit que les prononcer lui faisait tout aussi mal. Le regard de la jeune femme exprimait une insoutenable souffrance.

— Nous devons parler, Chloe. Je te dirai tout ce que tu veux savoir, je te le promets.

— Parce que je te supplie ? Entre deux personnes qui se font confiance, le dialogue vient naturellement, pas sur demande.

Elle eut un geste de désespoir.

— Cela fait des semaines que j'attends, Ben. Tu ne m'as rien dit. Je ne sais toujours pas de quoi tu vis.

Son métier, c'était le début de son histoire. Le reste était plus important, et beaucoup plus complexe. Mais Chloe ne pouvait le comprendre et continuait d'interpréter son silence comme un rejet.

— C'est compliqué, Chloe. Il y a beaucoup de choses dont tu n'as pas idée…

Il s'interrompit, puis reprit avec difficulté :

— J'ai toujours été très renfermé… C'est pour cette raison que j'ai du mal à parler de moi, à la différence des autres gens. Ce n'est pas que je le refuse, c'est juste que… que je ne sais pas par où commencer… Et puis, j'ai peur de tes réactions. Écoute-moi, je…

Il espérait que ces paroles l'attendriraient et qu'elle accepterait de l'écouter, mais Chloe sortit.

— Alors ce n'est pas la peine de me parler, Ben. La confiance, c'est l'alpha et l'oméga des relations humaines. Sans confiance, il n'y a rien.

Il allait la suivre, mais elle leva la main pour l'en empêcher.

— Laisse-moi. Tu as peur de me faire de terribles aveux ? Garde-les pour toi. Je n'ai plus envie de savoir. Si tu parlais maintenant, j'aurais le sentiment de t'avoir forcé.

Là-dessus, elle claqua la porte. Ben faillit la suivre, puis il se ravisa. Elle était trop en colère pour une conversation à cœur ouvert. Le résultat serait calamiteux.

Nan, qui avait été réveillée de sa sieste par les éclats de voix, apparut à son côté.

Elle posa le menton sur son épaule et regarda avec lui Chloe qui s'éloignait par la fenêtre.

Quand la voiture eut disparu, Nan prit la parole.

— C'est une gentille petite, Ben.

— Mais elle ne reviendra pas.

— Bien sûr que si. Va la chercher.

— Tu as entendu notre conversation ?

— Oui, et j'imagine que tu es perplexe. Tu es enfin prêt à lui ouvrir ton cœur, et elle te rejette…

Ben ne savait plus quoi penser.

— Elle a dit qu'elle n'avait plus envie de savoir…

La vieille femme sourit et l'embrassa.

— Elle n'a pas conscience de l'importance de tes révélations. Elle pense que tu fais preuve d'une trop grande discrétion concernant des détails ordinaires. Le jour où elle t'écoutera, ce sera une véritable surprise…

Ben la serra dans ses bras.

— J'ai peur, maman. Je veux lui parler, mais les mots ne sortent pas.

— Donne-toi du temps.

— Chloe n'attendra pas.

Nan soupira.

— Alors dis-lui juste deux ou trois petites choses, le temps de te préparer pour le reste…

19

Chloe ne retrouva son calme que lorsqu'elle eut couché Jeremy et se retrouva seule. Déterminée à ne pas penser à Ben, elle s'installa sur le sofa avec du thé glacé et son magazine préféré, dont elle tourna les pages jusqu'aux recettes.

Elle lut une recette de gratin de chou-fleur et de brocoli qui lui mit l'eau à la bouche, puis celle d'un burrito végétarien qu'elle aurait aimé partager avec Ben. Vaincue par ses pensées, elle jeta un coup d'œil à l'horloge et se demanda ce qu'il faisait maintenant. Sans doute travaillait-il ? À ces fameuses… bricoles, comme il disait, qui l'occupaient jusqu'au petit jour…

Son cœur se serra douloureusement alors que l'image de Ben s'imposait dans son esprit. Elle s'était efforcée de ne pas tomber amoureuse pour ne pas se compliquer la vie, et voilà le résultat ! Elle aurait voulu se laisser absorber par son désespoir et pleurer toutes les larmes de son corps.

La sonnerie du téléphone la fit tressaillir. Elle se leva et décrocha sans attendre.

— Allô ?

— C'est moi, Chloe.

Ben. Elle ferma les yeux et savoura le son de sa voix. Elle lui en voulait, mais elle ne pouvait le rejeter – un paradoxe que seul l'amour pouvait expliquer.

— Bonsoir, Ben, prononça-t-elle avec effort, la gorge nouée.

— Je… enfin…

Elle l'entendit libérer un soupir las.

— Chloe, si tu pouvais être patiente et… Je ne suis pas très doué… pour ce genre de choses.

— Pas très doué pour quoi ?

— Pour reconnaître mes torts. Pour te demander de me donner une autre chance.

Elle s'adossa au mur, incapable de parler.

— Quand tu es partie ce soir, j'ai eu le sentiment de perdre tout ce qui était important dans ma vie.

Les larmes lui montèrent aux yeux.

— Sommes-nous donc si importants pour toi, Ben ?

Il laissa échapper un autre soupir.

— Plus que tout au monde.

Nouveau silence. Puis :

— Tu me manques, Chloe. Tu manques aux animaux. Tu manques même à cette maison. J'ai essayé de travailler, je n'y arrive pas. Je ne peux pas me concentrer… J'étais si triste que je n'ai rien pu avaler pour le dîner. J'avais décidé de me prendre une bonne cuite, mais j'ai préféré te téléphoner…

Chloe, toujours muette, ferma les paupières et posa la joue contre le papier peint.

— Puis-je venir plus tard ? demanda Ben. Il y a des choses que tu dois savoir. J'y ai réfléchi toute la soirée. Tu as raison. Sans confiance, rien n'est possible…

La jeune femme sourit malgré elle.

— Je ne veux pas que tu te sentes sous pression à cause de moi.

— Là n'est pas le problème. Il y a des choses graves dont tu n'as pas idée, Chloe. Quand je t'aurai parlé, tu comprendras pourquoi j'avais tant de mal à les révéler et pourquoi je ne savais pas par où commencer.

Chaque parole semblait nécessiter un gros effort de la part de Ben. Elle fixa une tache sur le papier peint.

— Des choses graves ?

— Tu comprendras bientôt.

Elle l'entendit soupirer.

— Je te fais confiance, Chloe...

Une immense sincérité transparaissait dans sa voix.

— C'est la première fois que je fais autant confiance à quelqu'un...

Les larmes montèrent de nouveau aux yeux de Chloe.

— Quand viendras-tu ?

— Pas avant que ma mère ne soit endormie. Je n'aime pas m'absenter tant qu'elle ne dort pas. Je préfère ne pas te donner d'heure, parce que je peux être chez toi dans moins d'une heure ou d'ici deux heures... ça dépend.

— Je t'attends, dit-elle d'une voix douce.

Elle pensait la conversation terminée lorsqu'il reprit la parole :

— Chloe ?

— Oui ?

Elle devinait son sourire et en ressentait la chaleur.

— Je me sens déjà mieux...

Chloe eut le sentiment qu'un poids immense se retirait de sa poitrine.

— Moi aussi...

Après avoir raccroché, la jeune femme posa les mains sur ses épaules et dansa de joie. Le baiser de Ben, tout à l'heure, avait été si intense qu'elle avait encore l'impression de sentir ses lèvres sur les siennes. Au souvenir de l'incroyable chaleur de ses mains sur son corps, elle mourait d'envie de se retrouver dans ses bras. En vérité, elle se fichait de ce qu'il allait lui apprendre. Le plus important, c'est qu'il l'aimait assez pour avoir envie de se confier à elle. Chloe n'avait pas peur de ces aveux que Ben disait graves, mais qui devaient être anodins. Il était l'homme le plus droit et le plus généreux qu'elle ait rencontré. Quoi qu'il en soit, ses révélations ne changeraient rien entre eux.

Elle s'arrêta net en entendant un bruit à la porte qui donnait sur le jardin derrière la maison, et eut la chair de poule. Elle entra dans la cuisine avec prudence et, de là, jeta un œil dans la buanderie. Le lino arraché était froid et rugueux sous ses pieds nus. Dans la buanderie sombre, elle ne pouvait guère distinguer la porte du fond, mais elle crut cependant voir la poignée tourner.

Son cœur bondit. Avait-elle bien fermé la porte à clé ? Bobby Lee l'avait rendue si paranoïaque, ces derniers temps, qu'elle gardait portes et fenêtres fermées, mais peut-être avait-elle oublié ses précautions habituelles ce soir ?

Chloe attendit et vit de nouveau la poignée tourner. Il n'y avait plus aucun doute : quelqu'un essayait d'ouvrir la porte qui donnait sur le jardin. Peu après, des bruits de pas s'élevèrent. Affolée, elle fit volte-face et tendit l'oreille. Plus rien. Mais tout à coup elle entendit qu'on jetait des cailloux contre la fenêtre de la cuisine.

Elle décrocha le téléphone. Les mains tremblantes, elle composa le numéro du bureau du shérif, puis se ravisa et composa le 911, le numéro des urgences. Elle ne voulait pas que Bobby Lee débarque chez elle.

Quand le dispatcher répondit, Chloe parla d'une voix forte pour que l'intrus l'entende et prenne ses jambes à son cou.

— Je vous appelle pour tentative d'effraction à mon domicile.

— Votre nom, madame ?

Un autre caillou tapa le carreau.

— Oh mon Dieu, il essaie de casser la fenêtre ! Chloe Evans ! Je m'appelle Chloe Evans !

Le dispatcher lui demanda ensuite son adresse, mais Chloe terrorisée ne put répondre. Elle entendit courir dehors, à moins que ce ne soient les battements frénétiques de son cœur ?

— Calmez-vous, madame Evans, nous allons rester en ligne jusqu'à ce que l'un de nos officiers arrive. Où habitez-vous ?

— Ponderosa Lane.

Elle tendit l'oreille, mais cette fois ne perçut rien. L'intrus avait disparu. Peut-être l'avait-il entendue appeler la police et s'était enfui, pris de panique ? Mais peut-être était-il toujours dans les parages...

— J'habite à Whispering Pines, non loin de Shoshone Reservoir.

Elle récita son adresse à toute vitesse.

— Je vais devoir attendre longtemps avant l'arrivée de la police ?

— Je vais transmettre votre appel aux patrouilles.

Chloe crut entendre des voix dans la cour.

— Je les entends parler ! Ils sont deux ! dit-elle au dispatcher.

— Vous allez bientôt avoir de l'aide. Dans quelle pièce êtes-vous, madame Evans ?

— Dans la cuisine, pas très loin de la fenêtre que le cambrioleur a essayé de casser.

— Avez-vous un autre téléphone ?

— Dans ma chambre.

— Allez dans votre chambre, décrochez l'autre poste en laissant celui de la cuisine décroché. Je vais attendre.

Un autre bruit suspect s'éleva de la fenêtre du salon. Chloe lâcha le téléphone, se précipita dans sa chambre où elle débrancha son second poste. Toujours courant, elle ressortit dans le couloir et entra dans la chambre de Jeremy.

Elle ferma la porte à clé, fit glisser le coffre à jouets contre la porte et brancha son téléphone d'une main tremblante, puis se mit de nouveau en relation avec le dispatcher.

— Allô ? Vous êtes toujours là ?

— Vous êtes dans la chambre, porte fermée à clé ?

— Oui.

Chloe tremblait si fort qu'elle pouvait à peine tenir le téléphone.

— Je suis morte de peur.

— La police ne va pas tarder, soyez sans crainte, madame Evans. Par chance, un officier de police se trouve dans votre secteur. Restez calme. Si le cambrioleur tentait de pénétrer dans votre maison, il devrait enfoncer la porte pour vous agresser.

Elle se laissa glisser sur le sol et s'adossa au lit de Jeremy. Rowdy s'étira et rampa sur le lit pour venir poser son museau sur son épaule. Surprise, la jeune femme tressaillit.

— L'officier vient juste de nous rappeler, reprit le dispatcher. Il est devant votre maison avec une lampe de poche. Voyez-vous une lumière dehors ?

Chloe entrevit un faisceau de lumière à travers les rideaux de la fenêtre.

— Oui, je la vois !

— L'officier va faire le tour de votre maison par sécurité et vérifier toutes les issues, pour s'assurer que personne n'est entré chez vous. Ensuite, il sonnera à la porte. À cet instant, vous ne risquerez plus rien et vous pourrez sortir de la chambre. S'il ne frappe pas, cela signifiera qu'il aura trouvé une porte ou une fenêtre forcée par le malfaiteur. En ce cas, restez dans la chambre jusqu'à ce qu'il vous donne le signal d'en sortir.

— Je suis en chemise de nuit dans la chambre de mon fils. Je n'ai rien pour me couvrir !

Le dispatcher parla à un autre interlocuteur, puis revint à elle.

— Avez-vous un couvre-lit ?

— Oui...

— Enveloppez-vous dedans. L'officier de police va arriver. Il va vous poser des questions, mais il vous laissera le temps de vous habiller décemment.

Elle allait ajouter quelques mots quand la sonnette de l'entrée retentit.

— Le policier vient de sonner. Merci beaucoup... !

— Je vous en prie, madame Evans, nous sommes là pour vous aider.

Chloe raccrocha, s'enveloppa dans le couvre-lit de Jeremy qui représentait Winnie l'Ourson et déplaça le coffre à jouets. Elle ouvrit, puis referma la porte derrière elle. Cette précaution était inutile ! Si Jeremy n'avait pas été réveillé par le remue-ménage, il ne le serait pas davantage par une conversation dans le salon.

Elle se hâta, alluma la lampe de la véranda et défit les chaînes de sécurité de la porte d'entrée. Elle ouvrit et se figea, incrédule.

Bobby Lee se tenait devant elle.

Son sourire était onctueux.

— Bonsoir, madame Evans. Il paraît que vous avez des ennuis ?

Chloe s'efforça de rester vaillante, mais son instinct lui soufflait qu'elle était en danger. La porte était grande ouverte, le policier tout près, et elle était en tee-shirt sous un couvre-lit.

Une telle confusion régnait dans son esprit qu'elle ne parvenait pas à réfléchir.

— Que faites-vous ici ? J'ai appelé Police Secours, pas le bureau du shérif...

— Je suis branché sur la fréquence de Police Secours. J'étais dans les environs, alors j'ai répondu à l'appel.

Chloe ne sentait plus ses pieds ni ses jambes. Elle avait la certitude qu'elle avait été manœuvrée : Bobby Lee avait joué les rôdeurs pour lui faire peur.

Il entra chez elle sans y avoir été invité.

— Je dois vous poser quelques questions, madame Evans. Me permettez-vous de vous attendre, pendant que vous enfilez des vêtements décents ?

Mais Chloe craignait qu'il ne la suive dans la chambre de Jeremy. Il ne lui faudrait pas longtemps avant de défoncer la porte et déplacer le coffre à jouets. Téléphoner pour demander de l'aide ? Il anticiperait son geste et l'en empêcherait. L'important, c'était de protéger Jeremy. Elle s'enveloppa plus étroitement dans le couvre-lit et s'arma de courage.

— Ça ira. Cette couverture sur le dos me suffit. De toute façon, ça ne prendra pas longtemps, n'est-ce pas ?

Bobby Lee sortit un bloc et un stylo.

— À quelle heure le cambrioleur a-t-il tenté de s'introduire chez vous, madame Evans ?

Il parlait comme s'ils avaient été des inconnus, mais elle savait qu'il se riait d'elle. Le sang de Chloe se glaça. Bobby Lee avait monté ce stratagème afin de pénétrer chez elle en toute impunité, soit pour lui faire peur, soit pour des raisons plus tordues...

Son instinct lui dicta de jouer le jeu, pour ne pas susciter la colère de cet homme instable.

— Il était presque vingt-trois heures dix, commença-t-elle. Je le sais parce que je venais de regarder l'horloge. C'est alors que j'ai entendu quelqu'un qui essayait d'entrer...

Pourvu que Ben soit déjà en route... pensait-elle. Qu'avait-il dit, au fait ? Qu'il serait là dans une heure ou deux... C'est maintenant qu'elle avait besoin de lui !

Bobby Lee prenait note.

— Vous avez entendu des bruits derrière la porte du jardin et à l'une des fenêtres. De quelle fenêtre s'agissait-il ?

— De celles de la cuisine et de la salle à manger.

— Je n'ai pas vu d'empreintes de pas, dehors, mais ça ne prouve rien. Il n'a pas plu depuis quelque temps. La terre est sèche et dure.

— Mais je vous jure qu'on a essayé de pénétrer chez moi !

L'air aussi naturel que possible, Chloe se rapprocha de la cuisine où se trouvait le téléphone. Bobby Lee l'empêcherait sans doute de l'utiliser, mais la proximité de l'appareil la rassurait.

— Connaissez-vous quelqu'un qui voudrait vous faire peur ?

Chloe le regarda droit dans les yeux, incrédule. C'était un pervers, elle ne voyait pas d'autre explication !

— Non, répondit-elle enfin.

— Avez-vous regardé par la fenêtre pour tenter de reconnaître votre agresseur ?

— J'étais terrorisée. J'ai toujours entendu dire qu'il ne fallait pas prendre ce genre d'initiatives.

— Si le cambrioleur est un homme, il a dû déduire que vous étiez seule à la maison.

Bobby Lee remit son bloc à sa ceinture.

— Je sais que vous avez eu très peur, madame Evans, mais, si vous voulez mon avis, ce devait être des jeunes. Pendant les vacances, ils s'ennuient et sèment la zizanie dans les environs. Plus on approche de la fin de l'été, plus ils sont intenables ! Nous avons toujours de nombreux incidents à la fin des grandes vacances.

Des jeunes ? Difficile à croire.

— Hélas, ce n'est pas facile de les épingler. Ces malins ne se font jamais prendre. En général, ils sont déjà loin quand la police arrive sur les lieux.

Bobby Lee sourit de nouveau. Son regard brillait.

— Mais je peux me tromper, alors je vous recommande d'être prudente. Assurez-vous que fenêtres et portes sont bien fermées avant d'aller vous coucher. Gardez un téléphone à portée de main. Je vais prendre une précaution supplémentaire et demander à une patrouille de venir surveiller votre maison.

— C'est rassurant, dit Chloe qui contenait l'indignation dans sa voix avec peine. Bonsoir, policier Schuck.

— Bonne nuit, madame Evans.

Il se dirigea vers la porte. En sortant, il lança un regard par-dessus son épaule.

— Si vous avez d'autres ennuis au cours de la soirée, n'hésitez pas à appeler. Et pendant que j'y suis, raccrochez le téléphone de la cuisine, sinon vous serez dans l'impossibilité de vous servir de vos autres postes et vous serez injoignable.

Bobby Lee parti, Chloe demeura immobile. Elle tremblait si fort qu'elle chancelait. Elle posa une main contre le mur pour garder son équilibre. Ouf, il était parti ! Toujours secouée de frissons, elle raccrocha le téléphone de la cuisine qui tournoyait au bout de son cordon. Puis elle alla verrouiller la porte d'entrée.

Au même instant, la porte se rouvrit sur Bobby Lee souriant. Il entra et ferma la porte à clé.

La jeune femme se figea, pétrifiée.

Il montra le téléphone qu'elle venait de raccrocher.

— Merci ! La conversation est terminée, bien ficelée et correcte. J'avais proposé au dispatcher de rester en ligne et de l'écouter.

— Que voulez-vous, Bobby Lee ? demanda Chloe, les doigts crispés sur son couvre-lit.

— Juste faire une dernière visite de contrôle. Vous sembliez terrorisée, tout à l'heure. Il ne faut pas. Je suis là, maintenant. Personne ne va plus vous embêter. Sauf moi...

Elle saisit le téléphone.

— Lâchez ce téléphone, ordonna-t-il. Non seulement vous n'aurez jamais le temps de composer le numéro de la police, mais en plus vous allez me mettre en colère.

Chloe s'immobilisa, la main sur le combiné.

— Sortez !

— Chut, vous ne voulez pas réveiller votre petit bonhomme ? Il pourrait se rendre compte que quelque chose ne va pas. Il vaut mieux le laisser en dehors de tout ça.

— Je vous ai dit de sortir de chez moi, Bobby Lee ! Vous ne vous en tirerez pas comme cela. Je vais porter plainte contre vous. Votre carrière dans la police sera fichue !

Il fit un pas vers elle, détendu et souriant.

— J'ai déjà pris toutes mes précautions. Vous pouvez porter plainte, personne ne vous croira. Quand j'ai demandé au dispatcher de rester en ligne, je lui ai expliqué que nous étions sortis ensemble, un soir, et que vous étiez folle de rage car je vous avais dit qu'on en resterait là. Les femmes deviennent enragées quand elles n'ont pas ce qu'elles veulent... Un officier de police est une cible facile pour de fausses accusations.

Chloe le fixait, muette d'horreur.

— Le dispatcher m'a entendu vous souhaiter bonne nuit et prendre congé. Selon le rapport, pas de problème, la routine. Si vous m'accusez, personne ne vous croira.

Il lui adressa un clin d'œil.

— Avant de vous attaquer à moi, réfléchissez. Vous ne voulez pas qu'il arrive malheur à votre petit garçon ?

Trop affolée pour parler, elle se contenta de secouer la tête.

— Voilà bien ma petite Chloe !

Il s'arrêta à distance prudente.

— Bien, dit-il ensuite en se frottant joyeusement les mains. Et si on commençait la fête ? Laisse tomber ce couvre-lit et enlève ce tee-shirt. Je meurs d'envie de regarder ce joli corps que tu me caches. Tu as des nichons de rêve. On ne te l'a jamais dit ?

La tête de Chloe lui tournait.

— Je ne le retirerai pas, rétorqua-t-elle faiblement.

— Bien sûr que si ! Tu es une bonne petite maman, alors tu vas obéir, sinon je défoncerai la cervelle de ton gamin ! Après, je te prendrai comme j'en crève d'envie. On a tous nos fantasmes, hein ? Le mien, c'est de te prendre sans tabou ni limites. Ensuite, je t'étranglerai. Je ferai attention à ne laisser aucune trace pour une éventuelle analyse ADN. Demain, quand j'entendrai les nouvelles, je serai catastrophé et je tremblerai en disant que j'étais chez toi juste avant que cette tragédie ne survienne…

Il haussa les épaules.

— Facile. Si facile, Chloe… J'ai des états de service irréprochables… Je suis policier depuis vingt ans. Qui me soupçonnerait ? Tu fréquentes ce meurtrier de Ben Longtree ? Parfait, ce sera lui le suspect numéro un ! Si on l'inculpe, j'enfoncerai le clou. Cool…

Il est dingue, pensait la jeune femme stupidement. Et elle était impuissante… Jamais elle n'aurait le dessus sur un policier aguerri et bien entraîné. Elle l'avait vu prendre un homme ivre à la gorge, une fois, et il l'avait paralysé en comprimant un nerf.

— Soit tu coopères et tu acceptes de me séduire pour qu'on s'amuse bien tous les deux, soit tu refuses d'être gentille et ce sera moins agréable : préliminaires désagréables et sauvagerie… Quoi que tu choisisses, tu seras à moi. Appelle ça un défi à relever ou une affaire à terminer, ça m'est égal. Je t'ai voulue dès que je t'ai vue. Et j'ai toujours ce que je veux.

— Toujours ?

Elle humecta ses lèvres, nouée par la peur.

— Toujours. Et je m'en tirerai, Chloe. Après tout, je suis un flic. Je connais tous les petits trucs pour me couvrir.

Chloe comprit qu'elle ne devait pas compter sur Ben qui n'arriverait peut-être pas de sitôt. Elle était seule et devait faire face à la situation dans toute son horreur.

— Je préfère coopérer… prononça-t-elle enfin.

Puis, se forçant à sourire :

— C'est plus excitant, non ?

Bobby Lee ne s'y attendait certes pas. La surprise et un émerveillement écœurant se peignirent sur son visage.

— Il va être minuit, reprit-elle. Vous êtes toujours en service ? J'ai du champagne au frigo. On va bien s'amuser tous les deux.

Là-dessus, elle laissa glisser le couvre-lit de ses épaules, un geste qui nécessita tout son courage et toute son énergie. Puis, la démarche chaloupée pour lui donner un avant-goût des réjouissances à venir, elle se dirigea vers la cuisine. Elle ouvrit le réfrigérateur et se pencha en avant, juste assez pour l'émoustiller.

— Vous me surprenez, Bobby Lee ! essaya-t-elle de badiner. Je pensais que vous faisiez partie de ces hommes qui ne connaissent que la position du missionnaire, que vous n'aviez que fort peu d'imagination en matière de sexualité.

Du coin de l'œil, elle remarqua qu'il la dévorait des yeux.

— De nos jours, la plupart des hommes sont si...

Chloe haussa les épaules et sourit.

— ... insipides. J'avais entendu des histoires incroyables sur Ben Longtree. J'avais espéré qu'il serait plus excitant que les autres, mais je vous avoue qu'il n'est pas mieux !

Elle sortit la seconde bouteille de champagne que Ben avait amenée l'autre soir.

— Vous voulez prendre les verres, s'il vous plaît ? Sur votre droite.

Méfiant, Bobby Lee hésita, puis il ouvrit le placard, en tira deux verres qu'il posa sur la table.

— Ôte ton tee-shirt ! gronda-t-il.

Chloe fit de son mieux pour lui adresser un sourire aguicheur.

— Un peu de patience, voyons, c'est meilleur d'attendre.

Elle souleva son tee-shirt jusqu'à la limite des seins.

— Après tous vos efforts, savourez votre plaisir.

Quand il passa la main sur sa braguette, Chloe comprit qu'elle le tenait.

— Recommence ! Mais plus haut, cette fois !

— Pas de précipitation... dit-elle en s'efforçant de garder un sourire aux lèvres. Surpris, Bobby Lee ? Vous pensiez que j'étais une femme bornée et hystérique ? Honte à vous ! Un homme ne connaît jamais assez une femme...

Et il allait être surpris.

— Tenez, moi par exemple...

Chloe dégagea la capsule en aluminium autour du bouchon, puis inclina la bouteille dans sa direction, sans cesser de le regarder.

— Vous m'avez révélé votre fantasme. Voulez-vous connaître le mien ?

Il écarquilla les yeux.

— Oui, grommela-t-il.

— J'ai toujours...

Elle s'interrompit, feignant l'embarras.

— Je ne peux pas, j'ai trop honte...

— N'aie pas honte. Les fantasmes, c'est normal.

Chloe essayait vainement de déshabiller la bouteille, mais la coiffe en aluminium paraissait avoir été collée à la superglu.

— Non, je ne peux pas vous le dire... C'est trop...

— Dis !

Elle réussit enfin à retirer un peu d'aluminium. Elle avait intérêt à trouver un fantasme assez torride pour exciter ce malade.

— J'ai toujours rêvé de...

De quoi ? Son regard tomba sur la table.

— De faire l'amour sur... une table... D'être attachée et soumise à la volonté d'un homme. Être sa chose. Le hors-d'œuvre sexy d'un repas érotique...

Bobby Lee déglutit avec difficulté. Sa pomme d'Adam monta et descendit.

Chloe arracha enfin la coiffe et la jeta. Elle devait maintenant s'approcher sans éveiller sa méfiance.

— Le hasard fait bien les choses... Vous me désirez sans limites et je veux être à votre merci.

Elle sourit et fit mine d'étudier le bouchon d'un air fâché. Que faire maintenant ? C'était toujours Roger qui ouvrait le champagne.

— Je n'ai jamais pu réaliser mes fantasmes, alors j'ai toujours fantasmé pendant l'amour...

— Ça va s'arranger !

Chloe pressa sur le bouchon toujours prisonnier du muselet, puis regarda Bobby Lee, feignant l'incrédulité.

— Vous feriez cela pour moi ?

Pourquoi ce maudit muselet ne se desserrait-il pas ?

— Pas de problème ! dit-il d'une voix graveleuse. Je n'avais jamais pensé à baiser sur une table, mais pourquoi pas ?

— Oh, Bobby Lee... lança Chloe, hors d'haleine. Rien que d'y penser, ça me rend toute chose. Avec quoi allez-vous m'attacher ? Je n'ai pas de cordes...

— Avec des ceintures ! Tu en as beaucoup, je l'ai remarqué quand tu travaillais au bureau du shérif. Je les nouerai autour de tes poignets et de tes chevilles, et aux pieds de la table. Tu seras si bien attachée que tu ne pourras plus bouger.

L'estomac de Chloe se noua, mais elle s'appliqua à garder un sourire sur son visage. Elle braqua le goulot vers Bobby Lee et poussa de toutes ses forces sur le muselet. Rien. La sueur coulait dans son dos. Ç'avait été si facile lorsque Ben avait débouché la bouteille, l'autre soir.

— Et quand je serai attachée, que feras-tu de moi ? Donne-moi des détails !

Elle s'approcha.

— Tout ! dit-il d'une voix de plus en plus rauque. Je te baiserai à mort quand tu seras écartelée et toute nue. Je te bâillonnerai avec une serviette pour que tu ne puisses pas crier.

Il commença à lui énumérer ses fantasmes, devenant plus précis au fur et à mesure que son excitation croissait. La terreur submergeait Chloe. Elle se débattait avec le muselet avec un tel acharnement qu'elle en tremblait.

— Laisse-moi faire ! dit-il enfin.

— Non, non, j'y suis presque ! Parle-moi encore, je suis si excitée... !

Elle se trémoussa.

Bobby Lee s'approchait lorsqu'elle sentit le muselet se desserrer. Elle tourna la bouteille sur elle-même en la tenant par le fond.

— Tu vas adorer. Je vais te montrer tout mon répertoire et tu n'en reviendras pas, ma toute belle. Ça sera si bon. Meilleur que ça ne l'a jamais été.

Le bouchon jaillit à la vitesse d'un boulet de canon et heurta Bobby Lee au milieu du front. L'espace d'un instant, il la regarda, bouche bée, avant de porter les mains à son visage en poussant un cri de douleur.

Chloe brandit la bouteille et le frappa sur la tête. Le champagne jaillit à gros bouillons. Bobby Lee tomba à genoux. Elle frappa de nouveau. La bouteille se brisa, mais il n'avait pas été assommé. Elle allait de nouveau frapper quand il tendit les mains.

— Arrête, j'y vois plus rien... !

— Fichez le camp, maintenant ! cria Chloe. Ou je vous jure que je vous fends le crâne en deux et que je vous égorge. Dehors !

Il vacilla vers la porte d'entrée. La porte refusa de s'ouvrir. Il gémit, tomba à genoux et se prit la tête entre les mains.

— C'est fermé...

— Ouvrez-la !

— Je ne peux pas, tu m'as frappé entre les yeux. J'y vois plus rien...

Chloe n'en croyait pas un mot.

— Débrouillez-vous pour ouvrir. Et vous avez intérêt à faire vite, sinon je vous assomme.

— Je ne t'aurais pas fait de mal, pleurnicha Bobby Lee. Je suis armé, nom de Dieu, et si j'avais vraiment voulu être méchant, je t'aurais tiré dessus.

Non, parce qu'on aurait pu retrouver ta piste avec la balle de ton flingue, pensa Chloe.

— Dehors !

Elle baissa la bouteille et saisit une chaise. Il leva de nouveau la main. Il voyait donc mieux qu'il ne le prétendait !

— Je pars...

Il se redressa, se tenant la tête.

— J'avais peur que tu te trouves un couteau, mais un bouchon de champagne...

Il se débattit avec le verrou, puis ouvrit la porte en jetant ces derniers mots :

— Je reviendrai. Et la prochaine fois tu seras à moi, poulette. Pigé ?

Après un regard menaçant, il sortit. Chloe attendit qu'il ait descendu les marches, laissa retomber sa chaise et courut fermer la porte, folle de terreur. Elle la verrouilla et la sécurisa d'un geste frénétique. Quand elle fut certaine d'être en sécurité, elle regarda autour d'elle, hébétée. Les fenêtres étaient fermées. Elle était devenue si paranoïaque depuis les coups de fil de Bobby Lee qu'elle n'osait même plus aérer la maison. Enfin, elle sanglota et se laissa glisser à terre.

Elle aurait voulu se rouler en boule sur le sol et se laisser mourir. Ses jambes et ses bras étaient agités de tremblements spasmodiques, rappelant les mouvements d'une marionnette. Elle ne pouvait plus contrôler son corps et ses pensées. Essaie de réfléchir, s'intima-t-elle. Bobby Lee était là, tout près. Elle ne l'avait pas sérieusement blessé. Il récupérerait dans un petit moment et reviendrait à la charge, fou furieux.

Chloe bondit sur ses pieds et se dirigea vers le téléphone. À peine avait-elle formé le 911 qu'elle raccrocha. Inutile d'appeler la police. Bobby Lee allait intercepter le message. Seigneur, il était là, aux aguets… Ses quatre murs la protégeaient de lui. Et Jeremy ? S'il revenait, que ferait-il de Jeremy ?

Ben.

Elle connaissait son numéro par cœur. Malgré la panique, elle parvint à le composer et écouta la sonnerie. Pas de réponse.

— Ben ! sanglota-t-elle.

Sa voix enregistrée s'éleva soudain à l'autre bout du fil.

— Bonjour. Vous êtes bien chez Ben et Nan Longtree. Je suis désolé, je ne peux répondre pour le moment, mais laissez un message, d'accord ?

Chloe tomba à genoux, accrochée au téléphone et au son de sa voix. Parce que, dans sa terreur, c'est tout ce qu'elle avait.

20

Ben partait chez Chloe quand il entendit le téléphone sonner. Il décida de ne pas répondre, certain que c'était la jeune femme qui téléphonait pour annuler ou ajourner leur rendez-vous de ce soir. Pas question ! Il voulait lui parler maintenant. S'il attendait et se donnait encore un temps de réflexion, il n'y arriverait jamais…

Sa bouteille de champagne enveloppée dans un sac de glace sous le bras, il chercha ses clés dans ses poches, les en sortit et les laissa tomber. Zut. Il posa la bouteille, se pencha, scrutant l'obscurité, et retrouva finalement les clés devant un pneu de sa voiture.

Une fois arrivé chez Chloe, il coupa le moteur mais resta au volant, essayant de se calmer. L'instant était si important… Il sortit de son pick-up et se dirigea vers la véranda éclairée.

Il lui dirait qu'il était écrivain. Étant donné sa passion pour les livres de Caldwell, cette découverte serait un choc. Quand elle l'aurait digérée, il trouverait le courage de lui avouer le reste. Il n'y aurait désormais plus aucun secret entre eux. Il ne savait pas ce qui arriverait, mais il aurait tout fait pour que leur relation ait une chance de s'épanouir. Si Chloe ne pouvait supporter la vérité et refusait de le revoir, il devrait vivre avec.

Plein d'appréhension, il respira à pleins poumons pour se donner du courage et frappa. Les lumières étaient allumées, c'est donc que Chloe l'attendait. Cela dit, des lumières éteintes n'auraient pas freiné son ardeur ! Ben aspira une autre bouffée d'air, comme un homme privé d'oxygène à la limite de l'évanouissement.

Il frappa de nouveau. Chloe n'ouvrait toujours pas. Étonné, il tendit l'oreille, guettant un bruit de pas à l'intérieur, mais le silence était total. Il frappa encore et attendit. Où était-elle ? Il jeta un coup d'œil à sa montre et constata qu'il était arrivé plus ou moins selon ses prévisions, près de quarante minutes après leur conversation au téléphone. Elle aurait dû l'attendre. Il allait frapper plus fort quand la voix de la jeune femme s'éleva, faible et craintive.

— Qui est-ce ?

Il plaqua sa paume sur la porte.

— C'est moi, Ben.

— Ben ?

Il entendit des bruits de métal, de chaîne et de verrou. Il pressa sa paume plus fort, impatient qu'elle ouvre.

— Dis n'importe quoi pour que j'aie la preuve que c'est toi, Ben.

— Bien sûr que c'est moi ! Chloe, est-ce que tout va bien ?

— Le nom de la mouffette ?

— Winston. Mais qu'est-ce que… ?

— Et de la chouette ?

— Einstein. Pourquoi ces questions ?

La porte s'ouvrit enfin. Ben, qui regardait droit devant lui, ne vit pas Chloe. Un mouvement lui fit baisser les yeux et il la découvrit à genoux, ou plutôt effondrée sur le lino. Elle était livide. Ses yeux étaient rougis par les larmes.

— Chloe ! s'écria-t-il en lâchant son champagne.

Il se mit à genoux près d'elle. Puis il posa les mains sur ses épaules et la dévisagea.

— Que s'est-il passé ?

Elle se pressa contre lui, noua les bras autour de son cou, puis se mit à pleurer. Ben la berça tendrement. Elle était tremblante, fiévreuse et si vulnérable, vêtue seulement de son tee-shirt.

— Chérie… que se passe-t-il ? Tu es malade ? C'est Jeremy ? Parle !

Elle s'accrochait à lui, sans cesser de gémir et de pleurer.

— Ben ! Il est venu… balbutia-t-elle. La police… J'ai appelé la police…

Il n'avait rien compris, mais il la serra plus fort dans ses bras pour l'apaiser.

— Ça va aller, chérie.

Il jeta un regard inquiet dans la salle de séjour, remarqua une chaise renversée. *Jeremy !*

— Où est ton fils ?

Elle balbutia des paroles inaudibles. Il la souleva et la déposa sur le sofa.

— Je vais voir comment va Jeremy. Je reviens tout de suite, d'accord ?

Il se rendit dans la chambre du petit garçon, le cœur battant avec violence. Quand il le vit profondément endormi, Rowdy à son côté, il défaillit presque de soulagement. L'enfant et le chiot allaient bien. En revanche, Ben s'étonna que le bruit n'ait pas réveillé Rowdy. À croire que les chiots avaient le sommeil des enfants…

Il s'adossa contre la porte afin de se ressaisir. Qu'était-il arrivé pour que Chloe se mette dans un état pareil ?

Il revint dans le salon. La jeune femme avait rassemblé ses jambes nues sous son menton, noué les bras autour de ses mollets et frissonnait. Ben ramassa un couvre-lit qui gisait par terre et l'en enveloppa.

— Chloe ?

Elle ouvrit les yeux. Des larmes roulaient sur ses joues. Il dégagea son visage dont il connaissait chaque détail par cœur. Après un examen rapide, il conclut qu'elle n'avait été ni blessée ni molestée. Son regard disait pourtant le contraire.

— Que s'est-il passé, Chloe ?

Ben prit son visage entre ses mains, essuyant du pouce les traînées de larmes. Il l'aimait. La pensée qu'on lui ait fait du mal le rendait fou.

— Qui t'a agressée ?

— Bobby Lee, avoua-t-elle dans un souffle. Il a essayé de s'introduire chez moi. Il a monté un stratagème. Quand j'ai appelé la police, il a intercepté l'appel. Ben, c'était affreux...

Il lui fit répéter l'histoire en détail, l'interrompant pour lui poser des questions.

— Tu lui as tiré dessus avec la bouteille de champagne ?

— Un bouchon de champagne avait cassé la fenêtre, alors pourquoi ne pas assommer Bobby Lee avec ?

Ben aurait ri, si le regard de Chloe n'avait été aussi insoutenable. Elle venait de vivre un cauchemar. Sans la bouteille de champagne, ce salaud l'aurait violée.

— Je vais le tuer !

— Non... Ce que je veux...

Elle s'interrompit, puis frissonna et le saisit par le bras.

— Ne nous laisse pas, je t'en prie... J'ai tellement peur de lui. Il a dit qu'il reviendrait.

Il lui caressa les cheveux et l'embrassa sur le front.

— Je suis là, maintenant. Je vais appeler la police !

Elle agrippa son tee-shirt.

— Non ! Il va entendre l'appel du dispatcher à toutes les patrouilles.

Chloe lui raconta à la hâte que Bobby la harcelait au magasin et l'épiait.

— Il se croit au-dessus des lois…

— Pourquoi ne m'as-tu rien dit ?

— Parce que…

Son visage se contracta douloureusement.

— Tu avais dressé un mur entre nous… Je ne voulais pas te confier mes soucis alors que tu restais si secret sur toi.

Ben fut en colère contre lui-même. C'était sa faute… Elle avait raison. Quand elle avait eu besoin de lui, il n'avait pas été présent.

Il l'étreignit longuement.

— Pardon, Chloe… Il n'y aura plus jamais de secrets entre nous.

Elle passa les bras autour de son cou, toujours tremblante. Elle est en état de choc, se dit Ben. En attendant qu'elle se calme et recouvre ses esprits, il allait appeler les autorités, au cas où cette ordure déciderait de revenir à la charge. Il aurait pu affronter Bobby Lee, mais il savait que le policier était capable de se battre de façon déloyale, en utilisant son arme contre lui.

Lorsqu'il se leva, Chloe fixa sur lui un regard égaré.

— Que vas-tu faire ?

— Appeler la police.

— Mais…

— Fais-moi confiance, Chloe. Je ne veux pas que ce salaud revienne t'agresser.

Ben appela Frank Bower à son domicile. Le policier décrocha dès la seconde sonnerie, en homme habitué à recevoir des coups de fil au beau milieu de la nuit.

— Frank ? C'est Ben Longtree. Désolé de te réveiller, mais j'ai des problèmes. J'ai besoin de ton aide.

Ben lui raconta brièvement toute l'affaire.

— Elle est terrifiée à l'idée d'appeler de nouveau la police, et je la comprends. Il est armé. S'il revient, je ne suis pas sûr de contrôler la situation.

— J'arrive.

Chloe passa les deux heures suivantes dans le brouillard. Ben lui apporta des vêtements et l'aida à s'habiller en attendant l'arrivée de Frank Bower. Il mouilla une serviette de toilette qu'il passa sur son cou et son visage, d'un geste apaisant qui calma un peu la jeune femme. La fraîcheur de la serviette lui faisait du bien, et la présence de Ben la rassurait.

— Merci, Ben. Je suis heureuse que tu sois là. Je suis perdue…

Il fit glisser un doigt sur le bout de son nez.

— Tu n'es pas encore très solide, alors laisse-moi m'occuper de tout !

Chloe sentit de nouvelles larmes lui monter aux yeux. Sa bouche trembla.

— Je suis désolée d'être dans cet état… Je ne sais pas pourquoi je tremble autant. Il ne m'a pas touchée, mais je crois que c'est parce qu'il m'a menacée. Il y a aussi toutes ces horreurs qu'il m'a racontées. Il a dit qu'il ferait sauter la cervelle de Jeremy. J'étais terrifiée… Je n'ai jamais eu aussi peur de ma vie, même quand Roger piquait l'une de ses colères…

Ben imaginait sans peine ce que Bobby Lee avait pu dire. Il la serra contre lui et ferma les yeux, soulagé qu'elle soit restée assez lucide pour se défendre. Un bouchon de champagne, ça n'était pas l'idéal, mais c'était mieux que rien. Il était fier de son courage.

Il l'abandonna, le temps d'aller faire un café. Il la conduisit ensuite à la cuisine et plaça une tasse bien chaude entre ses mains. Enfin, il s'assit à côté d'elle et massa ses épaules tendues.

Quand Bower arriva, Ben garda la main de Chloe dans la sienne et l'encouragea à répondre aux questions du policier.

Lorsque Frank eut entendu toute l'histoire, de la lampe japonaise à la tentative de viol de cette nuit, il était inquiet.

— Écoutez, Chloe, dit-il d'une voix douce, à propos de ce dîner avec Bobby Lee, vous êtes certaine que la soirée s'est passée comme vous venez de la décrire ?

— Oui, Frank. Pourquoi me posez-vous cette question ?

Il se gratta la tempe, perplexe.

— Bobby Lee a une autre version des faits.

— Et quelle est sa version des faits ? intervint Ben.

Mal à l'aise, Frank repositionna son Stetson.

— Eh bien, il a dit…

Il s'interrompit et lança un regard d'excuse à la jeune femme.

— Je rapporte seulement ses paroles… Il a dit qu'il voulait rentrer chez lui à vingt heures, mais que Chloe a insisté pour rester danser. Après, elle lui a demandé de la conduire au bord de la rivière, où elle lui a fait des avances. Bobby Lee a repoussé Chloe qui, furieuse, l'a planté là. Il a néanmoins voulu la reconduire à la maison, mais elle a refusé sous prétexte qu'elle voulait marcher.

— C'est faux ! murmura-t-elle.

Elle planta ses ongles dans la main de Ben. Elle était à bout de nerfs.

— C'est archifaux… Il ment !

Sa voix montait dans les aigus.

— Mais telle est sa version des faits… Le lendemain, quand il est revenu au bureau du shérif, vous aviez déjà démissionné. Vous vous êtes entretenue avec le shérif et vous avez accusé Bobby Lee, mais sans porter plainte. S'il s'agissait d'une tentative de viol, vous auriez dû porter plainte, Chloe. Pourquoi n'avez-vous rien fait ?

— Quand je l'ai frappé, il m'a lâchée. Je pensais qu'il avait trop bu...

Elle leva les mains, impuissante.

— J'hésitais. Je ne savais pas s'il avait déjà agressé une femme. Je pensais qu'il avait trop bu et je ne voulais pas détruire sa réputation... et toute sa vie à cause d'un verre de trop.

Chloe lança un regard désespéré à Ben. Il aurait tout donné pour effacer cette tragique histoire de sa mémoire.

— Je viens à peine de m'installer à Jack Pine. Qui m'aurait crue ? Le shérif Lang lui-même n'a pas cru à mon histoire !

Ben regrettait de ne pas avoir insisté pour l'accompagner au bureau du shérif, ce jour-là. Certes, Lang le méprisait, mais il aurait pu témoigner et corroborer l'histoire de Chloe.

— Si vous pensiez que le shérif ne vous croirait pas, pourquoi lui avoir tout raconté ? interrogea Frank Bower.

— Je me méfiais de Bobby Lee, répondit Chloe d'une voix à peine audible. Je craignais qu'il n'agresse une autre femme... J'avais la responsabilité de raconter l'incident au shérif, qu'il me croie ou non. De cette façon, la prochaine victime aurait eu plus de chances d'être prise au sérieux.

Le policier hocha la tête avec un soupir las.

— Je comprends pourquoi vous avez eu peur de porter plainte, Chloe. Après plusieurs années dans la police, je pense que la plupart des gens devraient y réfléchir à deux fois avant de porter plainte. On sait aussi qu'un pourcentage de femmes assez alarmant portent plainte pour tentative de viol seulement par vengeance.

Frank se frotta les yeux.

— Le problème, c'est que la personne accusée travaille dans la police...

Chloe sentit ses mains se glacer. Ben tenta de la rassurer de son mieux.

— La police est intouchable ? jeta-t-il.

Frank se trémoussa sur sa chaise, mal à l'aise.

— Ne le prends pas mal, Ben...

— Désolé, mais je commence à en avoir assez. J'ai l'impression que tu sous-entends que Chloe essaierait de se venger de Bobby Lee. Non seulement c'est indécent, mais c'est insultant.

— Je ne sous-entends rien du tout, Ben.

Celui-ci pressa la main de Chloe.

— Tu ferais mieux d'être plus clair, parce que j'ai bien envie d'appeler un avocat pour lui demander de faire une enquête dans le bureau du shérif. Il existe des lois qui protègent les femmes sur leur lieu de travail ! Que penserait Lang s'il était poursuivi en justice pour harcèlement sexuel et tentative de viol ? Corrige-moi si je me trompe, mais c'est un élu. Que l'on gagne ou perde le procès, nous aurons si bien semé la zizanie que nous aurons entaché sa réputation !

Frank gonfla les joues, dépassé par la situation.

— Je ne suis pas responsable de tout cela, Ben. Je ne te reproche pas d'être en colère, mais reste calme.

— En résumé, sans preuve, Chloe ne peut rien faire ?

— Ne pas avoir porté plainte lors de la première tentative de viol pourrait se retourner contre elle. Voilà le problème.

Frank lança un regard abattu à la jeune femme.

— Mon avis personnel n'a pas d'importance. Je connais bien Chloe, et je la crois incapable d'avoir inventé cette histoire pour se venger de Bobby Lee. Je ne fais que des hypothèses. J'essaie de vous faire comprendre que d'autres pourraient interpréter votre histoire autrement.

Ben se força à s'asseoir. Il n'avait pas été aussi énervé depuis longtemps.

— Ce soir-là, c'est moi qui ai retrouvé Chloe sur la route. Son chemisier était déchiré, elle avait du sang sur elle. Elle était en état de choc.

— D'où venait le sang ?

— Du nez de cette ordure. Elle l'a frappé pour se défendre ! expliqua Ben. Il a dû saigner comme un cochon !

— Avez-vous toujours ce chemisier ? demanda Frank à Chloe.

— Non, j'ai tout jeté... Je ne pouvais pas le recoudre ou faire disparaître les taches de sang. De toute façon, je ne l'aurais plus jamais porté...

Frank pinça les lèvres et prit d'autres notes.

— Je vous crois, Chloe. Le shérif doit respecter la loi, étudier la situation et les témoignages, puis décider, à la lueur de son expérience, si Bobby Lee a agi de façon répréhensible. Il ne vous a pas violée, alors nous n'avons rien pour l'accuser. Vous n'avez aucune blessure et ne portez aucune trace d'agression, rien qui prouve qu'il soit revenu chez vous après avoir pris votre témoignage...

— Je ne peux rien faire parce qu'il n'a pas été jusqu'au bout ? murmura Chloe.

— Je comprends votre frustration... mais nous devons avoir des preuves avant de procéder à une arrestation. Nous parlons d'une tentative de viol, pas d'un viol constaté.

Frank réfléchissait en fonctionnaire. À la soudaine rigidité de Chloe, Ben comprit que la banalisation de cette double tentative de viol lui faisait mal.

— Il a menacé de tuer mon fils… souffla-t-elle. Il a dit qu'il lui ferait sauter la cervelle si je ne coopérais pas. Et vous me dites maintenant que Bobby Lee peut vivre tranquillement et faire son travail en toute impunité ?

— Je vais faire de mon mieux pour l'éviter… Si votre témoignage est recevable, Bobby Lee devra être suspendu de ses fonctions d'officier de police, le temps de l'enquête.

— *Si ?* tiqua Ben.

— Ce n'est pas moi qui fais les lois, Ben, je les applique… Et là, je ne peux faire aucune promesse.

Frank semblait fatigué.

— Quand le policier Schuck a dit à Chloe qu'il se couvrirait, il ne bluffait pas. Le dispatcher est témoin de l'échange. Bobby Lee n'a pas forcé une porte ou une fenêtre pour entrer. Les traces de pas dehors sont bien les siennes, mais il avait une bonne raison de se trouver là. Tout laisse à penser que Chloe aurait inventé cette histoire de cambrioleur… Il y a en plus sa version de ce dîner pour confirmer ses dires. Il est très malin…

— Que se passera-t-il s'il met sa menace à exécution et s'il revient ? Ce sera trop tard pour Chloe.

— À moins que je n'arrive à avoir des éléments plus solides contre lui… Je vais faire de mon mieux. C'est tout ce que je peux promettre…

Ben se leva pour le raccompagner.

— Quoi qu'il arrive, je te remercie d'être venu. Je sais que je t'ai tiré du lit.

— Ce n'est pas grave, assura Frank. Fais-moi confiance, Ben. Les bons flics n'aiment pas les ripoux. Si ça ne tenait qu'à moi, Bobby Lee serait déjà en prison.

Il toucha son chapeau pour saluer Chloe.

— Espérons que ce bouchon de champagne lui

aura collé un coquard et qu'il aura une énorme bosse sur le front. On pourra ainsi l'épingler…

Après le départ de Frank, Chloe resta à table, l'air absent. Ben s'approcha d'elle. Bobby Lee n'avait pas porté la main sur elle, mais il l'avait violée par les mots. Les images qu'il avait évoquées resteraient longtemps gravées dans son esprit.

— Reste assise, ma Chloe. Je vais faire ton sac.

Elle cilla.

— Quoi ?

— Je ne te laisse pas ici avec Jeremy. Tu viens chez moi.

— Mais je ne peux pas, j'ai un travail et je…

— Je t'y conduirai et je reviendrai te chercher tous les jours s'il le faut.

Il lui prit le menton.

— Je ne te laisserai plus jamais seule, Chloe…

Une fois chez Ben, la jeune femme sentit toute la tension s'échapper de son corps. Elle utilisa ses dernières forces pour gagner l'entrée. Diablo la salua joyeusement. Pendant que Ben mettait Jeremy au lit, elle s'agenouilla pour caresser le loup.

— Oh, Diablo, comme j'aurais aimé que tu sois avec moi, ce soir… murmura-t-elle, le visage enfoui dans sa fourrure. Tu nous aurais protégés…

Diablo souffla dans ses cheveux et gémit. Se souvenant de sa peur du loup, la première fois qu'elle l'avait vu, Chloe sanglota. Elle était à bout et se sentait souillée. Elle revit la joie malsaine qui faisait briller les yeux de Bobby Lee et se remit à trembler. Par un effort de volonté, elle s'efforça de concentrer ses pensées sur Ben. Chez lui, elle se sentait plus en sécurité que n'importe où ailleurs.

Sa vraie famille était là. Auprès des animaux dont elle s'était occupée tous les jours, et qu'elle avait appris à aimer. Auprès de Ben, avec son regard inspiré sous ses cheveux de jais. Elle aimait cette maison chaleureuse.

— Chloe ?

Elle leva la tête et essuya ses joues mouillées de larmes.

— Je suis désolée... je...

— Cesse de répéter que tu es désolée !

Il s'accroupit à côté d'elle, puis lui sourit et caressa sa joue.

— Diablo est généreux. Il partage son chaud manteau avec tout le monde.

Elle posa une main tremblante sur sa bouche et renifla. Des larmes réapparurent dans ses yeux, ce qui la mit en colère.

— Quelqu'un a ouvert les vannes et ça ne s'arrête plus de couler ! Je ne suis pas une pleurnicheuse, d'ordinaire.

— Écoute, ma Chloe, tu as passé une soirée éprouvante.

— J'ai des flash-back, tu comprends ? Je n'arrivais pas à défaire le bouchon. Je poussais sans arrêt. Je n'avais pas d'autre arme sous la main. J'essayais de faire sauter ce bouchon pendant qu'il racontait toutes ces cochonneries... C'était...

Incapable de poursuivre, elle secoua la tête.

Ben soupira et passa la main sur sa nuque.

— Approche...

C'était irrationnel de tant désirer ses mains sur elle, mais désir et bon sens ne combattirent pas longtemps, et le désir l'emporta. Chloe se pencha pour qu'il l'enlace avec cette tendresse dont elle ne se lassait pas. Dès l'instant où il la toucha, comme d'habitude, une vague de chaleur vrilla en elle.

— Tu sais ce dont tu as besoin ? demanda-t-il.

— Non...

— Un gros mimi.

— Un quoi ?

— C'était un mot de ma mère. Quand j'étais petit et que j'avais du chagrin, elle me prenait sur ses genoux, me serrait dans ses bras et on se parlait tout bas : c'était un gros mimi. C'est ce que nous faisons maintenant.

Il joignit le geste à la parole.

— Ne te reproche pas ta sensibilité, Chloe. Bobby Lee aurait pu te tuer et tuer Jeremy. Tu as été extraordinaire.

La jeune femme savoura la force de Ben, la merveilleuse sérénité qui l'enveloppait alors qu'il la portait dans ses bras jusqu'au séjour. Lorsqu'il s'assit sur le sofa, la gardant sur ses genoux, elle pressa le nez contre son cou et prit de longues inspirations, comme si elle respirait un baume calmant.

Tout au fond, elle se demandait si elle n'était pas un peu folle. Elle avait failli être violée – une des plus terribles expériences que puisse vivre une femme – et, au lieu de s'écarter de Ben pour avoir un peu d'espace, elle voulait être dans ses bras. Elle aimait que sa puissance et sa chaleur forment un bouclier autour d'elle.

Les caresses de Ben n'étaient pas sensuelles, seulement lentes et apaisantes. Elles soulageaient sa tension. Peu à peu, Chloe se sentit réchauffée, toute molle, blottie contre son torse. Elle ferma les yeux.

— Tu as de la magie dans les mains… murmura-t-elle. Cela ne m'étonne pas que les animaux t'aiment tant.

— Oui, dit-il d'une voix rauque. De la magie dans les mains… Mais on en parlera une autre fois, Chloe.

Elle avait l'impression de se liquéfier. Elle avait aimé Roger, mais ses sentiments pour son mari n'avaient jamais été aussi profonds. C'était la première fois qu'elle se consumait pour un homme.

— Je t'aime, Ben.

Il demeura silencieux un instant.

— Tu aimes l'idée que tu as de moi, Chloe... Ce sera peut-être différent quand tu sauras la vérité sur moi. Il y a des choses que je ne t'ai pas encore dites, souviens-toi. Peut-être vaut-il mieux que tu retiennes cet amour jusqu'à ce que nous ayons parlé.

— Ça ne changera rien.

— Tu peux connaître beaucoup de choses sur un homme et découvrir que tu ne sais rien de lui...

Elle se serra plus étroitement contre lui.

— Je sais tout ce que j'ai besoin de savoir sur toi, Ben. Tout. Tu es l'homme le plus extraordinaire que j'aie jamais rencontré. Voilà ce qui compte. Quand tu es venu ce soir, j'ai compris que tout irait bien, que rien ne nous arriverait parce que tu étais là.

Il resserra la pression de ses bras autour d'elle.

— Chloe...

— Je suis désolée d'avoir été si mesquine en exigeant que tu me parles de ton métier... J'ignore pourquoi cela me paraissait si important... Même si tu ne me dis jamais ce que tu fais pour vivre, je m'en fiche. Maintenant, ça n'a plus d'importance.

Il baissa la tête et lui sourit. Son visage sombre avait des teintes de bronze.

— Merci. C'est l'une des plus gentilles choses que j'aie entendues, mais n'oublie pas que tu pourras te sentir différente, demain.

Quand elle voulut reprendre la parole, il posa un doigt sur ses lèvres.

— Nous devons parler, mais pas ce soir. Bientôt. Même si tu n'as pas besoin de les entendre, il y a des choses que je dois te dire.

Une immense tendresse voila ses yeux bleus.

— C'est rassurant de savoir que tu m'aimeras toujours, quoi que je te dise... ajouta-t-il.

— Si tu as si peur, parle maintenant, tu seras soulagé.

Il embrassa ses yeux clos.

— Pour ce soir, tu as eu ton compte. Plus tard…

Chloe soupira.

— Il est dingue, Ben. Il m'a dit qu'il voulait me faire souffrir quand il aurait des rapports sexuels avec moi.

Il laissa remonter sa main sur son bras.

— Notre monde est rempli de malades, Chloe. On le voit tous les jours dans les nouvelles. Mais parfois le malheur frappe à notre porte et le malade, c'est quelqu'un que l'on connaît.

— Je n'arrive pas à oublier ce qu'il m'a dit. J'avais si peur qu'il me viole et tue Jeremy ensuite. C'était comme un mauvais rêve dont je ne pouvais me réveiller…

Ben garda le silence. Chloe continuait de parler. Elle ne savait pas d'où venaient les mots. Ils sortaient de sa bouche, sans lien, parfois sans signification, mais elle ne pouvait pas davantage les contenir qu'elle n'avait contenu ses larmes tout à l'heure. Elle parla même de Roger et du mal qu'il lui avait fait, les derniers mois de leur mariage.

Puis elle sombra dans le silence. Qu'est-ce qui l'avait fait parler et se taire ? Elle n'en savait rien, mais elle savait que le calme était revenu en elle. C'était comme si Ben avait percé un abcès dont le poison s'était échappé.

Sans force, à la dérive, elle resta dans ses bras. Elle était déconnectée de la réalité, et apaisée. Le sommeil vint par vagues. Avant de s'endormir, elle songea que Jeremy et elle étaient en sécurité. Elle était hors d'atteinte de Bobby Lee, grâce à Ben et à Diablo.

21

Ben installa Chloe dans la chambre contiguë à la sienne, reliée par une grande salle de bains. Optimiste de nature, il l'avait autrefois aménagée en nursery au cas où il se marierait et fonderait une famille. Ce serait la chambre de Chloe, ce soir. Elle était assez proche de la sienne en cas de problème, mais assez éloignée pour lui offrir l'intimité nécessaire.

Il borda la jeune femme, s'assit à son chevet et la contempla. Dans la nuit éclairée par la lune, son visage était livide. Ses sourcils noirs bien dessinés ressortaient sur sa pâleur. Ses cheveux auburn étaient épars sur l'oreiller.

Il effleura sa joue du dos de la main. Il ne l'avait jamais autant aimée. Quand tout à l'heure elle s'était pressée contre lui avec cet abandon, il avait résisté au désir de lui faire l'amour. Il ne voulait pas lire le regret dans ses yeux, demain matin.

Elle avait raison, il avait dressé un mur entre eux. Lorsqu'elle aurait surmonté le traumatisme de cette soirée, il le détruirait. Si elle acceptait sa différence, ils auraient toute la vie pour s'aimer et faire l'amour.

Ben aurait la patience d'attendre encore un peu. N'avait-il pas attendu Chloe pendant trente-sept ans ?

Il sortit de la chambre, laissant la porte entrouverte. Pour une fois, il était content d'avoir le sommeil léger. Le moindre bruit le réveillerait. Avant d'aller se coucher, il brancha l'alarme de la maison, au cas où Bobby Lee s'aviserait de venir rôder dans les parages.

Après s'être dévêtu, il se glissa dans son lit. Longtemps, il contempla le plafond, incapable de trouver le sommeil. La colère grondait en lui. Il l'avait contenue en présence de Chloe, mais maintenant qu'il était seul, elle renaissait et bouillait comme un volcan. Il aurait aimé se battre avec Bobby Lee. Certes, il détestait la violence, mais il détestait encore plus cette ordure.

Ben se réveilla en sursaut. Encore à moitié endormi, il fut d'abord incapable de dire ce qui l'avait tiré de son sommeil. Puis il entendit un gémissement venant de la chambre de Chloe.

Il se précipita auprès d'elle. Chloe se débattait, s'évertuait à frapper l'invisible ennemi de son cauchemar. Le couvre-lit et les draps étaient sens dessus dessous. Son visage était convulsé par la fureur et la peur.

— Chloe ? Réveille-toi, mon cœur, tu fais un cauchemar.

— Non ! Pitié ! Non ! cria-t-elle dans son sommeil. Non !

Ben posa la main sur elle. À ce contact, elle se raidit. Son regard fixe n'enregistrait que les images de son cauchemar, alors elle se débattit et frappa. Il s'écarta, mais il n'échappa pas à un coup de pied en pleine poitrine qui lui coupa le souffle. La jeune femme continuait de se battre avec l'énergie du désespoir.

— Chloe, réveille-toi ! C'est un cauchemar !

Elle cilla enfin et le fixa, hébétée.

— Ben ?

Elle enfouit son visage dans ses mains.

— Pardon…

Il s'assit à son chevet.

— Ce n'est rien.

Il ne lui demanda pas de raconter son cauchemar, il le connaissait déjà.

— Jeremy et toi, vous êtes en sécurité chez moi, assura-t-il. Le système de sécurité est en marche. Si on tente de rentrer chez moi, l'alarme se déclenchera.

Un sanglot lui échappa.

— Le bouchon de champagne ne voulait pas sauter ! Bobby Lee me secouait. Je savais qu'il allait me tuer. J'avais peur pour Jeremy, mais je ne pouvais pas lutter contre lui !

Ben la serra dans ses bras.

— Tout va bien, Chloe. Le bouchon de champagne lui a bien sauté au visage. Tu t'es défendue comme un chef. J'aurais aimé voir sa tête ! Ce salaud n'a sans doute pas compris ce qui lui arrivait !

Chloe rit entre deux sanglots et s'étrangla. L'instant suivant, elle rejetait les couvertures et s'asseyait sur les genoux de Ben. Le caleçon de Ben formait une mince barrière entre une certaine partie de son anatomie et ses petites fesses, mais il tenta de se maîtriser. Il étreignit Chloe, dont le visage humide de larmes mouilla son épaule, et caressa ses cheveux. Il luttait pour contrôler son désir, ne voulant lui fournir que du réconfort.

Il humait son odeur, savon et shampoing mêlés à son parfum. Il rêvait de la couvrir de baisers. Il commencerait par son visage et ses cheveux. Ensuite, il se perdrait dans sa féminité douce et chaude, et ils partiraient tous deux vers la félicité totale du plaisir des sens.

Chloe sentit évidemment son érection, car elle leva la tête et fouilla son regard. Ben se sentit mal à l'aise.

— Ce n'est pas ma faute... Mais tu n'as rien à craindre. Je ne peux peut-être pas contrôler mon corps, mais je peux maîtriser ma volonté.

Elle posa les mains sur sa poitrine, et il contint le gémissement qui lui montait aux lèvres. La caresse de Chloe était douce et infernale. Son visage éclairé par la lune portait la trace de ses dernières larmes, traînées argentées ombrées par ses longs cils. L'expression de la jeune femme était à la fois sensuelle et angélique.

— Quand tu me touches, et quand je te touche, je me sens incroyablement bien... avoua-t-elle dans un sourire. C'est une espèce de chaleur, une sensation d'électricité qui m'empêche de penser... Je n'en ai jamais assez...

Ben souhaitait que le désir de Chloe naisse de son amour pour lui, pas de l'énergie qu'il avait au bout des mains. Il ne voulait pas la repousser, mais il doutait de pouvoir résister longtemps si elle continuait à bouger ses petites fesses avec tant de sensualité.

— Tu aimerais boire un chocolat chaud ?

Chloe le dévisagea comme s'il était devenu fou.

— Je n'ai pas du tout envie de boire un chocolat chaud !

— Que voudrais-tu ? demanda Ben, qui aurait été capable de préparer un repas de sept couverts plutôt que faire quelque chose qu'il regretterait. Une autre boisson chaude ?

— Non, Ben, souffla-t-elle. C'est toi que je veux.

— Moi ?

Alors qu'elle ignorait encore tout de lui ? Leur amour n'était pas une simple attirance sans lendemain, comme Ben l'avait pensé au début, mais un sentiment profond et durable. Elle voulait se donner à lui parce qu'elle voulait faire partie de sa vie, mais, pour que cette union soit possible, la confiance devait être totale entre eux.

— Je ne peux pas, Chloe, dit-il d'une voix pleine de regret. Je te désire plus que je n'ai jamais désiré une autre femme, mais avant, il faut que tu saches la vérité sur moi…

Elle posa la main sur ses lèvres. Son regard empli d'émotion ne quittait pas le sien.

— Je m'en fiche, Ben. J'ai envie de faire l'amour avec toi, c'est tout. Je t'en prie, efface le souvenir de Bobby Lee de mon esprit et fabrique-m'en de meilleurs.

Elle se plaça à califourchon sur lui, le mettant au supplice. Elle ne portait qu'un slip de dentelle et un tee-shirt.

— Tu m'aimes, Ben ?

— Je t'aime.

— N'est-ce pas le plus important ?

Ben ne répondit pas. Elle l'embrassa, puis effleura son torse de la pointe des seins.

Il l'enlaça, vibrant. Son sang cognait à ses tempes et son cœur était prêt à exploser. C'était si bon de la serrer dans ses bras.

Sans cesser de l'embrasser, elle se laissa retomber sur le lit, l'entraînant et se cambrant sous lui.

— Pose tes mains sur moi, Ben ! Quand tu me touches, c'est magique… Donne-moi la sensation que je suis magique…

Ben avait oublié pourquoi il devait résister. Jeremy était endormi et en sécurité dans la chambre d'amis à l'autre bout de la maison, et il ne pouvait les entendre. Sa mère était sous somnifère et ne risquait pas non plus de se réveiller. Il était seul avec Chloe. Elle le désirait, il la désirait. Il avait essayé d'obéir à sa conscience, mais le désir triomphait.

— Pas de regrets ? s'enquit-il.

— Pas de regrets. J'ai tant besoin de toi…

Il lui retira son tanga, fiévreux, les mains tremblantes. Ses paumes glissèrent le long de ses jambes.

— Chloe… tu es douce, murmura-t-il.

Elle ôta son tee-shirt, elle aussi tremblante. Ben contempla ses petits seins parfaitement modelés, sa taille gracile et ses hanches rondes.

— Tu es magnifique.

— Toi, tu es magnifique… Viens, Ben.

Il esquissa une grimace.

— Je n'ai pas fait l'amour depuis cinq ans, je n'ai pas de préservatifs…

Un sourire éclaira le visage de Chloe.

— C'est si touchant… confia-t-elle en passant les mains dans ses cheveux.

C'était plutôt catastrophique !

— Écoute, Chloe, je ne peux…

— C'est sans risque pour moi en ce moment, le rassura-t-elle. La grossesse est exclue, du moins pour cette nuit. Et quant à d'éventuelles maladies… Tu n'as pas couché avec une femme depuis cinq ans et je n'ai jamais eu que Roger dans ma vie…

Ben n'avait pas besoin d'en entendre davantage. Ses bras se refermèrent sur Chloe qui frissonna de bonheur. Elle l'embrassa sur le torse. Chaque baiser était une étincelle qui allumait de nouveaux brasiers dans le corps de Ben.

— Tu es comme une drogue, murmura-t-elle à son oreille. Ou comme un bon vin… Vivifiant… électrisant…

Il sourit, le visage perdu dans ses cheveux. Si Chloe savait toute l'énergie qu'il pouvait libérer et lui donner… Ce qu'il lui communiquait échappait à sa volonté, mais il suffisait qu'il fasse un effort de concentration pour que cette énergie soit plus puissante et décuple les sensations de la jeune femme.

Il eut soudain peur qu'elle ne remarque le halo bleuté qui l'enveloppait quand il libérait cette énergie. Dans cette nuit éclairée par la lune, elle ne pouvait manquer de s'en apercevoir.

— Aime-moi, Ben…

Mais il ne voulait rien précipiter. C'était la première fois qu'ils faisaient l'amour et il souhaitait en savourer chaque instant. Lentement, il entretint le désir de Chloe. Il remonta de la main à l'épaule avec des baisers légers. La jeune femme frissonnait, mais restait immobile. Seul son souffle plus rapide lui révélait qu'elle prenait du plaisir. Ses yeux étaient fermés, elle gémissait doucement. Elle s'abandonnait à lui avec tant de confiance qu'il en était ému.

Il continua de l'embrasser jusqu'à ce qu'elle se cambre pour offrir ses seins à sa bouche. Ben prit un mamelon entre ses dents. L'extrémité durcit aussitôt sous ses caresses.

Elle gémit et se cambra davantage. Ne sachant si elle exprimait de la douleur ou du plaisir, il s'interrompit, mais Chloe passa les mains derrière sa nuque et l'attira à elle d'un geste impérieux. Ben, vaincu, ne contint plus son énergie.

Tout devint encore plus intense. De leur étreinte jaillissaient des étincelles. Jamais il n'avait connu tant d'intensité dans ses rapports avec Sherry. Sans doute parce qu'il n'avait jamais aimé Sherry comme il aimait Chloe ?

— Je t'aime, Chloe… Je ne te ferai pas de mal…

— Montre-moi comment tu m'aimes…

Ces mots libérèrent Ben de ses dernières peurs. Il saisit délicatement l'extrémité du mamelon érigé entre ses dents et le lécha avec volupté. Chloe ondulait des hanches, puis elle s'arc-bouta et poussa un long gémissement.

Pour la première fois depuis près de vingt ans, il fut heureux d'avoir un don.

Il abandonna la pointe érigée de son sein pour descendre, baiser après baiser, vers son bas-ventre. Le corps de Chloe était agité de spasmes, elle était au bord de l'orgasme. Elle ouvrit les jambes pour laisser sa main s'y introduire. Il taquina son pubis, prudent. Il n'avait jamais fait l'amour avec cette passion et n'avait aucune idée de la réaction de Chloe.

Quand il caressa son sexe de la pointe de la langue, elle eut un cri étranglé et souleva les hanches pour mieux s'offrir.

Ben lui procura encore du plaisir. Un autre cri vibrant lui indiqua que Chloe atteignait l'orgasme. Son désir ne fut pas apaisé pour autant. Elle était insatiable.

Avant, lorsque Ben faisait l'amour, il contenait toujours l'énergie qui était en lui. Avec Chloe, c'était l'inverse. L'énergie se libérait malgré lui, et il en était émerveillé.

Il la laissa ensuite reprendre son souffle. Le regard de la jeune femme était un peu trouble, mais elle était détendue et heureuse.

— Oh, Ben, c'était…

Elle s'interrompit et cilla.

— C'était si bon…

Ben s'introduisit en elle. La chaleur moite et l'étroitesse de son sexe l'excitèrent. Chloe ressentait une même excitation, s'il en croyait son regard immense.

Il la posséda lentement, fier de modérer son ardeur, étonné de l'énergie que la jeune femme lui transmettait à son tour. Quand ses muscles internes se resserrèrent autour de sa verge, il jouit avec une intensité qui le stupéfia. La tension de son corps céda ensuite la place à l'apaisement.

Alors il s'écroula sur Chloe. Dans un éclair de lucidité, il songea qu'il était trop lourd pour elle, mais il n'avait plus aucune force. Il fit néanmoins un effort pour se soulever, mais elle le retint.

Il se détendit et posa une hanche sur le matelas, puis la serra contre lui, l'embrassa et enfouit son visage dans ses cheveux.

— Je t'aime, murmura-t-elle.

— Je t'aime, Chloe, souffla-t-il d'une voix rauque. Tu es mon tout.

Puis il sombra dans un profond sommeil.

Un peu plus tard, Chloe s'éveilla dans les bras de Ben. Il était détendu, mais la pression de ses doigts sur elle demeurait perceptible. Cet effleurement courait comme une moire sur sa peau.

Elle n'aurait pu trouver meilleure description pour expliquer cette sensation qu'il provoquait en elle. À son contact, un rayonnement magique la pénétrait au plus intime de son être. Elle remarqua qu'un étrange halo bleu électrique semblait le nimber.

La nuit était si calme qu'elle se plut à imaginer qu'ils étaient seuls au monde. Juste elle et son guerrier shoshone, perdus dans les jeux de l'amour et du désir. Ils s'étaient unis avec une telle perfection qu'elle en restait émerveillée.

Chloe s'était donnée à lui sans pudeur ni timidité. Jamais elle n'avait été si libre, jamais elle n'était parvenue à un orgasme aussi puissant. Elle avait de nouveau envie de goûter à ce plaisir. Somnolente, elle l'embrassa dans le cou et taquina le lobe de son oreille. Il gémit et l'enlaça. Chloe se pressa plus étroitement contre lui et ondula des hanches. Il répondit par un gémissement rauque. L'instant suivant, elle roulait sur le dos et il venait sur elle. Ils se regardèrent sans un mot.

Encore à moitié endormi, Ben sourit et l'embrassa. Chloe fut aussitôt prête. Loin dans son esprit, une voix idiote lui soufflait que seule la nouveauté rendait les baisers de Ben si excitants... Quand ils seraient un vieux couple, elle ne vibrerait plus autant... Mais le futur était loin : pour l'instant, c'étaient la jouissance et la passion extrêmes... Alors que Chloe fondait dans son baiser, elle vit que le monde était complice de leur union. Dans la nuit brillait une magnifique lune bleue...

Le lendemain, Chloe se réveilla seule. Elle passa la main sur le drap à la place encore chaude de Ben, et cette étrange magie qui l'avait pénétrée pendant la nuit revint. Elle sourit, bâilla et se leva. Le soleil éclairait la chambre, des nuages légers comme de la meringue flottaient dans le ciel bleu.

Elle s'habilla et sortit de la chambre. La maison était tellement silencieuse qu'elle se crut obligée de marcher sur la pointe des pieds. Dans la cuisine, la cafetière était froide. Chloe refit du café. Tout ici, Ben, la maison et le gloussement d'Einstein qui la regardait avec curiosité du haut de son perchoir, lui donnaient le sentiment d'être chez elle.

Puis elle remarqua avec stupéfaction qu'il était midi moins dix. Elle devait être au magasin à midi ! Jamais elle ne serait à l'heure !

Affolée, elle se rua dans la chambre, fouilla le sac que Ben lui avait préparé la veille avant de quitter la maison, et chercha un ensemble. Mais il avait choisi les vêtements sans élégance de sa commode, dédaignant l'armoire qui renfermait l'essentiel de sa jolie garde-robe. Chloe se décida pour un haut tricoté bleu et garda son jean, comptant sur la compréhension de Hattie. Elle se précipita à la salle de bains pour se brosser les dents, se coiffer et se débarbouiller, mais elle fut freinée dans son élan par le Post-it que Ben avait appliqué sur la glace du lavabo : *Retourne te coucher. J'ai raconté à Hattie ce qui est arrivé. Elle a demandé à Ethel Martin de te remplacer pendant trois jours.*

Chloe reposa son peigne et passa le doigt sur le Post-it jaune comme le soleil qui brillait dans le ciel et dans son cœur. Souriant, elle retourna dans la cuisine pour boire son café. Elle en versa une tasse à Ben, qu'elle trouva dans son bureau, face à son ordinateur.

Elle s'avança sur la pointe des pieds pour l'embrasser par surprise. S'approchant, elle jeta un coup d'œil sur l'écran de son ordinateur. Ben tapait vite sur le clavier. Le titre attira son attention. *Beaver Marsh – Synopsis de Brett Caldwell*. Elle se figea. Du café gicla et la brûla. Son cri de douleur fit sursauter Ben.

— Chloe !

— Ben...

Le regard de Chloe tomba sur les livres de Caldwell qui s'amoncelaient sur une étagère.

Il avait l'air désemparé.

— Ce n'est pas ce que tu penses... Enfin, si... je vais t'expliquer.

Elle posa les tasses.

— Je sais que tu as essayé de me parler la nuit dernière. Je ne suis pas en colère.

C'était la vérité. Elle était seulement surprise.

— C'est donc toi Brett Caldwell, l'écrivain ?

Elle le voyait soudain sous un nouveau jour.

— C'est logique... reprit-elle. J'ai toujours su qu'il aimait les animaux. Cela transparaît dans tout ce qu'il... non, ce que *tu* écris.

Un rire nerveux ponctua ces mots.

— Pourquoi ta propriété n'est-elle pas protégée par des portails et une muraille ? Pourquoi ne roules-tu pas en Rolls ?

— Je ne suis pas célèbre... Brett Caldwell n'est qu'une invention. Il n'existe pas vraiment.

Chloe regardait l'ordinateur.

— Ton activité d'écrivain, tes livres... voilà les fameuses bricoles dont tu ne voulais pas me parler ? Et dire que, pendant des semaines, j'ai pensé que tu avais une activité illégale. Pourquoi ne me l'as-tu pas dit ? C'est la première fois que je rencontre un écrivain, c'est incroyable !

— Au début, je ne pouvais rien te dire, Chloe.

Une lueur de regret traversa les yeux de Ben.

— À cette époque, je ne te connaissais pas. Tu ne me connaissais pas non plus, et je ne pouvais pas mettre ma carrière en jeu...

Il passa la main sur son front.

— Avant que je ne publie mon premier livre, un événement terrible est survenu dans ma vie, qui aurait pu détruire ma carrière d'écrivain pour enfants. Mon nom de plume me protège. J'ai une boîte postale à Jack Pine qui me sert à la correspondance avec ma maison d'édition. Dans cette ville, il y a beaucoup de gens qui se feraient un plaisir de briser ma carrière. Un simple coup de fil et les ventes seraient en chute libre...

Chloe comprenait. Combien de mères achèteraient les livres d'un homme qui avait été jugé pour meurtre ?

— Tu aurais dû savoir que je n'aurais rien dit à personne...

— Ce n'est pas aussi simple, Chloe. Tu as tant d'admiration pour Caldwell...

Son regard se perdit dans le lointain.

— Je voulais que tu tombes amoureuse de moi, pas de l'écrivain à succès. Je ne voulais pas que Caldwell, son argent et sa notoriété entrent en ligne de compte. Je voulais que tu m'aimes pour moi.

Une lueur soupçonneuse s'alluma dans ses yeux.

— Personne ne m'a jamais aimé pour moi-même. Sauf ma mère.

Chloe comprenait ses doutes. Depuis son divorce, elle avait beaucoup douté, et elle savait que l'incertitude et la peur étaient parfois irrationnelles.

— Tu sais au moins que je t'aime pour toi… dit-elle en essayant d'instiller une note de légèreté dans sa voix.

Il sourit imperceptiblement.

— C'est vrai…

Il toussa pour s'éclaircir la gorge et se frotta le nez.

— Je suppose que tu aimerais en savoir plus sur… l'événement auquel je viens de faire allusion ?

— Tout le monde est au courant à Jack Pine : tu as tué un homme par accident.

— Sans connaître cette histoire dans les détails, tu penses que c'est un accident ?

— Oui.

L'incrédulité qui se peignait sur le visage de Ben serra le cœur de Chloe.

— J'étais méfiante au début, c'est vrai. Puis j'ai appris à te connaître, et j'ai compris que tu étais incapable de tuer un homme de sang-froid. Alors j'en ai déduit que ça ne pouvait être qu'un accident…

— C'en était un… mais ça ne change rien au fait que cet homme est mort et que j'en suis responsable. Les gens en ville estiment que je m'en suis tiré à bon compte. Ils se trompent. J'y pense tous les jours…

— Nous faisons tous des erreurs, Ben. Certaines sont hélas fatales.

Elle passa les bras autour de sa taille. Les mots qu'elle s'apprêtait à prononcer nécessitaient de rassembler son courage.

— Roger a eu son accident par ma faute. J'étais aux commandes du bateau. La marée descendait et j'ai fait l'erreur de ralentir. L'hélice s'est ensablée… Nous avons essayé de faire marche arrière en espérant que le tangage finirait par la libérer, mais ça n'a pas marché. Roger a dû utiliser une perche pour nous sortir de là. Quand le bateau est reparti, l'hélice a été libérée et j'ai accéléré. Roger a perdu l'équilibre et est tombé par-dessus bord…

— Oh, chérie… dit Ben dont la voix n'était plus qu'un souffle. Cela a dû être terrible…

Chloe avait appris à accepter sa responsabilité dans le drame qui avait détruit son mariage.

— Nous avons tous notre croix à porter… Une vie peut changer en une seconde à cause d'un coup de vent ou du tourbillonnement d'une feuille…

Il hocha la tête.

— Je devine que tu as du mal à parler de ce qui est arrivé, reprit-elle, alors ne dis rien.

— Je ne peux pas me taire, car je veux ta confiance et ton amour. Je veux que tu deviennes ma femme. Tu dois savoir pourquoi j'ai tué cet homme… Mais toi, le veux-tu ?

Chloe réfléchit. Ben avait dit qu'il souhaitait être aimé pour lui-même. Elle aimait l'homme qu'elle avait appris à connaître. Le reste n'avait pas d'importance.

— Quand viendra le jour où tu ne pourras plus te taire, je t'écouterai, mais pour l'instant je n'ai pas besoin de savoir, répondit-elle doucement. Ce n'est pas un problème pour moi. Tu es un être exceptionnel, Ben. Tu peux approcher un faon sans qu'il ait peur de toi. Comment puis-je douter de ta générosité ?

Il l'attira à lui.

— Je t'aime, Ben, pour le meilleur ou pour le pire. Je suis désolée d'avoir tant insisté pour que tu me parles de ton travail. Tout cela me semble si bête, maintenant.

— Et moi, je suis désolé de ne t'avoir rien dit.

Elle sourit, le visage contre son tee-shirt.

— Tu sais comment tu peux te racheter ?

— Comment ?

— En me laissant lire ton synopsis.

Il se mit à rire. Il prit son visage entre ses mains et chercha son regard.

— Tu n'es vraiment pas en colère ?

Chloe fronça le nez.

— En fait, ça dépend de toi… Si tu refuses de me laisser lire ton synopsis, peut-être le serai-je.

— Alors je ne risque rien, puisque j'accepte ! J'ai presque terminé. Pour le héros, je me suis inspiré de Jeremy. Depuis que ça n'allait plus très bien entre nous, j'avais du mal à me concentrer, mais ce matin tout s'est débloqué et les idées affluent.

— Tu t'es inspiré de Jeremy pour ton héros ? Je brûle de le lire !

Chloe reprit sa tasse de café.

— Je te laisse travailler, je vais préparer le petit déjeuner… ou plutôt, le déjeuner !

Elle sortait, mais se ravisa.

— Au fait, où est Jeremy ?

Il lui sourit lentement.

— Sur la terrasse. Il apprend à faire du crochet.

Pendant que Chloe préparait le déjeuner, elle se répétait que Ben était le grand Brett Caldwell, le célèbre écrivain pour enfants. Son œuvre avait été couronnée de prix. Elle brandit sa spatule, presque étonnée qu'elle ne soit pas en or.

Ben la rejoignit dans la cuisine un instant plus tard.

— J'arrête, je n'ai plus assez de concentration.

Il s'appuya contre la table de la cuisine et ajouta :

— Je suis toujours aussi surpris que tu ne sois pas en colère…

— Parce qu'il n'y a pas de quoi être en colère ! Je comprends que tu aies besoin d'un nom de plume, et pourquoi tu ne veux pas parler de ta carrière.

Chloe coupait les oignons et les brocolis pour accompagner les œufs brouillés. Elle sortit un bol du placard, y cassa les œufs.

— Je suis curieuse de savoir comment tu as commencé à écrire. Tu es avant tout vétérinaire, alors comment est née ta vocation d'écrivain ?

— À la mort de mon père, je suis revenu à la maison m'occuper de ma mère. Comme elle n'était pas autonome, je ne pouvais la laisser seule pour aller travailler en ville. J'ai voulu exercer mon métier chez moi, mais je n'avais pas d'autorisation. Pendant un temps, je suis devenu bûcheron. J'emmenais ma mère avec moi dans les bois.

— Et tu as survécu ainsi ?

— Avec des hauts et des bas. Je n'avais pas beaucoup d'argent. On ne peut pas couper du bois durant l'hiver parce qu'il y a trop de neige, et les forêts ne sont ouvertes qu'une partie de l'été. Un après-midi d'août, alors que la forêt était fermée à cause des risques d'incendie, je m'ennuyais tant que je me suis mis à écrire l'histoire du chien que j'avais quand j'étais petit. C'était *Bandit*.

— Ainsi est né Brett Caldwell.

— Plus tard, j'ai proposé mon histoire à un éditeur sans trop y croire, mais il a accepté et ce livre m'a rendu célèbre…

— *Bandit*… soupira Chloe. Une belle histoire. Comme toutes les autres… Tes livres enseignent beaucoup aux enfants : la sagesse, la prudence, le respect des animaux et des hommes.

Si les histoires de Brett Caldwell étaient si inspirées, c'est aussi parce que Ben avait un lien spirituel avec les animaux.

— *Bandit* est autobiographique ?

— En partie. J'avais un chien fidèle qui s'appelait Bandit. Il est mort et je l'ai enterré sous un chêne de la forêt. C'est là que fiction et réalité se séparent. J'ai écrit cette histoire comme j'aurais aimé qu'elle se passe… Bandit aurait vécu vieux et serait mort en paix… mais mon chien est mort dans de terribles souffrances. Un après-midi, mon père était en colère contre moi. Il avait trop bu et lui a tiré dessus.

Chloe sursauta et faillit laisser tomber un œuf.

Le regard de Ben s'était assombri. Une expression douloureuse se peignait sur son visage. Il n'avait manifestement jamais évoqué cette tragique histoire. La jeune femme fut émue de sa confiance.

Un énorme soupir détendit les épaules de Ben.

— Je n'en avais jamais parlé. Je suis navré…

Chloe l'étreignit. Longtemps, ils restèrent l'un contre l'autre sans un mot. Elle imaginait le petit garçon en larmes sur la tombe de son chien, un enfant qui pensait que le bonheur l'avait fui pour toujours. Elle aurait voulu effacer cette triste page de son passé.

— Je n'ai jamais eu d'autre chien jusqu'à Diablo, vingt ans plus tard…

Vingt ans avaient été nécessaires pour que le petit garçon blessé, devenu adulte, fasse le deuil du chien tué par son père. Il avait dû le haïr. Le haïssait-il encore ?

Le silence retomba. Chloe serrait toujours Ben contre elle.

— Maintenant, à mon tour de te poser une question, reprit-il, le visage dans ses cheveux. Pourquoi ne m'as-tu pas dit que Bobby Lee te harcelait ?

Chloe ferma les yeux.

— Je voulais t'en parler hier, quand nous nous sommes disputés. Je le désirais ardemment.

Il se raidit et recula.

— Mais pourquoi n'as-tu rien dit malgré tout ?

— J'avais peur… Je ne voulais pas que tu aies des ennuis.

Ben se détendit.

— Je ne suis pas aussi inconscient, Chloe.

Certes non, mais il avait des instincts protecteurs très développés.

— De toute façon, tout est bien qui finit bien, dit-elle pour couper court.

— Espérons que c'est vraiment fini…

Ben enfouit de nouveau son visage dans sa chevelure et lui embrassa l'oreille, ce qui la fit frissonner.

— Mais tu as encore peur, Chloe, n'est-ce pas ?

— Oui…

— Moi aussi, avoua-t-il. Bobby Lee a la loi de son côté… et je me sens impuissant pour lutter contre lui.

22

Jeremy entra dans la cuisine, brandissant un écheveau de laine informe.

— Regarde ce que j'ai fait, maman !

L'objet était impossible à identifier, mais Chloe émit un murmure approbateur.

— C'est pour moi ?

Il fronça les sourcils.

— Pourquoi ?

Elle réfléchit très vite.

— Parce que c'est toi qui l'as fait et que j'en ai toujours voulu un.

— Un quoi ?

Chloe réfléchit de nouveau avant de répondre.

— Ce genre de chose…

Jeremy brandit sa boule de laine.

— Mais c'est pour de faux ! C'est un brouillon, pour apprendre.

La jeune femme lança un regard suppliant à Ben afin qu'il vienne à sa rescousse.

— Tu t'exerçais ? Bravo. Mais on jurerait un porte-clés…

Jeremy exultait.

— Tu crois ?

Avec un regard d'excuse à Chloe, il tendit le curieux enchevêtrement de laine à Ben.

— Si tu l'aimes, je te le donne. J'en ferai un autre pour maman. C'est le rose, sa couleur préférée, mais elle n'en porte pas car elle dit que c'est trop *flashy* avec ses cheveux. Mais elle aura quand même un porte-clés rose.

L'enfant repartit en courant.

— Désolé d'avoir hérité d'un objet que tu convoitais tant, plaisanta Ben.

Chloe se mit à rire.

— Au moins, nous aurons chacun un porte-clés assorti !

Après le déjeuner, Jeremy resta avec Nan pour continuer à apprendre le crochet. Ben et Chloe nettoyaient et rangeaient la cuisine, quand le téléphone sonna.

Il décrocha.

— Frank ! J'attendais ton appel.

Chloe se tendit. Ben écoutait Frank Bower sans mot dire. À en juger par son air soucieux, les nouvelles n'étaient pas bonnes. Quelques secondes plus tard, il le remercia et raccrocha.

— Bobby Lee va s'en tirer ? demanda aussitôt la jeune femme.

— Il a un alibi en béton. Frank a vu le shérif, ce matin. Auparavant, il s'est entretenu avec le dispatcher qui a pris ton appel hier soir. Bobby Lee s'obstine dans sa version des faits : il aurait rejeté tes avances, le soir où vous avez dîné ensemble, et tu aurais cherché à te venger en l'attirant chez toi sous un faux prétexte.

— C'est ridicule ! s'écria Chloe. Cet homme est dangereux, Ben ! Il va finir par faire du mal ! J'espère que ce ne sera ni moi ni mon fils qui serons ses victimes.

— Je le souhaite aussi, fit Ben avec un geste d'impuissance. De plus, Frank m'a dit que le shérif avait d'autres soucis en ce moment. On lui a signalé la disparition de Jimmy Suitor, un jeune homme de vingt-cinq ans. Il y a un mois et demi, il est parti camper. Comme il aime la vie au grand air, chaque été, il passe quelques semaines à explorer la nature des alentours. Seulement, cette année, il n'est pas rentré… Au début, sa mère a pensé qu'il avait prolongé ses vacances et elle ne s'est pas inquiétée. Mais au bout de deux semaines, elle a prévenu la police.

— La pauvre femme…

— Depuis, les recherches n'ont pas cessé. La police a passé toute la zone où il aurait campé au peigne fin, sans résultat. C'est arrivé peu de temps après ta démission.

— Voilà pourquoi j'ignorais cette histoire.

— D'autant que cette disparition n'a pas été ébruitée, car Suitor a la manie de disparaître. Tout le monde a pensé qu'il avait eu une lubie de plus… Mais hier, un randonneur a retrouvé une casquette tachée de sang.

— Je suppose qu'elle lui appartient ?

— Selon sa mère, oui… Les tests ADN sont en cours. En attendant, la police a fait un appel à témoin. Il paraît que tous les détraqués de la région débarquent dans le bureau du shérif ! Lang est en train de devenir fou, comme tous les autres policiers.

— J'en déduis que le shérif ne peut se permettre de suspendre Bobby Lee, avec cette affaire ?

— Je sais, c'est injuste, Chloe, mais pour la police, tes problèmes avec Bobby Lee sont insignifiants comparés à cette disparition, d'autant que Frank n'a rien de solide contre lui.

— C'est très clair… Bobby Lee est le plus malin et je reste la victime… S'il essaie une nouvelle fois de me violer, je n'aurai peut-être pas autant de chance qu'hier soir, mais au moins le shérif suspendra son policier préféré et mettra mon affaire en tête de ses priorités.

Un silence suivit. Chloe eut soudain honte de ses dernières paroles et de leur amertume.

— Pardon, Ben, je sais que ce n'est pas ta faute…

Elle s'assit sur le tabouret de bar et enfouit son visage dans ses mains. Le désespoir l'envahissait. Bobby Lee continuerait de la harceler. Non seulement il l'avait menacée de mort, mais il avait aussi menacé de s'en prendre à Jeremy.

Ben lui massa les épaules pour essayer de la détendre.

— C'est moi qui suis désolé, Chloe. La justice n'est pas toujours parfaite…

— Que vais-je faire ? Tant qu'il sera en liberté, je ne serai pas tranquille.

— Je sais ce que tu ne dois pas faire. Tu ne rentreras pas chez toi. Jeremy et toi allez demeurer ici. Je me sentirai mieux.

— Mais je ne peux pas emménager chez toi, Ben !

— Pourquoi pas ?

Il scruta son visage.

— Tu as changé d'avis pour nous deux ?

— Non, bien sûr, c'est juste que…

— Quoi ? Il y a assez de place pour vous dans la maison.

— Mais j'ai un travail. Et je n'ai pas de vêtements ici.

— Tu as trois jours de congé. Nous irons chercher des vêtements avant que tu ne reprennes ton travail. Je t'y conduirai et je viendrai te chercher tous les jours, par précaution. Bobby Lee peut toujours venir au magasin, je doute qu'il te harcèle en plein jour devant tout le monde. Il préfère te surprendre seule, mais ça n'arrivera plus.

Chloe allait répondre lorsque le téléphone se remit à sonner. Elle se tendit, pensant que c'était peut-être Frank Bower qui rappelait. Ben décrocha.

La jeune femme tendit l'oreille. Il ne s'agissait pas de Frank. Ben parlait de cheval.

— J'avoue que cela me surprend, mais j'apprécie que vous ayez pensé à moi...

Après une petite pause, il reprit :

— Oui, bien sûr. Après-demain ? Vers treize heures ? Très bien, à bientôt.

Il raccrocha.

— Qui était-ce ?

Ben lui lança un regard entendu.

— Lucy Gant. Son cheval s'est foulé le genou et souffre d'une inflammation. Elle m'a demandé de venir l'examiner.

Il l'étudia, solennel.

— Il paraît qu'une jeune femme qui travaille au Christmas Village a chanté mes louanges. Lucy est convaincue que les gens m'ont mal jugé, et elle m'a proposé d'être le vétérinaire du haras.

— C'est merveilleux !

Ben farfouillait dans les papiers sur son bureau, l'air sombre. Chloe s'étonna de son manque d'enthousiasme. Il aurait dû être ravi que certains habitants de Jack Pine reconnaissent enfin ses qualités et abandonnent leur méfiance.

— J'apprécie que tu m'aies fait de la pub, Chloe, dit-il enfin. Je vais réfléchir à cette histoire de haras. Si je ne saute pas de joie, c'est parce que...

Il s'interrompit et sourit.

— Les gens ne changent pas. Lucy n'est qu'une personne parmi d'autres... une goutte d'eau dans la mer. Sa proposition lui créera peut-être plus de problèmes qu'elle n'en réglera...

— Mais nous devons bien commencer quelque part !

Ben l'embrassa.

— J'aime quand tu dis « nous »...

— Moi aussi.

Il lui prit le menton et la dévisagea avec inquiétude.

— Tu es pâle et tu as l'air fatigué. Jeremy est avec ma mère dehors, et moi je dois travailler à mon livre. Pourquoi n'en profiterais-tu pas pour aller t'allonger ?

— Je viens juste de me lever ! protesta Chloe, même si elle se sentait lasse.

Elle était encore sous le choc des événements de la veille. Des flashs de la soirée lui revenaient par intermittence.

— Si je vais me coucher maintenant, je resterai éveillée toute la nuit.

Un éclat malicieux éclaira le regard de Ben.

— Ça ne me dérange pas du tout, bien au contraire ! Repose-toi pendant que tu en as l'occasion.

Chloe se réveilla en fin d'après-midi. Sentant une source de chaleur tout contre son dos, elle se retourna, mais elle fronça le nez et ouvrit les yeux quand un souffle fétide lui balaya le visage.

— Methuselah ?

Le vieux couguar allongé sur le dos, jambes écartées, attendait qu'elle le caresse. Chloe se souvint qu'elle s'était allongée pour une courte sieste, mais, à en juger par la position du soleil, elle avait dormi tout l'après-midi. Elle n'aurait jamais cru être si fatiguée.

Elle gratta le ventre du félin.

— Je vis une histoire d'amour passionnée avec les mâles de la maison Longtree ! jeta-t-elle. Mais j'avoue que tu es moins sexy que Ben.

Methuselah bâilla, roula sur le flanc et posa son moignon de patte sur son épaule, lui lançant un regard que sa myopie rendait touchant.

— Encore deux caresses et c'est fini ! Il va bientôt être l'heure de dîner !

Chloe se rafraîchit puis se rendit dans le salon. Jeremy, assis en tailleur sur le tapis, était captivé par le film qui passait à la télévision.

— *Scoubidou*. Super ! En quel honneur ? demanda-t-elle en lui ébouriffant affectueusement les cheveux.

— Ben est parti travailler. Je voulais aller avec lui, mais il a dit que c'était trop loin. Alors il m'a loué un film par satellite.

— C'est gentil.

— C'est pour toute la journée ! Je peux le regarder autant que je veux !

Sans détacher les yeux de l'écran, Jeremy piochait par intermittence dans le bol placé sur ses genoux. Un plateau devant lui comportait les éléments indispensables à un bon film : quartiers de pommes séchées, fromage, muesli et raisins secs.

— Miam, fit Chloe. C'est Ben qui a préparé ton plateau ?

— Mm-mm, acquiesça Jeremy.

Il fronça les sourcils, contrarié.

— C'est la meilleure partie du film, maman !

Chloe laissa son fils et rejoignit Nan qui faisait un puzzle dans la salle de séjour.

— Désolée d'avoir dormi si longtemps, Nan. J'espère que Jeremy ne vous a pas pris trop de temps, en vous demandant de lui apprendre le crochet ?

— Tout ce que j'ai, c'est le temps, répondit la vieille dame.

Chloe s'installa sur le canapé pour bavarder un peu. Ce faisant, elle tourna les yeux vers la fenêtre et aperçut Ben qui gravissait la colline boisée derrière la maison avec une glacière, un jerrican d'eau, un cartable noir, et ce qui lui sembla être un sac de grain sur l'épaule.

— Ben est bien chargé ! s'exclama-t-elle en s'approchant de la fenêtre. Où va-t-il ? Pour quoi faire ?

La voix de Nan s'éleva derrière elle.

— Suivez-le et vous le découvrirez, Chloe.

La jeune femme lui lança un regard interrogateur.

— Vous ne connaissez qu'une facette de Ben Longtree, reprit Nan, et il y en a d'autres...

Le menton de Chloe trembla.

— Que voulez-vous dire ?

Nan regardait son puzzle sans le voir.

— Il n'est pas l'homme que vous pensez.

Chloe se demanda si elle ne délirait pas.

— Mon fils est un quart shoshone, poursuivit Nan d'une voix douce. Un descendant direct de Griffe de Lion, un grand médecin et aussi un grand chef. Un quart shoshone génétiquement parlant, mais cent pour cent dans son cœur.

— Je ne comprends pas.

— Je sais. À moi, il m'a fallu des années pour comprendre. Quand mon fils était enfant, son grand-père paternel, un véritable Shoshone, lui a donné un nom indien. Les Shoshones donnent à leurs enfants des noms en rapport avec leur destinée. Ben s'appelle Celui-qui-marche-avec-les-lions-de-montagne.

Nan lança un regard lourd de sens à Methuselah qui s'allongeait devant la cheminée.

— Les apparences sont parfois trompeuses, Chloe. Hap, le père de Ben, était à moitié shoshone, mais pour des raisons que je ne veux pas évoquer, il a renié ses origines quand il avait une vingtaine d'années, et il a passé sa vie dans l'amertume et la colère. Il a obligé Ben à renier ses origines. Son fils lui rappelait trop son ascendance shoshone...

Nan caressa le puzzle inachevé.

— La vie est comme ce puzzle, faite de fragments épars. Certains les ordonnent pour former un ensemble parfait et intelligible, d'autres tâtonnent et tentent de les assembler sans y parvenir.

Chloe connaissait bien cette sensation.

— Nous faisons tous de notre mieux, Nan.

— Parfois, ça ne suffit pas… Je sais que vous vous demandez pourquoi je suis restée avec le père de Ben, un homme violent et déstructuré. Ce que vous ignorez, c'est que mon Hap était comme Ben au début… Il avait une belle âme.

Chloe s'éloigna de la fenêtre.

— Pourquoi a-t-il changé ? Que s'est-il passé ?

— Un miracle qui a dérapé… Le désir d'un jeune homme d'aider quelqu'un qu'il aimait, et une aide qui a eu l'effet inverse à celui escompté. Hap était très sensible, comme Ben, mais il n'avait pas sa force d'âme. Il a tenté de fuir d'insupportables souvenirs en buvant, et la boisson l'a détruit.

Une immense tristesse se lisait dans les yeux de la vieille dame.

— Parfois, quand il était sobre, je reconnaissais l'ancien Hap. Il était comme un enfant perdu. J'ai supporté son ivresse et sa colère ainsi que ses maîtresses, non parce que j'étais faible, mais parce que j'aimais l'homme derrière ses défauts. Je pensais qu'il en valait la peine…

Chloe comprenait. Avec Roger, elle avait vécu une expérience similaire.

— Vous aimez Ben, n'est-ce pas ? s'enquit Nan.

Elle acquiesça.

— Alors, si un événement terrible survenait qui le brise et le rende alcoolique, pourriez-vous l'abandonner, sachant qu'il pourrait guérir et redevenir le Ben d'avant ?

Chloe songea à son divorce. Elle avait aimé Roger, mais elle s'était résignée à l'idée que l'homme qu'elle avait aimé n'existait plus.

— Je ne sais pas… répondit-elle honnêtement.

— Je n'ai pas pu quitter Hap, et je comprends maintenant que c'était une erreur.

Nan haussa les épaules, les yeux brillants de larmes.

— J'aurais dû divorcer... si ce n'était pour moi, au moins pour mes enfants. Mais j'ai tenté de rester une épouse loyale et une bonne mère. Les deux doivent aller de pair, mais parfois la vie force une femme à choisir entre les deux. Quand ce choix s'est présenté, je n'ai pas su le faire... C'est la plus grave erreur de mon existence.

— Ben ne vous le reproche pas.

Se souvenant de la conversation qu'ils avaient eue à ce propos, Chloe ajouta :

— D'un côté, il aurait voulu que vous partiez. De l'autre, il comprend pourquoi vous êtes restée.

— Mon fils est un esprit très ancien, déclara Nan. Il a en lui une connaissance et une perception que nous n'avons pas. Vous comprenez ?

Non, Chloe ne comprenait pas. Elle s'agenouilla devant le rocking-chair.

— Mon Ben suit une autre voie... continua Nan. Ça n'a pas été toujours facile, il a même renié ses origines comme son père, à un moment. Il a oublié les enseignements de son grand-père et il a essayé de devenir un autre.

Un sourire serein illuminait son visage.

— Ben doit accepter d'être ce qu'il est et suivre les traces de ses ancêtres, comme son grand-père le lui a enseigné. Il doit en être ainsi. J'ai beau être irlandaise par mes origines, je sais qu'il appartient aux Shoshones. Le père de Ben ne l'a jamais accepté, il ambitionnait une autre vie pour son fils.

Chloe posa la main sur son genou.

— Je ne comprends pas, Nan, expliquez-moi.

Nan la regarda droit dans les yeux. La jeune femme ne voyait aucune lueur de démence dans son regard, seulement un immense tourment.

— Je pense que vous comprenez, mais vous refusez de voir et vous ne l'avez donc pas encore accepté.

— Mais si !

Chloe baissa les yeux sur Methuselah.

— Ben a un don avec les animaux, et je l'admets. J'ai accepté tous ses animaux et j'ai appris à les aimer. Comment pouvez-vous m'accuser d'aveuglement ?

Nan secoua la tête.

— Vous ne reconnaissez que ce que vous avez choisi de voir. Pensez à ce chiot agonisant que Ben a sauvé… Pensez à votre petit qui n'a plus de crises d'asthme…

Un frisson parcourut Chloe.

— Qu'essayez-vous de me dire, Nan ?

— Pensez aussi à la femme que vous étiez, avant de le rencontrer. La première fois, vous êtes venue ici la peur au ventre et l'esprit empoisonné par les mauvais souvenirs. Quand la peur vous a-t-elle quittée, Chloe ?

— C'est venu peu à peu…

La jeune femme s'interrompit.

— C'est arrivé l'après-midi où nous sommes allés voir le barrage des castors, murmura-t-elle, soudain tendue.

Elle lança un regard empli d'angoisse à la vieille dame.

— Qu'essayez-vous de me dire, Nan ? répéta-t-elle.

— Certaines choses ne peuvent être expliquées avec des mots. Il faut croire et accepter, mais avant, il faut bien regarder.

Nan serra sa main.

— Avant d'aller plus loin dans votre relation avec Ben, agissez, Chloe.

Elle fit un geste vers la fenêtre.

— Suivez-le et vous verrez… Découvrez la vérité.

Si c'est trop lourd pour vous, partez. Mais si vous acceptez, vous aurez son cœur.

Chloe décida de suivre Ben. Avant de sortir, elle enfila au hasard un coupe-vent en nylon noir qui appartenait à Ben et qui était trop grand pour elle. Elle commençait d'ailleurs à penser que Ben était beaucoup trop grand et profond pour elle. Il descendait d'un chef de tribu indienne, il était un quart shoshone par sa naissance, mais un véritable Indien dans son cœur. C'était un homme mystérieux, doué d'un pouvoir dont elle ressentait les effets dès qu'il posait les mains sur elle. Son énergie avait même transcendé leurs rapports sexuels.

Chloe ne connaissait qu'une seule de ses facettes. Ben était complexe. Lors de leur première rencontre, elle avait eu l'intuition d'être face à un être d'exception. Elle le revit dans l'animalerie, avec son regard froid mais ardent.

Après avoir gravi une côte escarpée, elle atteignit la clôture de fil barbelé qui entourait la propriété des Longtree. Elle passa dessous et poursuivit sa route. L'itinéraire de Ben était en zigzag, comme s'il redoutait d'être suivi… Où allait-il ? Bien que fatiguée et déjà essoufflée, Chloe était déterminée à découvrir la vérité. Il avait voulu lui faire des révélations, la nuit dernière, mais les événements avaient interrompu son élan. Après sa conversation avec Nan, Chloe songeait que le moment de parler était venu.

Elle parvint enfin à proximité d'une grotte éclairée. Elle ralentit le pas, le cœur battant d'excitation et de nervosité. Des ombres dansaient sur les parois de la grotte, des formes étranges qui lui rappelèrent les élucubrations de Lucy Gant. Ben, un sorcier ? La grotte renfermait-elle un secret ?

Chloe eut soudain envie de rebrousser chemin. Tous les secrets ne sont pas bons à être dévoilés, songeait-elle. Puis elle se souvint de l'énergie contenue dans les mains de Ben et, intriguée, se remit à marcher. Ben avait peut-être des secrets, mais il ne faisait rien de mal.

De loin, elle comprit qu'il soignait des animaux. La lueur de sa lanterne baignait l'intérieur de la cavité, ce qui expliquait les ombres et formes étranges qui se découpaient sur les parois. L'intérieur était occupé par des cages dont l'une, très grande, était vide.

Chloe s'étonna qu'il fasse si grand mystère de ses activités de vétérinaire. Il aurait dû lui faire confiance, elle n'aurait parlé de cette grotte à qui que ce soit.

Elle allait l'appeler quand un terrible rugissement retentit. Elle se retourna et se figea. Un gros ours noir fondait sur elle, piétinant les buissons comme des fétus de paille.

La jeune femme essaya de hurler, mais aucun son ne sortit de sa gorge. Toujours pétrifiée, elle le regarda approcher. La distance qui les séparait diminuait dangereusement. La terre vibrait au fur et à mesure que l'ours se rapprochait. Elle aperçut Ben qui se précipitait hors de la grotte. Elle voulut le prévenir du danger, mais n'y parvint pas.

— *Kiss,* stop. *Suvate*. C'est fini ! hurla Ben à l'ours.

L'animal s'arrêta. Il ouvrit une gueule remplie d'écume et poussa un hurlement déchirant.

— *Ka*, *Kiss,* reprit Ben plus doucement. *Ka,* non. *Kiss,* arrête, vieil ours.

L'ours roula sur son derrière. Ses yeux brillants, trop petits pour sa grosse tête, ne quittaient pas Chloe. Il était si près qu'elle craignit de s'évanouir.

Ben s'approcha de l'énorme bête.

— *Toquet,* tout va bien.

Quand il passa un bras autour du cou de l'ours, Chloe eut le vertige.

— *Keemah*. Viens. *Meadro*.

L'ours grogna et le suivit dans la grotte. Ben ouvrit la cage vide et lui fit signe d'entrer, puis il referma la porte.

Chloe chercha des yeux un endroit où s'asseoir pour se ressaisir. C'est alors qu'elle aperçut un couguar. Methuselah ? Non, le vieux couguar de Ben était à la maison, devant la cheminée. Deux jeunes couguars émergèrent des buissons, chahutant et jouant alors qu'ils s'approchaient de leur mère.

— Chloe ?

Hallucinée, elle gardait les yeux rivés sur la femelle couguar. Elle rêvait, elle ne voyait pas d'autre explication...

— Je suis désolé que l'ours t'ait fait peur. Quand je viens soigner les animaux, je le laisse toujours se balader dehors pour qu'il se dégourdisse les pattes... Il a été blessé et je l'ai opéré, mais grâce aux antibiotiques, il va mieux. Si j'avais su que tu viendrais, je l'aurais gardé en cage. Depuis qu'on lui a tiré dessus, il est nerveux. Il considère cette grotte comme son territoire, et il est très protecteur à l'égard des autres animaux qui y sont soignés.

Un rire hystérique s'échappa de la gorge de Chloe.

— Il pourrait ouvrir sa cage avec ses pattes ! Il est sauvage, n'est-ce pas, Ben ?

— Il est sauvage, admit-il platement. Je sais que cela paraît étrange... Je le suis aussi. Les animaux viennent vers moi, ils sont toujours venus.

Il contempla la forêt, soudain tendu.

— J'avais l'intention de t'en parler hier soir, je te le jure, mais tu étais tellement traumatisée par l'agression de Bobby Lee que j'ai décidé d'attendre. Peut-être étais-je soulagé d'avoir une excuse pour ne rien dire ? Je savais que tu me repousserais.

Chloe demeura muette. Ben semblait convaincu que tout était fini entre eux, maintenant. C'était ridicule. Elle savait depuis longtemps qu'il avait un don avec les animaux. En revanche, elle ignorait que ce don s'étendait aux ours sauvages…

— Découvrez la vérité, avait dit Nan. Si c'est trop lourd pour vous, partez. Mais si vous acceptez, vous aurez son cœur…

Mais elle possédait déjà le cœur de Ben. Chloe lisait son amour dans toutes les émotions qui se succédaient sur son visage et dans la peur qui assombrissait son regard.

Il planta les pouces dans sa ceinture de cuir qu'il avait mise à cause de son fils. Il pencha la tête, dont les cheveux courts rappelèrent à Chloe qu'il avait fait ce sacrifice également à cause de Jeremy. Il fouilla la terre de la pointe de sa botte en cuir.

La jeune femme avait mal. Ben ne ressemblait pas à l'homme dont elle était tombée amoureuse. Il avait changé pour lui plaire ; il avait renié son identité shoshone et effacé sa différence pour elle. Et elle avait été secrètement heureuse de ces changements… Elle avait tant redouté que son fils n'imite un excentrique et ne devienne la cible des moqueries des autres enfants.

Les larmes lui montèrent aux yeux alors que le regret l'envahissait. Elle comprenait mieux pourquoi il n'avait pas sauté de joie lorsqu'on lui avait proposé d'être le vétérinaire du haras. On y élevait des chevaux pour des ventes aux enchères ou pour l'abattoir. Accepter, c'était aller à l'encontre de ses convictions.

Chloe voulait retrouver l'ancien Ben, avec sa différence. Elle ne voulait pas qu'il ressemble à un Américain moyen, mais qu'il soit un Shoshone. Jeremy n'aurait jamais de meilleur exemple à suivre. Si, adulte, son fils possédait les valeurs de Ben, il deviendrait un homme dont elle serait fière.

— Je crois que nous devons parler, dit-elle avec prudence.

Ben continuait de fouiller le sol de la pointe de sa chaussure. Il sourit tristement.

— J'en suis conscient, mais je ne sais pas par où commencer…

— Tu as donc tellement peur de me parler ?

Il réfléchit et haussa les épaules.

— Je suis divorcé. Je ne te l'ai jamais dit. Quand mon ex-femme, Sherry, a découvert mon don, elle n'a plus rien voulu avoir à faire avec moi. J'ai eu peur que tu n'aies la même réaction.

— Je ne suis pas Sherry. Je te promets que je n'aurai pas sa réaction.

Chloe s'approcha. Il leva la main.

— Non ! murmura-t-il. Maintenant que tu es là, je vais tout te raconter, mais je préfère que tu restes loin de moi pendant ce temps.

— Je t'ai interrompu dans tes soins. Va terminer, j'attendrai.

— Je changeais un pansement. Une lapine a été blessée par balle à la hanche. Je l'ai trouvée inanimée dans la grotte, hier. J'ai extrait la balle et aujourd'hui j'ai nettoyé et pansé la plaie. Pour une si petite bête, c'est une blessure sérieuse. Elle restera boiteuse toute sa vie…

Chloe prit une grande inspiration.

— Pourquoi ne pas la guérir ? s'entendit-elle demander.

Ben lui lança un regard méfiant.

— C'est ce que j'essaie de faire.

— Je ne te parle pas de la guérir avec la médecine moderne, mais par imposition des mains.

Elle passa l'index sur sa clavicule gauche.

— J'aurais dû avoir une blessure, la première fois que Bobby Lee a tenté de me violer. Tu l'as fait disparaître d'une seule pression de tes doigts.

Le regard de Ben devint plus profond.

— Tu le sais depuis longtemps ? s'enquit-il d'une voix rauque.

23

Chloe comprenait à présent qu'elle connaissait son secret depuis longtemps. Seulement, il avait été plus rassurant et plus rationnel de penser que Rowdy avait guéri grâce aux antibiotiques, qu'elle n'avait pas été blessée à la clavicule, et que les crises d'asthme de son fils avaient disparu parce qu'il était moins fragile sur le plan émotionnel.

— Tu excelles à nous mettre face à nous-mêmes, alors pourquoi te dérobes-tu à ce que tu es ? demanda-t-elle.

Le visage de Ben se ferma, mais Chloe s'obstina.

— Tu as parlé à mon fils de la différence entre l'âme et le corps, de la chrysalide qui libère le papillon. Tu as oublié de lui dire que certains hommes restent cachés dans leur chrysalide, de peur de s'envoler et de se faire accepter avec leurs différences.

— Ce n'est pas aussi simple.

Chloe comprenait que la vie n'avait jamais été simple pour Ben.

— Si je te perds parce que je suis différent... reprit-il.

— Tu ne me perdras pas !

— Tu n'as pas conscience de la gravité de la situation. Tu ne vois que la partie émergée de l'iceberg...

— Alors, tu ne crois pas qu'il est temps de me montrer le reste ?

Il s'assit sur un tronc, posa la main à côté de lui pour l'inviter à s'asseoir. Chloe obéit. Il enveloppa ses genoux de ses bras, le regard fixé au loin.

— Pour que tu comprennes, je dois commencer par mon enfance.

— J'ai tout le temps, prononça Chloe avec un peu d'appréhension.

Ben lui lança un regard oblique.

— Je t'ai déjà raconté que mon père avait tué Bandit. J'avais douze ans, et je commençais à mesurer l'étendue de mon pouvoir. Je l'avais exercé à plusieurs reprises sur des oiseaux blessés ou de petits animaux. Pour un gamin de mon âge, c'était fabuleux de guérir grâce à mes mains... Je pensais que je pouvais tout réparer.

Il ferma les yeux un instant.

— Mon père a tué Bandit avec son fusil de chasse. Il l'a visé à la tête et a tiré à bout portant... Hormis ma mère et mon grand-père, j'aimais ce chien plus que tout au monde. Il était mon ami fidèle et mon confident. Quand mon père l'a tué, je n'ai pas réfléchi et j'ai posé mes mains sur la blessure.

L'émotion fit battre le cœur de Chloe plus fort.

— Tu ne pouvais soigner une blessure si sérieuse, n'est-ce pas ? Un coup à bout portant fait des dégâts irréparables !

— Je l'ai soignée quand même.

Ben était livide.

— J'ai pu soigner les tissus déchirés et stopper l'hémorragie, mais sa gueule avait été emportée... Le cœur de Bandit battait encore, alors qu'il aurait déjà dû être mort. D'une certaine façon, il était comme Roger : vivant, mais comme une coquille vide...

Chloe posa le menton sur ses genoux, imaginant l'horrible scène. Elle ne doutait pas une seconde que Ben lui dise la vérité.

— Tu penses sans doute que mon père n'était qu'un ivrogne et qu'il se mettait en colère pour rien. Je ne justifierai pas le mal qu'il m'a fait, mais il avait ses raisons. Ce don se transmet de père en fils. Quand mon père avait vingt ans, on a découvert une tumeur au cerveau chez sa mère. Mon grand-père a averti mon père qu'il fallait laisser certaines choses entre les mains de la nature. Mais mon père ne supportait pas que sa mère souffre. Un après-midi qu'il était seul avec elle, il a posé les mains sur elle.

Chloe devinait la suite. Pour la première fois, elle ressentit de la pitié pour le père de Ben.

— Mais la tumeur avait détruit les cellules...

— Mon père n'a pu remplacer les tissus nécrosés. Ma grand-mère est restée dans un état végétatif pendant de longues années, et elle est morte alors que j'avais seize ans. Forcé de vivre avec les conséquences de ses actes, mon père a renié ses origines shoshones. Pour lui, ce don était un cadeau empoisonné. Quand mes parents ont su avec certitude que j'en avais hérité, mon père a tout fait pour m'empêcher de l'utiliser. Il me punissait s'il soupçonnait que j'avais soigné des animaux. J'ai appris dès ma jeunesse à être secret et à n'utiliser mon don que lorsque j'étais sûr que personne ne le devinerait. Me cacher, c'était ma seconde nature.

— Je comprends mieux...

— Tu ne sais pas encore tout. La situation était intenable pour ma mère, ma sœur et moi, et d'une certaine façon pour mon père. Il m'aimait, mais il détestait ce que j'étais... Il ne voulait pas que je vive les mêmes douloureuses expériences que lui, alors il a été cruel avec moi, parfois même vicieux. Maintenant que je suis plus âgé, je pense qu'il croyait agir pour mon bien. Il devait se dire qu'un jour, je le remercierais.

Il soupira et se frotta la nuque.

— Quoi qu'il en soit, l'après-midi où j'ai posé les mains sur Bandit, mon père m'a tendu le fusil avec ces mots : « Tu l'as soigné mais tu ne l'as pas guéri, alors assume tes responsabilités et répare le mal que tu as fait ! » Il m'a laissé seul pour achever mon chien.

Chloe se mordit la lèvre, proche de la nausée.

— Il t'a demandé d'achever ton propre chien !

— Je n'ai jamais rien fait d'aussi difficile... Mais j'aimais trop Bandit pour le laisser dans cet état. Après l'avoir enterré, j'ai juré sur sa tombe de ne plus jamais utiliser mon don. Je comprenais que les miracles ne sont pas toujours bienvenus... J'ai renié mon don et ne l'ai plus utilisé. Du moins, jusqu'à ce que je vous rencontre, Jeremy et toi...

Il prit une longue inspiration.

— Les animaux continuaient de venir devant la maison quand ils étaient blessés. Ils me faisaient confiance. Ils étaient attirés par quelque chose que je ne saurais expliquer... Mon père craignait tellement que je me remette à utiliser mon don qu'il leur tirait dessus. Parfois, comme il était ivre après une nuit de beuverie, il manquait sa proie et blessait l'animal au lieu de le tuer. J'attendais qu'il ne fasse plus attention à moi pour partir dans les bois à la recherche de ses victimes. C'était à la fois frustrant et traumatisant. Comme je ne voulais pas les guérir par imposition des mains, j'essayais de les soigner de façon conventionnelle. Mais je n'avais aucune connaissance médicale, alors je n'en ai pas sauvé beaucoup...

— C'est pour cette raison que tu as décidé de devenir vétérinaire ? devina Chloe.

Il sourit et haussa les épaules.

— Je suis né pour guérir, Chloe. C'est ma destinée... À quatorze ans, j'ai décidé d'entrer à l'école vétérinaire. À dix-huit ans, j'ai quitté Cinnamon

Ridge et j'ai juré de ne plus jamais y revenir. Si ma vie n'avait eu des détours aussi bizarres, je ne serais sans doute jamais revenu…

— Tu as rencontré Sherry à l'université ?

— Elle faisait aussi des études de vétérinaire.

Le regard de Ben se perdit de nouveau dans le lointain.

— On s'entendait bien. On avait beaucoup en commun. Sherry était brillante, avec un esprit rationnel. Elle voulait toujours comprendre le pourquoi des choses. À ses yeux, le monde était un vaste puzzle scientifique. Chaque question avait une réponse. Chaque mystère avait son explication.

Il sourit doucement.

— Une fois que nous contemplions un magnifique coucher de soleil, elle ne l'a pas admiré : elle a évoqué les conditions atmosphériques, l'angle du soleil et les propriétés réflectives de la masse nuageuse…

Chloe était étonnée que Ben ait pu être heureux avec une telle femme.

— À cette époque, je pensais que Sherry était la femme dont j'avais besoin parce qu'elle contrebalançait le monde d'où je venais, poursuivit-il comme s'il l'avait entendue penser. Je voulais me couper du mysticisme que mon grand-père avait instillé en moi. J'étais décidé à ne plus jamais guérir par imposition des mains. Je n'avais rien dit à Sherry, car c'était inutile. Dans mon esprit, cet épisode de ma vie appartenait au passé et ne devait en aucun cas entacher nos relations. Je voulais être un homme normal et mener une vie normale. Sachant que Sherry faisait contrepoids à mon éducation et à mon milieu, je resterais sur le droit chemin et ancré dans la réalité… Si je lui avais dit que j'avais reçu le don de soigner par imposition des mains, elle m'aurait ri au nez et m'aurait conseillé de me trouver un psy.

— Tu as été heureux avec elle ?

— Pendant un temps, oui. Nous avons eu nos diplômes en même temps. Nous rêvions d'ouvrir notre cabinet, et nous avons mis assez d'argent de côté pour réaliser ce rêve. Nous partagions une grande passion, tous les deux.

Il lui adressa un regard appuyé.

— Mais pas le genre de passion à laquelle tu penses, Chloe. Nous étions passionnés par la médecine vétérinaire. Nous nous réjouissions de nos succès et nous réconfortions en cas d'échec. Nous n'étions peut-être pas fous amoureux, mais nous étions heureux. Je pensais que ça durerait toujours... Nous avons même envisagé d'avoir un enfant.

— Vous n'avez pas réussi ? À cause de quoi ?

— À cause de moi. Nous avions notre clinique vétérinaire depuis trois ans à cette époque. Nous avions amassé beaucoup d'argent et nous projetions de nous agrandir. Mais un après-midi, tout a volé en éclats... Nous avions des clients fidèles, un couple âgé adorable, les Foster. Ils possédaient un terrier, Tootles, qu'ils adoraient. Chaque fois que le chien avait un bobo, ils se précipitaient à la clinique pour le faire examiner. Ils étaient si gentils, et très amoureux. Ils se tenaient par la main et avaient des gestes de tendresse l'un envers l'autre. Je les aimais bien. J'aurais souhaité que Sherry et moi soyons aussi amoureux.

Il passa la main devant ses yeux.

— Le jour où tout a dérapé, M. Foster a eu un infarctus dans son jardin où il travaillait avec sa femme. Mme Foster a appelé les pompiers, mais lorsque les secours sont arrivés, ils n'ont pas pensé à fermer la grille du jardin derrière eux. Tootles a couru dans la rue et a été renversé par une moto. Mme Foster nous a amené le chien, elle était hystérique. Son mari venait de mourir et Tootles était à l'agonie. Nous l'avons traité en urgence, mais quand nous avons vu les radios, nous avons compris que tout espoir était perdu... Le chien était gravement blessé. C'était à moi d'annoncer la triste nouvelle à Mme Foster. C'est alors qu'une autre urgence est arrivée, et Sherry a quitté la salle d'examen pour s'en occuper. J'étais seul avec cette pauvre vieille dame. Je me demandais comment j'allais lui annoncer que son chien était perdu, et qu'il fallait le piquer pour abréger ses souffrances.

Chloe banda ses muscles, se préparant à la suite.

— Je ne voulais pas lui annoncer cette nouvelle... reprit Ben d'une voix plus douce. J'étais là, ma main posée sur le chien, mal à l'aise et malheureux. Mme Foster pleurait, elle me suppliait de sauver son chien parce qu'elle n'avait plus personne. Et tout à coup, ce fut inconscient, j'ai lâché prise. Peu après, Tootles s'est redressé. Il a secoué la tête comme s'il n'avait jamais eu cet accident. Mme Foster était folle de joie. À cet instant, Sherry est revenue et, incrédule, elle a voulu refaire passer des radios au chien. J'ai essayé de l'en dissuader, mais elle a insisté. Elle ne cessait de répéter que cette guérison était impossible, que les dégâts étaient trop importants pour être réparés.

Chloe avait la bouche sèche. Elle était assise à côté d'un homme capable de recoller des os cassés par la seule imposition de sa main...

— Quand Sherry a comparé les secondes radios avec les premières, elle n'en a pas cru ses yeux, mais le chien était en pleine forme...

Ben resta un instant silencieux.

— Je pense qu'elle savait avant même que je ne lui parle... Il y avait eu de nombreux faits étranges : des chiens blessés qui venaient à la clinique comme s'ils savaient qu'ils allaient y être guéris, des taureaux ou des chevaux fous furieux qui se calmaient dès que je les approchais. Parfois, je surprenais le regard troublé de Sherry sur moi. Elle se doutait de quelque chose, mais elle refusait de se rendre à l'évidence.

« Le soir où je lui aie tout révélé, elle a été furieuse que je ne lui aie jamais rien dit. Elle m'a traité d'anormal. Notre mariage a été en chute libre dès cet instant… Sherry refusait que je la touche. Elle a commencé à voir régulièrement un rancher qui tenait un haras dans la région. Avec le recul, je pense qu'elle était attirée par ce type bien avant l'incident de Tootles, mais leurs relations étaient platoniques. Elle m'a trompé, mais j'ai fermé les yeux. Je pensais qu'elle me reviendrait si je lui donnais du temps…

Il soupira.

— Je suis bel et bien anormal, Chloe. Je peux passer ce don à mes fils… Tu n'as pas peur ?

Chloe choisit ses mots avec soin.

— Tu n'es pas anormal, Ben. Tu es différent… Il y a eu des cas documentés sur des gens qui avaient le don de guérir. C'est un don miraculeux, mais tu en parles comme si c'était une malédiction.

— Parce que ce don a été une malédiction, répondit-il avec simplicité. Aussi loin que je me souvienne, il a fait de ma vie un enfer. Les autres gosses sentaient déjà que j'étais différent.

Il engloba la forêt d'un geste.

— Je suis né et j'ai grandi ici, mais je n'ai jamais eu d'ami pendant ma jeunesse. Ensuite, je me suis renié, ce qui a aussi détruit ma vie. Sherry ne pouvait concevoir l'inconcevable. Je la terrifiais… Si elle l'avait accepté, toutes ses convictions se seraient écroulées.

— De nombreuses personnes refusent d'accepter ce qui ne correspond pas à leurs convictions ou à leurs croyances… Au lieu de les remettre en question, elles se braquent.

— Sherry s'est braquée contre moi. Pour résumer, un mois après la mort de M. Foster, j'ai trouvé un mot de la main de Sherry à côté du téléphone. Il s'agissait d'une date de rendez-vous. J'ai téléphoné au numéro qui y était inscrit et je suis tombé sur une clinique de la région où se pratiquaient des avortements. J'ai interrogé Sherry. Elle m'a avoué qu'elle était enceinte, mais qu'elle ne voulait pas garder l'enfant. Selon ses calculs, il ne pouvait être de son amant. Elle était enceinte de trois mois et ne voulait pas donner naissance à mon enfant, de peur que ce soit un garçon et qu'il ait hérité de mon pouvoir. Le jour dit, je me suis rendu à la clinique et je l'ai attendue. Je voulais essayer une dernière fois de la convaincre de garder cet enfant. Elle est arrivée avec son cow-boy. Quand elle m'a vu, elle m'a dédaigné, mais je l'ai prise par le bras et lui ai demandé de réfléchir. Nous nous sommes disputés. Le cow-boy m'a tapé sur l'épaule. Quand j'ai fait volte-face, il m'a envoyé un coup de poing. J'étais déjà fou de rage, et sa violence a décuplé ma colère. Je n'ai pas réfléchi, j'ai frappé. Il s'est littéralement envolé... Il est tombé et sa tête a heurté le bord du trottoir.

Un silence pénible et douloureux tomba. Chloe aurait aimé trouver des paroles consolatrices, mais ses pensées étaient confuses. Elle ne cessait de songer à ce que Ben avait dû ressentir.

— Je ne sais pas ce qui m'a pris... Depuis, je regrette. Je ne ressentais aucune animosité envers ce type. Ce n'est pas à cause de lui que mon mariage ne marchait plus. Mais il était mort, Chloe... et tous mes regrets ne pouvaient le rappeler à la vie. J'ai été arrêté pour homicide involontaire. Le juge a refusé ma liberté sous caution. Sherry a quitté la ville, je pense qu'elle est retournée vivre chez ses parents. La clinique est restée livrée à elle-même. Quand j'ai enfin été relâché, j'avais beaucoup de frais de justice. J'ai essayé de rouvrir ma clinique, mais le personnel a refusé de revenir, alors je me suis débrouillé tout seul. Je n'avais plus qu'une cliente.

— Mme Foster ?

Ben tourna vers elle un regard torturé.

— Loyale jusqu'au bout. Les autres refusaient que leur animal soit soigné par un meurtrier. À la fin du procès, j'étais en faillite. J'avais été innocenté, mais les gens me rejetaient. C'est vers cette époque que mon père est mort. Quand je suis revenu à Jack Pine pour les funérailles et que j'ai vu l'état de santé de ma mère, j'ai décidé de rester pour m'occuper d'elle. Je ne savais pas où aller, je ne voulais pas déranger ma sœur Karen qui avait une famille et un boulot à Medford. C'était plus simple de revenir à la maison.

Chloe fixait le sol, pensive. Ben avait été victime de telles injustices qu'elle ne s'étonnait plus de ses réticences à se confier.

De beaux discours lui vinrent à l'esprit, mais elle ne prononça que quatre mots.

— Je t'aime, Ben...

Puis elle ajouta :

— À la différence de Sherry, je crois à l'invisible et à l'impossible.

Elle marqua une pause pour donner plus de poids aux paroles qu'elle prononça ensuite :

— Et je crois en toi.

Le regard de Ben se remplit de larmes. Il ne lui déroba pas son visage ému et l'attira à lui. Il tremblait dans ses bras. Chloe sentit son incroyable énergie l'envahir.

— Tu en es certaine, Chloe ? Je t'en prie, sois-en certaine... Si tu changes d'avis, j'en mourrai.

Elle le serra contre lui de toutes ses forces.

— J'en suis sûre, Ben, je n'ai jamais été aussi sûre de moi.

— Peut-être te sentiras-tu différente, une fois que tu auras digéré mon histoire... Tu as vu le couguar et ses petits ? Pour moi, c'est une habitude.

N'importe quel animal peut venir dans le jardin...

Se souvenant de l'attaque de l'ours, Chloe tressaillit.

— Est-ce que ces animaux pourraient s'en prendre à Jeremy ou à moi ?

— Non. Ma mère s'est souvent retrouvée nez à nez avec toutes sortes d'animaux, ces dernières années. Ils savent que Jeremy et toi, vous faites partie de ma famille. Ils vous accepteront et vous feront confiance, comme ce faon avec lequel Jeremy a fait ami-ami...

— Mais cet ours m'a attaquée...

Il rit.

— Parce qu'il ne t'avait jamais vue. De plus, tu empiétais sur son territoire. Si je le libérais maintenant, il ne ferait pas attention à toi. Il est même possible qu'il vienne quémander une caresse.

— Je préfère ne pas tenter l'expérience, du moins pour aujourd'hui. Demain, peut-être ?

Ben pressa son visage contre ses cheveux.

— Et si tu es enceinte et que tu découvres que tu attends un garçon, que ressentiras-tu ? Tu auras peur pour lui ?

Elle l'embrassa.

— Ce sera différent pour nos fils, Ben. Ils auront un père aimant. Tu veilleras à ce qu'ils soient fiers d'être ce qu'ils sont.

Ben chercha sa bouche pour un baiser long et profond qui la fit frémir. Ils glissèrent du tronc où ils étaient assis. Chloe sentit le rayonnement de sa chaleur la pénétrer. Toute pensée rationnelle s'échappa de son esprit. Ce don était une telle source de bonheur...

Toujours dans les bras de Ben, Chloe contemplait le coucher du soleil et le ciel parsemé de longues traînées de rose et de bleu lavande. Elle se mit sur le dos et plia un bras sous sa tête.

— Regarde, c'est si beau… chuchota-t-elle.

— C'est encore plus beau de le voir avec toi.

La jeune femme fut déçue quand il s'étira et se redressa. Il prit sa chemise et l'enfila, lui offrant au passage le spectacle de son avantageuse carrure.

— Le coucher du soleil, ça veut dire qu'il va bientôt faire nuit ! Je dois finir de soigner mes patients !

Chloe soupira et se rhabilla. Elle rit en sentant des aiguilles de pin sur ses cuisses et ses fesses. Bizarrement, elle n'avait rien senti quand ils faisaient l'amour.

Elle l'aida à nettoyer les cages et à soigner les animaux. Le gros ours se contenta de grogner lorsqu'elle ouvrit sa cage.

— Si tu as peur, je peux m'en occuper, proposa Ben.

Chloe scruta les petits yeux de l'ours.

— Non… Tu as dit qu'il ne me ferait pas de mal, je te fais confiance.

Ses mains tremblèrent tout de même un peu quand elle remplit sa gamelle et versa de l'eau fraîche dans son écuelle. Puis, encouragée, elle posa le doigt sur le museau de l'ours.

— Tu sais ce que tu auras pour Noël, mon petit gars ? Un savon à la rose !

Ben se mit à rire.

— Les ours sentent mauvais, c'est un fait… Mes ancêtres se badigeonnaient les cheveux de graisse d'ours pour éviter qu'ils ne s'emmêlent. Selon mon grand-père, on pouvait les sentir à un kilomètre.

Chloe fronça le nez.

— Il y a d'autres façons pour éviter de les emmêler !

— Les porter courts !

Elle donna une dernière petite tape affectueuse à l'ours et ferma la cage.

— Laisse-les pousser pour qu'ils soient aussi longs qu'autrefois. Ce soir, je vais brûler cette ceinture et ces bottes !

Il lui lança un regard interrogateur.

— Mon fils est assez grand pour assumer ses choix, expliqua-t-elle d'une voix ferme. S'il choisit de porter un bandeau et des mocassins à cause de toi, je ne vais pas l'en empêcher.

— On va se moquer de lui…

— Si cela l'ennuie, il s'habillera comme les autres. Sinon, à lui de s'imposer.

Ben s'accroupit devant la cage du lapin.

— J'avais quatre ans quand je me suis rendu compte que j'étais… anormal.

— Différent ! corrigea-t-elle.

— Anormal, différent, c'est la même chose… Jusque-là, je pensais que tous les gosses couraient dans la forêt et caressaient les biches ou les couguars.

— Tu caressais les couguars à quatre ans ?

Elle posa la main sur son ventre, effrayée à la pensée de ce qui attendait leur fils, s'ils en avaient un.

— Ô mon Dieu…

Ben remarqua son geste.

— Peut-être que notre fils n'héritera pas de mon don. Ce n'est pas systématique. Et puis, nous aurons peut-être des filles ?

— Cesse d'en parler comme d'une malédiction.

— Ce n'est pas un cadeau.

— Si !

Chloe s'accroupit à son côté, près de la cage de la lapine blessée.

— Tu n'es plus un gosse de douze ans impulsif, Ben. Tu es vétérinaire ! Tu sais maintenant évaluer si une blessure est sérieuse, et si tu as le pouvoir de la guérir. Cette petite lapine, par exemple ?

— Écoute, Chloe, je…

— Tu peux ou tu ne peux pas la guérir ?

— Je pourrais sans doute…

— Alors pourquoi ne la guéris-tu pas ?

— Parce que je ne veux pas jouer à l'apprenti sorcier.

— Tu as un don, Ben ! Tu peux soigner. Qu'importe, si tu ne peux pas *tout* soigner !

Elle passa un bras autour de ses épaules.

— Si j'échoue, il faudra la tuer. Je préfère la laisser vivre sa vie.

— La laisser boiter ?

Chloe caressa la lapine.

— Si tu la soignes en vétérinaire, elle restera à coup sûr boiteuse, ajouta-t-elle. Elle ne survivra pas dans la nature. Tu n'as rien à perdre à essayer.

Ben jeta un regard à la lapine. Il aimait tant les animaux que ce devait être un vrai tourment de les voir souffrir, alors qu'il pouvait les guérir par simple imposition des mains. Chloe demeura silencieuse pour le laisser réfléchir, puis elle reprit :

— Il ne faut jamais décevoir les dames, Ben ! Nous autres femmes n'aimons pas quand un homme refuse de venir à notre secours…

Ben esquissa une grimace. Ses mains tremblaient lorsqu'il les posa sur la lapine. Chloe vit la petite queue de l'animal s'agiter.

— Tu vas le faire ? demanda-t-elle.

— C'est fait.

Chloe regarda la lapine qui, immobile, semblait perplexe.

— Hmm… peut-être es-tu rouillé ?

— Je ne suis pas rouillé. Elle est surprise, c'est tout.

Ben retira le bandage taché de sang, et révéla une petite portion de peau rose.

— Je ne peux pas remplacer la fourrure, mais elle repoussera…

Chloe fixa la plaie guérie.

— Ça a marché !

Ben rejeta la tête en arrière et éclata de rire.

— Bien sûr que ça a marché !

Il la prit dans ses bras. Il tremblait, des émotions trop longtemps contenues débordaient. Le voir rire et pleurer serrait le cœur de la jeune femme, car elle savait que les larmes ne venaient pas facilement aux hommes. Elle tenta de le réconforter de son mieux. Elle ne le comprenait pas encore totalement, mais elle avait toute la vie pour le découvrir.

Après ces instants intenses où ils s'embrassèrent et se congratulèrent, Chloe s'approcha de la cage du blaireau.

— Quel est son problème ?

— Il a reçu une balle dans la patte. Il sera guéri dans une semaine ou deux.

— Ou maintenant ?

Ben se gratta le nez.

— Oui, bien sûr... Mais je...

— Alors guéris-le !

Elle ouvrit la cage.

Ben chercha son regard et lui sourit. S'agenouillant à côté de Chloe, il posa la main sur la patte bandée de l'animal. Quand il retira le bandage, le blaireau surpris sauta sur ses pattes et tourna sur lui-même, comme s'il voulait tester la solidité de sa patte guérie.

Vinrent le tour du faon et des deux ratons laveurs. Chloe ne s'était jamais autant amusée. Sous ses yeux, les miracles se succédaient... Lorsque enfin ils s'approchèrent de la cage du coyote, Ben secoua la tête.

— Pas lui, Chloe... Il a une balle dans la colonne vertébrale. Il est à moitié paralysé, je peux lui causer une paralysie totale.

Elle caressa le coyote blessé.

— Pauvre petit. Et s'il est paralysé, tu ne pourras plus rien faire, n'est-ce pas ?

— C'est exact. J'espère qu'un kyste va se former autour de la balle, qui l'empêchera de trop presser sur la colonne vertébrale. Cela dépend de l'endroit où elle se trouve. Je n'ai pas d'appareil de radiographie pour le voir. J'espère seulement…

Chloe lut la tristesse sur son visage et posa une main apaisante sur son bras.

— On ne gagne pas à tous les coups… murmura-t-elle. Souviens-toi de tes succès, et oublie les échecs. Quand tu ne peux pas guérir par imposition des mains, il te reste tes connaissances médicales et ta bonne volonté. Quoi qu'il en soit, ce coyote a de la chance d'être tombé sur toi.

Ben se détendit.

— C'est vrai… Il serait mort si je ne l'avais pas trouvé…

— Je parie sur sa guérison ! lança Chloe. Il marchera de nouveau.

— Je l'espère.

Les animaux guéris quittaient la grotte l'un après l'autre. Chloe les regarda disparaître dans la forêt. Il faisait sombre et la lumière gris-bleu qui précède la nuit était tombée. Ben avait quant à lui un halo bleu électrique en émergeant de la grotte.

Elle le contempla.

— Le soir où tu es venu chez moi pour me donner des nouvelles de Rowdy, tu l'avais déjà guéri, n'est-ce pas ?

Il opina.

— Quand tu guéris avec tes mains, tu as toujours ce halo bleuté ?

— J'avais peur que tu ne le remarques, lorsque nous avons fait l'amour.

Il parut soudain un peu timide.

— J'utilise mon don malgré moi chaque fois que je te touche…

Chloe sourit.

— Je sais. Je l'ai senti la première fois que nous nous sommes rencontrés dans le magasin. Tu te souviens, tu m'as empêchée de tomber ? Ce n'était pas aussi fort que maintenant, mais j'ai ressenti quelque chose de bizarre...

— Vraiment ?

Il fronça les sourcils, pensif, puis sourit.

— Quand j'étais petit, mon grand-père me disait que le jour où je rencontrerais la femme de ma vie, quelque chose en moi la reconnaîtrait avant que j'en prenne conscience.

Il lui pressa le bras, un contact électrisant qui la fit rire. Chloe se dit qu'il en serait toujours ainsi et elle en était ravie.

Plus tard dans la soirée, après que Chloe eut couché Jeremy et que Nan se fut retirée dans sa chambre, ils s'assirent sur la terrasse pour admirer le ciel étoilé.

— Il y a un problème, souffla Ben, je ne pense pas que Jeremy soit assez âgé pour entendre la vérité à mon propos.

Elle sourit, rêveuse.

— Jeremy est assez grand... Mais si tu as peur de lui en parler, ne dis rien pour l'instant. N'oublie pas qu'il sait garder les secrets. Il n'a parlé à personne de Methuselah.

Ben soupira.

— Cela semble difficile à expliquer à un enfant.

— C'est plutôt difficile de l'expliquer à un adulte... Jeremy croit encore au Père Noël.

— Tu as raison. Je peux soigner les animaux devant lui, tu crois ?

— Dis-lui que tu as un don un peu spécial, et il ne révélera rien à personne.

— J'ai l'impression d'être libéré, Chloe. Je ne peux te décrire ce que je ressens... C'est grâce à toi...

Elle lui lança un regard taquin et fut émue par son visage radieux.

— Je veux faire l'amour avec toi pendant que tu as ce halo…

Il rit.

— La prochaine fois que je l'aurai, je te ferai signe !

— Mais tu as ce halo maintenant.

Il baisa sa main.

— Alors viens avec moi, dit-il dans un souffle. Laisse-moi te faire du bien partout.

— Partout… ?

— Absolument partout !

Chloe le suivit sous un pin, où il tint sa promesse.

24

Le lendemain, Hattie téléphona à Chloe et lui demanda de passer au magasin pour terminer la commande de la semaine avant le passage du livreur. Son mari étant malade, elle devait rentrer d'urgence à la maison. La jeune femme qui remplaçait Chloe au magasin n'avait quant à elle jamais effectué ce travail un peu compliqué.

— Voulez-vous que je reste la journée ? proposa Chloe.

— Non ! fit Hattie fermement. Après ce qui vous est arrivé, il vous faut du repos. J'ai besoin de vous une heure, et j'avoue que je suis déjà bien ennuyée de vous la demander !

Chloe raccrocha.

— Je te conduis en ville ! déclara aussitôt Ben.

— C'est ridicule, tu ne vas pas m'y conduire chaque fois qu'il le faudra !

— Je te conduirai, répéta-t-il, obstiné.

— Mais je...

Elle s'interrompit, frappée par l'éclat impérieux de ses yeux bleus.

— Je te le répète : tu n'iras nulle part seule, tant que ce salaud sera en liberté !

— Il peut rester en liberté encore vingt ans, fit-elle remarquer.

— Alors je te laisserai conduire de temps en temps, pour que tu n'en perdes pas l'habitude.

Chloe éclata de rire en évoquant un Ben grisonnant et perclus d'arthrite, qui la conduirait partout de peur qu'un Bobby Lee chenu ne l'agresse.

Il sourit.

— Ne te moque pas de moi.

— J'ai la curieuse impression que tu seras un mari très autoritaire…

Il lui vola un baiser.

— Je suis un Shoshone. À quoi t'attends-tu donc ?

Il l'embrassa plus profondément, puis reprit :

— La seule audace que je veux de toi, c'est ta sensualité…

Elle posa les mains sur ses épaules.

— Tu rêves, mon ami ! Soit tu apprendras à rester à ta place, soit nous ne cesserons de nous chamailler. Mais, pour une fois, j'accepte que tu me conduises en ville. Quand j'aurai terminé mon travail pour Hattie, tu nous emmèneras déjeuner, Jeremy et moi.

Pendant que Chloe faisait sa commande, Ben et Jeremy nettoyèrent l'arrière-boutique. Elle termina à l'heure où le livreur passa, et Hattie revint un quart d'heure après, rassurée sur l'état de son mari.

— Et maintenant, ouste ! fit-elle gentiment en lui montrant la sortie. Passez le reste de la journée avec…

À la vue de Ben qui sortait de la remise, elle sourit.

— J'allais dire « avec votre fils », mais on dirait que vous avez un autre homme séduisant dans votre vie !

— Oui, un autre homme très séduisant…

— Vous avez fait un bon choix. Je ne connais pas de meilleur homme que Ben Longtree, approuva Hattie.

Elle embrassa Jeremy et serra la main de Ben avec chaleur.

— Maintenant, tous dehors ! Il fait un temps magnifique, profitez-en pour passer une bonne journée !

Ben invita Jeremy et Chloe dans un restaurant spécialisé dans des sandwichs traiteurs. Fasciné par le nombre de jeux vidéo installés dans la salle de billard, Jeremy ne resta à table que le temps d'avaler son sandwich, pour ensuite aller jouer.

— C'est délicieux, approuva Chloe qui mordait à belles dents dans son sandwich. La viande ne me manque pas du tout !

— Inutile de devenir végétarienne pour me plaire, répondit Ben, amusé. Tu as d'autres qualités.

— Vraiment ? répliqua-t-elle avec un sourire. Et lesquelles, s'il te plaît ?

Il allait répondre quand un crissement de pneus annonçant un freinage brutal s'éleva de la rue. Le cœur battant, la jeune femme se précipita à la fenêtre, suivie par Ben. Un colley noir et blanc avait été renversé.

Chloe sentit son compagnon se tendre derrière elle. Elle donna à Jeremy quelques piécettes pour qu'il continue à jouer et sortit avec Ben. Les hurlements de douleur du chien leur parvinrent avant qu'ils n'atteignent le cercle de curieux déjà rassemblés autour de lui.

— Mon pauvre Sylvestre ! criait une femme au désespoir. La boucle de sa laisse s'est rompue et il s'est jeté à la poursuite d'un chat !

— Je suis désolé, madame, dit un homme. J'ai essayé de l'éviter, mais c'est arrivé si vite…

Ils se frayèrent un chemin parmi les badauds et aperçurent une femme entre deux âges qui tentait de s'approcher de son chien. Mais le colley, fou de douleur, lui montrait les dents.

Ben s'avançait quand Chloe le retint. Trop de témoins étaient présents pour qu'il puisse guérir l'animal blessé par imposition des mains.

— Quelqu'un a un fusil ? lança un homme.

À Jack Pine, c'était comme demander à un cerf s'il avait des puces : tout le monde possédait un fusil dans le coffre de son pick-up.

— J'ai un magnum qui fera l'affaire, répondit un autre.

— Non ! s'écria la maîtresse du chien. Je vais l'emmener chez le vétérinaire ! On peut peut-être le soigner !

— Vous voyez bien qu'il souffre, reprit le premier homme. Il ne se laisse même pas approcher !

Ben échangea un long regard avec Chloe.

Elle comprit qu'il ne pouvait supporter de rester sans rien faire. Comme elle avait plaidé pour qu'il utilise son don, elle ne le retint pas. Il s'avança. Malgré ses cheveux courts, il ressemblait plus que jamais à un Indien shoshone, d'autant qu'il portait de nouveau sa ceinture de tissu et ses mocassins.

Il posa une main sur l'épaule de la femme éplorée.

— Je suis vétérinaire, laissez-moi voir ce que je peux faire.

Chloe craignait la réaction de la foule. Une idée lui vint. Elle s'avança, fouillant dans son sac à main.

— C'est une chance ! J'ai un spray anesthésiant dans mon sac. Avec un enfant, on n'est jamais trop prévoyant… Tiens, Ben.

Elle lui tendait l'inhalateur de Jeremy. Il comprit et sourit.

— Parfait. Une simple dose va l'endormir.

— Reculez, ordonna Chloe à l'ensemble des badauds, pour laisser à Ben l'intimité dont il avait besoin. M. Longtree est vétérinaire, il contrôle la situation.

Ben parla à voix basse au chien, qui sembla se calmer. Il s'accroupissait quand une voix s'éleva dans la foule.

— Remballe tes charmes et tes incantations, Longtree ! On ne veut pas de ta sorcellerie à Jack Pine. On est tous d'honnêtes chrétiens, ici !

La colère envahit la jeune femme.

— Où voyez-vous des charmes ou de la magie ? rétorqua-t-elle. Ben Longtree n'est pas un sorcier ! C'est juste un homme qui aime les animaux et ne supporte pas de les voir souffrir.

Ben s'agenouilla auprès du chien, maintenant calme. Tous les regards étaient braqués sur lui. Il posa les mains sur le colley. Il semblait avoir oublié l'inhalateur de Jeremy.

— Anesthésie-le, Ben !

Il fronça les sourcils, puis libéra une bouffée de médicament du flacon. Par chance, le chien n'eut aucune réaction. Aux yeux d'un observateur non averti, la brume de l'inhalateur l'avait anesthésié. Ben le redonna à Chloe, qui le rangea vivement dans son sac.

— Reculez tous ! commanda soudain une voix.

Chloe fit volte-face. Bobby Lee Schuck, impressionnant dans son uniforme de police, se frayait un chemin parmi la foule, revolver à la main.

— Fiche le camp, Longtree !

— Non ! s'écria la propriétaire de l'animal. Il est vétérinaire. Il va soigner mon chien.

— Votre chien doit avoir la colonne vertébrale cassée. Il est perdu.

— Non ! s'obstina la femme. Je vous interdis de tirer !

Bobby Lee l'écarta brutalement. La malheureuse chancela et serait tombée si on ne l'avait retenue. Le policier ne lui accorda pas un seul regard : il n'avait d'yeux que pour Ben et le chien. Ses pupilles bleues brillaient de haine.

Ben se releva lentement.

— Je crois que ce chien s'est démis la hanche, Bobby Lee.

— Écarte-toi, espèce de cinglé.

— Pas question d'abattre un animal qui peut être soigné.

— C'est moi qui représente la loi, pas toi ! Écarte-toi, je te dis !

Mais Ben ne bougea pas. Bobby Lee le visa. Le cœur de Chloe s'arrêta de battre. La haine qu'elle lisait dans les yeux du policier l'épouvantait.

Ben adressa un sourire glacial à Bobby Lee.

— Vas-y, tire. Il y a environ vingt personnes qui nous regardent. Leur témoignage t'enverra en prison, et Jack Pine se portera mieux sans toi.

Bobby Lee, tremblant de rage, serra plus fort son arme. Chloe eut soudain peur qu'il ne tire vraiment.

— Tu n'as pas le droit de t'opposer à un représentant de la loi !

Un homme sortit soudain de la foule et se posta au côté de Ben.

— Si on peut sauver ce chien, pas question de l'abattre.

D'autres approuvèrent. Chloe faillit applaudir quand Lucy Gant rejoignit les rangs des supporters de Ben. Cette dernière leva un index menaçant à l'adresse de Bobby Lee.

— Va donc boire un café et te calmer, mon gars ! Ben Longtree est vétérinaire et il a le droit d'exercer son métier. S'il dit que ce chien peut être sauvé, il doit avoir raison.

— La ferme, Lucy !

— C'est toi qui vas la fermer, Bobby Lee. Ce n'est pas parce que tu portes l'insigne de la police que tu peux me parler comme si j'étais une moins que rien.

Souviens-toi que je te mouchais quand tu étais morveux !

Une demi-douzaine de personnes faisaient maintenant front contre Bobby Lee. Vaincu, le policier recula, jurant à chaque pas.

Ben reporta son attention sur le chien. Il passa doucement la main sous son arrière-train et s'immobilisa. Chloe entrevit un léger halo bleu autour de lui.

Il manipula la patte gauche du colley, puis sourit à sa propriétaire.

— Il s'est juste démis la hanche, madame.

Elle pressa la main au creux de sa poitrine, soulagée.

— Vous en êtes certain, monsieur Longtree ? Il hurlait si fort...

— Vous avez déjà eu une hanche démise ?

— Non.

— Ça fait un mal de chien, si vous me permettez l'expression ! Grâce au spray anesthésiant, il ne souffre plus.

Il caressa le chien.

— Ai-je votre permission pour remettre sa hanche ?

— Tout de suite ?

— Ce n'est rien, vous verrez.

— Alors faites vite.

Ben passa la main sur les reins du colley, puis sur sa patte gauche, mimant une manipulation.

— Et voilà, c'est remis.

Le chien souleva la tête et cligna des yeux.

— Oh, Sylvester ! s'exclama la femme. Tu te sens mieux ?

Le colley se remit sur pied et agita la queue. Au lieu de se précipiter vers sa maîtresse, il se dirigea vers Ben.

— Il sait que vous l'avez guéri ! Il vous remercie, docteur Longtree !

— Je m'ennuie, avoua Ben à l'oreille de Chloe alors que Jeremy allait faire la sieste. Tu es un véritable ouragan dans ma vie, tu as tout balayé sur ton passage... Je n'ai plus de patients, ils sont tous guéris ! Ma maison est propre. La lessive est faite. Que faire, maintenant ?

Chloe battit des cils et prit une expression innocente. Elle rit lorsqu'il taquina le lobe de son oreille.

— As-tu une idée pour mettre fin à mon problème ? demanda-t-il.

Elle regarda Nan, absorbée par son crochet.

— Nous pourrions nous enfermer dans la chambre et je te ferais un petit massage. Je ne t'ai jamais dit que j'avais pris des cours de massage ?

— Non. Viens, j'ai tout à coup une horrible crampe !

— À la nuque ?

Il secoua la tête.

— Alors l'épaule ?

Il sourit.

— Devine...

Ben entraînait Chloe quand on sonna. Il lui lança un regard incertain.

— Je vais voir ce qui se passe. Toi, cache Methuselah.

Chloe chercha le couguar, qu'elle trouva endormi sur leur lit. Elle sourit, le caressa et sortit de la chambre, refermant soigneusement la porte derrière elle, avant de rejoindre Ben. Des bruits de conversation lui parvinrent.

— C'est absurde !

— Je suis désolé, Ben, je sais que c'est bizarre...

Frank Bower ? Inquiète, la jeune femme accéléra le pas.

— Bonjour, Chloe, lui dit le policier d'un ton bref.
— Bonjour, Frank.
Bobby Lee aurait-il obtenu un mandat de perquisition pour fouiller la maison ?
— Tu te souviens que Jimmy Suitor a disparu et qu'un randonneur a trouvé sa casquette tachée de sang ? reprit Frank à l'adresse de Ben.
Il opina. Frank continua.
— Nous avons passé toute la zone au peigne fin avec des chiens. Ils se dirigent maintenant vers ta propriété. Il y a une portion de barbelés qui a été détruite.
Il s'interrompit et montra les bois derrière lui.
— Les chiens semblent être sur une piste… Je demandais à Ben la permission de pénétrer sur sa propriété, expliqua-t-il à Chloe.
Ben réfléchit.
— J'ai des animaux sauvages sur mes terres, Frank, la chasse est interdite. Je ne veux pas que les chiens sèment la panique parmi eux.
Diablo vint se frotter contre les jambes de Chloe. Elle posa la main sur la tête du loup pour le rassurer.
— Nous tiendrons les chiens en laisse, promit Frank. Ils ne chasseront pas les animaux.
— Alors c'est d'accord. Je vous autorise à pénétrer sur ma propriété.
— Merci, Ben. Viens, si tu veux. Après tout, tu es chez toi.
Ben lança un regard à la jeune femme.
— Je te suis.
Chloe retint Diablo par son collier.
— Non, Diablo, je crois qu'il vaut mieux ne pas te mêler aux chiens…
Ben fut surpris de constater qu'une section de fil barbelé autour de sa propriété avait été cisaillée. Au printemps, lors de sa vérification habituelle, tout était en ordre.

Contrarié, il suivit les policiers et les chiens. Le shérif Lang, qui n'avait jamais fait secret de son aversion pour Ben, lui jeta un regard soupçonneux. Les chiens tiraient sur leur laisse et aboyaient frénétiquement. Ben ignorait ce qui était arrivé à Jimmy Suitor. Il voulait qu'il soit retrouvé, mais de préférence pas sur ses terres.

Policiers et chiens atteignirent le bas d'une colline qui s'élevait au centre de la forêt. À mi-pente, les chiens s'approchèrent d'un buisson qu'ils reniflèrent. Les hommes entourèrent le massif. Ben prit un peu de terre et constata qu'elle avait été récemment creusée.

Avec sa radio, le shérif demanda à deux policiers de venir avec des pelles. Puis il toisa Ben.

— On dirait que nous avons retrouvé Jimmy ! lança-t-il d'une voix sinistre.

Ben observait le buisson, muet et hébété, certain que le shérif avait raison. Les chiens étaient toujours très excités lorsqu'ils avaient trouvé une piste…

Vingt minutes plus tard, trois hommes exhumèrent les restes de Jimmy Suitor. Un souvenir rejaillit soudain dans la mémoire de Ben, et il jeta un regard en contrebas de la colline. Il découvrit les grumes où sa mère avait l'habitude de venir se promener. Il se souvint de la matinée où Nan était revenue à la maison, hors d'haleine, pour leur annoncer qu'elle avait vu un homme enterrer un cadavre. Sa mère n'avait pas déliré.

Figé par l'affreux spectacle du cadavre décomposé de Jimmy Suitor, il entendit le shérif lui lire le texte de loi qui rappelait leurs droits aux présumés coupables.

Il sortit de son apathie.

— Attendez ! Vous ne croyez tout de même pas que j'ai…

— Vous avez le droit de garder le silence, coupa Lang sans l'écouter.

Ben était abasourdi : il était en état d'arrestation pour le meurtre de Jimmy Suitor !

— Jimmy aurait-il braconné sur vos terres ? s'enquit le shérif. Le braconnage est certes interdit, Ben, mais ce n'est pas une raison pour tuer ce gosse.

— Je ne l'ai pas tué ! Vous n'avez aucune preuve contre moi ! J'ai une immense propriété, et n'importe qui a pu enterrer ce cadavre ici. Pourquoi m'accuser ?

Lang lui passait les menottes.

— Vous en parlerez avec votre avocat !

Ben regarda une dernière fois le trou alors qu'on l'emmenait. Qui avait tué Jimmy Suitor ? Pourquoi ? Sa seule certitude, c'était son innocence.

Abasourdie, Chloe écouta le shérif l'informer de l'arrestation de Ben. Blanche comme un linge, Nan dodelinait de la tête.

— Je suis désolé, Nan, lui dit Lang d'un ton brusque.

Puis il s'adressa à Chloe.

— Elle ne doit pas rester seule. Voulez-vous rester auprès d'elle, ou dois-je avertir sa fille ?

Nan porta une main à sa joue.

— C'est une erreur… murmura-t-elle.

— Je vais rester avec Mme Longtree, déclara Chloe. Mais je pense que la sœur de Ben doit être avertie. Je préfère que vous la préveniez, shérif. Je ne la connais pas, et Nan n'est pas en état de téléphoner.

Lang accepta, puis il tapota l'épaule de la vieille femme.

— Je suis navré, Nan, mais essayez de me comprendre… je ne fais que mon travail.

Sur ces mots, il prit congé. Chloe le suivit.

— Puis-je parler à Ben un instant ? S'il vous plaît…

Il soupira.

— C'est impossible, c'est contre la procédure, Chloe.

La colère monta en elle.

— Vous pensez que je suis sa complice ? Je veux lui dire que je l'aime, et que je le sais innocent !

— Je suis certain qu'il le sait déjà.

Elle le retint par la manche de sa chemise.

— Je vous en prie, shérif…

Il passa rapidement sa main sur son menton dans un geste d'hésitation.

— Bon… c'est d'accord.

Chloe se précipita vers la Crow Victoria blanche avec l'insigne du comté sur les portes. Ben était assis à l'arrière de la voiture, derrière un écran de sécurité.

— Deux minutes seulement ! prévint le shérif en ouvrant la portière.

La jeune femme se mordit la lèvre. Ils se regardèrent. Toute son âme était contenue dans les yeux de Ben.

— Je te jure que je suis innocent, Chloe.

— Je sais ! Comment peux-tu douter de moi !

Elle l'embrassa. Ben tira sur les menottes, frustré de ne pouvoir la serrer dans ses bras. Chloe mit tout son cœur et son amour dans son baiser.

Elle se recula, le regard rivé au sien.

— Ne crains rien, Chloe. Je vais appeler mon avocat et il me sortira de là dans les vingt-quatre heures. La police n'a aucune charge contre moi. On peut m'interroger, mais on ne peut me retenir.

Chloe avait quand même peur. La réputation de Ben à Jack Pine n'était pas bonne, et son passé parlait contre lui. La méfiance allait revenir.

Il lui adressa ce sourire en coin qui l'avait toujours fait chavirer.

Le shérif Lang s'avança.

— Votre temps est écoulé, Chloe.

Les larmes montèrent aux yeux de la jeune femme. Elle recula et resta immobile longtemps après que le véhicule de police eut disparu.

Chloe fut vite dépassée par les événements. Jeremy, maintenant réveillé, réclamait Ben et pleurait. Diablo et Methuselah paraissaient abattus, comme s'ils comprenaient ce qui était arrivé à leur maître. Nan, à table, se balançait d'avant en arrière.

— Je lui avais bien dit que j'avais vu un homme enterrer un cadavre, scandait-elle. Pourquoi n'a-t-il pas écouté ?

Un frisson secoua Chloe. Elle se souvint de ce jour où Nan était revenue à la maison, tremblant de peur. Personne ne l'avait crue.

Mais elle la croyait, maintenant. Elle prit place en face de Nan et la bombarda de questions.

— Parlez-moi de l'homme que vous avez vu ce matin-là, Nan. Celui qui enterrait le cadavre ! Comment était-il ?

Le regard de la vieille dame se voila. Chloe comprit qu'elle avait perdu contact avec la réalité. Elle patienta, mais Nan demeura silencieuse et immobile. De guerre lasse, Chloe se leva pour préparer le repas de Jeremy, et ainsi s'occuper l'esprit et les mains.

— Il était grand. Il avait les cheveux noirs, reprit tout à coup Nan, comme si Chloe venait de lui poser la question.

La jeune femme fit volte-face.

— Vous vous souvenez d'autre chose ?

— Il portait une casquette avec une visière qui lui masquait le visage. Il portait aussi des lunettes de soleil. Comme Hap.

— Vous l'avez reconnu ?

— Non, soupira Nan en secouant la tête. De là où je me trouvais, je ne pouvais pas bien distinguer son visage. Depuis que je vis ici, je ne suis pas souvent allée en ville, alors il est même possible que je n'aie jamais vu cet homme.

Les lèvres tremblantes, elle fixa Chloe.

— Ils ont pris mon Ben… Mon Dieu, Chloe… Si je raconte à la police ce que j'ai vu, on ne va pas me croire… Qui croirait une vieille folle ?

— Vous n'êtes pas folle, Nan !

Celle-ci enfouit son visage entre ses mains.

— Je déteste ces absences… Vous pensez que je ne me rends compte de rien, mais je sais bien que je perds la tête ! L'autre matin, je n'arrivais pas à me souvenir du prénom de ma petite-fille que j'adore…

Chloe revint s'asseoir auprès d'elle et chercha des paroles apaisantes. L'inspiration lui vint enfin.

— Votre maladie a ramené Ben à la maison.

Elle regarda par la fenêtre.

— Pas seulement à Cinnamon Ridge. Sans votre maladie, Ben vivrait ailleurs, reniant toujours son héritage shoshone, sans espoir de se trouver et de trouver le véritable bonheur.

Un peu rassérénée, Nan lui sourit à travers ses larmes.

— C'est vrai…

Chloe lui pressa la main.

— Et c'est parce qu'il est revenu que j'ai pu le rencontrer. Quand on a assez de recul, et que l'on regarde les pièces du grand puzzle de la vie, on aperçoit une image impossible à voir lorsqu'on le regarde de trop près. Il y a un sens à tout, Nan… C'est comme si le destin avait déjà tout programmé : votre maladie, le retour de Ben dans la région, mon installation dans l'Oregon pour rencontrer votre fils...

— J'avoue n'avoir jamais envisagé la situation sous cet angle.

Chloe s'efforça de sourire, espérant que Nan resterait lucide assez longtemps pour lui donner les informations dont elle avait besoin.

— Ne dites pas que personne ne vous écoutera, Nan, car moi je vous écoute. J'ai eu tort de ne pas vous prendre assez au sérieux, le jour où vous avez été témoin de ce drame... Y a-t-il autre chose dont vous vous souvenez ? Le moindre détail peut aider à innocenter Ben.

— L'homme portait un corps vers la colline. Il a creusé un trou.

— Qu'avez-vous vu d'autre ? Réfléchissez bien, Nan.

La vieille femme fixa la table un instant, puis poussa un cri.

— Juste avant qu'il n'enterre le mort, je l'ai vu creuser un autre trou pour y enfouir un sac. L'arme du crime, peut-être ?

Chloe bondit et, agitée, arpenta la pièce.

— Saurez-vous me conduire à l'endroit où il a enterré ce paquet ?

— Que voulez-vous faire ?

— Le déterrer ! Où est-ce que Ben range les pelles ?

Nan l'accompagna au garage et resta devant, mains croisées, pendant que Chloe cherchait une pelle parmi les outils de jardin.

— Nous irons plus tard, annonça ensuite la jeune femme. Pour l'instant, la police enquête sur les lieux.

Elle referma les doigts sur le manche de la pelle.

— Nous allons attendre qu'ils soient partis.

— Mais n'est-ce pas aller à l'encontre de la loi que de se mêler d'une enquête criminelle ?

Chloe croisa son regard et lui sourit.

— Bien sûr que oui. Au fait, vous avez des lampes de poche ?

Ragaillardie par une sieste, Chloe décida d'aller dans la forêt dès la tombée de la nuit. Il était plus de vingt et une heures trente quand Nan, Jeremy et elle s'engagèrent dans les bois. Le garçon tenait Methuselah en laisse. Diablo les suivait. La présence du loup rassurait Chloe. S'aventurer en pleine forêt la nuit était d'autant plus sinistre qu'elle revenait sur la scène d'un meurtre.

Les faisceaux de leurs lampes de poche éclairaient la petite route de forêt. Leur luminosité formait un contraste frappant avec la nuit épaisse qui les entourait. Apeuré, Jeremy se serra contre sa mère.

Les mains de la jeune femme étaient si moites que le manche de la pelle glissait entre ses paumes. Elle en martelait le sol à chaque pas pour se donner du courage.

— C'est encore loin, Nan ? demanda-t-elle, espérant que la mère de Ben resterait lucide tout le temps de cette expédition.

— C'est à environ cinq cents mètres de la maison. Nous y serons bientôt.

Nan tourna sur la droite, empruntant un sentier boueux. Le petit groupe traversa ensuite un bosquet sombre. Le feuillage des arbres formait une voûte qui ne laissait pas filtrer le clair de lune.

— Je m'étais cachée derrière les grumes. Après, je me suis approchée de ces arbres pour qu'il ne me voie pas.

Enfin, elles atteignirent une clairière qui, bien que baignée d'une faible lueur, était plus effrayante que l'obscurité du bosquet. Feuilles mortes et broussailles prenaient des reflets argentés sous la lune.

Des buissons de manzanita jalonnaient cet étrange paysage. L'endroit était idéal pour cacher un corps.

Chloe frissonna et regretta de ne pas avoir pris un blouson plus chaud. La nuit était toujours fraîche, en altitude.

— Tu n'as pas froid, Jeremy ?

— Non, ça va. Je tremble parce que j'ai peur.

Chloe grimaça. Elle espérait qu'il ne serait pas traumatisé par cette étrange promenade nocturne.

— Tu n'as rien à craindre, mon chéri. Diablo est avec nous.

Elle regarda autour d'elle, mais ne vit pas le loup.

— Il doit monter la garde, ajouta-t-elle, rien ne nous arrivera.

— Voilà les grumes, annonça Nan.

Le faisceau de la lampe de Chloe glissa sur les grumes puis, plus haut, sur le cordon jaune vif qui délimitait la zone où la victime avait été enterrée.

Nan, qui portait un jean et des tennis, se glissa sans difficulté sous le ruban jaune. Chloe le souleva pour Jeremy, puis baissa la tête et lui emboîta le pas.

— Vous vous souvenez où il a creusé le premier trou ? demanda-t-elle, promenant sa lampe de poche sur les environs.

— Par là, la renseigna Nan en orientant le faisceau de sa lampe plus haut. J'ai tout à coup une drôle d'impression…

Le cœur de Chloe bondit.

— Quoi ?

— Le tueur court toujours…

La jeune femme eut un rire nerveux et respira fort pour se calmer.

— N'y pensons pas ! Il est peut-être loin…

— Vous avez raison ! Seule une vieille folle peut avoir des pensées aussi saugrenues !

Un autre rire échappa à Chloe.

— Disons que nous sommes deux folles !

Nan examinait le sol avec attention.

— C'était par là ! C'est sûr. J'oublie beaucoup de choses, mais je me souviens nettement du lieu…

Chloe avait beau regarder, elle ne voyait rien.

— Il a sans doute essayé d'effacer les traces, médita Nan à haute voix. Tapez du pied, Chloe. Quand vous sentirez que la terre est meuble, ce sera bon signe. Je pense qu'il a tout recouvert d'aiguilles de pin et de feuillages.

La jeune femme tapait du pied lorsque Nan poussa un cri de victoire.

— C'est là ! La terre a été retournée. Je ne m'étais pas trompée !

Jeremy et Nan s'écartèrent tandis que Chloe creusait. Le trou s'élargissait sous les assauts de sa pelle, et elle toucha enfin quelque chose de mou. Elle lança la pelle et se mit à genoux pour déblayer à mains nues.

Nan braqua sa lampe de poche.

— Un sac à dos !

Une immense excitation envahit Chloe.

— Je ne comprends pas pourquoi le meurtrier a enterré le sac à part, fit tout à coup Nan. Je pensais qu'il aurait plutôt enterré l'arme du crime…

Chloe eut aussitôt la réponse. À côté du sac à dos gisait une matraque tachée de sang. À la vue de ce sinistre spectacle, elle se mit à trembler si fort qu'elle vacilla.

— C'est l'arme du crime, Nan ! Il vaut mieux ne pas y toucher. Nous pourrions détruire les empreintes digitales. Je vais appeler le shérif et nous l'attendrons.

Chloe prenait son téléphone portable à la ceinture de son jean, quand une voix s'éleva.

— Ça m'étonnerait.

Le cœur de la jeune femme bondit. Elle connaissait cette voix. Ces dernières nuits, elle avait hanté son sommeil.

— Pose le téléphone. Si tu essaies de faire le numéro, je te tue.

Nan braqua sa lampe de poche sur Bobby Lee. Il se tenait en amont de la colline, jambes écartées pour ne pas glisser, et brandissait un fusil.

— Éloigne ta lampe de mon visage, espèce de vieille folle, ou je te tire entre les yeux. Et fais-moi confiance, je suis un bon tireur.

Nan baissa sa lampe de poche. La lumière n'éclairait plus le policier que très faiblement. Bobby Lee souriait. Son sourire détendu et amusé apeura Chloe plus que des menaces. Elle sut à cet instant que Ben avait eu raison : c'est Bobby Lee qui tirait sur les animaux. Jimmy Suitor avait dû le surprendre par hasard et le payer de sa vie.

— Tu n'aurais pas dû venir dans ces bois, Chloe, dit-il d'un ton égal.

Il lança un regard à Nan.

— Je savais que tu m'avais vu ce matin-là, vieille folle. Mais comme tu es dingue, je pensais que personne ne te croirait. Par chance, ce soir, je me suis dit que tu m'avais peut-être aussi vu enterrer la matraque, alors je suis venu jeter un coup d'œil, au cas où. J'ai bien fait.

Il fit un geste avec son fusil.

— Nan et le gosse, reculez. Chloe, jette le sac à dos où il était et referme le trou.

— Et après ? Qu'allez-vous faire de nous, Bobby Lee ?

— Je pense qu'il y aura un nouvel accident de chasse, des balles perdues qui vous seront fatales… On sera bien un peu surpris de voir que ce sont des êtres humains et pas des animaux qui ont été la cible du tireur, mais ça m'est égal. Ce fusil n'est pas enregistré, et on ne remontera jamais jusqu'à moi.

Chloe savait que Bobby Lee les tuerait sans l'ombre d'une hésitation. Elle reconnaissait l'éclair de folie qui avait brillé dans ses yeux, le soir où il avait tenté de la violer.

Il toisa Nan avec un rictus.

— Tu n'es pas aussi jolie que ma mère l'était. Je n'ai jamais compris pourquoi mon père restait avec toi, alors qu'il pouvait avoir une fille aussi jolie que Honey Schuck dans son lit. L'alcool, sans doute. Hap était tout le temps ivre. Il se fichait de tout, même de moi. Il a filé cinq cents dollars à ma mère pour qu'elle se fasse avorter. Tu le savais ?

Le souffle rapide de Nan était le seul signe du choc qu'elle venait de recevoir.

— Eh oui, je suis le fils de Hap Longtree. J'ai un an de plus que Ben. D'après la loi shoshone, ma mère était la première femme de Hap et je suis l'aîné. D'après la loi, j'aurais dû tout avoir. Cette terre devrait être la mienne, pas celle de Ben. Je n'ai rien eu ! Ben a hérité de tout, même du droit de porter le nom de notre père.

— Voilà donc pourquoi vous l'avez toujours haï… dit Chloe en plaçant Jeremy derrière elle pour le protéger. À cause de son père.

— *Mon* père ! Nom de Dieu, *mon* père ! Tu as raison, c'est pour ça que je le déteste ! J'ai passé ma vie à essayer de montrer à Hap que j'existais et que j'étais le meilleur de ses fils. J'excellais dans tous les sports, j'avais toutes les filles à mes pieds. J'ai été élu président des étudiants. Ben n'était qu'un anormal, avec ses animaux. Sa seule victoire, ce furent ses bonnes notes en classe… Mais si je n'étais pas bon élève, c'est parce que je me concentrais sur le reste. Et qu'est-ce que j'ai eu comme récompense ? Rien ! Mon père ne m'a jamais reconnu ! Un jour, je l'ai croisé en ville et il a continué de marcher comme si je n'existais pas. Il n'y avait que Ben qui comptait… Ben, toujours Ben !

— Mais est-ce la faute de Ben ? demanda Chloe qui entrevit le pelage argenté de Diablo derrière le policier. Il me semble que votre colère est mal ciblée, Bobby Lee. Ben n'est pas responsable des actions de son père...

— Ben Longtree m'a tout pris ! À mon tour de tout lui prendre ! Je vais tout détruire. Voir sa tête, ensuite, sera le meilleur moment de mon existence.

Chloe entrevit de nouveau Diablo. Elle se tendit, priant pour que Bobby Lee ne le repère pas.

— Que vient faire Jimmy Suitor dans cette histoire ? lança-t-elle pour attirer son attention.

Bobby Lee glissa un peu. Il planta ses talons dans la terre pour mieux s'arrimer.

— Un sale petit paresseux ! Il s'est mis dans la tête qu'il pourrait avoir les dix mille dollars de récompense de Ben, s'il découvrait qui tuait les animaux. Alors il est resté dans le coin, espérant voir quelque chose. Hélas pour lui, il a bien vu mais il l'a regretté !

— Vous l'avez tué ?

— Pas question de mettre ma carrière en l'air pour qu'un morveux empoche dix mille dollars et vive sans travailler pendant six mois. J'ai donc réglé le problème.

— En l'assommant avec une matraque ?

— J'aurais pu utiliser une grosse branche, mais j'ai toujours une matraque sous le siège de ma voiture. C'est bien pratique. L'enterrer ici, c'était une idée géniale. Il y a toujours eu des rumeurs selon lesquelles Ben aurait tué ces deux chasseurs. Je savais qu'on l'arrêterait, si on retrouvait le corps de Jimmy sur ses terres.

Diablo se rapprochait doucement, le regard menaçant.

— Mais pourquoi la matraque ? On pourrait remonter jusqu'à vous.

— Fais-moi confiance, je me suis bien couvert. Et je crois que ton petit jeu des questions-réponses est terminé ! Ça suffit ! Prends ce sac à dos et remets-le dans le trou ! Je n'ai pas envie d'y passer la nuit.

— On pourrait vous identifier comme le meurtrier avec cette matraque, insista Chloe. Vous feriez mieux de la mettre ailleurs.

— Ils ne la chercheront jamais, rétorqua Bobby Lee avec impudence. La police a retrouvé le corps et mis la main sur le meurtrier. Vous êtes les seuls à savoir qu'un innocent a été arrêté, et bientôt vous ne pourrez plus parler.

Chloe s'éloigna à contrecœur de Jeremy pour jeter le sac à dos dans le trou. Puis elle se plaça de façon à voir Bobby Lee et le loup qui se rapprochait. Enfin, elle reboucha le trou. Quand elle comprit que Diablo se préparait à bondir, elle se tendit.

Sans un bruit, le loup sauta sur Bobby Lee. Chloe se jeta à terre, protégeant Jeremy de son corps.

— Couchez-vous, Nan ! cria-t-elle.

Bobby Lee poussa un cri terrible. Il perdit l'équilibre et tomba visage à terre, puis il dégringola de plusieurs mètres le flanc de la colline, le loup accroché à lui. Diablo émit des grognements alors qu'il attaquait le policier. Celui-ci lâcha son fusil qui glissa. Dès l'instant où Chloe vit Bobby Lee désarmé, elle se releva et courut aussi vite qu'elle le put pour attraper le fusil. Mais en dépit de ses efforts, elle avait le sentiment de faire du surplace, comme dans les cauchemars.

Elle s'empara enfin du fusil, l'épaula et retira la sécurité.

— Stop, Diablo !

Le loup s'apprêtait à saisir Bobby Lee à la gorge. Ce dernier poussait des hurlements de terreur tout en se débattant. Chloe avait peur de ce qui arriverait à l'animal si le policier mourait.

— Diablo ! cria-t-elle de nouveau.

Puis elle se souvint des mots shoshones que Ben avait employés :

— *Kiss,* stop. *Suvate*. C'est fini.

Ces mots agirent comme une formule magique. Avec une longue plainte, Diablo recula. Bobby Lee demeura immobile, sur le dos, le regard incrédule fixé sur Chloe. Elle voyait du sang sur son cou, mais elle ne le pensait pas sérieusement blessé.

— Mains derrière la tête ! ordonna-t-elle. Un seul mouvement, Bobby Lee, et vous êtes mort.

Il obéit. Chloe garda le fusil braqué sur lui.

— Nan ? appela-t-elle sans détacher les yeux de Bobby Lee.

— Je suis là.

Le soulagement envahit Chloe. Avec Nan, on ne savait jamais. Le stress semblait déclencher les crises de démence de la vieille femme.

— Prenez mon téléphone portable et appelez le shérif !

25

Chloe attendit l'arrivée du shérif longtemps. Elle avait envoyé Nan, son fils et Methuselah à l'orée de la forêt, par prudence. Elle gardait toujours Bobby Lee en joue, au cas où il tenterait de se relever pour l'agresser. Le loup se tenait à son côté, ses yeux dorés fixés sur le policier, son épaule pressée contre la jambe de la jeune femme.

Et dire qu'elle avait eu si peur de Diablo, la première fois qu'elle l'avait vu sur le parking… La dévotion absolue de l'animal envers Ben et ses proches leur avait sauvé la vie.

Quand les voitures de patrouille arrivèrent, Diablo alla faire le guet en amont de la colline. Chloe comprit que le loup se positionnait pour la défendre, au cas où d'autres ennemis la menaceraient. Il voulait l'avantage de la hauteur.

Les lumières des voitures de police envoyaient des faisceaux dans la nuit épaisse, donnant au paysage un aspect étrange qui faisait tourner la tête à Chloe. Le loup gronda lorsqu'un policier sortit de la voiture et observa la colline. De peur que Diablo n'attaque, Chloe fouilla dans sa mémoire pour retrouver les mots shoshones de Ben et lui faire comprendre que tout allait bien.

— *Toquet,* lui dit-elle doucement.

Le loup s'assit et cessa de grogner.

— Il va me sauter dessus ? demanda Frank Bower.

— Non, vous êtes en sécurité.

Frank gravit la colline.

— Bon sang, Chloe, faites attention à ne pas appuyer sur la gâchette par inadvertance ! Vous tremblez comme une feuille !

Il tenta de lui prendre le fusil des mains.

— Donnez-moi ça !

Mais elle résista, le gardant toujours braqué sur Bobby Lee.

— Non, Frank ! Passez-lui d'abord les menottes !

— Je ne sais pas encore ce qu'il a fait, Chloe. Le dispatcher nous a annoncé que ce serait lui le meurtrier de Jimmy Suitor. C'est de la folie ! Je sais que vous avez toutes les raisons de détester Bobby Lee, mais de là à en faire un meurtrier !

— Je vais vous dire ce qui est de la folie : c'est de laisser cette vipère libre de répandre son venin, pendant que vous gardez un innocent sous les verrous. Dans ce trou, vous trouverez l'arme qui a tué Jimmy Suitor. C'est la matraque de Bobby Lee.

— Ne l'écoute pas, Frank, geignit Bobby Lee. Elle est folle de Ben Longtree. Elle dira et fera n'importe quoi pour le sauver. Je n'ai pas tué Jimmy Suitor. Tu te souviens du jour où je suis venu ici avec les gardes forestiers ? J'ai laissé la matraque par accident... Je l'avais oublié jusqu'à ce soir. Elle veut s'en servir contre moi. Tu trouveras les empreintes de Longtree dessus !

— Menteur ! s'écria Chloe. Il a voulu nous tuer ! C'est le loup de Ben qui nous a sauvés !

— Nous ? Qui, nous ? s'étonna Frank en cherchant des yeux d'autres personnes.

— Mon fils et Nan sont à l'orée de la forêt. Je n'ai pas voulu qu'ils restent ici. Passez-lui les menottes, s'il vous plaît, il est dangereux !

Frank se pencha au-dessus du trou creusé par Chloe et y braqua sa lampe de poche.

— Tout ce que je vois, c'est un sac à dos.

— Je vous jure que la matraque est au fond ! Dépêchez-vous, Frank, je suis épuisée à force de tenir ce fusil. Je ne vais pas tarder à le laisser tomber. Ou à presser la gâchette accidentellement…

Elle adressa un sourire cynique à Bobby Lee.

— Ce serait amusant ! Une pauvre femme hystérique tire entre les yeux d'un policier…

Ces paroles incitèrent Frank à agir. Il fit rouler Bobby Lee sur le ventre et lui passa les menottes, tout en lui énonçant ses droits.

— Si jamais vous vous trompez, Chloe, je vais avoir des problèmes. On n'arrête pas un policier sur une simple présomption.

Il se releva.

— Bon, et maintenant, est-ce que vous allez baisser votre fusil avant de blesser quelqu'un ?

Toute tension quitta la jeune femme. Non seulement elle baissa le fusil, mais elle faillit le lâcher. Ses muscles ankylosés la faisaient souffrir.

— La matraque est dans le trou, comme je vous l'ai dit, reprit-elle. Soyez prudent quand vous prendrez le sac, afin de ne pas effacer les empreintes.

— Je connais mon boulot, madame Evans, grommela-t-il.

— Je suis désolée… mais je n'en ai pas toujours eu la preuve, voyez-vous.

— Ce n'est pas très gentil de votre part.

— Je n'ai pas envie d'être gentille.

Frank s'agenouilla devant le trou. L'ayant examiné, il poussa un juron.

— C'est bien ta matraque, Bobby Lee ! Je reconnais l'estampille sur le manche. Pourquoi as-tu tué Jimmy ?

— Parce que Jimmy l'a surpris, intervint Chloe.

La voiture du shérif arriva sur ces entrefaites. Le gyrophare envoya d'autres faisceaux de lumière dans la nuit. Le shérif Lang gravit la colline avec lassitude et posa la même question à Bobby Lee. Ce dernier gardait le silence. Chloe attendait son heure pour parler et enfin témoigner.

Le shérif plaça l'arme du crime dans un sac en plastique qu'il identifia avec une étiquette, puis il le tendit à Frank et s'approcha de la jeune femme.

— Vous et les autres, ça va ?

Une violente colère redonna à Chloe son énergie. Elle flanqua son fusil sur le torse du shérif avec une telle force qu'il chancela. Il prit l'arme et souleva le bord de son chapeau en lui lançant un regard las.

— Si ça va ? rétorqua-t-elle, la voix tremblante de fureur. Je suis de tempérament calme, mais aujourd'hui mon sang bouillonne !

— Je vois, dit-il d'un ton prudent. Je vous comprends. Vous avez traversé des moments difficiles...

— Vous avez une façon de dire les choses, vous ! Je vais vous couper les valseuses et les faire rôtir au bout d'une pique !

Le shérif cilla.

— Quoi ?

— Vous m'avez bien entendue, Lang. Je suis très en colère !

Il se frotta le menton.

— Vous perdez votre sang-froid...

— Bien vu ! Et vous avez intérêt à faire attention à vous !

— Je ne comprends pas pourquoi vous êtes si furieuse contre moi. Je ne suis pas responsable de ce qui arrive.

— Si, vous l'êtes ! Et vous avez le toupet de me demander si je vais bien et si tous ceux que j'aime vont bien ? Ben Longtree est en prison pour un meurtre qu'il n'a pas commis. Pourquoi ? Parce que vous avez trouvé un corps sur ses terres et parce qu'il est différent. Et vous, comme tous les autres habitants de Jack Pine, vous vous méfiez des gens qui sont différents.

— Ce n'est pas moi le responsable de cette erreur, Chloe.

— Ça ne me suffit pas. Et vous avez intérêt à ramener Ben à la maison aussi vite que vous l'en avez fait sortir, et à la place d'honneur, s'il vous plaît !

— En général, je traite les innocents avec égard quand ils sont relâchés de prison. Vous pouvez me faire confiance.

— Je ne vous fais pas du tout confiance, justement.

Le shérif passa la main devant ses yeux.

— Calmez-vous, Chloe.

— C'est impossible. Au fait, je vais bien. Nan et mon fils aussi. Mais ce n'est pas grâce à vous.

— Ce n'est pas très juste, ce que vous dites là.

— Oh si, shérif ! Si vous aviez bien fait votre boulot, Bobby Lee serait déjà sous les verrous et rien de tout cela ne serait arrivé. Il a menacé de tuer mon fils, l'autre nuit. Ce soir, il a bien failli réussir. Si je suis là à vous parler au lieu d'être en route pour la morgue, c'est grâce à ce loup qui nous a sauvé la vie. Pas mal, n'est-ce pas ? Et vous êtes un officier de police, un élu bien payé pour faire un travail qu'un loup fait cent fois mieux.

— Je suis désolé, Chloe.

— Désolé ? Parce que Diablo a fait votre boulot ?

— Parce que j'ai laissé Bobby Lee en liberté... J'aurais dû faire ce que la loi me dictait de faire.

— Vraiment ? Si vous voulez mon avis, shérif Lang, vous me devez beaucoup.

— Comment cela ?

— Commençons par le fait que j'ai été obligée de démissionner car l'un de vos policiers me harcelait.

— Ce n'est pas ma faute, Chloe.

— C'était votre responsabilité. Bobby Lee Schuck a menacé de me faire perdre mon travail et a essayé de me violer. Quand je vous l'ai raconté, vous vous en êtes lavé les mains. À Seattle, où j'habitais avant, les femmes appellent cela du harcèlement moral et sexuel !

— Je suis navré.

— Ensuite, continua Chloe qui gagnait en audace, Bobby Lee a tenté de me faire peur en se faisant passer pour un cambrioleur, ce qui lui a permis de pénétrer en toute impunité dans ma maison. Il a menacé de faire éclater la cervelle de mon fils. Il m'aurait violée, si je ne lui avais pas débouché une bouteille de champagne en pleine figure.

Le shérif tressaillit.

— Et que s'est-il passé quand je me suis plainte ? Rien du tout ! Il a continué son service ! J'en connais qui seraient contents d'apprendre cette histoire...

Il la dévisagea avec horreur.

— Vous me menacez de tout raconter aux médias ?

— Bien sûr que non ! minauda-t-elle. Je ne ferais jamais une crasse pareille à un type aussi bien que vous. Ce que je vous demande, c'est de réparer ces injustices.

Il pinça les lèvres.

— Comment ?

— En donnant à Ben Longtree l'autorisation d'exercer son métier de vétérinaire dans cette juridiction, et de faire de sa propriété un parc naturel protégé.

Lang retira son chapeau et le frappa sur sa cuisse.

— Du calme, Chloe. Vous savez que ce n'est pas en mon pouvoir. Je suis shérif et je travaille pour le comté de Pauline, pas pour l'État de l'Oregon. Ce n'est pas mon rôle de m'occuper des permis.

— Je suis certaine que le vieux système des privilèges est encore en vigueur dans la police du comté de Pauline. Si vous aviez fait votre boulot selon la loi, Bobby Lee aurait été suspendu jusqu'à ce que vous poursuiviez votre enquête. Votre manque d'attention et votre refus d'agir ont été des erreurs qui auraient pu avoir de tragiques conséquences sur moi et sur ceux que j'aime.

— Vous me menacez ?

— Non, je pense juste à raffiner mon supplice.

Pendant qu'il réfléchissait, elle fit monter la tension d'un cran.

— Vous saviez que les femmes votaient plus que les hommes ?

Chloe n'était pas très sûre des statistiques, jusqu'à ce qu'elle le voie pâlir.

— Et merde ! lâcha-t-il, excédé.

— Et vous savez ce qui met les femmes vraiment très en colère ? C'est de voir que certains hommes profitent d'une pauvre mère sans défense et la mettent en danger, alors qu'elle essaie de faire le minimum vital : donner un toit à son fils. Nous n'avons aucune pitié pour les représentants de la loi qui la truquent.

Il tressaillit.

— Vous pourrez retrouver votre boulot si vous voulez, ma petite Chloe…

— Je ne veux pas de ce foutu job et je ne suis pas votre « petite Chloe », Lang.

— Alors que voulez-vous ?

— Je veux que Ben obtienne ces précieux permis qui auraient dû lui être accordés depuis longtemps. Je pense que Bobby Lee a tout fait pour ralentir, sinon arrêter la machine administrative. Je vous demande de réparer cette injustice. Un mot par-ci, une recommandation par-là, et vous serez étonné de la vitesse avec laquelle vous obtiendrez les papiers pour Ben.

— Combien de temps me donnez-vous ?

— Une semaine.

— Une semaine, ce n'est pas possible, enfin ! Soyez raisonnable !

— J'ai essayé d'être raisonnable, et ce salaud a failli tuer mon fils. Je vous laisse une semaine, shérif. Si vous refusez d'accorder les permis, mon histoire sera dans tous les journaux !

Ben souriait tandis qu'il écoutait Chloe assener ses quatre vérités au shérif. Il exulta quand elle lui arracha la promesse d'obtenir les permis en urgence. Il était fier d'elle.

Il se souvenait que son grand-père lui avait prédit qu'il trouverait un jour la femme qui lui était destinée et qui l'aiderait à assumer son destin. Celui-qui-marche-avec-les-lions-de-montagne et la jolie rousse au grand cœur étaient faits l'un pour l'autre.

Il pourrait toujours compter sur elle, quoi qu'il arrive. Elle serait là pour mener les batailles à ses côtés.

Il était le plus heureux des hommes.

— Chloe ?

Elle cessa de parler pour regarder vers le bas de la colline. Ben ignorait si c'était l'incrédulité qui la paralysait, ou si elle ne parvenait pas à le discerner à cause de l'obscurité, mais pendant un moment, elle regarda dans sa direction, ses yeux écarquillés reflétant les lumières des gyrophares. Ses cheveux n'étaient qu'une masse flamboyante autour de son visage.

Un sourire incurva enfin ses lèvres.

— Ben ?

Elle rit et dévala la colline le plus vite qu'elle put, puis se lança dans ses bras.

— Ben, répéta-t-elle, riant et pleurant alors qu'il la pressait contre lui. Je pensais que tu étais encore en prison ! Mais comment as-tu… ? On commence à peine à éclaircir cette histoire !

Il la souleva pour la faire tournoyer.

— Je t'avais dit que je serais à la maison dans les vingt-quatre heures ! Je tiens toujours mes promesses.

— Mais comment… ?

— Mon avocat a fait du bon boulot. Je lui ai juste dit qu'on n'avait rien de concret pour me retenir en prison. Je venais juste d'être relâché et j'allais appeler un taxi, quand ma mère a téléphoné.

Il l'embrassa profondément. Elle se blottit contre lui, tremblante. Ses nerfs qui lâchaient ou la joie de le revoir ? Ben n'en savait rien. Il savait seulement qu'il tenait son univers dans ses bras.

Trois ans plus tôt, en rentrant à Cinnamon Ridge, il pensait avoir retrouvé la sérénité. Mais la sérénité, c'était aussi l'accomplissement et l'amour.

— Je t'aime, Ben, murmura-t-elle, hors d'haleine.

— Je sais…

Et le plus beau, c'est que c'était vrai.

Épilogue

Un an plus tard

Chloe retourna les brochettes de légumes sur le gril. Dans dix minutes, le repas serait prêt. Ben travaillait toujours dans son bureau. La jeune femme avait beau aimer ses histoires et être reconnaissante de l'argent qu'elles rapportaient, elle considérait ce jour comme le sien et aurait souhaité qu'il vienne le célébrer avec elle : elle était officiellement propriétaire du Christmas Village.

Sa boutique ne serait jamais une source de revenus aussi importante que les romans de son mari, mais c'était sa boutique et elle l'aimait. Bientôt, ses parents viendraient vivre à Jack Pine et y travailleraient à mi-temps, ce qui lui permettrait de souffler et de se consacrer à ses enfants.

— Ben !

Nan se détourna de la table du patio où elle finissait de préparer le repas.

— Il dit qu'il a presque fini son chapitre, et qu'il viendra nous rejoindre dans deux secondes.

— Nous savons ce que cela signifie ! Il ne viendra que dans deux heures… Ben !

Nan se mit à rire.

— Tu devrais faire installer un interphone dans son bureau ! Cela reposerait tes cordes vocales. Tu veux que je remette les salades au frigo ? J'ai peur que la salade ne cuise au soleil !

Chloe soupira et secoua la tête.

— Laisse... Dès que les brochettes seront prêtes, j'irai ferrer notre poisson !

Nan s'installa dans sa chaise de jardin et se remit à lire. Chloe se souvint que sa dernière absence, très brève, remontait à un mois.

Six mois plus tôt, Ben et Chloe avaient remarqué une modification dans ses symptômes, manifestement une conséquence de l'affection sans bornes qu'elle portait à Jeremy, « la prunelle de ses yeux » selon ses propres mots. Intrigués par l'amélioration notable de son état de santé, ils l'avaient emmenée consulter un spécialiste de la maladie d'Alzheimer à Portland, qui, après une série de tests, avait déclaré que Nan ne souffrait pas de cette maladie dégénérative. Ses crises de démence étaient seulement d'origine émotionnelle, résultat de la vie perturbée qu'elle avait menée pendant trente ans.

La médication de Nan avait changé, elle ne prenait qu'un antidépresseur par jour. Depuis, elle était devenue une autre femme. Elle aimait toujours faire du crochet mais seulement le soir, quand Jeremy était au lit. Le matin, elle jouait avec le fils de Chloe qu'elle appelait fièrement son petit-fils, ou alors elle cuisinait, une activité de nouveau possible maintenant qu'elle n'avait plus d'absences. En plus du changement de traitement médical, elle allait consulter un thérapeute avec Ben une fois par semaine. Tous deux parlaient du passé et en faisaient le deuil. Dans le secret de son cœur, Chloe se disait que ces consultations étaient aussi bénéfiques à Ben qu'à sa mère. Leurs esprits se délivraient peu à peu de Hap Longtree...

Nan leva soudain les yeux de son livre et fixa un point dans le jardin.

— Ô mon Dieu !

Chloe se retourna. Son cœur bondit de terreur à la vue d'un jeune couguar mâle, allongé sur la pelouse, qui tirait la couverture où était installée Chelsea, sa fille de quatre mois. La petite était sur le ventre et riait, son poing sur l'une des oreilles du couguar. Quand Chelsea décida de lui mordiller l'oreille, le couguar inclina la tête de bonne grâce.

— Oh… dit enfin Chloe, tétanisée.

Nan se leva doucement de sa chaise.

— C'est arrivé à Ben quand il avait son âge…

Elle adressa un radieux sourire à la jeune femme.

Chloe posa sa fourchette sur le barbecue et vint auprès de sa belle-mère.

— Je pensais que seuls les garçons héritaient de ce don ?

Nan fronça les sourcils.

— Il semble que non…

Un silence tomba, puis elle ajouta :

— Pendant plusieurs générations, il n'y a guère eu de filles dans la famille…

Observant toujours sa fille, Chloe acquiesça. Pourquoi un don ne se transmettrait-il que de père en fils ?

À cet instant, Ben sortit de la maison.

— Surprise !

Chloe tressaillit et se retourna. Jeremy et Ben ressemblaient à des forains avec leurs ballons multicolores gonflés à l'hélium qui portaient tous l'inscription *Félicitations*.

Devant le visage hébété de sa mère, Jeremy prit la parole.

— Papa ne travaillait pas vraiment : on gonflait les ballons. Il a acheté un gonfleur pour le faire. C'est une fête !

— On a du champagne et tout ce qu'il faut pour célébrer une journée très particulière !

À cet instant, Ben aperçut le couguar auprès de Chelsea. Stupéfait, il en lâcha tous ses ballons. Chelsea rit, ravie, ses yeux bleus suivant les ballons dans le ciel. Le couguar taquina son petit bras du museau.

— Ce n'est pas vrai ! prononça Ben d'une voix incrédule.

Il s'avança et s'agenouilla sur la couverture. Après avoir étudié sa fille un moment, il regarda Chloe.

— J'aimerais que grand-père soit là pour voir ça. Il m'a toujours dit que seuls les garçons héritaient de ce don…

Elle rejoignit son mari sur la couverture.

— Peut-être qu'Isaiah nous voit, d'où il est ?

Sous le regard étonné de Ben, elle sourit.

— J'aime à penser qu'il est quelque part et qu'il nous voit. Il a tant laissé de lui en toi et en notre fille… Son esprit flotte sans doute au-dessus de nous…

— Je ne sais pas si c'est une bonne idée de laisser ce couguar l'approcher… Il doit avoir des puces, déclara Ben en prenant sa fille dans ses bras pour l'asseoir sur ses genoux.

Puis, fixant le bébé d'un air perplexe, il ajouta :

— Et dire que je pensais que mes plus grandes angoisses surviendraient quand elle serait en âge de s'acheter un rouge à lèvres…

Chelsea roucoula et glissa ses petits doigts dans la bouche de son père. Ben cessa de jouer avec elle et leva les yeux sur son épouse.

— Je crois que nous avons deux événements à fêter aujourd'hui : ton magasin, et notre fille qui a hérité de mon don.

Il parlait enfin de son don comme d'un cadeau. Encore un événement à fêter, par cette belle journée d'été.

Tous deux se levèrent et revinrent vers la terrasse où Jeremy attendait avec ses ballons.

Les deux heures suivantes se passèrent dans la joie. Après de nombreux toasts au champagne, ils mangèrent à l'ombre. Plus tard, Ben et Chloe débarrassèrent pendant que Nan s'occupait de Chelsea et relisait *Bandit* à Jeremy.

Quand la vaisselle fut dans le lave-vaisselle, Chloe soupira et se glissa dans les bras de Ben.

Il la taquina dans le cou et l'embrassa.

— Tu viens faire une petite promenade avec moi ?

Elle lança un regard inquiet vers la terrasse. Elle n'avait jamais laissé Nan seule avec le bébé.

— Tout ira bien, Chloe. Nous n'irons pas bien loin...

Un peu à contrecœur, elle se laissa entraîner hors de la maison. Après avoir confié Jeremy et Chelsea à Nan, ils se dirigèrent vers la paisible forêt, mains unies. Alors qu'ils passaient devant la couverture toujours étalée sur la pelouse, Chloe constata que le couguar s'était éclipsé.

— Je me demande où il est allé.

Ben sourit et scruta le bois.

— Pas très loin, à mon avis... Il reviendra sans doute la voir... Cela se passait de cette façon avec moi...

La jeune femme aspira une grande bouffée d'air pur. La fraîcheur qui descendait une fois que le soleil déclinait était très agréable après cette chaude journée.

— J'aime cet endroit, avoua-t-elle. C'est étrange, parce que ce n'est pas du tout la vie que j'avais imaginée pour moi quand j'étais adolescente. J'ai toujours pensé que je vivrais dans une quelconque banlieue. J'ai réalisé mes désirs sans savoir ce qu'ils étaient...

— Moi, j'ai toujours su ce que je voulais.

Chloe leva les yeux sur lui.

— Et qu'as-tu toujours voulu ?

Il l'attira à lui.

— Toi, murmura-t-il. Et tout ce que tu as apporté dans ma vie. Regarde, Chloe…

Elle s'abandonna à son étreinte. Plus bas, elle distinguait la maison à travers les feuillages. À droite s'élevait la toute nouvelle clinique vétérinaire que Ben avait fait construire, où il soignait les animaux blessés sans redouter une amende ou, pire, une arrestation. Il avait obtenu les permis nécessaires, et le panneau en haut du portail annonçait : *Réserve de Cinnamon Ridge.* Cela cadrait bien avec l'ensemble, d'autant que plusieurs cerfs étaient dans la cour.

— C'est merveilleux, n'est-ce pas ? demanda-t-elle dans un souffle.

— C'est toi qui es merveilleuse. Tu as enrichi ma vie…

— Tu as enrichi la mienne. Nous sommes à égalité !

Il l'embrassa. Le cœur de Chloe s'emballa. Lorsqu'il glissa les mains sous son petit haut pour toucher sa peau nue, toutes ses terminaisons nerveuses s'émoustillèrent de plaisir. C'était toujours nouveau… La magie dans ses mains ne faiblirait jamais.

Ben l'entraîna plus loin dans la forêt, mais Chloe ne lui demanda pas où ils allaient. Quand elle était dans ses bras, elle savait toujours où elle était.

Découvrez les prochaines nouveautés
de la collection

Amour et Destin

Des histoires d'amour riches en émotions déclinées en trois genres :

Intrigue ***Romance d'aujourd'hui*** ***Comédie***

Le 20 août *Romance d'aujourd'hui*

Au nom de mon enfant

de Jill Marie Landis (n° 6982)

Jake, détective privé, reconnaît dans un magazine une peinture qui pourrait être l'œuvre de Caroline Graham. La fiancée de son meilleur ami, décédé dans d'étranges circonstances, s'est enfuie six ans plus tôt avec son fils. Partant à leur recherche en Californie, Jake découvre une jeune femme séduisante, une mère dévouée et une artiste talentueuse. Alors qu'il tente de comprendre les raisons de ce départ précipité, il tombe peu à peu amoureux…

Le 27 août *Intrigue*

L'élixir de la vengeance

de Annie Solomon (n° 7400)

Angelina Mercer est le dernier espoir de l'agent fédéral Finn Carver. Son objectif sera de s'introduire sur la propriété du dangereux Victor Borian et de trouver où il cache des armes de destruction. Victor Borian a été marié à la mère biologique d'Angelina, et la jeune femme accepte la mission car elle est prête à tout pour en savoir plus sur la femme qui l'a abandonnée. Finn sera son contact et le seul en qui elle peut avoir confiance. Cependant, il refuse de se laisser aller, bien qu'Angelina représente tout ce qu'il désire…

Ce mois-ci, retrouvez également les titres de la collection

Aventures et Passions

Le 2 juillet

Le talisman d'Isabella

de Jaclyn Reding (n° 7346)

XVIIIe siècle. Avant de quitter Paris pour regagner l'Angleterre où son futur mari l'attend, Isabella se rend à un dernier dîner à la cour de Versailles. Là, un homme mystérieux lui remet en toute confidentialité une pierre magique qu'elle doit restituer au clan écossais des MacAoidh. Comment trouver son chemin ? En accordant sa confiance au cristal : il la conduira. La jeune femme qui rêve d'aventure ne sait pas encore qu'elle va en vivre à profusion auprès de Calum et de son frère, rebelles écossais.

Le 9 juillet

Magnolia Creek

de Jill Marie Landis (n° 7347)

Kentucky, XIXe siècle. Mère et veuve, Sara se réfugie chez sa belle-sœur lorsque la guerre de Sécession se termine. Non, cet enfant n'est pas celui de Dru, son mari. Désespérée par sa mort, elle s'est donnée à un autre homme. Lorsqu'elle voit arriver Dru, elle ne peut y croire : et pourtant, c'est bien-lui ! Il est furieux d'apprendre que la femme qu'il aime l'a trompé. Sara regrette ce coup du sort mais elle ne peut revenir en arrière. À présent, elle ne souhaite qu'une chose : son pardon.

Une femme de désirs

de Gaelen Foley (n° 7348)

Angleterre, XIXe siècle. Lady Jacinta Knight s'enfuit de chez son frère qui souhaite la marier à un homme qu'elle n'aime pas. La jeune femme se retrouve seule la nuit dans les ruelles dangereuses de Londres et assiste à un combat entre deux gangs. Billy Blade, l'un des chefs, l'aperçoit dans sa cachette et l'emmène. Mais, en raison de sa position sociale, il ne peut espérer la courtiser. À moins qu'il ne retourne auprès de son père tyrannique et réclame le titre qui lui revient : celui de comte de Rackford.

ainsi que les titres de la collection

Escale Romance

De nouveaux horizons pour plus d'émotion

Le 2 juillet
Trésors perdus
de Elizabeth Aymeric (n° 6851)
Agnès, jeune journaliste, part aux Caraïbes pour un reportage sur les chasseurs de trésors. Accueillie par des autochtones généreux et amicaux, elle tombe sous le charme de Laurent, aventurier des grands fonds. Il traque un galion espagnol, naufragé au XVIIe siècle, avec à son bord une vierge. Par malheur, il se blesse au cours d'une plongée, alors que sa concession doit se terminer. Résolue et courageuse, la jeune femme décide de l'aider…

Qui perd gagne
de Anaïck de Launay (n° 7313)
Catherine, négociatrice dans une entreprise immobilière, fait visiter des demeures de rêve pour amateurs fortunés dans le décor paradisiaque des Bermudes. Son premier client ? Un géant canadien, à qui elle a volé une place de parking la veille. Catastrophe ! Il la reconnaît et tourne les talons sans même avoir vu la maison. Mais Catherine n'a pas l'intention de le laisser partir comme ça. Pas sans avoir tenté l'impossible pour le retenir…

7343

Composition Chesteroc Ltd
Achevé d'imprimer en France (Manchecourt)
par Maury-Eurolivres
le 2 juin 2004.
Dépôt légal juin 2004. ISBN 2-290-33876-1

Éditions J'ai lu
84, rue de Grenelle, 75007 Paris
Diffusion France et étranger : Flammarion